一弯秋月卧运河

张春景 著

中国华侨出版社
·北京·

图书在版编目(CIP)数据

一弯秋月卧运河/张春景著. — 北京：中国华侨出版社，2021.11

ISBN 978-7-5113-8594-9

Ⅰ．①一… Ⅱ．①张… Ⅲ．①散文集－中国－当代 Ⅳ．①I267

中国版本图书馆 CIP 数据核字(2021)第 181609 号

一弯秋月卧运河

作　　者／张春景
责任编辑／王　委　桑梦娟
封面设计／中图时代
文字编辑／秦丽瑶
经　　销／新华书店
印　　刷／三河市嵩川印刷有限公司
开　　本／880 毫米×1230 毫米　32 开
印　　张／9.5
字　　数／300 千字
版　　次／2021 年 11 月第 1 版　2022 年 1 月第 1 次印刷
书　　号／ISBN 978-7-5113-8594-9
定　　价／58.00 元

中国华侨出版社　北京市朝阳区西坝河东里 77 号楼底商 5 号　邮编：100028
发 行 部：(010)64443051　　　传　　真：(010)64439708
网　　址：www.oveaschin.com　电子信箱：oveaschin@sina.com

如果发现印装质量问题，影响阅读，请与印刷厂联系调换。

待到来年花开日　再游运河写诗章

——写在张春景《一弯秋月卧运河》付梓之际

张炳吉①

2020年6月,河北省采风学会准备研究一批提出申请的作家艺术家入会。在审核申请人资料时,一位作家引起了我的关注,这位作家就是本书的作者张春景。他当时的申请资料上是这样写的:张春景,笔名南冰,河北省南皮县人。中国散文学会会员、中国网络作家协会会员、河北省作家协会会员、沧州市作家协会理事、南皮县作家协会名誉主席、南皮县国学研修会执行会长。先后在《文学报》《长城》《鸭绿江》《西部散文选刊》等报刊发表100多万文字的文学作品,出版了6部文学专著,其中,一部获河北省新世纪散文创新奖,一部入选《河北散文家作品选》并获河北省散文名作奖;本人曾被授予"燕赵文化之星"称号。

凭借自己这些过硬的条件,张春景顺利被批准加入了我们学会。此后,我们的交往逐渐增多,进而成了文坛好友。春景入会后,积极支持我会的工作,经过他与南皮县香公文化产品有限公司联系,该公司与我们共同举办了第一届"香公杯"全国散文诗歌大赛。这次大赛办得很成功,产生了很好的社会反响。

张春景不仅办事利索、爽快,知识面也很宽阔,尤其是他丰富的文史知识颇让我钦佩。他创作散文常常引经据典、穿插传说故事,有时评论古人古事。很多出典他都能信手拈来,彰显了他厚重的国学知识功底。比如在《卤水点豆腐》这篇只有1700字的短文中,张春景居然引用了《大辞典》《书二公事》《本草纲目》等三部典籍中关于豆腐的记载以及淮

---

① 张炳吉,中国作家协会会员,河北省采风学会执行会长,采风网总编辑。

南王刘安、南宋爱国诗人陆游、革命先驱孙中山等人关于豆腐的言论和故事。在《大洼四章"枣林"》中,作者引用晋时大夫傅玄云游到古枣林时曾作的《枣赋》,并把此赋全盘托出,让读者眼界大开。在文学作品中加载恰当的史料,可增强作品的深度、厚度和品位,可大幅提升文章的感染力、说服力、思想魅力。但是,引用的典故要与作者所表达的主题相吻合、相互接,否则,就可能画蛇添足。张春景不但史学丰富,而且在散文创作中也注意到了这一点,他在《一弯秋月卧运河》一文中写古运河的风景时,引用了1750年康熙南巡经过运河时填写的词,用皇上的辞来佐证古运河的美,恰到好处地表达了作者的笔意。本书中引用的《明世宗实录》《与朝歌令吴质书》《嘉靖青州府志》《水经》《临淄区文物志》以及"东光葚子救燕王"的传说、"浮瓜沉李"的典故等,都恰到好处地起到了画龙点睛的作用,为文章增色不少。

一个全才的作家不仅能写出好的诗词歌赋,用美的作品去感染人,还应该是个哲学家,用形而上的作品去启发人、引导人。读张春景的作品,我感到文字间洋溢着辩证的思维和哲学的味道,读后总能引发我的深思。一般的游记作品多写高山的壮美、大河的清澈、草原的宽广、森林的幽密,但张春景的此类作品没有停留在对景物的描写上,他往往在叙述完景色之后还要做进一步发挥:"黄山松的品格和形象给了我信心和勇气,我要将它作为处世的楷模、修养的老师、心心相印的朋友,像它那样刚毅坚强地去面对生活,始终保持一颗奋发向上的进取心,用智慧和勤劳的双手,谱写幸福美好的生活乐章,不断铸造人生的辉煌。"再看下面这些句子,句句都是箴言,句句都发自作者的肺腑:

"任何成功都是从战胜痛苦开始的。"

"苗木无根脉则枯萎,人无根脉会夭折,家族无根脉将难传承,国无根脉便呈膏肓之象。"

"人,不经过痛苦和失败不能成熟;不经过大喜大悲和大起大落不能坚强。"

……

张春景的这类散文是其悟性和灵感结合的产物,他透过现象深入事物本质、揭示事物的底蕴,具有入木三分的审美效果。阅读他的散文,不仅可以提高我们的文学修养、写作技巧,还可以让我们学到生活的智慧、处世的经验。

在文学界有一句话叫作"大爱之人才有大作"。这种认为作家的人性与创作成果具有因果关系的观点颇有道理。纵观古今中外,很多伟大的文学家都是具有大爱之心的作家。正是因为他们有了大爱之心,才能写出伟大的作品、传世的巨著。本书的作者张春景同志就是这样一个作家。他的姥爷患有骨病,体型上是个"罗锅"。但是,在他心里,姥爷却是一棵挺拔的大树:"黎巴嫩著名诗人纪伯伦说:'如果一棵树也写自传的话,它不会不像一个民族的历史。'在我眼里姥爷的形体虽然罗锅,但他的脊梁是正直的,在我心里,姥爷一样的人,曾经都是一棵棵参天的大树。"张春景有一次梦遇去世多年的母亲,但一晃便不见了母亲的影子。这勾起了他对母亲深切的思念,他写道:"母亲在家就在,母亲去了家就是残缺的,如同这半弦的月。久违了,母亲的音容。涂一纸小文,聊以慰心,倘若哪日风平,借一叶孔明灯寄给您——我的亲人,我的娘!"如果作者没有对母亲深深的爱,梦中就不会遇到母亲,更不会写出这样催人泪下的文字。张春景有个失语十年的姐姐,姐弟情深,他经常去看望她,他对姐姐的惦念时时挂在心上:"那条绳样弯曲的乡路于我再熟悉不过了,尽管铺满落叶,在华北平原的旷野间袒露着褐色的胸膛,泥泞的车辙印痕如同思念的根须,延伸着对大姐的昼思夜想。""见一次面,便有许久的如鲠在喉,身心似大病一场的疲惫。"

张春景不仅有思想、有情感,还有过硬的写作技巧和艺术天赋,他善于表达,善于描写,能把很平常的创作素材编制成很美的艺术作品。读完《一弯秋月卧运河》，我感到张春景就像一个竹林下的编制巧匠，他手下的竹器雅致精巧，让人爱不释手。张春景笔下的南运河是这样的："南运河便以其九曲十八弯的侠道柔肠，孕育出博大精深的沧海文化和运河儿女万般的柔情，润泽着两岸子孙生生世世的干涸心田，任由发芽、成长、茂盛。"这些诗意的语言给人以想象的翅膀，读之总能让人沿着他的笔迹飞翔。"望着这鬼斧神工的景致，望着这造化神秀的崂山，即使最弱小无力者，转眼也会成为山东大汉，浑身上下鼓满了劲，血管里激荡着雄性豪情，洋溢着阳刚之气。恨不能与海战，与天斗，与地争！恨不能扫尽一切害人虫，铲平一切不平事！"这些铿锵的语言，似是振聋发聩的号角，似是雪夜惊雷，让人血脉偾张、豪情万丈，我们似乎看到了作者奋笔疾书时紧握的拳头和绷紧的嘴唇。

张春景在运河边长大，他与运河有着扯不断的情感。近日他在微信中对我说，他在等一场雪，计划雪后游运河，写几篇运河雪景的散文添加到本书中。可是，因各种原因，未能成行。我安慰他，待到来年春日再游运河，写花海中的运河，岂不更好？他回复了我两个字："然也"。

目 录

卷一 运河风光

一弯秋月卧运河 …………………………………… 3
丈量南运河 ………………………………………… 8
漂泊记沧州 ………………………………………… 11
一个村庄和一座城的命名 ………………………… 15
南皮高韵唱古风 …………………………………… 18
花开清凉江 ………………………………………… 20
东光有桑葚 ………………………………………… 22
寻找蘸着麦香的味道 ……………………………… 25
没有休止符的流淌 ………………………………… 27
大洼四章 …………………………………………… 30
醉听梨花雨 ………………………………………… 37
武垣问道 …………………………………………… 40
站在古皮城废墟上 ………………………………… 42
村头老柳 …………………………………………… 45
卤水点豆腐 ………………………………………… 47
运河秋韵 …………………………………………… 50
古城老街 …………………………………………… 51
土炕的温度 ………………………………………… 54

推开老家那扇门 …………………………………… 56
雪打元宵灯 ……………………………………… 59
家乡梨园 ………………………………………… 62
沧海赶秋 ………………………………………… 63
白洋淀寻芳 ……………………………………… 65

卷二 别有洞天

晚秋,去衡水湖看景 …………………………… 71
去李京赞美的地方 ……………………………… 73
法门寺记兴 ……………………………………… 76
奇绝白石山 ……………………………………… 79
在残缺的缝隙里凝望 …………………………… 81
秦俑观感 ………………………………………… 85
嶂石岩印象 ……………………………………… 86
独步金山 ………………………………………… 89
初识黄山 ………………………………………… 93
崂山之悟 ………………………………………… 97
夏游云台山 ……………………………………… 98
夜上草原 ………………………………………… 101
清凉野三坡 ……………………………………… 103
长岛记忆 ………………………………………… 106
焦山访碑 ………………………………………… 108
梦里普陀 ………………………………………… 111
登泰山 …………………………………………… 114

武周山下拜"石窟" …………………… 116
长城,用目光抚摸你的沧桑 …………… 121
日照传说 ……………………………… 125
绵山的高度 …………………………… 128
访大雁塔 ……………………………… 131

卷三:万物生长

栽一片茶心 …………………………… 137
在蛙鸣声中穿行 ……………………… 138
借一缕晨光 …………………………… 140
梦行高原 ……………………………… 143
年之轮 ………………………………… 145
拾"茅窝儿" …………………………… 147
轮回之间 ……………………………… 149
滋　味 ………………………………… 150
独立行走 ……………………………… 152
快乐在心 ……………………………… 154
人生若棋 ……………………………… 157
在自己的星座发光 …………………… 158
生活若水 ……………………………… 160
雨　醉 ………………………………… 162
北国之松 ……………………………… 163
不必送行 ……………………………… 165
秋分是把伞 …………………………… 166

暮秋的觉悟	169
成败皆天意	171
独处的日子	173
静得禅心	175
痛苦弄人	176
根　脉	178
发芽的日子	180
踏　春	182
忙　夏	184
看　秋	186
恋　冬	187
找　寻	189
山村记忆	191
又见槐花开	193
把梦融进雨声里	195
采枚薄荷贴额上	196

卷四：闲境随心

张之洞的目光	201
撑起一片天	208
叫醒东方	215
姥爷的罗锅	226
母亲我想对你说	228
心落残秋	230
给孙子起名	233

遥远的绿草地 …………………………………… 234
残卷得圆记 ……………………………………… 236
《恩湛画稿》过眼 ……………………………… 241
《老河套》诠释运河儿女抗日精神 …………… 243
湘江风水里流淌出的《水墨村庄》 …………… 245
盛荷时节念孙犁 ………………………………… 248
中秋节里梦业勤 ………………………………… 250
序《南皮大鼓乐》 ……………………………… 253
《高风雅韵》文化雅集序 ……………………… 254
游艺修真行自远 ………………………………… 255
跳动的《紫玲珑》 ……………………………… 258
那片云彩那片天 ………………………………… 260
观海书画院首届书画精品展作品集序 ………… 262

附　录

守望精神家园的吟唱 …………………………… 265
《镜未磨》序 …………………………………… 270
目光铸成的文字 ………………………………… 272
亲切自然，挚真挚情 …………………………… 273
第一书记的责任担当——读《撑起一片天》有感 …… 275
浅谈《撑起一片天》读后感 …………………… 278
《撑起一片天》读后感 ………………………… 279
能发现有精神的散文 …………………………… 281
后　记 …………………………………………… 284

卷一:运河风光

一弯秋月卧运河

有人说下雨天是诗人的时光,可以撑伞漫步,也可以听雨敲窗,任由思绪沿着滴滴嗒嗒的节奏,去驰骋去飞扬;亦有人以为下雪天是农民的假期,或邀仨俩邻舍,围炉而坐,烫一壶老酒,天南海北地聊,天上地下地侃;或一家人燃一古铜火锅,当然是炭火且有噼噼啪啪的炸响,而后,将自产的蔬果涮将起来,末了又酽一壶老茶,品着日子的滋味,任它雪花大小、飘东飘西。

大元集团与《无名文学》社组织了一次大运河采风行,竟是选了个好响。庚子中伏天,一出行便是带着温度的,及至到了第一站谢家坝时,更是感受了阳光的暖。

对谢家坝是心仪已久的,自然,华北老师的《巧夺天工谢家坝》和福利兄的《一张弓的弧度》的美文催化了些许好奇,于是,渴望见,见了,又觉相见恨晚。

这里没有刻意的雕琢和点缀,一切似乎是天工的不经意一抹,竟然造就了一段人间奇迹。

我们来了!

一行人慢慢下到河堤半腰,沿着尺余宽的幽径小心翼翼前行。高大的夯土墙体矗立在眼前,这是一个巨大的弧形坝体。一条长235米、厚3.6米、高5米的浅褐色堤坝,俨然一尊"一夫当关万夫莫开"的守护神。尽管,它像沧州汉子般裸露着浅褐色夯土及稀疏零星的枯草,拍着胸脯"铛铛"的脆响声,诠释了香软黏稠的糯米、厚重朴实的粘土、千锤百炼的石灰和无数劳工的汗水搅拌凝结在一起的硬度。已过百年,而令人击掌叫绝的是,这座以大智慧树起的堤坝,其精湛的工艺迄今仍为世人称道。

与大坝近在咫尺,抚摸着那斑驳的土灰,已感觉它透过竹楔、贝壳、砂砾传递过来的脉动,那神秘符号给空灵的头脑注入了鲜活。忽然,有水珠滴下来,像是为前来膜拜者洗礼,同行的献县大姐灵慧惊呼,沾的光最大。望上去,原来是一位修复的工匠在灌浆时漏下来的泥水,不禁哑然失笑。

人们对古物的虔诚,源自对纯净美好的向往和追逐,故而,一碑一碣也灵异有加。直面大坝,在眼神的碰闪中愈觉自身的卑微和渺小,只有聆听的份,任凭一位历经无数次滔天浊浪冲击而风采依然的老者,在耳旁絮叨着一切。

千年古运河,哺育滋养着两岸生灵。曾经以京杭漕运的唯一通道而千帆竞渡、商贾云集。据记载,康熙、乾隆下江南时均曾经过此处。"大块风光,春畴一生,满目从容。桂棹初摇,牙樯始立,淑色烟笼。堤边对对宾鸿,村庄里,安平气融。乐至情深,读书意远,与古和同。"这是1750年康熙南巡经过南运河时填写的词,极尽溢美之意。

南运河水自南方而来,进入沧州界弯便多起来,及至连镇,倏然连拐了两个大弯,第一个先是向右突转,几近九十度弯,而后又遽然向左突转亦是几近九十度,谢家坝作为河堤的一段,位于第一个大弯后的直接冲击处,也是第二个弯的中心,在浪涛汹涌的岁月,支撑和抵御能力显得如此苍白。

明清时候,南运河处于九河下梢,水患连绵,十年就决。连窝镇(今东光县连镇)为运河古驿,商贾重地,回、汉民族和睦而居。五街与六街之间的河道拐弯处,水深湍急,常常冲毁东岸的河堤,水决时,房舍坍塌,田禾淹没,百姓流离失所,生灵涂炭,民不聊生。

谢家坝也是从运河上飘来的。

清末民初,面对肆虐水患,对冲的谢家大院主人站了出来:"守护家园,保一方平安!"他喊出了众人的心声。接着,成立了"工程班子",研讨抵御良方,谢氏乡绅主持确立了建糯米大坝的方案,并由他出资或"众筹",从江南运来一船船上万袋精选糯米,从山区买来一车车优等石灰,运河漕运逗一时繁忙,可谓当时一景。

万事俱备,召开"动员会",作为全村的行动,群策群力。于是,挑水的、熬浆的、拌灰的、夯土的,男的、女的、老的、少的,其时:回、汉两个民族的气息融合在一起,汗水和泥浆糅合在了一起,男人的夯号声跟女人兴奋的尖叫声混合在一起。

为了家园,为了子孙,为了千秋!日子是拉长的日子,以夜继昼,和着欢乐的指针跳动。

建成之后,也一定是鼓乐喧天热闹的,一村人对着大坝三叩九拜,把幸福和平安紧紧拴在上面。

1983年清淤的农民将沉睡百年的谢家坝撩开面纱,一时间耀眼夺目。2014年,谢家坝成为大运河河北段申遗成功的"两点一段"(衡水景县华家口夯土险工、沧州东光县连镇谢家坝两个遗产点,以及沧州至德州段运河河道)之一,这凝聚着人类智慧的建筑技术,吸引了水利界世界知名专家的目光。

谢家坝和对岸的景县华家口夯土险工距十余公里,东西遥相呼应,同一工艺,各呈气象,也是此行的亮点。

绕行中,微信群里有人耐不住性子,纷纷将手机"杰作"亮出来,最抢眼的便是这张文友小弭着一袭红妆撑伞独行,与凌空傲立的谢家大坝相映衬,且有蓝天白云在飘动,分明是一幅仙境仕女游画卷,亦给这冷峻的运河宝贝平添一抹温润的色调。

接下来导游小宫发出谢家坝与华家口夯土险工的诸多图片来。一时引起大伙谈趣。

哦,这是玉带绕运河呀!

更像铜墙铁壁驻其间,是一个弦月镶嵌……

有了,我暗自想,这正是一弯秋月卧运河!

不是吗?那份苍凉悲壮的神态太像秋之月了,那份恬静自守的横卧气度尤其逼真。短暂的兴奋之后又陷入困惑之中。时至今日,如此声势浩大的工程,当是惊动四面八方的,若不是偶然的挖掘,谢家坝连同谢乡绅的名字都会湮没于历史的长河中许久许久。可恰恰是对岸不远处的华家口夯土险工却记述清晰。

景县志载,华家口段在历史上曾多次决口,仅在晚清时期载入县志的就有两次决口。一次是同治九年,当时村庄全部被毁;一次是光绪二十年,庄稼全部被淹。大水横溢,漫流不止,洪水的决堤给当地百姓带来了灭顶之灾,同时严重影响了作为当时运输大动脉的航运。

宣统三年,时任知县王为仁主持修建华家口夯土险工,华家口夯土险工的坝体全长约255米,呈梯形,南北走向,采用的工艺是用特制的黄土蒸熬,加以上等的白灰,在南方特殊地理位置运来的糯米熬成浆和泥,一层一层的筑成固若金汤的坝体,它的坚硬度非常强,按照当时的检验标准,在50米外强弓拉满射箭,射在坝体上弹回来,不留痕迹。自该险工修好后,经过一个多世纪河水的冲刷和几次大洪水的侵袭,主体结构依然较好,大运河华家口段也再没有过决堤的记录,沿用至今已有百余年,展现了当时施工工艺的高超之处。据称时人是立有德政碑的,以彰其功绩。

官建和民建竟能有如此天壤之别?还是另有隐情?回、民汉皆未可知。

缘于文人刨根问底的秉性,决定一探究竟。

求助于东光籍战友,刚好炳新兄存有新编《东光县志》,便快递过来,从开篇到封底,一页页翻看,大事记、人物、水利、文物古迹……瞳孔将谢字放大,总想发现一二,结果却大失所望。有史以来,东光史志中仕官、名流竟无一谢姓人氏?东光修志自1886年始至1999年已逾百年,民国更是"断片",故使得一些重大事件缺失,成为"谜团",不免遗憾。

禁不住又向东光学者况先生探究,他回道:大坝在是最好的说明。或许谢氏乡绅乃大善大隐之人,"事了拂衣去,不留功与名",也许是飘泊海外,另有所展? 抑或谢家中道变故,迁徙他乡隐居而安? 或许这一切皆不重要,大坝仍在,它可能会延续几百、上千年,只有存活着,人们心中的烙印才会深刻。

翻看资料时,抖出十年前钱塘观潮时的些许记忆:当真是未见潮影,先闻潮声。耳边传来轰隆隆的巨响,江面仍是风平浪静。响声越来越大,犹如擂起万面战鼓,震耳欲聋。远处,雾蒙蒙的江面出现一条白线,迅猛飘移,再近,白线变成了一堵水墙,逐渐升高,随着一堵白墙的迅速向前推移,涌潮来到眼前,有万马奔腾之势,雷霆万钧之力,锐不可当。难怪每年八月初八这天,弄潮儿蜂拥,观者如潮,乃水之魅力。

水为万物之母,生万物,且为万物所惧、所盼,是离不了多不得的那种。近些年,南运河时常"断流",沧州已由泛区、涝区的"白茫茫一片任性汪洋",成为十年九旱的"干巴巴一片干裂黄土"。老作家李子曾作文《干涸的河》,并经年为运河缺水而奔走呼号,可见,水,运河水,在运河儿女心中的分量。

其实,谢家坝也是缺不得水的,它虽为水而生,与水搏击,但没有了水,长期裸露,尤其风吹日晒,部分坝体已有风化脱落,呈现星星点点的斑驳,满目疮痍,长此,又会是什么模样?

由是想,倘若有一天,运河真的发来大水,如钱塘潮般汹涌,谢家坝可以承接吗? 恐怕仅仅靠谢家坝远远不够吧?!

丈量南运河

拜谒那条古老的河,是因为这条河不仅被称作母亲河,而且跨越千年的曲水流淌,哺育着一代又一代运河儿女,将无数个黎明从沉睡中唤醒,演绎成了生命的春夏秋冬。

近期连续参与几次南运河采风,便佐证了此说不虚。

沿着南运河行走,不是简约的勘舆,也不是单纯的徒步丈量,而是追寻遥远的记忆、飘泊的符号以及魂牵梦绕的情愫。

对运河的好奇源自文学梦之初,大约在冬季。日暮时分和衣倚在靠近窗户的一处,仿佛一切都已停止,除了光阴一点一点的挪移,此时心魂纯净得了无声响,可以是围炉默读,也可以掩卷沉思,思绪在刘绍棠先生的《运河的桨声》《柳蒲人家》《渔火》里游弋,生发出对运河的美好向往,倘若有落雪定是悄无声息的,及至打开屋门一片银装素裹,才觉出冷,呼出的气息转化为清新的吐纳。

春天里百草萌动是容易产生梦的季节,于是,便有了去朝花诗社的追寻之行。我和文友骑着"大铁驴"颠簸六十多华里,走进尹圈,这里当时是文学青年向往之福地。农家小院门前是一片梨园,右边是稀疏枣林,左手有一条小路通向运河堤岸,攀爬些许便见了满是沧桑的河道、细细的水流。原来生长作家的地方竟是如此妙处?!从此结识了青年农民诗人余畅,且造就了一世的兄弟缘分。

南运河原为古老河道,谓之御河、大河。南起于山东省德州市的四女寺枢纽节制闸,流经吴桥、东光、泊头、南皮、沧县、青县至天津三岔河口与子牙河交汇后入海河,全长349公里。千百年来的流淌,滋润着一座座城市与芸芸众生,涵养着平原风情与一方人文,塑造出流经之地的运河人独有的性格,如《运河号子》样宏旷响亮,如沧州汉子般爽朗豪迈。

  我一直在想,世间的一根曲线能牵出绝世风景的,只能是河流。南运河便以其九曲十八弯的侠道柔肠,孕育出博大精深的沧海文化和运河儿女万般的柔情,润泽着两岸子孙生生世世的干涸心田,任由发芽、成长、茂盛。

  "运河沧州慢"是说南运河弯多,眼看着近在咫尺的两地,却要绕很大的弯,才能到达,这个弯便是南运河的魅力和精华所在。对南运河曲折的河道,曾有这样一段描述:从高处看,南运河处处都是弯,这些弯正是古人在开凿时为解决河水落差而设置的。古人用智慧平衡了地势与水势的冲突,减缓往来行船在此复杂地段中"堵船"的压力。众多弯道,是自然和人工合力塑就,它们的存在,可以有效减小河道高度落差,保证行船更平稳,同时消解水势,减少堤坝受力。和盘山公路、"之"字形铁路的设计有异曲同工之妙。

  眼下,要领略这"弯"的神奇,是可以选择航拍的。如果你有一台视角足够大、足够清晰的航拍机,能够从滨海小城一路向南飞到鲁北古驿德州,沿河近300多公里的河道上,近百个"Ω"形的"大弯"一路交错排布,九曲回肠,跌宕起伏,何等壮观!这弯竟是一幅布满神奇的哲思画卷:点与线、曲与直、圆与缺的简明构图,青黛、翠绿、黄赭的任意点缀,呈现出绝妙的南运河风水。

  有人说,打捞一段旧的时光,收敛支离破碎的片羽,是可以叫醒一条河流的。走在堆满秋意的路上,驻足,可见水流越来越细,有的地方已几近干涸,偏偏又有那么一丝精气神在支撑着,让河流不至于断了气脉。猜想那尚在的气息定会是沿途的百姓赋予的神奇?毕竟庄户人家和河流是经年相守的,交织和缠绕自不可少,彼此的魂灵已深入骨髓,或许可叫作相濡以沫吧。

  东西两码头是因运河从中间穿过而形成的村落,左边属东光县,右边为阜城地,倘若不是沉船的发掘,这两个村子只能沉寂于尘嚣之中。然而,一条沉船的宋金瓷器重见天日,整匝的葵花碗、荷花碟、天青盘彩晕炫目,也唤起了码头村人对运河涛声的遥远记忆。直到在吴桥县大第九村的博物馆见到了那些带有运河符号的出土物件,如网、橹、梭,乃至蓑衣、斗笠,尤其那尊向天而歌的石鱼,令人心胸远放、一任游心随风。有些时候,我们一边穿越在陌生的吸引里,一边咀嚼回味着一抹远去的况味,一切都是不可预期,一切又似在意料之中,把心沉在泥土里,去领悟天地八荒的苍茫,去抚摸河流委婉的脉动,缓行中慢步思忖,如同走进希望之域。

去捷地访碑是个飘着小雨的日子。捷地之名,最早见于《明世宗实录》,因地处九河下梢,时常发生洪灾,得名"绝堤",其后逐渐谐音,演变为"捷地"。分洪闸南端的堤岸有槐有柳,风起曼舞,添了些许生气。脚下,是一块块巨大的青色条石,用来固定条石的铆钉锈迹斑斑,脱落处尽显沧桑。闸墩之间的铁质闸门紧闭,两侧的河道内水流如溪。在一户人家的院内终于得见那幢乾隆御碑,虽是若许经年尘埃掩面,竟不失风范,只能就近打了两桶水,寻一拖把轻试浮尘方见御碑风采。

传说乾隆帝下江南,路过此地时,睡眠正醒,问随臣刘墉到了什么地方?刘墉不敢说这是捷地,唯恐触犯龙颜,便改口说:这是醒龙镇。乾隆大悦,下船观看分水河闸,并亲笔作诗提词彰显帝王爱民之心。今人借势营造"三园""三廊"成为一方之盛,倘徉其间,不免感慨系之。曾经浙商的竹货、茶品,苏商的丝绸,徽商的药材,晋商的染布……在浑雄豪迈的船工号子里,千帆竞橹,桨声灯影的漕运盛景,恍然重现。

从喧嚣到沉寂不仅仅是一条河的宿命,只有曲折的人生方能真正地透彻生命。倘若看倦了世情,走倦了风物,不如坐下来观禅洗心,灵魂深处的东西,总是安静的,是月光下铺就的一地幽兰,是一种过尽千帆的淡定,是生命中最真的底色,是岁月中最美的留白。

丈量南运河,游走在自己最喜欢的风景里,心安、心怡、豁然、爽朗,是从骨子里一点一点沁浸出来的喜欢,品赏积淀了百年的古风雅韵。

伫立岸边与大河短暂对视,仿佛它是读懂了我的,而我呢,也仿佛在这苍凉的河床中看到了那个潜在自我的未来。于是,心间在这一刻便有了通透。

漂泊记沧州

一座小城,或因水患或因匪祸,竟在谜一样的"镇遏海曲"中呱呱坠地,分渤海之沧浪,取冀瀛之部分,这便是沧州。一晃五百年就到了现在,因水而漂泊摇曳,因水而生生不息,因水而舒展蓬勃。

水生万物,沧州是临了海也临了水的,九河汇聚注定了移游,大海、河流、鱼、盐,乃至杂技、武术都是游动的符号,渤海、京杭大运河、通京官道加之平畴千里的沃野满是动的态势。沧州始于饶安,历阳信、清池(旧州)、胡苏、长芦等8次迁徙,为千年之府打上了沧桑的烙印。

漂,是需要条件的,比如风,有风才会漂动;又如水,有水才会漂游;而人,有生命才会鲜活。

这方土地上最古老的传说莫过于徐福东渡了。秦时,方士徐福算得上风光人物,凭三寸之舌弄巧,博始皇帝信,在近海处筑丱兮、千童二城,藉寻求长生之灵丹以佑主之名,选方圆百里童男童女,数度试航,终在大河口(今黄骅港)扬帆出海,率童男女三千和能工巧匠百人,携"五谷子种",荡荡东潜杳无讯息,抛下"信子节""望子岛",留下无数的呼唤。事隔经年,徐福东渡已成为茶余饭后的神话,然而,"海上丝绸之路"的考古发掘、郛堤城百具童瓮棺葬面世,再次佐证了事件的真实,黄骅港的建设者们该堂堂正正为徐福东渡入海处立一座纪念碑了,是张扬、祭奠,还是怀念?权且作为标志吧,为新港平添一处景观,也给漂泊、远行者回归燃一点儿希望的灯火。

一方水土养一方生灵,当某个物体被奉为图腾时,自然就承载了佑护一方的神圣。铁狮子便是沧州的图腾,也是这个小城的精神支撑,所以,"狮城"的称谓是名副其实的了。传说,很久以前,这里是风景优美、土地肥沃的鱼米之乡。气候温和,人又勤劳,家家户户过着平安美好的日子,连飞禽、走兽,都愿意到这里落落脚。

有一年,渤海有黑龙闹海,浊浪滔天,滨海方圆百里,生灵涂炭,民怨鼎沸,惊动天庭。文殊菩萨便派坐骑金毛狮下凡入海,长啸镇服恶龙,从此沧海太平,百业兴盛。为表彰雄狮功劳,百姓请来能工巧匠,化剑戈、铁器铸成伟狮,矗于近海,以乞平安。铁狮精巧的铸造工艺堪称奇绝,是我国铸造工艺的一大珍品。身披障泥,背负巨大莲花盆,狮身毛发呈波浪状或作卷曲状,披垂至颈部,胸前及臀部飘有束带,带端分垂于两肩及胯部,苍然而立,赫赫千年,历坎坷磨难,经风霜雨雪,威仪仍在,精神不老!

当年雄心勃勃的马可波罗想踏遍成吉思汗的每一寸疆土,以期找到这个古老国度强盛的钥匙,他先是经商,后入仕,17年间在"莫非王土"的普天之下,访古探奇,游遍华夏山水,终于成就了举世闻名的《马可波罗行纪》,一时间诱惑了整个西方世界。

元朝至元年间,大统后的元朝廷使四夷臣服,休养生息,百姓安居乐业。马可波罗是从大都南行涿州,由河间府乘乌篷小船,沿滹沱河漂行四日来到长芦(沧州),他在《马可波罗行纪》中这样描述:这里为成吉思汗辖地,是一个大城,位于大都南方,这个地区有一种含盐量很高的土,将土垒成大堆,浇上水,然后从水槽导入大锅中,煮后产出的盐,颜色雪白、质量优良。这里的丝产量很多,并用丝和金丝制作了大量的布匹和华丽奇美的披肩。盛产一种美味的桃子,口感很好,果实大,一颗桃重达一磅。这座城市在司法上管理着许多城堡市镇,有一条大河从市郊流过,水道相连,交通非常通畅,大量的商品由这条河运往大都。煮海制盐、养蚕织衣和果品三大产业在寥寥数语中道尽。

运河,这里人是唤作"母亲河"的。是因为若干年来运河和沧州人同呼吸共命运,滋养了一代又一代沧州儿女,并留下了许多的美好传说。

五百多年前的一个早春日子,一条不起眼的帆船由杭州入运河,徐徐北上,船上一群异样打扮的人,不时被两岸的风物人情所惊诧,唯有一男子双眉紧锁,用心铭记着周围的一切。这个年轻人就是朝鲜弘文馆副校理、曾中第三名进士的崔溥。大明弘治元年,他奉王命去济州岛扫墓,突遇风暴,"惊涛畏浪,掀天鼓海,帆席尽破",同船43人飘至台州海滨获救,后抵宁波、杭州,沿京杭大运河到达北京,途经鸭绿江回国,历经135天,行程8000余里,写出了举世闻名的《漂海录》,被誉为东方的马可波罗,他一路记述了六百多个城市、码头、驿站的地名。至南运河段,对连镇码头的市井风味,冯口码头的繁华夜景,以及兴济码头的商铺林立描写细致,他还观察了"江南女子皆左衽,沧州以北女子皆右衽,唯沧州女子或左或右"。在这个人眼里,沧州不仅是九河交汇的苍茫之洲、商贾云集的繁华之州,也是南北文化的聚合之所在。

乾隆帝南巡路过捷地减河水坝时,睡眠正醒,问随行大臣刘墉,这是什么地方?刘墉不敢说这是捷地(谐音绝地),唯恐触犯龙颜,他便改口说:"这是醒龙镇。"乾隆大悦,亲自下船实地查看漕运分水,并即兴为此地题五言诗词:"置闸缘蓄流,设坝因减水。其用虽曰殊,同为漕运起。弱则蓄使壮,盛以减其驶。操纵固由人,而要在明理。易其闸为坝,实自辛卯始。忆从河决北,几致运废矣。因之河流微,迴空逮冬底。漕川常不满,那更言及此。竭力督饬之,昨秋复旧美。驻舟兹一观,坝下凝波醴。是亦见一徵,事在人为耳。"乾隆御笔题写漕运诗在历代帝王中鲜见,被后世奉为水运佳唱。

次日,龙舟沿京杭大运河南行,憩泊于冯口码头,旌旗猎猎之下,乾隆帝遥岑远目,沃野千里,盛景尽收。这时,有史官介绍南皮古城,曾是三国曹操伐袁之故地,前方不远处还有中华诗祖、西周大臣尹吉甫的茔地。尹吉甫乃西周封矩人(今南皮县),是周朝有名的"文化附众,武以威敌"的贤臣。北方蛮夷猃狁侵扰中原,逼近西周都城镐京时,周宣王命尹吉甫为大将军,率兵讨伐,不日平定。《诗经》记载:"戎车既安,如轾如轩。四牡既佶,且佶且闲。薄伐猃狁,至于太原。文武吉甫,万邦为宪。"死后葬于家乡,当地百姓念其功,造墓以表,俗称"将军坟"。乾隆帝闻听感慨良多,击节称颂,赋诗赞曰:"表闾旌淑重时巡,古墓遣官例致裡;为请七宫周彩德,遐思千载拜驰神;刚柔还以山甫勖,孝友惟应张仲伦;虚说长年尚余树,清且永世属斯人。"随之,命吏部侍郎曹秀先到坟前祭奠,并撰写碑文竖碑纪念。

每一条河流都是有色彩的,京杭大运河在沧州逶迤253公里,九曲百回中蕴含着生命延伸的轨迹。每每徜徉在运河沿上,踩着无数先辈倔强的印痕,似在体味纤夫号子的呐喊、武聚狮城"镖不喊沧"的豪迈、杂技艺人四海漂泊的悲怆。躬身拣拾千年古城文明的叶叶碎片,任思绪在心间激荡,禁不住面对涓涓运河发问:一代过去一代又来,千古传奇是今日奇迹的层层序幕,作为运河儿女,在今日沧州的进程中,你是谁?是一棵树、一块石甚或一粒沙……

任凭漂泊,家乡,是子孙永远的天堂,未来会有新的传奇,等待着我们和你们续写。

一个村庄和一座城的命名

每一个村庄,都有自己的脉络,从历史的风尘里走来,定格成今天的模样。

刁公楼就是这样一个极不起眼的村庄,藏在冀鲁边区漳卫新河的臂弯里,过着风轻云淡的日子,若不是寻访古村落,竟也鲜有人提及。

在来路上,我曾如是想:盘亘千年的村庄而仍在,便是有其奇妙之处的。居冀鲁相交之地,便承了齐鲁仁礼之古风,又汲取燕赵慷慨之豪气,历经多年的风栉雨沐状态依然,是藉了一方之风水的。那个宋代沈括凭着一双慧眼对此地如此描述:太行山东麓有一条带状卵石堆积,里边含有蚌、螺壳化石,断定那里曾是海岸线,燕南齐北之平原早先是一片汪洋大海,造山运动让此地逐渐隆起,海退河淤,沧海变桑田,实生旺之所在。

刁公楼的奠基者是位唤作刁协的先生,东晋渤海饶安人(今属南皮)。少时喜儒家典籍,博闻强记,为乡里俊彦。遴选入仕后,文可授学制定典章礼仪,武能相国参军驰聘疆场,因此辅佐三朝皇帝,官拜尚书令,加授金紫光禄大夫。

大才者多孤傲之气,刁协乃有渤海人生性强悍的秉性,是个直脾气,虽身居权力中心,竟置官场的"弯弯绕"于不顾,凡事都崇上抑下,便惹得琅琊王氏等门阀权贵对他心怀怨愤。但他的厚道、忠君、干事,颇得晋元帝的宠信。后奉元帝意旨改革朝政,推行一系列"刻碎之政",以排抑豪强,得罪了整个士大夫阶层,激起政变。他曾把改革不成功的愤懑连同个人的荣辱、皇权的岌岌可危,写在《刁氏辞》中,言推行新政之艰,大有"阴风怒号,浊浪排空"之势。但奸佞得志、忠臣遭贬,致使他的满腔抱负付诸东流,竟落得被叛军斩首的下场,殃及刁氏满门,悲悯莫名。尽管日后有明君为其沉冤昭雪,也"长使英雄泪满襟"。

"海宝公园里有你的老乡呢!"

"哪一位?"

"看看不就知道了。"

那是随西域采风团行至银川,领队知我是沧州人便善意告知。

他乡遇故知当为幸事。好奇心使然吃过晚餐,竟然顾不上洗漱,匆匆赶了过去。哦,好气派的园子里唯有12尊塑像弥漫着彰显着厚朴之风。铁铸墨色坐像的老者便是渤海人——南北朝治水名臣刁雍。与我想象中大将军的威武模样却大相径庭,清瘦且朗毅,翘起的胡须俨然仙风拂柳,大有儒将之范,双眸透露出了他执着、刚强的性格,沿着他奕奕有神的目光,仿佛看到了初到授命于薄骨律镇时的忧虑:荒蛮之地,杂居之所,匪患出没,民不聊生,哀鸿遍野。这位刁大将军秉承了乃祖实干之能,学大禹治水之法,先是开凿"艾山渠",灌溉良田数万亩,以致"家中有粮心中不慌",民心得稳;继而"牵屯山河水次",一冬造船200艘,始开黄河水运,为宁夏古代运输史上之创举,建成上与青海、甘肃,下与内蒙古联结的一条水路交通大动脉,不几年,将不毛之地造化成富庶之乡"塞北江南",成为北方六大重镇之一。

薄骨律镇地处防御柔然国南下侵扰的要地,原来士兵和军粮散处各地,四周没有屏蔽,非常容易受到柔然国的攻击和掠夺。刁雍多次上书,请求在河西修筑专门用于储备粮食的城堡。准奏后,刁雍便利用农闲时间,由官府出资,让老百姓在水陆交通方便的地方,用两年时间修成了一座可供大量储备粮食和屯兵的城池。

皇帝拓跋焘巡视地方,见此地兵防固若金汤、百姓丰衣足食,龙颜大悦,对守将刁雍大加赞赏,赐封该地为刁公城。

刁雍文韬武略有其祖风范,谋事处人以民为本更胜一筹。尤其为古代宁夏水利发展贡献卓著,被誉为宁夏水利发展奠基人亦当之无愧。

点和线可以连接成图画,也可以延伸思维的触角。从刁公楼至刁公城几千里之遥,就营造出一个又一个传奇。刁氏一脉从一世刁恭至九世刁柔二百余年,跨汉、两晋、魏齐至南梁六朝,代有名臣,故建尚书楼造势,碑碣林立以为传扬,时为渤海郡名门望族实至名归。清盐山人崔晓林留有诗词《过刁公楼遗址》:"西行百里过荒陬,传说刁公旧有楼。渺渺平沙无客到,白云果树自千秋。"可见几多喧嚣散尽的苍凉!

  曾看过张大千一幅叫作《根》的写意水墨,才体悟出高低不同的关节。既没有盘根错节的繁杂,也无根须延展的纤巧,其着墨处竟然是老干钻出的新枝,且呈茂盛态势。叫绝之余,便想,一村一城、一家一国何尝不如是?繁衍的气场多在笨拙无奇巧之处。

  晚清时,刁公楼又着实火了一把,走近世人视野乃至震惊南北文坛,是因为那方称谓"缺角碑"的《刁遵墓志》。

  碑文记述刁氏家族几世荣光。刁遵公,延昌三年,迁司农少卿,曾拜龙骧将军、洛州刺史,治地井井有条、平安丰裕,得万民颂扬。

  清时书界碑学大兴,《刁遵墓志》历千年湮没重见天日。乾隆朝经津南金石大家刘克纶、叶圭授、王侣樵及南皮状元府张氏推崇。此志书法浑穆峻劲,取势排宕,结体庄和。一波磔,一起落,处处含蓄,耐人寻味。康有为在《广艺舟双楫》把此志列为精品,评曰:"《刁遵志》如西湖之水,以秀美名寰中。"经包世臣、康有为两人垂青,得一拓一纸皆为时尚,逗一时洛阳纸贵。古人、今人,原碑、新拓,是谁沾了谁光鲜,抢了彩头?

  古朴与曾经的繁华,肯定不是刁公楼最牵动人心的地方。我四处寻找,试图破译千年古村落触动人们内心柔软的密码。

  徘徊在刁公楼的遗址上,似与列位先贤对话:这个村庄的传奇虽被千年的烟尘所覆盖,当每每划开尘封,总会寻到那些洪荒年代的痕迹,如同抚摸村头那棵老槐树,空洞的躯干昭示着虚怀抑或是久远之道,粗砺的表皮在提醒着我沧桑的厚度。

据说,此村刁氏后裔已迁徙四方,但刁公楼仍在,这个家族高贵的气息已融化在脚下的土地里。

南皮高韵唱古风

一方一地之立名,如有山就有水般自然,若要其声名远播,便蕴含冥冥中的契合。咱们沧州是因施老先生的一句柱言,无意中让沧州成了荒凉、贫穷的化身,这张名片着实让邑人困惑了几代。我的家乡南皮却是借了太子曹丕的光亮,晃悠悠间被冠以"南皮高韵"的名片,成为了历代文人墨客向往之所。

建安十六年初,刚刚从众皇子中脱颖而出,被立为储君的曹丕踌躇满志,欲展示其文韬武略,谋士吴质建言:应到曹家盛地南皮一行,一可彰显(魏)武帝之功绩,二可集聚文友乘兴娱乐。君臣灵犀相通,遂成此行。

初夏时分,麦黄柳绿,和风阵阵。曹丕携吴质等文人从邺城乘船沿大清河顺流而下。曹魏一统中原已近十年,觉沃野千里,村落棋布,码头渡口,酒肆林立,一派繁华。太子加冕不日,所乘虽无猎猎旌旗之招摇,也无鼓乐交鸣之喧嚣,但看两岸翠柳摇曳、麦浪接天,也足以游目骋怀、诗兴勃发。逶迤水路五百里,两三日便到南皮。

南皮,先秦置县,汉魏时为渤海郡治达五百年之久。因其地处平原,九河泽被,物产丰饶,水草茂盛,风光宜人,曾经繁华。又有西周大将、诗祖尹吉甫墓、姜尚垂钓之钓鱼台、五垒城、范丹居等风物古迹,为文人骚客所青睐。

昔年,曹操破南皮斩袁谭于城下,聊发英武气概,以日射六十三头为荣,曹丕为讨好父亲,曾命工匠在城北筑"射雉台",游赏射猎,后人称为"燕友台"。那时,南皮古城西南百步有一古井,相传为黄帝穿凿,伯益所修,井水清澈甘洌,名曰寒冰井。大家欢娱休闲时,将甘瓜、朱李掷井口,取出后食之,倍加清凉可口,祛暑解热,沁人心脾。曹丕在《与朝歌令吴质书》中描述了当时在南皮的情景:"每念昔日南皮之游,诚不可忘。既妙思六经,逍遥百氏……驰骛北场,旅舍南馆。浮甘瓜于清泉,沉朱李于寒水。""浮瓜沉李"的典故由此而得。

建安文学以群体性的诗赋酬酢、互相唱和为要,被誉为"邺下风流"。"建安七子"在南皮宴集活动可逞一时之胜景。宴集时,美酒佳肴、清歌妙舞固不可少,高谈阔论、赋诗唱和则是其主打。阮瑀南皮之游时留下了"昔会渤海时,南皮戏清沚"的感怀。宋人苏颂高度评价了南皮之游:"追寻燕友南皮会,谁继曹刘七子诗。"故而同朝沈约用"南皮高韵"之句来指喻建安时期的文学繁荣景况。南皮也因其高韵而被历代文人所追捧乃至名满天下。

文脉厚重,方能久远传承。如同这里厚厚的沙土地,掘下去一米依然本质,捧起一把,它会从指间散散地滑下来,可当你将种子埋进去,就会感受到密实的包裹,生出的枝蔓倔强而鲜活,结出的瓜果竟是甘甘的脆甜。南皮高韵是一面旗帜,开群体艺术先河而垂史册,被本土后学奉为楷模,晋南皮人石崇、欧阳建与名士左思、潘岳等结成诗社,号称"金谷二十四支",为时人推崇;北齐南皮人李铉结伴乡党求解经诗,著书开馆授业,弟子数百人,成当朝大儒;清代张之万、张之洞兄弟以诗词书画,结交清流,跻身名相行列;当代文人灿若群星,仅作家王蒙著述上千万字,名贯中外,无愧大师称号。

近日,编辑校本教材《南皮古今书画选》,常常与古代先贤默默相对,试想:千年古县催生了南皮高韵的葳蕤,造就了一代接一代的人文荟萃,编织了一个又一个梦想。你们将繁华、荣耀、自豪,统统抛下来,戴在我们头上,且用血脉的眼神审视着一举一动。倘若有酒,一定会满满斟上三杯,恭恭敬敬道声"你们辛苦"!

南皮高韵是高雅,是风度,更是一种精神。像水墨记忆,不仅仅是行走时的感觉,更是不经意间的铭刻。

花开清凉江

立夏,是一个节气,春夏交汇时节;也是花草爬蔓的日子,燕子依、牵牛花……连同情绪。站在初夏的门槛上,一边是对春的留恋,一边是对夏的梦想。

伫立村头,向很远很远的地方望去,一条泛黄的土路消失在视线所及的地方,被田野的一片绿色掩映起来。想必在看不见的地方,路依然延伸,生长到遥远的地方。

天,水洗过般湛蓝,偶尔也泛出一片片青色,云是飘来荡去、变幻莫测的。有时堆起一朵朵的棉花白,瞬间,或许又淡若散片,依然是一幅画的模样,只是添加些灵动和意境。

村头篱笆墙上的牵牛花依旧不紧不慢地开着,或可为远望的目光添一抹紫色的幔,当然,那紫色尚浅,支撑着腰身呈张开状,也似不停向远方张望的样子。

篱笆墙外便是瘸叔家的一片梨园,和万亩观赏园相邻,便也沾了些彩头。梨花季里,游人会不自觉地在他的老树下合影什么的,瘸叔当是来了亲戚般,不停忙活。他是梨园通,有关梨树、梨花、梨园的来龙去脉、前世今生、传说故事,一篓篓的总也倒不尽,常常放下手中的活儿,和游人聊上瘾,人们就唤他"故事篓子"。

瘸叔本姓王,附近人不习惯称呼其名号,瘸爷、瘸叔、瘸哥叫得响亮着呢,他也习以为常,囫囵地应着。瘸叔出生时是小儿麻痹,少时爬行,挨家挨户地乞讨,是千家饭养活的。村集体时担任梨园保卫,挂着拐一颠一颠的,寂寞时便一阵风似地窜,尔后,吼一通京梆混杂的调调,累了,便掏出随身携带的箫来,先是摩擦一番,才悠悠吹起来。

近午时,瘸叔便在老梨树下自斟自饮。敞开的布袋里有煮花生米、几个干刀鱼,外加三枚鸡翅,梨花谢时,花飘落上面,有人逗趣叫作"一白三黄菜"呢。瘸叔并不较真,随人说去呗,他喜欢望着不远处的清凉江水出神,偶尔也拿出包浆满满的竹箫吹上三两曲子,低沉浑厚,听久了才咂出滋味。

清凉江只是九河下梢的一条支渠,北方河沟多,没有大气象的称谓,有人在树荫下乘凉就大着胆子,起了个清凉江的名号,倒也叫响了。

水到处便润泽,对十年九旱的北方来说,水尤为金贵,一方水土养一地生灵哟。

瘸叔自小在清凉江边上长大,串百家门,吃百家饭,尝尽了酸甜苦辣,心里也种下了不尽的感恩和良善。

其实,他也蛮神秘的。瘸叔腿有残疾,心眼倒实诚。看梨园那年,捡到一个厚厚的包裹,打开一看是个弃婴,顿时,傻了眼,慌了神,抱回家喂了一礼拜面糊糊,才见了人形。弃婴取名梨花,成了瘸叔的掌中宝贝。

春日渐远,初夏如期而至,却也是瘸叔叹息最多的日子。

那一年,刚刚高中毕业的梨花,被镇上梨博馆选中做了导游,偏偏一伙拍电影的来了,又被选上做演员,梨花就跟了去。虽然后来,梨花时常打电话回来,也快递些甜蜜的照片,可瘸叔每每这时总是眼里蒙上一层雾霜,片刻的恍然之后,是心底的一声叹息。

一场雨来得悄无声息,田野更加水灵。雨丝敲打着树木、小草、花儿,还有远远的红瓦白墙,云雾缭绕,如梦如幻。雨水过后,翠绿的叶子上,有无数雨珠儿在阳光的照耀下,泛着亮光,摇摇欲滴。虽然此时,梨花刚刚谢尽,品不到"梨花带雨"的怆然美景,但仍有洁白成串的槐花、层叠碧绿的榆钱呢,细雨润过,动人的姿态,竟也不输给梨花。

呜呜……箫声又起,瘸叔总是将木拐放在腿边,背倚着老槐树,眼睛在清凉江水上游移,足足的气息从竹箫里滑出来,低吟浅唱,余音袅袅飘向远方,像是寻觅,又似在述说着什么……

前几日有朋友从清凉江边来,说是带了两件礼物给我。一件是瘸叔的近况,梨花在京城站稳脚后,专程回到老家,生拉硬拽让瘸叔到皇城根下去享清福了。然而只过了个冬季,瘸叔一瘸一拐的身影又晃荡在清凉江边,逢人便叨叨,是咱命穷,不喝清凉江的水,气都喘不匀呢?

另一件是女书法家王霞的洒金扇面章草,四个大字:花开见佛,中间嵌一段蝇头小楷经文,淡墨写就,虽小尺寸,可见大气象。好个花开见佛!不由思忖,佛在哪里?在天上?还是在远方?细想想,佛是善的化身,就在身边呀,老人、父母、师长……

找到答案,便定型了一个念想:明年梨花开时,我们还要故地重游,拜访瘸叔去。

2018 年 5 月 11 日载于《沧州日报》

东光有桑葚

"葚子,甜葚子,东光的葚子!"倘若以为是听到市井的叫卖声那就错了,其实,这是入冬后的第一个寒冷天,在东光县王青庄生态园见到古桑林时童年记忆的萦响。古桑树,散散落落,仅这庄上就有近百棵,细打听大都有五六百岁的光景,于人近乎神圣,于树亦应具灵性呐,如一尊尊坐佛,筋骨铁红,百草萧瑟中超然故我,沐风霜而枝蔓展逸,给村落平添了些许古朴祥瑞之气。

东光曾称谓"茧城",在城东十多里去处,遗址尚存。茧城必多蚕,叶阔则蚕肥,桑树遍布乡野便在情理之中了。相传唐太宗年间,纪王李慎有个名叫楚媛的女儿,相貌非凡,风度娴静,且心灵手巧,酷爱养蚕织锦。身为公主不慕富贵荣华,愿降身民间过农耕桑织的生活。后她被封爵,做了东光县主。上任后,便脱掉了华丽的宫妆,穿上百姓的衣裳,微服私访。看到当地百姓生活贫苦,就引导百姓植桑养蚕织锦。经年,这里桑树成荫,蚕茧遍地,丝锦繁多,借连镇、霞口码头商埠之力,通达八方,成为方圆知名的蚕丝品集散地,时人将东光冠以"茧城"以纪念其恩德。

桑树耐旱抗碱,适宜平原生长。"桃三杏四梨五年,桑树当年就换钱"的农谚,是对桑树既能结葚果食用又能以叶喂蚕的赞许。桑葚在这里叫"葚子",去桑加子更显得贴近许多,仅仅这称呼的变化,就把乡土气息里的率真和朴实蕴含其中了。葚子虽是木本,但果实由颗粒聚合而成,外形呈穗状,看起来如浆果般模样。刚挂果时的葚子,颜色碧绿通透,浑然为翡翠串珠;不久又变得红彤流光,如同绛彩一般;熟透时,紫红的葚子,高挂枝头,叫人馋涎欲滴。采一枚含进口里,唇齿间顿生津液,酸甜爽口,清凉润喉。早在两千多年前,就已是宫廷御用补品,怪不得被称为"民间圣果"呐!晋代文学家傅玄好游历,喜辞赋,曾作《桑葚赋》:"繁实离离,含甘吐液,翠朱三变,或玄或白,佳味殊滋,食之无斁。"从形、态、色、味不同视角喻桑葚之美;唐朝张籍的《咏桑》:"农人植田园,本意为养蚕。缚茧成丝帛,锦绣暖人间。枝繁复叶茂,桑葚红欲燃。儿童争采摘,回忆也香甜。"朗朗上口,为世人传颂;清代叶申芗在《阮郎归》中这样描述:"南风送暖麦齐腰,桑畴葚正饶,翠珠三变画难描,累累珠满苞。"可谓妙手神笔、惟妙惟肖……

"葚子,甜葚子,东光的葚子熟了!"与东光邻居,从孩提时便成了桑葚的俘虏。每每立夏时节,走街串巷的东光小卖就多起来,邻居的酸奶奶就拿一瓦盆,舀半瓢陈年黄豆兑换葚子给我们吃,常常坐在门墩上讲起"东光葚子救燕王"的故事。说的是明朝,燕王朱棣发动靖难之役。攻打德州时,遭到了山东参政铁铉的拼死抵抗。铁铉设计诈降,在城门上预设铁板,朱棣信以为真,率领大军大摇大摆走进城门。城墙上的守军一看朱棣到了，猛然掀动机关，铁板骤然砸下，燕王一看不好，慌得一提缰绳，铁板让过朱棣，一下子打在坐骑屁股上，燕王被甩出一丈多远，亏得部下拼死相救，才得以保全性命，落荒而窜，一口气逃到东光地界。由于惊吓过度，朱棣头疼如裂，腰膝酸软，大便难解，痛苦非常，已经无法骑马行走，偏偏又赶上下雨，天地间灰白难辨。正在这时，探马来报，发现前面有一片桑树林，将官们搀着朱棣到树林歇息，然后四处派人到附近村庄寻找食物，派出去的人好几拨了，也没有找到一粒粮食。原来附近村民早就接到山东官府的命令，坚壁清野，逃难去了。朱棣无奈只好挖地掘井取水，饿了吃桑葚裹腹。出乎意料的是，几天后，朱棣的头疼头晕的现象消失了，便秘的现象也好了，整个人神清气爽。朱棣即位后，念念不忘此事，还专门派人到此地探访，补栽了当初大军砍伐的一些桑树，并将桑葚作为贡品，命御医用桑葚加蜜做成贻果，长年服用。

这是个生长传说的地方。东光居燕南齐北，平畴沃野，运河两岸，商埠相连，本是五谷丰登、安居乐业之得天独厚所在。怎奈从齐桓公北伐山戎到元蒙铁蹄逐鹿中原，历朝兵家必争，狼烟未断。元末，两次蝗灾肆虐，使得桑穷榆枯，再加上战争的杀戮，更是"生灵涂炭、村庄凋敝"。明朝定都北京后，移民兴业，扶持农桑，才使得这里浴火重生，古桑林当是明朝永乐中兴的产物。桑农说，老桑树上结的葚子汁浓果艳，吃了心情会变得美好和善，就连鸟儿的声音都会变得更好听。因之，老桑树在一个个传说中愈加苍古，桑葚也在一个个的记忆里蓄足了水分变得水灵起来，汲满果汁越发的甘甜了。

"葚子，甜葚子，东光的葚子甜透心呐！"古桑林已渐行渐远，但那甜甜的诱惑若蚕的丝越抽越密。这时，东光词作家祁国明用微信发来新作，填卜算子词《桑林记忆》："古树绿参差，叶唱黄鹂鸟。紫透殷红信手尝，往事心中绕。记忆一箩筐，步影林中袅。醒了庄生梦蝶飞，满个无由恼。"祁国明是本地人，对桑林参悟颇深，情感就显得厚重而浓烈，一如桑葚,把桑农的生活染成了紫色。

生态园主再三邀我们明年五月来采摘葚子,是啊,明年的桑葚当是更加光鲜、令人垂涎!于是借司马迁老先生语答复道:"虽不可至,心向往之。"

寻找蘸着麦香的味道

是恋乡念土的情结抑或是久居小城的疲惫,总觉得这喧嚣繁华的小城与我已渐行渐远。透过薄雾和密集,常常向路的远方张望,当然,不是尽头,而是梦的生发之地,找寻让我魂牵梦绕的麦香的味道。

那些年,家里是有几亩田的,在河北洼里,离村较远,和邻县的岗碱村接地,每每去时,要跨过一条叫四港新的小河,因是九河下梢,四季少水流,河沿上有树,杨柳间或有几株槐树,借了洼的光,便生的翁郁,闲下来可以乘凉。几垄麦,横窄纵长,抵在邻村的果园。

麦熟一晌宛若开屏之雀,麦芒爆开,整片的金光灿灿,一洼的清香升腾,远处,果园的绿也是浓浓的,便看作是呼应。起先,父亲是家里的主要劳动力,开镰他总是打头阵在前面割,有时还替后面的人代上一垄,落我们远时,就咳几声嗓,拿毛巾擦把汗水,冲后面摇摇毛巾,那意思再明白不过,加油呗。

常常是日上三竿,母亲叫"吃饭喽",才让我们停下劳作。饭,一般是死面饼,也叫"腰里壮",能搪些时辰,菜有干刀鱼、阳沟葱和腌制的"姜不辣",学名称菊芋,入冬前埋下几颗开春便会蓬蓬地生出一片,脆且有些嚼头,绿豆汤盛在铜壶里,轮着解渴,母亲下地捡拾麦穗,也不忘回头嘱咐:"慢点喝,不急不急。"

割麦的镰颇锋利,冗长的垄头,割一遭会有些钝,便寻一树荫,坐下来,边磨镰边舒几下筋骨。累了,索性躺在麦铺上,直直腰,眯着眼,抓几穗麦,猛吸几口麦的奶香,似醉非醉间来了精神,一个鲤鱼打挺,复又投入抢收中。父亲说,麦收贵在一个"抢"字,倘若一场雨雹下来便糟蹋了收成。于是,五更起半夜睡地忙活,直到收成运到场里,才算缓口气息。其实,老农们总结的"四大累":割麦、脱坯、挖河、打堤。把割麦子放在首位,便含了急的成分,把抢收和抢种谓之"双抢",可见了六月天的无常。

麦场是户户相连的,多呈圆形。场边栽有几株枣树或杏树,靠近坑塘,便有了水源,利于轧场又防火患。接下来进行晾晒、碾压、扬场、打簸箕几道工序。

扬场和打簸箕是颇有些讲究的。大都是老者,岩叔便是族人中的行家里手,他顶一个脱圈草帽,围着碾压后的麦堆转上一圈,辨好风向,手端木锨偏风而立,一锨锨抖腕扬出,麦粒如网状散落和秕糠形成界河,一会儿工夫,麦粒积堆成山。岩叔额头有汗浸出,便摘下草帽,忽扇着古铜样的脸面,或舀一瓢水"咕咚咚"饮下,或摘枚杏含在口里,抑或捧起熟熟滚烫的新麦咀嚼着,露出舒心的满意。也许这就是父辈的低廉的寄托和追求,民以食为天呐!这种诱惑源自生活的本真,剥去了包裹着的外壳,只剩下原始的初心,故而,打湿了一代又一代人梦的家园。

麦香对游子而言是难以割舍的心结。麦穗是岩叔的独女,小我五六岁的样子,倔倔的有些个性,是个命运的宠儿,后来她考上了华北农业大学,随之公派日本留学,毕业后分配到省里的农科所。

微信平台,不仅颠覆了人们的思维观念,在某种程度上,也浓缩了空间,拉近了人与人的距离。有一次,被高中同学拉进村里人建的群,许多群友是故旧亲朋,聊过去、聊现在、聊未来,很是开心。偶然间,在群里收到了麦穗的请柬,邀请我参加她在村上办的周年庆典。我懵懂间,只好求助群友,一会工夫一头雾水云开雾散。

原来,麦穗为了让岩叔老两口到省城享享清福,买了错层套房,将老人接到楼上,谁知,才三个月的时间,老两口禁不得憋闷,不辞而别坐班车回了村里,并撂下话:城里乌烟瘴气的日子没法过,想孝顺,回村里来。麦穗犟不过老人,退职后举家迁回村里,承包了村上千亩盐碱地,培育出了"红芒一号"抗盐碱麦种,成立了农业合作社,还要办农产品加工厂呐。

  庆典仪式就在村里的千亩盐碱地边,见到麦穗,她已是徐娘半老的光景,站在主席台上,拿起话筒,就哽咽起来:"我之所以实现二次创业,有赖于好政策的鼓励、父母的激励和所学专业助力,搞了半辈子农作物研究,这回算是找到了广阔的空间,是麦香牵引着我们回来的,还不老,能为家乡做点事就好。"我,不由震撼。曾想,在乡村置一处院落,种些花草,养点鱼虫,修养性情,对比,不免汗颜。

  有位名人说过,乡村真的什么也没有,乡村只有地气。也许他们的选择是基于感恩,也许他们一头扑进广袤的田野是为找寻理想的归宿。他们心底装着的仅仅是麦香吗,或许更多的是一缕阳光吧。

没有休止符的流淌

  近来,常常看电视里的鉴宝节目,每每出现年代久远的精美物件时,全场人尤其是鉴定专家们眼里会流露出熠熠的光亮。何况千年的大运河呢?借白云大妈的话说,那古老、苍凉、神奇、鲜活的故事一串串海了去了……

  五百多年前的一个早春日,一条不起眼的帆船由杭州入运河,徐徐北上,船上一群异样打扮的人,不时被两岸的风物人情所惊诧,唯有一男子双眉紧锁,用心铭记着周围的一切。这个年轻人就是朝鲜弘文馆副校理、曾中第三名进士的崔溥。大明弘治元年,他奉王命去济州岛扫墓,突遇风暴,"惊涛畏浪,掀天鼓海,帆席尽破",同船43人飘至台州海滨获救,后抵宁波、杭州,沿京杭大运河到达北京,途经鸭绿江回国,历经135天,行程8000余里,写出了举世闻名的《漂海录》,被誉为东方的马可波罗。他一路记述了六百多个城市、码头、驿站的地名。至南运河段,对连镇码头的市井风味,冯口码头的繁华夜景,以及兴济码头的商贾云集描写细致,他还观察了"江南女子皆左衽,沧州以北女子皆右衽,唯沧州女子或左或右";见证了沧州不仅是九河交汇的苍茫之洲,也是南北文化的聚合之所在。

  清代乾隆皇帝御龙舟南巡,憩泊于冯口码头,旌旗猎猎之下,乾隆帝遥岑远目,浩荡平原,沃野千里,盛景尽收。这时,有史官介绍南皮是先秦置县之古城,为渤海郡治,曾是三国曹操伐袁之故地,前方不远处有西周大臣尹吉甫茔地。尹吉甫乃西周封距人(今南皮县),是周朝有名的"文以附众,武以威敌"的贤臣。时北方蛮夷猃狁侵扰中原,逼近西周都城镐。周宣王命尹吉甫为大将军,率兵讨伐,不日平定。《诗经》中记载:"戎车既安,如轾如轩。四牡既佶,且佶且闲。薄伐猃狁,至于太原。文武吉甫,万邦为宪。"死后葬于家乡,当地百姓念其功,造墓以表,俗称"将军坟"。乾隆帝听后感其贤德,赋诗赞曰:"表间旌淑重时巡,古墓遣官例致禋;为请七宫周彩德,遐思千载拜驰神;刚柔还以山甫勋,孝友惟应张仲伦;虚说长年尚余树,清且永世属斯人。"随之,命史部侍郎曹秀先到坟前祭奠,并撰写碑文竖碑纪念。

  时下将军坟依然矗立在秋风萧瑟中,枯草败叶如同古老的纸钱簇拥着千年神灵。只不过横跨南北的高速路上隆隆的轰鸣,淹没了古运河的涛声和往日的宁静。

  那年,沧州团地委组织了一次文学青年座谈会,在地招的会议室,我认识了朝华诗社的余守春,并相约择日前去拜访,从此一个农家小子和一个响当当的农民诗人结了缘。尹圈是朝华诗社的发祥地,傍着运河的小村庄,一度成了燕赵大地文学青年的向往。于是,我和文友小林、党远在一个春夏之交的早晨就出发了,每人一辆自行车,顺着大浪淀洼地一路西行。土路、旧车,加上乍暖还寒的季风,滋味有了些许。起初欢声和笑语是有的,像是农家院里葡萄架的光景,色是紫紫的,含着梦,放在嘴里嚼两下,竟是涩后甘甜。到了冯家口镇,天已热起来,一路七十里骑来,我们已汗流浃背,双腿有些酥麻。经打听去尹圈已很近,但过道是铁路下的涵洞,正在维修,且附近没有路,只得买了屉蒸包扫兴返程。在四港新河坡上我们仨人围坐野餐,只是兴致索然,草草抚慰下肚子,就东倒西歪在杂草上睡着了。河坡上有树,一片斑驳的影入得梦来。

　　是年秋,约定终于如愿以偿。进得尹圈,先看到几株枝展叶茂的树,拐过来,就是余兄一家人的笑脸。攀谈许久,余兄说,到了他这不看看运河,就虚了此行。我们便响应。这是枝叶离不开根脉的情结么?余兄领我们沿运河慢步。水流、枣林、梨园、庄稼,天然构图,相映成趣。难怪运河儿女把运河称作母亲河啊,这是哺育之恩呢!被两岸诱人的气息所感,不由想起一位老者的诗:"秋风过梨园,顿开茅酒坛,醉了地、醉了天、醉了人心田。"

　　三十年过去,我和余兄已成莫逆。有时大半夜他喝高了打电话来,总是先云一通"九月九的酒啊、牵着梦的手啊,春打六九头啊"之类,接下来就是豪言壮语:"咱是运河的儿子,咱是农民的儿子,咱是铁铁的哥们儿。……"

　　"南运河风水"是改革开放初期的系列小说篇目。我是每篇必读的,作者是知名作家李子老师,并不是因为他曾生活在南皮的缘故,而是那熟悉的乡音乡情。时隔多年,有的人物一闭上眼还能跳跃出来。由此,我对运河开始琢磨起来。京杭大运河全长近1800公里,贯通五省十八市,分为七段,即通惠河、北运河、南运河、鲁运河、中运河、里运河和江南运河。而南运河大部在燕南鲁北的沧州域内。古沧州人谓之大河,意为九河之首。清代刘鸿仪曾作《沧州晚眺》:"北去朝宗近,群流赴大河。

城随帆影动,舸系柳荫多。"沧州虽水系密布,沟渠繁多,乃九河下梢,却是十年九旱,古有"需水时无,抑水时至"的说法。那一篇《啊干涸的河》可谓振聋发聩,仿佛一声声救救母亲河的呼唤,搅动了整个沧州——南运河,你的神韵在哪里?

几次行走在干涸的运河古道里,目睹满目疮痍的河床,运河无船、无水、无堤……文明,被一颗颗熏染的心在污染;完美,被一具具残缺的肢体在侵蚀;智慧,被一个个愚昧的灵魂在扼杀……

江河是有灵性的。它有时会像母亲一样善良和宽容,无可奈何往日的精彩和繁华渐行渐远,然而当愚昧和暴虐造极时,衍生给人间的必然是灾难或者泯灭。

终于,大浪淀水库的诞生带来了福音,南运河灵动了,有了色彩。然而,人们更期待的是千年大河不停歇地流淌。

大洼四章

一 秋 韵

大洼,是位于渤海之滨近二百华里的湿地。在燕南齐北之间,被称为"地球之肾",这里的土语叫"大洼"。

走进大洼的日子,时在中秋。

三五人终于成行,是读了北夫先生的些许文字,若赏八眠蚕丝、品悟那份浓烈的乡土之情,于是,大洼之秋韵便诱人的很了。

秋,对于北方中原来说是个回报的季节,处处裹金镶银,连同浓浓的气息都饱胀着欲崩似裂。路旁,几畦红椒朝天,一片火热里透出的是大洼人迎客的情衲。

大洼,村落明显稀疏起来。不多见的红高粱是这里密植的物产,宽阔的枝叶层层叠叠,显示着厚重和力量,穗头沉沉,轻染淡红。想见,春华尽退的秋之果实,应是这般模样吧。已故画家石鲁先生曾有一幅经典之作,名为《高粱红了》,看过的人,触景生情,自然令人流露出对秋的醉意。穿过"芦荡之岛"的遗址,眼前一阵豁亮:这就是被称作"地球之肾"的几十万亩洼淀湿地了。

有一位先人曾预言:当人类难以见到绿色的时候,那就是地球末日。然而,大洼的灵性,皆在于生态的原始植被和历史沉淀的延续。放眼大洼,绿意盈目,蓬蓬勃勃,一派生机。树是绿的,可见垂柳绕堤,枝条漫坡,或有三两株红荆参杂其间,伸展着倔强的枝丫,挺挺迎风。前朝故人曾有"村后柳堤栽红荆,一片芳菲点点心"的乡村小唱。可秋之大洼,红荆却如大洼汉子一样,经历风霜雨雪的侵蚀,愈加豪情满怀,向天而歌。浪漫处,吐露点点粉色,恰似"绿海丛中片片红",浑然天成。大洼里最迷人的,便是碧绿的芦苇了。大洼是连着海的。站在堤上游目远眺,绿浪接天,如潮如汐,一波未平一波又起。无论你是哪里人,无论你有着什么样的心境,置身其间,定会被这无际的绿色所感染,心胸豁然开朗,尘世的烦杂尽吐,胸间的积郁尽舒,一派直面大海的样子。"任凭风吹浪打,胜似闲庭信步",在这里已不是伟人的境界了。

这还是原始、苍凉的大洼吗?这是一位神奇的芳草地呀!

天地生万物,水乃万物之根。大洼虽地处九河下梢,古为泄洪之域,却十年九旱。缺水的大洼是枯燥的。没有水便没有鱼,群鸟也望而却步,那样的日子,大洼里没有了歌声。好在今年天遂人愿,雨量充沛,大洼得以润泽。走进芦荡深处,苇身轻摇,芦花含烟,掩映着大洼的血脉。前行中,我们被两片遥相呼应的水泊吸引了。真是天公的精彩之笔啊!若高空俯瞰,绿野茫茫中,那水泊多像是大洼之眼啊!水泊不大,呈弦月状,恬宁、纯净得没有一丝波纹,绿苇倒影,青草引颈汲水。忽儿,有群鸟起落,水面随之抖成一块绉纱,且有一阵风铃之声荡起……难怪,大洼是鸟的故乡呢。据介绍,这里有轻歌曼舞的丹顶鹤,有大气华贵的白天鹅,也有飞身掠水的水雀……林林总总,竟有鸟类一百多种。今生还有一睹百鸟朝会的际遇吗?若巧,恰逢雁阵归来、群鹤起舞、白兔跃堤……谁还以为这是人间之境?

作为省级自然保护区加以保护当是英明之举,对于大洼,无疑是件幸事。大洼不能没有水,人间不能没有绿色。善良的人们,应该敞开滚烫的胸膛用心去呵护它,用爱去滋润它。让这片"人间仙境"生存得更长久、更长久。

惜别大洼,已正阳偏西。有人说,这里东临渤海,背倚京津,建一个度假村,商机看好。但愿大洼人不为这奇思妙想所左右。

大洼是大洼人的世界。大洼人祖祖辈辈与树木、芦荡、水、鸟、鱼、兽相伴;这方水土,铸就了大洼人粗犷、豪放的形象,延伸着大洼人生生不息的期冀和欲望。

大洼历经过千年的血雨腥风,交织着千年的悲欢离合。大洼之路是大洼人赤脚印迹的重叠,是踏踏实实的。前行吧,前面充满希望。

大洼是有灵性的、纯朴的,也是鲜亮的。

二 记 忆

苇洼好大,临着大海。我没去过。

村上有位渤海二营的老兵常常讲述早年苇洼的抗日战事,遍布着玄机,神秘且诱人。于是,那年家里翻盖房子,三户凑钱雇了两辆马车像出征一样奔向苇洼。我刚满十六岁,跟着去压车兼管点数,当然,心底的一片梦是不为人知的。

早春二月的天气,乍暖还寒。一行五人中我年龄最小,也是第一次远行,穿着爷爷的羊皮吊袄,围着棉被,坐在车厢的草料袋上,只露出一双眼睛,好奇地感受着陌生世界。

过了孟村县城便是疙疙瘩瘩的黏土路了。刚刚化冻,表层略有湿润,尚不难行,只是颠簸些。老马的蹄声和车轴的颠声交织在一起,悠悠荡荡,比弯弯曲曲的车辙还耐人寻味。

同车的三哥是贩苇的"倒爷",经常来往与苇洼之间。他原是生产队里的车把式,实行了责任制后,买了这挂车和这辕中的老马。

三哥烟瘾极大,"喇叭筒"纸烟一根接一根地熏着,一边卖弄着他在苇洼的见识。

苇洼才真叫大呐,一眼望不着边的,上春时节,苇尖冒出水面,一片片的鲜嫩,颤悠悠的,活的一般,要是到了芒种那阵儿,更是好看,那苇子穗儿,窈窈窕窕的和大闺女腰身似的……

瞧这家伙,一提起苇洼,抹了蜜似的。尽管我一脸的不屑,心里却认可他的"资格"。因为三嫂子的娘家在苇洼。

那年的麦黄时节,三哥赶着马车给生产队里拉苇箔,正当农忙,到了大洼边上的末庄已近傍黑,见一编笆的老者插着苇条儿昏倒了,一家人正急得乱转。三哥冒烟的嗓子没来得及喝上一口水,甩着响鞭,急急把老人送到了镇上医院抢救,等到老人安顿妥贴,已是黎明光景,幸亏救得及时,患了脑栓塞的老人起死回生。打那,三哥在苇洼就有了落脚去处。大洼人直爽,知恩必报,直到有一天,苇车拉回来个新娘子,村里人才说,这憨小子竟有憨福哩。

从此,我们村和苇洼结得更近了,一道道的车辙碾轧着熟悉的乡路。

到了末庄,我们才见活泛。不出家门不知天地之广阔。喝了盅茶,我悄悄跑到村边的土丘上。

竟是这等模样!苇洼,空空荡荡,起起伏伏若远古的战场,苍凉而凝重。虽处于落日余晖之中平添些金黄,但那固有的咸湿气息并未脱尽,显出几分蓄就的浑厚。上面有一层雾气飘游着,那是大洼的气脉。据说,雾气的边沿就是海了。

我偷偷想:何时去看海呢?这便是人的天性吧,城市住久了向往宁静的乡村,平原呆长了就梦想山水间的灵秀。

夜里落了雪。残苇烧就的热炕头竟让我如此留连忘返,房东大娘送我们出村口时对我说,过了雨季这里的光景耐看着呢。

满载的苇车已经启程。咯吱咯吱……雪路上的车辙好深好深。

三 治 河

我至今仍能清晰地记起那次挖河的事情。

80年代初,责任田分到了人头,像挖河挑沟这样大型集体活动,也责任到户,有钱的出钱,有人的出人。于是,我有幸顶替年迈的父亲当了一次河工。

起初,是拉纤,纤绳并不长,扣在肩头,双脚绷着劲,蹬着松软河坡,身体呈弓形,牛一样地朝上拱,直到坡上才能略有喘息。一天下来,肩头红肿一片,倘若此时听到尹相杰、于文华合唱的《纤夫的爱》,定会对他们的假模假样上一顿粗语,不解气,再狠狠踩两脚坡。最是见不得推车人的悠然自得的神态。有的嘴里叼着烟,慢悠悠吐着一层层的烟圈;有的哼着小曲,放着恣情。人是怕比的,恼火就油然生出来。于是我恳求老队长想试试推车。

河不宽,十来米的样子,因是多年的淤积,便显得槽窄底狭。河岸上,偶尔有一二株杨柳,尚见鹅黄泛绿。

下河槽要穿上及膝的胶靴,闪掉外衣,有的壮实汉子,只穿件背心,裸着肌肉打堆的臂膀,或嗷嗷喊上几句显其雄壮。

独轮小车放在河底,泥条子培起来鼓着尖。我一脸的稚气勇敢地握起车把。

"好勒。"一声过后,拉纤人将钩子挂上车鼻,我只觉一只脚在淤泥里使着劲,另一只脚已旋出来,腰杆儿好不听使唤,跟着车子翻在一阵笑声里,老队长见我孺子可教,就示范一番推车的要领。刚才,确到叫劲处了,车轮负重过大陷进淤泥之中。推车的把式和纤人同时爆发力量,泥车才可挪出泥窝。然后,推车的把式要稳住神,劲儿用在手头上,挺直双臂保持平衡,让车子和纤绳保持直线,这才是力和平衡的最佳构图。还蛮有些学问哩。

再试。按照老队长的教诲,我站稳双脚,拿好架势。"好嘞"过后,泥车果然一下窜出了淤泥,进入坡道,我双腿蹬着,身子前倾,突然,车子又见摆晃,对此双臂换着叫劲,觉得小臂的肌肉拧着个转,并有痛感,好生别扭。额上汗早已浸出来,只好硬着头皮一步步挪,走的很吃力。好容易到了坡上,卸下泥土。环顾上上下下的推车人,依然身板挺着,脚步那么稳重,那么有力,又那样轻松。回首望望,自己脚下的车辙,弯弯曲曲的,却很深、很真。这毕竟是第一次。

如今血气方刚的幼稚渐渐沉寂,但那车辙的痕迹,无论是曲是折,或深或浅,却时常地记挂在心中了。

人生的轨迹,多像这车辙啊,不管你走到哪里,面对的都不是平坦的路,当然坑坑洼洼在所难免。请相信,只有勇于回首审视自己,敢于正视前途的人,才会踏踏实实地去远行的。

四 枣 林

其实,再多的赞美都是多余的。

寒露时节,冀东平原已变得坦坦荡荡,百草萧瑟,落叶飘零,老农秋种的耧铃也渐行渐远。

沿着古通京官道一路北行,沐浴着深秋的习习爽风,掠过武帝台和娘娘河遗址,不由眼前一亮:这就是黄骅聚馆古贡枣园呀?远看去极翁郁的,蓬蓬勃勃,绿海泛浪,红光点点;及近处,绿树繁枝,翠果累累,有的虬枝斜出,有的直立苍穹,有的纵横恣肆,随心所欲,各呈姿态,枣树的叶子绿得发亮,枝条泛红,串着蓬蓬绿纱,和头上蓝天遥遥、白云朵朵相映成趣,倘若伸手采一枚冬枣咀嚼,那滋味甜透心呢。

穿行于古枣林中,如同走进西安秦兵马俑坑道,只不过那是神似的雕塑,这是鲜活的标本,同样让人感悟着岁月的沧桑。聚馆冬枣名天下,曾以为是近年的炒作,蹲在树阴下听枣农讲古,方知道这片枣林的悠久。晋时大夫傅玄云游四方到此,曾作《枣赋》云:"有蓬勃之嘉树,植神州之膏壤;擢刚茎以排虚,诞幽根以滋长。北阴塞门,南临三江;或布燕赵,或广河东。既乃繁枝四合,丰茂翁郁,斐斐素华,离离朱实。脆若离雪,甘如含蜜。脆者宜新,当夏之珍;坚者易干,荐羞天人。有枣若瓜,出自海滨,全生益气,服之如神。"这是见冬枣之"神果"的最早记述。相传明永乐年间刘洪公奉诏迁至此,见阔阔不毛之地竟有如此生机,遂占产立村,圈林为园,繁衍生息。明弘治年间,当朝国舅张氏弟兄督力疏浚娘娘河,将聚馆冬枣献于帝后,被皇帝誉为"枣中极品""百果之王",并钦定为贡品,年年朝贡。由此聚馆冬枣名响九州。年年月月,月月年年,这片土地依然演绎着一个又一个崭新的故事,这片枣林依然生发出一个又一个的梦想。

行走在古枣林深处,抚摸着"寿星"们甲痕累累的身躯,心绪总不宁静。滨海一隅,该是个多么幽静的所在呀?寄身蓝天白云之间,怀揣观海听涛的梦想,扎根于肥沃田土之中——岂知红尘若许年,往事一瞬间。蝗蛾盖天的肆虐使它们经过了一次次的洗礼,"大炼钢铁"和"以粮为纲"的"砍伐"中它们又幸免于难——面对着棵棵不老的生命,我默默无言。都说胡杨树是有灵性的,每每见到人世的灾难,会流出痛苦的泪水。我说冬枣树不仅善良而且具有令人崇尚的品格。冬天,任凭风霜雨雪的无情抽打不畏不屈,昂然向上;春来,从不与桃李争艳,不与杨柳争荣,悄悄地散放着花香;夏秋时节,也不为天地间的繁华和浮躁所诱惑,依然故我;直到深秋才释放出夺人的魅力,将一枚枚甘甜亮在枝头。难怪古人把冬枣树与君子同论,与勇者同歌。

枣林深深。一阵凉风吹过使我从遐思和梦想中醒来:是啊,进入冬枣林因其古朴天然而繁荣茂盛,古贡枣林园因冬枣的声名远扬而风光,神奇的土地因这神奇果子而更具灵性。唯愿,这灵性的种子得天地人之浇灌和呵护,播散开来,发扬光大。故而,改写佛家一句禅语权作祈祷,叫作:一代过去,一代又来,冬枣林永远存在。

醉听梨花雨

踏青时节,总想寻一处园,或桃、或杏、或梨,邀上三五知己,暂且关闭手机,遗忘凡事,悠闲散漫地赏花谈笑,可以席地而坐,可以引吭高歌,亦可攀爬击节,全凭着喜好,任性地过上一天。

当然,路途不必过远,有段摇摇晃晃的乡间土道未尝不可,那种颠颠簸簸的感觉,会让人生发出许多即将到达的期冀。

恰好是个周末,风驰兄的新作《泊头文史丛稿》面世,或是先睹为快的心思作祟,便约了建伟、小千兄同往。偏偏范兄因急事回老家不得归,于是,小千兄就推介到齐桥万亩梨花园观光,正值梨花盛期,一拍即合,遂成行。

离市区二三十里路的光景,行至大、小胡屯村,已见小片小片的梨树,掩映下有条河,叫清凉江,水呈动态,流速颇缓慢,并无水流的响声,坡上已见了草芽,嫩嫩的绿色。跨过清凉江桥,就有清香弥漫过来,那味道里和着开春嫩草的稚气,滑入心扉,润润的,细细咀嚼似兰的馨。抬眼望,这里已不是一丛丛、一团团的了,而是一树一树,成方连片的梨花,与蓝天白云相映成景,确有"雪海波千顷,十里一洞天"的壮观。

泊头是座古驿新城,铸造和鸭梨系两大祖传"法宝",惠泽众生,声名远播。鸭梨种植远溯汉代,东汉名士公沙穆曾在建成县(今齐桥镇)

依林俱为室,栖身隐居,流传佳话。隋唐时以为盛产地,绵延千年仍枝繁叶茂,细细究查,恐是沾了南运河与清凉江两股水脉的光吧,一方水土滋养一地生灵,丰沛而润泽,也成就了这方的光鲜。故而,历朝官员、文人雅士到此停泊小住视为雅行。金代翰林、著名诗、书、医大家、任丘鄚州人麻九畴晚年弃官从医,曾与名医张子和客次泊头经年,悬壶梨乡,泼墨诗书,"山家向晚白蒙蒙,人过梨花树底风。一犬不鸣村径黑,野灯孤起远林中",作此《梨花赋》,以寄情抒怀。明朝监察御史倪敬由京城南行归乡时,泊舟梨区,携友游园,写下了"归籍图书营旧业,梨花麦饭老林邱"的诗句,表达对梨花的眷恋之情。

梨花荡是走进梨园深处的觉悟。游人如织,竟没有人声鼎沸的喧嚣,娇羞的梨花一片一片盛开来,成就花的世界。各闻各得香,各看各的花,同行间竟然少了言语。人们被那洁净、舒缓的姿态迷惑了,屏住呼吸,静静等待芳香扑面,像在准备一次天籁的沐浴。此时,任何一个声音都格外地响,传得很远。扑棱棱,有几只雀鸟停落枝头,才打破宁静,一下子,似乎都活过来了,古树林里平添了些许生机。

幻想中的香雪海是什么样子?站在观景台上,才找到答案。任何赞美都不过分:什么雪海洋、花世界、十里香、梨花荡——却是觉得俗了。万顷一色,灿烂绽放,荡荡漾漾,素装天华,实乃人间仙境!几个刚爬上来的城里少年,满是新鲜、好奇、兴奋,一圈圈转着看,那神情像到了《射雕英雄传》里的桃花岛、陶渊明隐居的世外桃源,抑或是穿越时空走进千年前的碧海蓝天花世界?只有相机和手机拍摄的响动,构成美妙的韵律。草根诗人也触景生情,口占七绝凑趣:万亩银烟柔雪时,撇开绿叶自成诗。早花莫笑青山水,来日方长果满枝。——四月梨花荡雪滔,不容桃杏占春宵。清凉江边风流月,洒向花间酒一瓢。

"赏罢梨花不看雪"。走下观景台,听得一位挎相机的中年人咕哝出一句梦一般的句子,也是的,这一趟已装的满满的了。眼睛里、脑子里、心里,要不这精彩会脱口而来?

乡镇的柏油路窄了些,车水马龙的景象把我们拽回到现实中来。

古园林甚或一株古树的遗存都有着因果缘故的,每个园林里总有两三位老人或高人,知晓来龙去脉,肚子里盛着讲不完的故事和传说。

马路的对面新建了"鸭梨历史文化博物馆",承办者是一家企业,主持人竟是文友树方,不期而遇又添一惊喜,早知道他多年来搞民俗方面的收藏研究,想不到竟在这里出了"名堂"。馆藏陈列是颇为系统的,古籍、故物、古董,连同他述说的故事,着实使人开了眼界。

美好的事物往往都是短暂的,如这梨花。梨花雨是梨农对梨花凋谢时的称谓。相对于桃杏,梨树的花期只是清明至谷雨间的一周,授过花粉后,花瓣便会纷纷扬扬飘下来,若遇风起,树枝摇曳,落花横飞,是雪?是雨?那景致凄绝、壮美!令人怅然若失,感慨万千。想当年宋代王安石所作"遥知不是雪,为有暗香来"的绝唱,虽写咏《梅》,莫是误把梨花当梅花,另有寄托吧。

梨花虽不与杏花争先,不与桃花争艳,却有着独特的高贵品格。洁白面世,素颜朝天,吐蕊散香,一任群芳妒;待得使命完成,默默隐身,只留清气在人间。这花开花谢的过程,无需陪衬敢于担当的豪迈,悄然而退让叶结实的胸襟,不正是谦谦君子的风度吗?

停车场见一位老人被围在中央,他右腿裤管系在腰上,正在躬身擦拭,身后竖一纸牌,上面写着:免费擦鞋,干净回家。知情者说,老者是对越战争中伤残的老兵,孑然一身,住在镇上的养老院里,有政府抚恤金足以安度晚年。但老人却闲不住,说,这边热闹,力所能及为行人做点事不会寂寞。免费擦鞋,为行人拂去尘土,视为乐事。环视周围,不由踌躇了,拂尘、拂尘,他是在用自己阳光的心去拂人间的尘埃呀。

返程中,小千兄多次挽留,说是周末难得一聚,非要喝两盅才让回家,余等婉拒,心里想:已是醉了,再喝,能醒吗?还是沿来时的路回吧。

武垣问道

面对一座远古的城池，难免要生发好奇心的，禁不住行脚丈量、攀援探幽甚或苦苦寻觅，恨不得将历史切割成无数碎片，任性翻拣，以解其惑。又想，莫不如抓一把泥土攥在手心，许久，让其慢慢融化，展开时，或许可以见一枚清晰的叶脉，引领你进入那个迷宫入口。

在西域悲凉交加的交河故城尝试过，在渤海涛声可闻的卯兮城、浮堤城亦如是，而今行走在燕南赵北的武垣城又当如何？

武垣是座古城，始于夏商兴于秦汉废于唐。诺大城池是以中轴道连接南北城门的，行走间，右边可见"奶奶庙"（钩弋夫人庙）废墟，几株树木掩映着残墙断壁，偶尔亦有宿鸟腾起，仍传递出绵绵生息。右边的城墙因凄凄败草的飘摇，像是位跨世纪的老者，任凭风霜剥蚀，依然向天而踞，伴朝日而出随残阳而没，累年经日月缺月圆，在向世人述说着平原故城一个又一个传奇。

武垣城是战国时燕国的旧郡，曾是一座富丽堂皇的城池。汉武帝刘彻晚年很迷信，一心追求长生不老。那年秋天，他到东海求仙，途经武垣县（肃宁县），将武垣城作为行宫，故而武垣城又称汉武垣。

汉武帝在武垣行宫住下后，命方士登城观天象，以测行程凶吉。方士出去观察了一番，回来禀报汉武帝说："此地有奇女之气，这里必有奇女！"于是，便下令多方寻找，很快在城里找到了紧握双拳的赵环，当即将她领进行宫。汉武帝见了赵环，被她的容貌所倾倒，情不自禁去拉赵环的双手。说来也奇怪，赵环的手经汉武帝一摸，马上张开了。汉武帝见状，惊奇不已，封其为"拳夫人"，不久晋升为"婕妤"，让她住进钩弋宫，故又称其为"钩弋夫人"。汉武帝对钩弋夫人是宠爱有加。后钩弋夫人怀孕，14个月后生下一子，已愈花甲的汉武帝晚年添子，自是乐不可支,取名弗陵。少子弗陵不仅身材伟岸,又聪颖慧敏,颇受汉武帝器重,便想立其为太子。但在封建王朝时代,立少子为太子是不合规制的,于是汉武帝就让画工画了一幅"周公负成王"图,周公曾助武王灭商。武王死后,成王年幼,由他摄政,大造立少子的舆论。同时,故意找钩弋夫人的差错,将其囚禁云阳宫中,年仅 24 岁的一代佳丽抑郁成疾香消玉殒。

汉武帝重病时,立弗陵为太子,并让霍光辅佐少主。汉武帝死后,八岁的刘弗陵即位,是为汉昭帝。汉昭帝是一个有作为的君主,在位十三载,依靠大将军霍光平定叛乱、移民屯田、大败匈奴,成就中兴大业。

相传,钩弋夫人死于农历四月十八,汉昭帝即位后追封钩弋夫人为皇太后,在其家乡武垣修建钩弋夫人庙供世人祭奠。天长日久,祭奠活动演变成庙会。

与此遥相呼应的兴盛之所便是君子馆了。相传此馆坐落在内城东南一隅,汉代毛苌设帐在此传经布道,受众方圆百里,求学者络绎不绝。清光绪《畿辅通志》载:"县治东南十里,有武垣郡城。邑优贡生苗学植,博学好古,谒毛公词,得砖一枚,上刻'君子'二字,古茂闲雅,汉隶体也。其后庠生刘溯,主讲毛公祠畔,又得君子馆砖三。有'君子大吉''君子长生'字样。据此,则馆与毛公祠,均应在武垣故城,当隶肃宁境。"因肃宁人苗学植的意外发现,竟给燕赵大地掀起了一场旷日持久"君子砖热",一时间"肃宁砖贵"。大文豪鲁迅先生以冷酷著称,当见到一块来自肃宁人家的缺角君子砖后,竟也如获至宝,不计价钱几何,抱回家便急急地打了拓片数本。可见,当时人们对君子砖的推崇比之更甚。

一座城,没有水的眷顾,就失去了命脉,便不见了鲜亮。因为一次颁奖活动,又见到了文友庆献,便记起了他的美文《叫肃水的那条河》,见识了彼时的肃宁"河渠交错,塘泽连通,桨声帆影,舟船穿行;天蓝水碧,日朗月明,风润气清,万物勃生……那时的人们,亦耕亦渔,食有五谷鱼虾;出行亦车亦舟,水陆交通兼备,俨然江南水乡"。经这番描述颇令人神往。细细想来又不尽然,元、明两朝燕南赵北间阔阔坦途,战乱纷争不断,哪得几日生息?清朝天灾频仍,滹沱河为泛区主河道,十年九决,肃邑为其下梢,每每殃及,所以,乾隆志书中出现"泽国"之说,当由此来,故村庄中多"河、口、堤、洋、泽、泊、岸"倒是借了"光"的点缀,不足为奇了,我之解虽不溢美却也显苍凉之境,当不为过吧。

道或者路是标识亦是方向。站在武垣城中轴道上,面对无数车辙叠印成的乡路,越发觉得厚实和凝重,归去来今千年间,细细碎碎的马蹄声敲打出古道风韵、形形色色的人流和当年的武垣城已浓缩为历史的一个印记。儒文侠武的燕赵遗风却是催生一代代慷慨悲歌之士的热土,从这里起始,走进肃宁城,走向四面八方。刘完素、魏元礼、哈攀龙、刘春霖、裴艳玲、贾又福……看到这些熟悉的名字,你一定会先想到武垣或者肃宁,他们是闪烁在这片天空上的星辰,更是形象使者,肃宁之美从他们身上是可以传递到世人心间的。

曾见过末代状元刘春霖的行楷横幅:道不远人。对于正在打造双"黄金十字"的肃宁人而言,这"十字"也许正是四通八达的人间正道吧。

站在古皮城废墟上

在京沪高速和石黄高速交会处,有一座小城——南皮。因是在北方平原,它没有南国山水的灵性,也没有秀山丽水所蕴藏的人文景观,有的乃是一览无余的坦荡和留给人们沉甸甸的思索。

小城虽小,却曾是群雄逐鹿的地方。"南皮"这个名字起源于春秋时期的齐桓公,据说,当年他曾率兵北伐山戎,在这个地方冶炼军士盔甲上用的皮革。因在此向北百余里的章武县有个"北皮",所以,也便有了

"南皮"这个名字。

南皮是周围较早建城的地方。它在秦王嬴政统一天下的第一年,就已设县,距今2000多年了。东周名臣尹吉甫就是南皮人。秦末楚汉之争时,这里是陈余的封地。西汉时,齐孝王子在这里被封为高乐侯,现董村附近有高乐城遗址;景城侯刘雍的五个儿子也曾被封在这里,现潞灌村附近有五垒城遗址,是因五子分居城内,故名"五垒"。

三国时,这里曾发生了曹操和袁谭的决战。在战乱频仍的南北朝,南皮是渤海郡的治所所在地,当时的许多名人都是南皮人。比如刁协、石苞、石崇。石崇是石苞的后人,官至散骑常侍。民间曾有石崇和王恺斗富的故事,广为传播。

五代十国乃至以后的纷乱时期,这里便成为群雄逐鹿的战场。著名的杨家将在这里留有许多痕迹。县城东南有个牦牛张村,据说就是当年杨延景摆牦牛阵的地方;临近的旧州有穆桂英大破天门阵的传说。这些都印证了那些刀光剑影的动荡年代。

南皮就是这么个地方。它的东面是古老、澎湃的渤海,西面是千年流淌的大运河。

纵观建城之源,不可谓其不古;因为它是一座城池,所以不免兴废在两千年间的张王李赵改朝换代之战和攻城掠地的兵戎之争,他们以此称孤道寡、邀功请赏,却毁了千百年的祖宗血脉。

然而,相比较无疑南国更具神韵,更有迷乱难辨的福地气息,因为它多水道湖泊,因为它多林丛烟瘴,因为它民族杂处,也因为它濒海极天;正因为有了这些,所以使南方有一种蕴藏的能力,把历史的、种族的、语言的、文化的、宗教的、地理的奇、妙、秀、幽、古,统统地包容一炉,令人神往,耐人寻味。

古南皮也曾经繁荣,翻开隋唐元明史册,京杭大运河两岸的泊头和冯口两处码头承载着南下北上的中枢运营。水陆码头的繁华,无疑催化着近在咫尺的古城南皮,虽比不上秦淮河的桨声灯影,但夜夜笙歌应是有的。

回眸古城,确有些古的风格、品位和情绪,当你第一步踏上它的土地时,就有一种厚实感觉,是历史与现实杂糅过的城镇,让你相信,它,确实古过。

听老人们聊天,把些个陈年旧事如数家珍地评论一番,是很让人欣羡又痛心的事。假粮台、南皮十景、范丹居、绿珠楼、钓鱼台、状元府、开元寺等等许许多多的文化古迹、历史见证、名人趣事,都如有影无踪的古寺庙一样,到现在已是不可寻了。

古城镇的发展也应该是历史的、文化的传承和延续,如果没有最初的承接,那么它肯定是个先天不足的畸形,一朝它的意义被开掘,重新审视文化时,再重新涂抹,未免会有矫揉造作之憾,甚至要承受手术矫正般的痛苦;所以说,文化重建也是基于历史传统的一种人文传承。

时代在进步,城镇也在不断的变化,或叫作日新月异,只希望在一个个工地上,第一个出现的是个有责任感的明眼人,考查了再规划,让站着的和躺下的灵魂能够有被拜访的殊荣,而不是仅仅推倒他们的家园,打扰尘封的梦。

站在古皮城废墟上,踩踏着脚下的这方土地,感受着它曾经的狂野与豪迈,探寻着它们的遗迹同时,让自己的这颗曾经激荡的心尽可能地平静下来。我不能不珍惜和它们如此近距离的接触,我用手抚摸着硬硬的残墙,甚至弯腰捡起一块砂石块奋力向远处抛去。也许这里曾是某个华丽的居室,无论主人曾是地位显赫的达官贵人,还是地位卑微的寻常百姓,我们又怎么能否认在这个家庭里曾有过或举案齐眉,或含饴弄孙,或发生过与世间万千家庭相仿的悲欢离合呢?按照现代人的思维,这临街的处所也许是谁人的店铺,可在这里又发生过怎样的称斤论两,或者赊欠还返呢?盘桓多时,面前有一片开阔地像是砂石寺院的遗址,民间曾有"五里三座寺,一步两面井"的传说,我站在那里,双手合十,双目微闭,在心里尽量想象着它当年弥漫在香火中的庄严与肃穆,耳际似乎也依稀缭绕着与钟磬相伴的僧侣们的诵唱之声,便向着当年有可能安放佛祖塑身的地方默拜。

站在古皮城的废墟上,呼吸着这里带有千年古人气息的空气,我向着苍穹伸展开双臂。这时,远远的可以看见朋友在那边向我招手了。于是,我开始向着他们的方向走去,置身古城的街间巷里左右环顾,我甚至幻想自己所处的位置也许正是这座古城当年商业繁华的步行街,伴随着悦耳的管弦之声与美妙的乐音,人流熙来攘往,"黄发垂髫,并怡然自乐"。可残败景象又不得不让我的眼前浮现出这里当年惨烈的那一幕:夕阳下,战马在嘶鸣,将士在奋力喊杀,到处是乱窜的火焰,父亲喊着儿子的名字,母亲惊恐地把幼儿抱在怀里,妻子凄厉地呼唤着丈夫,孩子倒在地上凄惨地哭喊着妈妈……

记得古人曾说:"域民不以封疆之界,固国不以山溪之险,威天下不以兵戈之利。得道多助,失道寡助。"我无法用自己浅陋的见识来诠释它的兴衰际遇,夕阳西下,笼罩在这座古城废墟之上的余晖更让它披上了一件愈发神秘的外衣。这时,我的耳际明明传来了悠扬的柳笛的声音,伴着那优美的笛音,好像真的有一群人在远古空旷的场地上徘徊吟唱。

村头老柳

村头那棵老柳树是有些年岁的,躯干粗壮,树冠庞大。夏日里,枝繁叶茂,是人们纳凉的好去处,更是我们儿时攀爬的好地方。儿时记忆里,它伟岸,挺拔,枝条飘舞间藏着极致的柔美。后来我离家到十多里的北中求学,每次周末从家返校经过它的身旁时,总也禁不住地抬头望,总也禁不住回头看母亲瘦弱的背影消逝在柔弱的夕阳余辉中。回过头,走在离家的路上,我悄然拭去腮边的泪水。

再后来我参加了工作,在那离家不远的城市,但很少回家了,自然已好久不曾亲近儿时攀爬的那棵大柳树,甚至很少再想起它。

今年的冬天有些冷,回家的路显得很漫长,这次经过它的身旁,不经意间抬头望。那一定是昨夜寒冷的风凋落了它枝头残存的枯叶,这就是儿时记忆中的那棵树吗?躯干粗壮似又矮又胖的丑儿站立在那儿,古老的树皮一道道皲裂开来,枝丫光秃秃的,错落复杂,乱的似鸡窝一般,我摇摇头讪讪地走开了,再不肯回头看身后的那一座座低矮的瓦房。我想这种心情由来已久了吧!

或是旅途劳顿,或是心情低落,回到家中,什么都来不及做便倒头睡了。也不知睡了多久,直到窗外的阳光刺痛了眼睛,才勉强睁开了眼,寻了鞋子穿上,刚想梳洗,才想起停了水电,不经意间抬头看到镜子里的影子。这是我吗?睡眼惺忪,蓬头垢面,胡子拉碴,哪里还有从前西装革履,光鲜照人的样子。脱掉了华丽的外衣,我竟是如此的丑陋。看着镜中的我,不知怎的,我突然想起了那棵丑陋的大柳树。它真的丑陋吗?还是我真的变了?十年的光阴,对于一棵古老的树来说带不走什么。春天来了,它当然要长出新芽,愉悦地迎接那一缕和煦的阳光;夏天来了,它当然会枝繁叶茂,为人们遮挡出一片阴凉;秋天来了,风霜枯萎了碧树繁花;冬天,它只能光秃秃地示人。这一切都是生存的需要,有错吗?丑陋吗?

大柳树根本就没有改变什么,我想,这些年改变的是我自己,丑陋的是我,丑陋的是我的一颗心。曾几何时,经过它的身旁,我不再抬头望;曾几何时,我不再常常回家;曾几何时,我不再依偎在母亲的身旁,细数她双鬓的白发。我知道我再不是那个青涩的少年,再寻不回那颗纯真的心。

脱去了夏日的盛装,大柳树真切地展现在我的眼前,没有一点的矫饰,我想它不会因别人的看法而改变自己。这么多年来,我敢脱去厚厚的伪装,以本来的面目示人吗?我不敢。在这人世间,我割舍不了的太多,比如名利,比如虚荣,白天的绅士贵族,夜间的过街老鼠,这些年为了这件华丽的外衣背负了太多,不堪重负。

岁月终究会催老容颜,光阴带不走真实。脱去了夏日的盛装,老柳树只不过呈现了它的另一种真实,春夏秋冬,它只是在展现着每一个真实的自己。

人生漫长,也不会只有一个季节,我们为什么不能脱下厚厚的伪装,痛快地做一回真的自己?想哭就哭,想笑便笑。明明知道自己不可能改变这季节的交替,还要死死地抗住这无法抗拒的轮回?或许改变不容易,或许放弃真得很难。

其实是你离开自己心的港湾已经太久,放下那浮躁不堪的思绪吧,回头再走走回家的路,抬头望望那光秃秃的枝丫,看看那低矮的瓦房吧!一切依旧,一切依旧。

他们依然像老柳树那般从容地活着……

卤水点豆腐

在北方农家饭桌上那莹白如玉的豆腐,如今已不是希罕物了。说来很有意思,清淡的豆腐却是人们常吃常想的食品,尽管有那"豆腐是命,见了肉就不要命"的笑话,但大鱼大肉地吃多了,就会担心身体出问题,故家常菜还是豆腐受宠。看来在我们民族的饮食习惯中,亦处处显现着"平淡冲和"的文化底蕴。

史载:"豆腐之法,始于淮南刘安。"当年"好读书鼓琴,善为文辞"的刘邦之孙,淮南王刘安为求长生不老之药,在安徽寿县八公山以黄豆、盐卤等物炼丹，无意中竟炼出了"白如纯玉，细若凝脂"的豆腐。西汉初年豆腐问世后，很快成为老百姓非常喜欢的小吃。当时流行的吃法是碗里搁一大块豆腐，撒上佐料，拿小刀边划成小块边吃。于是坊间出现了无数这样的豆腐店。

豆腐在古时候有个奇怪的名字叫"黎祁"，南宋爱国诗人陆游在《书二公事》文中写到豆腐的吃法："晨兴，烹豆腐菜羹一釜。偶有肉，则缕切投其中。"看来这位才气超逸纵横的大文豪，也吃过不少豆腐。他喜欢早晨起来，煮一锅豆腐菜汤，有肉时就切作细条，放进锅里和豆腐一块煮熟了，再大吃一顿。

说到吃豆腐的好处，《本草纲目》中说其"清热散血"。孙中山先生也说过："豆腐富于蛋白质，为植物中肉类，与鸡卵、牛肉同其功用。然鸡卵有时能助长细菌之复活，牛肉有时使脂肪过于肥壅，而豆腐无斯弊。"

上下两千年来，中华儿女的侠肝义胆，好像都得到了豆腐的滋养，那超然自得、恬淡无为的魏晋风度，或许与历史悠久的豆腐有某种关系。

人在尘世中，都是饮食男女。男人往往喜欢"吃豆腐"，说到"吃豆腐"，有一段饶有风趣的典故。当时长安街上有个夫妻合开的豆腐小店，老板娘本来就漂亮，又以有美容功能的豆腐为常食，自然更是细皮嫩肉，为招徕顾客，这位老板娘难免有卖弄风情之举，引得周围男人老以"吃豆腐"为名到豆腐店与老板娘调情，且动手动脚，比如趁付铜板时摸摸老板娘的纤手等。于是，醋海翻波的老婆们不满意了，经常以"你今天又去吃豆腐了？"来训斥丈夫。后来，"吃豆腐"便成了男人轻薄女人的代名词。

豆腐的做法，还是《大辞典》的词条简要："用黄豆浸水。磨细、滤净、煮浆、加入少量石膏盐卤，使豆浆中蛋白质凝结后，再放入框中，压去过剩的水分而成。"

如果把豆腐加上诸多成分,豆腐就不成其为豆腐了,其他做法让人很难评说。在几种豆腐的对比上,还是卤水豆腐地道,我的认知可能过于偏执——卤水豆腐凝滑水嫩,清淡可口,煮到火候上会有蘑菇的香味;而石膏豆腐粗糙牙碜,葡萄糖酸内脂豆腐板结生涩。犹如同是对虾,海洋野生的与人工养殖的判若云泥;同样是蘑菇,温室培育的与自然生长的别如天壤。

　　"卤水点豆腐——一物降一物",这句歇后语由来已久,证明豆腐的正宗做法还是用卤水凝结豆浆。卤水豆腐不仅靠天然卤水取悦于人,还要靠严格的标准、熟练的工夫。尤其是点卤水这个环节最为关键,来不得半点马虎,如同画龙点睛。

　　我生长在一个做豆腐的世家,清末叫豆腐坊,张记豆腐在四里八乡还挺叫响的呐。因而多少年来,对豆腐情有独钟,一直忘不了卤水豆腐的纯正滋味。

　　滚烫的豆浆从热锅里舀进专用的豆腐瓮子,拿出小杌子耐心地坐在瓮子旁边,用木勺搅动热气腾腾的豆浆。搅上半个时辰,豆浆才会降到合适的温度。这时候,点卤的人神气活现,一手端盛卤水的碗,把卤水倒成一条线,一手搅动木勺,沿一个方向不停地转。

　　卤水点多了,做出来就成了分量很少的一层苦涩难吃的"老豆腐";卤水点少了压不成块,是散碎的豆腐脑儿。最稳妥的办法,是把一根筷子放在点了卤水的豆浆中,看筷子在豆浆中颤悠悠地竖起来,这才点得恰到好处。然后把瓮子用棉被围裹起来,待一个多时辰后,才能把凝好的豆腐脑儿入框压水成块。

　　在厨房里做菜,没有比做豆腐更简单省事的了。卤水豆腐煎炸烹炒都很可口。我最喜欢吃清蒸豆腐——把豆腐切成小方块放进瓷碗里,再搁上葱花、辣椒、油、盐后,上锅蒸熟。这样做出的豆腐咸咸的、烫烫的、辣乎乎的,痛痛快快地吃一顿,比起吃山珍海味来,也差不到哪里去。

"豆腐不解馋,吃个热、辣、咸。"这样的说法是深谙其中三味的。

好吃不如爱吃。对于地方名吃来说,之所以享有名气,都有其独到之处,现在叫作特色小吃。其实,做任何事情都离不开特色,没有了特色,就如同没有标记的漂流瓶,来无踪去无影。我想,特色就是人赖以支撑的骨架吧。

运河秋韵

九月,故乡枕着古运河睡熟了。雨季过后,细水牵着绵绵流沙款款而来,薄云晴日之下,悠远、宁静,是灵感的诗人沉醉百回总写不出的秀朴和清冽。

古运河就如千百年遗留下的习俗,无法再去变更。

秋,确实醉人,水是青葡萄摔碎了流成的,清灵碧透。沙是日华磨炼过的,月色漂洗过的,皎洁沉郁。光脚丫上去,粒粒柔情透心,不时还能踩出些烧陶的残片,显出格外的朴素与古雅。

追踪着玩皮透顶的童年,拾掇着沙流风云蹉跎岁月的足迹,人变高长大了;笑声是在满河岸的酸枣林里,还是挂满红灯笼似的柿下垂涎三尺呢?已无法寻回。长岸依依,佳处还是数杨柳,西风染黄,树叶萧瑟,似乱发冷峻的脸颊。又经几笔秋雨点润,柳墨如炭,水墨的韵味就越发不可收拾。林中走一走满目斑斓,你会觉得:秋天真是一只猛虎,树后轻轻闪出,轻轻吸口气,未及呼啸,已变了大地的颜色。

空气是醇酒擦过的,站在高处可望远山,一列列骨骼清奇,壮势如牛,仿佛一伸手,即能拍到硬朗的犄角。

两岸最肥美的便是千顷良田,人烟稠密,豆麦棉麻之什,自古富饶。春天杨柳芳香可采,即是老蝉吟渐懒,愁蝈思无穷的秋日,田园之气仍旧浓浓。

伫立风沙磨洗漫长柔韧的古运河,秋风无边吹来,向无边吹去。黄昏尚早,秋阳已经低垂了,多少荣辱悲欢、干戈玉帛,多少精色与暗淡,而它仍是一张白纸,纯洁、清新、深沉而散逸。如新月,如正下的雪、才砺的剑。古运河,永远属于现在,世界永远属于活着的人。过去,早已装订成悠悠无尽的历史。

客居县城一幢小楼,推窗望月,此处月很明,却是极难见到的月色,蛙跳处,有荷叶飘零的声响,风吹莲荷得沙沙之音,似是有狐仙来临,却又嗅不到那位仙子的清香,回到桌前,却仍是孤灯一盏、一桌、一椅和一台将要退役的电脑。思绪打乱了平静的心态,键盘变成了一架要拨动的弦,旋律中故乡的脚步却渐渐地近了。

弦断时,脚步已经惊飞了故乡草地上一群蚂蚱。

古城老街

这个县城虽小,历史确是好久远,先秦置县呐。只是处在大运河的臂弯里,竟不怎地繁华。当然,古色古香还是有的。离我住处不远,有一条很古老的小街。人们都称它为老街,其实,它也只能算作一条小巷,幽长、狭窄、弯曲、破旧,铺着清一色的厚砖,便显得有了年头。

一走进这里就有一种走进历史的味道。房屋颇低矮且一间连着一间。经过长年的风风雨雨已经显得斑驳,有的屋橡已露颓象,房子破旧的已经没了烟火,只有那些稍好的房子里还有生气,但住在这里的人,已鲜见了年轻人,都是些风烛残年的人,如一不再起锚的船在呻吟着呼吸着苟延。

青砖铺就的路,青砖是方形的,整齐而干净,没有泥土。经过行人一双又一双大大小小的脚的摩擦,那一些成方的青色砖面光滑而柔和,踏在上面舒爽而惬意!

由这样低矮的成排的房子及青色的砖路便组成了一条深邃而又深沉的弯曲的街巷。在从前,这里也许就是这整片地方的最为繁荣的地方,但是现在已经跟不上时代的脚步,被冷落了。我喜欢来这个地方,一走进这里,便觉得极为清净。在这条老街里,没有庞大的豪华的车辆进入。因为它不能进入,同时也不容它进入。

　　我每次走进这里,就会有一种超然的感觉,似乎这里就是一个世界,没有熙熙攘攘的人群,没有极速飞驰的车辆,没有高分贝的音乐(偶尔还能听到老人家拉二胡的休闲音乐),没有叫卖的吆喝声,没有汽车的鸣笛,没有臭水沟腐烂物的味道,没有烟雾弥漫,尘土飞扬。只有稀稀的几个行人,他们或哼着歌曲,或无声地走过。行人的鞋底踩在旧砖上发出"嗒嗒"的有节奏的厚重的声音。偶尔也有一辆或者几辆自行车走过,按动自行车的车铃的铃声,便是一种最悦耳动听的音乐。这些音乐和谐而美妙。这不是时代的节奏,而是历史的节奏。

　　老房子,发散出的味道,这是老街的灵魂。这味道夹杂在风中,和着泥土的味道或者还从某个低矮的房子的木格子窗口里飘来一股菜肴的香味,就会抵达灵魂深处,然后沉醉于这味道之中,清醇、自然。在房子的墙脚下,青砖的缝隙里,偶尔长出几根青草来,郁郁葱葱,很有生机地生长着。那些老人常常会散播一些花草的种子,让他们很自然地生长起来;或者种上几盆精致的盆栽,放在墙脚下或者窗台上,毫不造作;或者在房子与房子之间的空地里种上一小片花草,作为一个小小的花园,绿色的草与缤纷的花映衬着灰黑色的房子和青色的石板,便是一幅自然的佳画。古朴完美,协调自然。

　　晴暖的天里,阳光自然地包裹着老街,使老街宛如一位古典的美人沉睡在温暖的自然里,毫不拘束。阳光照着房子,安详地没有刺眼的、造作的颜色,光滑而又柔和。阳光从瓦楞间投落下来,然后落在墙上,落在墙下的青砖路面上,犹如一条黄金束带,它是用来妆扮这位睡美人的。

下雨天,雨一样会莅临这老街的,并且会沉迷于这里。因为这里安静。雨点疏疏密密地从空中落下来,落在路面上,落在墙脚路旁的花草上,落在青色的瓦楞上,落在行人的伞上。"淅淅沥沥"发出一连串有节奏的声响,使整个老街有了动感。雨点积聚在瓦楞里,从屋檐上均匀地以弧线形落下来,如一排整齐的抽也抽不完的银线。雨点落在屋檐下的青砖路上,然后溅起一朵朵水花,水花溅到墙上,渗进墙缝里,散发出一种清纯的稚气。

　　当走进这条街里,就可以闻到面馆的油香葱香,可以闻到酒馆的陈年老酒的醇香。这种香味灌满了整条老街,从街的一头一直到另一头。而在这条街里也就只有一家酒馆和一家面馆。面馆里的人吃面的时候或者酒馆里的人喝酒的时候,都安静地吃,没有碰杯击筷的声音,也没有高声谈论的声音。因为面香酒香一经声音的干扰就会散发掉。因为这里安静,不容任何人去打破。

　　当独自走进这安静的青砖铺成的老街上的时候,可以想象一下在一个下雨天里,一个带着忧郁的长发姑娘打着一把略透明的油纸伞走在这条幽长的老街,在一个转弯处便消失在了视野,或者亲眼看到一位带着幽怨的长发女孩打着一把彩色的伞走在这条幽长的老街,鞋跟踏着青砖发出"嗒嗒"的声音从你的跟前走过,声音越走越远,越远越模糊,最后消失在一个转弯处。人消失,声音也消失,那又是一种怎样的带着诗意的美?

　　老街安静地、祥和地坐落在小城的一隅,它没有城市的繁华与喧嚣,却留下了历史的和谐与安静,只要有这些,它就满足,它就愿意在这里安静地躺着。还能远久吗?

土炕的温度

那时,农村出生孩子的摇篮就是土炕。所以,无论春夏秋冬哪个季节,每当望见灶囟冒出袅袅炊烟时,身上便有一股暖意爬出来。

寄至味于淡泊,发隐忧于日常。直到上了些年岁才悟出,土炕是酝酿乡愁的窖,炊烟便是乡情抽出的丝。

盘炕要用土坯的,在冀鲁边区有"四大累"的农活,分别是挑河、打堤、割麦子、脱坯。脱坯一般在秋季,雨水少好晾晒。选一平整开阔的场地,拉几车黏性较好的土,在堆中间挑开圈、灌满水,尔后掺撒上铡碎后的麦秸充当筋骨。和泥很关键,先用齿耙捯。一遍一遍地捯,然后两脚上去踩,直到把泥踩得像和好的面一样。再把坯模摆好,将泥用手摁进坯模里,尽量四角灌实、塞严,刮平坯面,缓缓提起坯模。许久,可见一块块齐棱齐角、平平整整的土坯,排列成天然的阵势。数天后,等土坯将干透时,又集中码起来风干晾晒,就等着春闲盘炕派上用场呢。

盘炕是门绝活,涉及建筑、材料、热力、气流等诸多方面。比如,烟道留的小,没风天气时烟气就排得不顺畅,灶火不快,就会呛烟;炕道留的大了,有风天时,烟火都抽进炕内,成了"直肠子"做不熟饭。

老家人常说:得罪了师傅哭瞎眼。大意是盘炕的师傅倘若动一点歪念头,灶头倒烟会呛得烧火的人泪流不止。二叔是盘炕的高手,每每这时节便晃起身子,挺高了胸脯,整天醉眼蒙胧地打着饱嗝,一副得得瑟瑟的样子。

土炕干透之后,要铺上人字形花纹的炕席、炕被、单子等,宽宽大大,坐卧十分方便。

土炕以坯为基,取之一方水土成泥衬平,造价低廉,而且冬暖夏凉,坐卧宽敞舒适,在京津平原地带传承数千年,哺育了多少苍生?!

孩子呱呱落炕算是降生。依照习俗，孩子小的时候都要"枕玉叶、躺金沙"的，玉叶就是荞麦皮、麸子、茶叶等填充的枕头，即柔软又醒目。金沙即是沙土，海退之地随处可见，细面般，闪着灿灿金光。用专门的废秸子头盛满，放入灶火中，将土烧开，取出晾好，把土放在口袋里，等凉热适度，再把孩子装进"土裤"，这样幼儿浑身干爽，宽松自如，常常会喜不自禁地转着圈玩。等到孩子不再"穿土"了，离开炕时就能在地面上蹦跶了。

事物总是在潜移默化中开张闭合，又在更替中延伸。土炕的变迁无疑也遵循了这个规律。在冀鲁平原富裕人家则注重炕沿、炕面、炕围子的装饰。炕沿可以选用上好竹料细凿打磨，擦拭抛光或用硬质木料，如枣木杏木甚至用槐木，去棱角打磨刨光，摸上去坐上去非常妥帖。

炕围也颇讲究，有的人家会在炕围上粘围布，有碎花的也有淡雅的，稍次便是各色图案的炕围纸，也装点得有模有样。90年代初，出现了一种炕围板，花样繁多，不再是单调的刷黄色、蓝色或绿色的油漆，讲究一些的还会请上工匠，画些梅兰竹菊、花鸟山水抑或松龄鹤寿等寓意富贵吉祥、长住久安的图案，躺在炕上也可赏心悦目、怡情于斯的。自然，也可以不加修饰，纯天然的也别有一番风味。

炕热，是需要添柴的。那时缺吃少穿，一家人睡在一个土炕上。土炕一般在正房的阳面东西相向，跨屋盘灶烧火，一天做饭下来，整个土炕都暖烘烘的。在村里看谁家人丁兴旺，只要看谁家烟囱冒没冒烟便知分晓。傍晚时分，家家户户炊烟升起，方显出一派生机，倘有老农牵牛途归、羊倌扬鞭唱晚，分明是一幅绝妙的图画。

记忆有时就藏在浅处，不经意间便跳出来，给你一份惊喜。漫长的冬天是农闲，却不见闲，是土炕最热闹的时光，炕成了孩童的乐园和女人们辛劳的地儿。摘棉花、剥玉米、纺线，娘和邻居大奶奶脾气相投，一有闲大奶奶便颠着三寸金莲，拎着纺车来串门子，一个炕头一个炕尾，两架纺车吱呀呀对着"唱"。累了稍一闲,我们姐弟起哄着央求大奶奶"白话白话"。大奶奶是故事篓子,一拉上薛平贵征西便刹不住嘴,直到点上油灯嘴角泛出白沫,看到弟弟已打起了香甜的鼾声方肯离去。我们姐弟四人围着小方桌看书、习字也十分快活。姥爷是个不会笑的医生,他的到来也压缩了一家人的笑声。他睡觉占据了唯一的炕头,吃饭时端坐在炕里,我们围桌学习他悄悄在后面瞧,谁一旦偷懒,他就用铜烟锅敲脑门,说给长长记性呢。姥爷总是绷着脸,除非二两酒后山羊胡子颤抖着干笑两声外,从来有板有眼。"小孩子们不要睡热炕头,要住冷处,冻冻结实!"据娘说姥爷的药铺曾是地下交通站,他将津南抗日英雄"三少爷"刘格平藏在炕洞里躲过日本鬼子追杀,自己却被毒打,留下面部麻痹的病根,冷在外表热在心呐。这可恨又可爱的小老头,真的误解了,直到那干瘦影子离去得久了,对他的念想偏偏愈加浓烈。

日子一天天好起来,老家的土房、土路、土炕相继变成了楼房、柏油路、席梦思……在城里待久了便常常梦见心底的原乡,于是,回家的路缩短了时间长度,却拉长了思考的长度。

今年初春,老家堂孙娶媳妇去贺喜,便住在有土炕的二哥家,半宿夜话,灶膛的柴火噼啪声不断,久违的土炕,久违的温度,让家的轮廓在梦里越发清晰。乡村的变迁,唤醒了人们对幸福的追求和对美好的向往。

第二天清晨,一骨碌爬起来,顿觉浑身舒坦了许多,一个字:爽!

推开老家那扇门

天命年过后,对老家的念想越发的浓烈,如同早年坛装的窖藏陈酿,慢慢剥去护泥,再揭去油纸裹就的封盖,便有股粘稠的味道飘出来,那气息入心入肺呐。是因寻真样的探究,抑或是难以释怀的忘却,还是枝叶对根的依恋?

就是这个并不显眼的村庄,燕南齐北之间,平原,坐牛车去看沧州铁狮子,也不过两个时辰。村东曾有石龟,龟背矗一碑,曰:东大寺碑。记载,这里曾叫作张官店的,是张姓官员在此住过店或是张官开的店? 已荒漫无考,可村里"先有郑李后有张王"的四大姓氏确是有的。

村的"围子"外(村边)有一处院落,北房四间配东西厢房,原是队里的仓库,土改时分给了我们做家,大门用铁皮包着,密密地钉子箍紧。院北有一片枣树,老树冠茂,几可成林,林间有井水,清冽的余味悠长,酷暑时,用麻绳系上瓦罐,晃悠悠提上一罐,一口气喝下大半,爽爽的劲头逼人蹦跳。院西为路,上岗是族茔。元末蝗蛾肆虐和明朱棣的"燕王扫北",祸患中原,生灵涂炭。清初间,世居霸州名门的廷柱公,迁此立户,隐身躬耕,繁衍千众,功德无量。每个开门立户的先人皆慈善如佛,值得子孙顶礼膜拜。故,每每望着祖坟,难免会生发出由衷的景仰与无言的怅惘。

十口之家的小院虽不富裕,倒是温馨满满,洋溢着知足的笑声。三代同堂,男耕女织,儿孙绕膝,若院里水缸旁的合欢树,绒花开放,一树锦绣,落时一地清香。爷爷手巧,会抹灰手艺,点卤做豆腐在行,烹炸果子(油条)在村里也是好手。我是长子长孙,颇得偏爱。逢年过节,跟屁虫一样随着爷爷挨家挨户去做"年贡",每到一户,爷爷从和面、煎炸到收工要一两个时辰,竟弄得满头汗水,脸上是挂着喜悦的。沾光的是我,回家来,裤袄衣袋里花生、瓜子满满鼓鼓。踹开家门,喊一声"娘,我回来了",便招呼弟妹们分享"胜利"果实,那洋洋自得的率真样子,总是惹得他们羡慕嫉妒。

村里有学堂,方圆几十里小有些名气。起初是在一处大地主的官房里,有走廊、明柱和石狮子什么的,显得气派。那时,师道也严格,却并不紧张,日子在一天天无忧无虑中过得好快。有一段时间,我是天天盼集日的,逢五排十是社里大集,这天,家里要改善伙食的。大舅在市里的一所学校教书,见到我们姐弟会嘘寒问暖,打听学校里的情况,听见踹门声,就大发雷霆:"门是推的,踹门是野蛮行为,下等人才这样做!"他是历史教授,给我们讲起历史故事来,眉飞色舞,口如悬河。于是,我们成了"忘年交",在那个特殊年代里遭遇一种不可遇求的机会意外懂得了知识的分量。有的时候,偶尔的点拨就会使人受益终身。

一条乡间小路,弯曲、不平,却深深铭刻于心。第一次离开家门,是去十五里外的高中就学,确切地说叫走读,每周一次往返。那年,我十四岁且瘦弱,幸得望、峰、苍三族兄帮衬提带。有次中暑,行在半路,三兄弟竟是轮番背着我走了七八里路,赶到诊所救治,方得脱险。两年间,二百多次行走,沟沟坎坎烂熟于心。虽然近途,娘每次打点妥贴才让出门。周日上学时,她忙忙活活贴好一锅玉米面饼子,装满布袋,这"口粮"带着娘的手温。咸菜是蒸熟的,条很细,娘一刀一刀切成块状,用罐头瓶装好,系一根绳提着,娘都是送出门,直到见不到身影才回。到周六上午,心总是浮腾着,三节课下,小伙伴们就一路小跑往家里赶。"娘,我回来了!"推开门高高叫着,"哎"这声回落地,心便有了着落,其实这工夫娘已经走出来将儿揽进怀里,双手抚摸着红扑扑的脸颊。数次的小别,何尝不是一遍又一遍舐犊情深的演绎?

十年前的那个雪天,很冷很冷。我护送着只剩下半口气的老娘回家。她,生于邻村的富足之家,虽识字不多,可通情达理,善行邻里;身娇体弱如风摆杨柳,内心又火热刚强。她在我的怀里望着爹和我们姐弟四人,慢慢合上了眼睛。雪地上的车辙和乡亲们送行的脚印,见证了一位善良母亲的哀荣。娘走了,心里的家没了……

有梦的人,无论走多远都忘不了出发的地方,如鸟思巢、鸡恋窝、虎归林。归宿各不相同,但冥冥之中的感应显然趋同。乙未年初一,携家人回乡祭祖,孙子宸儿嚷嚷着要看看老家的房子。上完坟,给同族长辈拜过年,便走到老宅前,院外的枣树林早已不知去向,易主多年的老宅,门虚掩着,上面的黑漆脱落得斑斑驳驳,轻轻推开,便见几成废墟的境况:院墙头上有丝瓜的藤叶迎风抖动,房檐的苇挡已然下坠,砖包皮的板打土墙满目疮痍,门窗更是破旧不堪——老家就是这般模样?宸儿一脸惊诧,我也木然。同来的邻家二哥笑着告诉我:村里都是这个样子了,成"空心村"了,年轻人都搬到外面的新房和楼房去了。

唉,我无言。

雪打元宵灯

有位哲人把周易和农谚放在一起比较,说的是玄学和通俗皆来自文化的积淀,如同这"八月十五云遮月,正月十五雪打灯"的谚语,竟是往往应验的。细细回味,八月十五晚上,夜风夹着浓浓的枣香摇曳送情,团圆的一家人,围坐在庭院中的石桌旁,举杯慢酌,想邀明月同醉,谁料,月不随人愿,依然犹抱琵琶半遮面,任凭呼唤不开颜。当时,老人就说,这下正月十五有好看的了。诚如所料,正月十三的半响,酝酿已久的雪花悄无声息地飘然而来,无风,很静。

本来,冬季是一年中最缺乏色彩的季节。于是,先祖们便给冬闲的人们编织了许多节日,让人们尽情地玩到开春。小年,春节刚过,沉浸在年节中的人们,带着未尽的年味又闹开了元宵。

元宵节里最耐看的光景,就是满街的灯笼和烟火。故而,老家里人把正月十五也叫灯笼节。

扎灯笼可是个手艺活,不仅要破竹裁篾,还要有裱糊的技术,当然,这需要细心、耐心和不可缺少的童心。巧叔巧婶就是这样的人,他们由于先天原因缺乏子嗣,喜欢孩子却出了名。这些年,老两口供养了五六个上不起学的穷弟弟出村进了高等学府。巧叔家住在村边上,左边隔道是一片枣粮间作的田地,后面是"燕王扫北"时期栽成的梨园,老树新姿极是葱郁,右边是百亩水塘,一溜四间青砖瓦房,本是方圆知名的大地主老肥家的乘凉闲房。四周没有院落,早年插就的紫槐条子,如今已编织成一道绿意葱葱的屏障,这里应是清淡农家小院的模样,可每到元宵时节,就热闹非凡起来。

  巧叔两口子靠裱糊白事的"纸活"为生,扎灯笼、做风筝是他们的拿手绝活。临近元宵节,一捆捆竹条参差不齐地摆着,多是邻居们送来扎灯笼的,有的提着只有竹股的旧灯笼来裱糊装新,三三两两的孩童怀揣从小画册上剪下的样子,蹦跳着向院中奔来……巧叔是扎骨造型的能手,裁好的竹蔑,到他手里几经摆弄就有了样子。巧婶大户人家出身,识文断字,应酬来客斯文周到,不失风度。闲下来便是给缠着的娃娃们讲故事。这元宵节为嘛要挂灯笼放烟花呀?巧婶审视了一圈听众,才娓娓道来:说的是玉皇大帝养有一条爱犬,时常变换人形,偷偷下凡吃喝玩乐,祸害民间。有一年元宵节时,百姓们将其灌醉,扔进汤锅,煮熟分食了。玉帝不明就里,雷霆大怒,吩咐天兵天将放火降灾,幸好玉帝身边有个善良的侍女,偷偷将消息传递给了百姓,大家一商量,决定正月十五这天,家家挂灯笼放烟火,把人间弄得通红一片,让玉帝以为人间已经着火了,才免除了这场灾难,从此每到正月十五便留下了挂灯笼放烟火的习俗。听完故事,手里拿着巧婶分发的糖果花生,娃娃才走散。夜里才是老两口施展巧手的时候,巧叔捆扎,巧婶裱糊,经常通宵达旦。第二天早起,小院里便出了彩:莲花灯、葫芦灯、筒子灯、西瓜灯等,各式各样,异彩纷呈。水红的如红莲朵朵,一抹红云般垂涎欲滴,火红的如枣乡的秋韵,粉红的似款款荷花,妩媚娇人,大红的像出嫁的新娘,喜庆迎风。每当这时,巧叔总是乐呵呵道:"庄户人一年到头图个啥?图个红火呗!"

  雪是通人性的,每到节骨眼儿上,便给人以惊喜。正月十四的傍黑雪又下了起来,纷纷扬扬地飘洒着。望着窗外满天飞舞的雪花,想想韩夫子"白雪却嫌春色晚,故穿庭树作飞花"的诗句,雪花见春天的花还未开,就急切地来代替飞花,确有错季的梦幻感觉。毛主席的《沁园春·雪》中曾有"北国风光,千里冰封,万里雪飘,看长城内外,银装素裹,分外妖娆……"的千古佳句,便是一代伟人的雪后畅怀,一霎间,红尘复归原始,如童心般洁白无瑕,晶莹明快。当然,挂灯笼是必不可少比比齐,这才悬挂起红红的灯笼,于是,便调起了情趣和韵味。积雪映着灯笼,灯笼照着雪亮,孩子们的脚印重叠着一个个痴迷的印迹。在村里,也是庄户人家年景的象征,所以,看似并不重要的环节,大人们总是非常看重的。

正月十五的早晨,是整个节日的亮点,胡同和深巷子里都挂着精心制作的灯笼,灯笼里面或是蜡烛或是油灯,都拨得亮亮的,不管是风霜雨雪,一直点满一天一宿。倘若落雪天,洁白的雪花就会把红红的灯笼层层包裹起来,透出星星点点的光亮。这一夜人们是不会睡的,一家人围坐着"守岁"聊天,谋划明年的算盘。灯笼熬着慢慢长夜,长夜寄托着庄户的希望。熬不住的人会倚着被摞做一个甜甜的梦,那梦境保准是甜甜的、美美的,要么,怎会在梦中笑醒?常常的雾霾让人们对雪天的美好好生向往,大地渴望滋润,人间需要清新。正月十五是庄户人图腾的节日,那红红的灯笼,不就是农家人滚烫的心吗?"瑞雪兆丰年",有了这样的好心气,有了这样的好兆头,明年的日子定是更加红火的。

今年的元宵节回到老家,红红的灯笼遍及街户,是村上一道亮丽的风景,红灯笼里的蜡烛和油灯,已被电灯取代,更添氛围,再不见了巧叔、巧婶的手艺。

寂寂的漫步到巧叔旧居,门口上高悬着两排大大的红灯笼,多像两位老人的笑脸呐。据说,老两口恩养的孩子们,元宵节前每人做一个灯笼悬挂在门口,以示念想。

家乡梨园

清明时节,是梨花绽放的日子,家乡的梨园便是如烟似雾般飘进我的心灵,洒一路粉白色的花雨,牵引着回归的脚步。

梨园在村子的北边,园外有条河,颇弯曲,细水流淌,仿佛玉带包裹着丛丛新绿。梨树疏密错落,极有韵致,枝条甚旺,斜逸出自由的舒展,微风轻拂,淡淡的幽香便弥漫在梨园的周围。记得一位乡土诗人曾这样写道:"清风过梨园,顿开茅酒坛,醉了地、醉了天、醉了人心田。"美妙之处自不待而言了。

春雨确是稀罕物,倘若淅淅沥沥下个不停,便给这梨园平添了些翠滴,梨叶呈桃面状,挂满串串珍珠,如梦如幻。雨后,林间小路铺满了白色的花瓣,斑斑点点,层层叠叠。透过斑驳,看着飘零的落花,伤感和迷离是自然的。花的生命是短暂的,因其短暂便越加显的灿烂,尤其珍贵。是啊,美好的东西并不一定长久,而沉淀在人们心中的感情却是浓浓的。梨叶摇摆着,轻轻一抖,露水便洒落下来,美好的记忆是这样轻易能够抖落的吗?站在梨园深处,望着纷纷飘散的落花,脑海中浮现的,也许正是果实攒满枝头的情景呢。于是,心可以静下来,不再翻腾。何必再苛求大自然!花开花落,云卷云舒,当如一日三餐那样正常,这短暂的失落,正是孕育的初始。这样,伤感何在?

又回家乡,站在梨园旁。眼前已是幢幢拔地而起的新房,且听到机器的轰鸣,震耳欲聋。此情此景,不由生发出无状的沮丧。这梨园是立村时栽植的,大约经过400多年繁衍而成的。传说明朝时,"燕王扫北"将村庄变成了一片废墟,迁徙而来的祖先们,在这里栽下了树,扎下了深深的根。一代过去,一代又来,而今竟成了这般模样。似家非家,似存非存,我的眼里充盈着游子的辛酸。自然和生存是如此矛盾,当人类需要文明时,可以栽一片绿洲,去滋润大地,哺育万物。当人类需要生存时,竟然会践踏美好,涂炭生灵。这也许就是人类生存的怪圈吧!

茫然面对这梨园的旧址,记忆的笑声在回荡,梨花的温馨在飘散……然而一切一切已经遥远。家乡的梨园啊,只有生长在心中了。

沧海赶秋

夏,弓起脊梁,涂上些许成熟的色彩,便是秋了。

中秋即望,一纸沧州百名作家采风令如湛蓝天空的信使,飘飘而来:听名师讲课、观渤海新区美景。如此乐事,又故地重游,确是令人心动的,遂结伴成行。"我们去赶秋吗?"有人说,一时竟无人回。

赶秋,在湘西是苗族的预祝收成的盛大传统节日。在北方,秋季是没得这般闲情逸致,只见识过抢秋、猎秋、守秋、收秋,都与忙字相关联。赶秋在北方近似一种简单、明了的童趣:将不同年龄的孩童聚拢在一起,在成熟的田埂跑上三五圈,意在把秋天围住,把收成圈起来。大人们也忙里偷闲乐见孩子在田间嬉闹,溢出满满醉心的喜庆。

这是临近渤海的一片天地,叫渤海新区,辖"一市四区",九河下梢、多海退滩涂。这里是渤海湾与华北平原深度交融之所,有大海洋、大滩涂、大湿地、大平原、大盐田织就的典型沧海地貌,波涛汹涌的沧海之势可见,阡陌桑田的平畴沃野一览无余。古有"万灶青烟皆煮海"的盐之盛和鱼虾蟹满黄的海之旺,宋金时为北方丝绸之路的起点。

"文化是一方一地发展壮大的支撑。我们打造蓝色海洋、绿色生态、红色英雄、金色历史(四色)文化,利用资源优势,就是要把渤海新区的实惠留给百姓、亮点展现给世界。"发声者是这里的党政"一把手"张国栋,一个地地道道的唐山汉子,如数家珍般娓娓道来,不失豪迈的开场白引领了听众的兴奋点,人们仿佛能听到近海处你追我赶的脚步声,忽而，有一阵笑声漫过来。

徜徉在十里金沙滩，犹如梦境。水洗过得天空和一地金黄衬映，其构图绝不输于青岛栈桥之精致、海南三亚之宏阔。80年代末的一次采风活动曾来过此地，当年的"烂泥滩子、土坯房子、坑坑洼洼草甸子"已换了模样，是"精卫填海"，或是"愚公移山"？终究，一代一代渤海人担沙填泥从传奇走向真实，成就了一道靓丽的滨海风景线。倘若千年徐福有知，率童男童女，集结卯分，常常游戏沙滩，何致瓮棺遍地？

人们对小小的贝壳是情有独钟的，尤其是孩童的寄托。贝有千形，彩分七色，不管是扇形的，还是螺旋形的，串在一起戴在手腕上，便沾染了大海的风韵而神采奕奕，如果把历经潮汐、风化、早已没有了棱角、滑如古玉的贝壳拼成摆件置于书房一角，活脱脱一幅绵软温和的红袖添香图呀。

贝壳虽小巧，令我震撼的是站在古贝壳堤上的觉悟。那是个残秋，在黄骅的张巨河村，五颜六色的贝壳层层叠叠，形成明显的隆起带，更多的已碎为贝砂，躬身捡起一粒贝壳放在掌心，似乎与近万年的老者在对话，尽管古贝壳堤已失去了往日抵御的雄气，人为的损毁使其成为"断壁"，但其风采依然。——抚摸着贝壳湖入口的贝壳雕塑，做如是想。

布雷兹特里特说，阳光所照之处，便是我安身立命之地。生命就像四季更迭的沧海之滨，原本就是一半荒凉，一半荒芜。是那些心怀阳光的人，终年继日，不畏雨雪风霜，种树、栽草、修路、盖楼，才有了这里水天一色的境界。于是洒满阳光的大道，草在生发，花在绽放，树在成长。

发展总不会是一帆风顺的，就如从渤海广场至东渡码头曲折的路，码头以"徐福东渡"而名，虽然冠有"出海寻仙求药"的传说，却也掩盖不住人类航海起点的真实。高高的吊装车、一排排的集装箱，让我们无比敬畏地仰视，他们用骨架和支撑述说着眼前的一切以及遥远的梦想。

在中捷友谊纪念碑前拍照是非常抢眼的。烈日当头、汗流浃背并不顾及，人们发现了这里曾是向中东欧开放的窗口，那些年、那些事仍然扑面暖心。

秋字最初象形为蟋蟀，表示的是天气转凉蟋蟀鸣叫的季节。《说文解字》里作了这样的解释："秋，禾谷孰也。从禾，省声。""禾"字好理解，秋天是收获庄稼的时节，那么"火"呢？有人说"火"字源于古代焚田的习俗，就是说农民在五谷丰登之后，会在收割完的田野里放火，把田里的虫子给烧死；也有说这"火"不是地上烧的火，而是天上的星星。无论怎样，一把"火"把"禾"给烤熟了，"火红色"便成了秋的主色调。

走向返程的路口，回望这场秋事，是集结、重逢、邂逅或是鼓风、期冀和点燃？直挂云帆济沧海是踌躇满志的事业之秋，已知天命再扬帆是人生的开拓立业之秋。面对眼前的这片天、这片海的日新月异，我似乎明白了什么？

白洋淀寻芳

绿色是青春的象征，绿色是激情的呼唤，绿色是人类的希望。乙酉五月，两家人合计，寻找绿色莫过于再去白洋淀。

白洋淀去过多少次了，已记不清楚，春夏秋冬都去过，春迎芦荡，夏赏荷花，秋看飞絮，冬观雪景。无论什么季节什么日子出游，白洋淀总会给人带来清爽的好心情。

白洋淀位于河北省中部，京津石腹地，是华北平原上最大的淡水湿地。全淀位于河北省安新、任丘两县境内，百里平览，一望无际。由于地理位置独特，白洋淀在涵养水源、缓洪滞沥、调节区域气候、维护生物多样性等方面起着重要作用，被誉为"华北之肾"。这里烟波浩渺，风景秀丽，水天相连，荷红苇绿，水草丰美，鱼鸟成群，四季成景，是我国北方最典型和代表性的淡水湖泊和草本沼泽型湿地，有"日出斗金，北国江南"

之称。

从任丘下岸乘一艘小木船,缓缓地划入白洋淀,既没有噪音,也没有污染,那份恬静优美的心绪,便会随着轻轻摇晃的小船儿,和着涟漪的波纹漫延开来。

五月的白洋淀,是绿色的海洋。百里大淀,绿绿的芦苇从船边一直接到天际,苇是绿的,树是绿的,水是绿的,水草也是绿的,置身淀中,你会觉得绿色包围了自己,绿色沁透了心扉,绿色主宰了天地。

芦苇是一垄垄一摊摊的,一条条壕沟把苇滩连接起来,条条壕沟都是绿色通道,整个大淀都是相互贯通的。苇子长得有人高了,那笔直的苇杆,一棵棵挺拔向天,蒸蒸日上,那一枚枚翠绿绿肥硕硕的叶片,伸展出去,舒展开来,东西南北的纵横交叉着,便织成了绿色的网络,这绿色的网络,四通八达,你只要像点鼠标一样轻轻地点拨船桨,小船就可以通过任何一条壕沟到达你想要去的地方,去尽享和游览白洋淀独特的美景和神韵。

白洋淀光热适宜,水域辽阔,淀内芦苇以数量大、质地优而著称全国,素有"芦苇之乡"的美誉。以芦苇为原料的苇编产品:苇编工艺画、苇箔、苇席,畅销全国,并远销美国、法国、日本、新加坡、加拿大等国家。芦苇还是造纸的优质材料呢。

白洋淀,是鸟的天堂。你看,在翠绿的苇塘上空,翻飞着比老鹰还大的水鸟,那雄健的翅膀,只要缓缓地煽动几下,就会自由自在地在苇尖上,拟或是水面上盘旋滑翔好一会儿。船家告诉我们,这种鸟有个好听的名字叫"长脖子老等",心想,它肯定还有个洋一点儿的名字吧。你看,那些叫不上名字的各种各样的水鸟,花翅膀的、白脖子的、红嘴巴的……一会儿展翅蓝天,一会儿钻入苇塘,一会儿轻歌曼舞,一会儿低吟浅唱,你听,吱儿吱儿吱儿……啾儿啾儿啾儿……谆儿谆儿谆儿……那婉转的歌喉,清脆响亮,时高时低,交织在一起,宛如多音色多节拍大合唱。那么动听那么醉人。

　　淀里,芦苇青青,鱼鳖虾蟹浅游,水生植物繁茂,水鸟野鸭成群结对。这次我们坐轮渡回返时,在半水半泥长满水草的开阔湿地里,还看到了白鹤,只可惜我的相机没有长焦,加之船速太快,又是逆光,没有拍下特写镜头,值得庆幸的是,抓拍的远景照片放大后,还能清晰地看到几只呢。

　　孟春的白洋淀,渔家辛勤耕耘着希望。在大淀开阔处,你会看到渔民们在承包的水域,楔下了一排排的木桩,再用尼龙网把水域一片片地隔开,或用纱网七扭八拐地建成水上迷宫,只要鱼儿钻进布下的迷魂阵,就别想再出来。在淀里酒家午餐,就吃到了满肚子鱼籽的红烧大鲫鱼,酥脆可口的大炸虾……这丰盛的美味,定是来自这百里大淀吧,要么咋这样鲜嫩?

　　正回味着,平静的水面上驶来一只小船,小船靠到苇塘边,船上的年轻人穿上白色防护服,我们迷惑不解,船家告诉我们,为了芦苇长得好,他们是来喷洒除草剂的。一方水土养活一方人,白洋淀人背靠这绿油油的芦苇和满淀的鱼蟹,靠着辛勤的劳作,靠着风里浪里的打捞,靠着旅游的滚滚财源,殷实的日子一天比一天红火。

　　白洋淀,物华天宝,人杰地灵,是一个养育了无数战斗英雄的地方。抗日战争时期,这里涌现了小兵张嘎、小英雄雨来、神出鬼没的雁翎队等抗日英雄。如今,白洋淀人正用勤劳的双手,靠改革创新的意识和拼搏精神,编织着更加美好的未来。

　　太阳从云缝中爬出来了,落日的余晖金灿灿撒满了大淀,那一泓碧水立刻泛起了鱼鳞般闪闪的波纹,像渔家姑娘撒了一篓碎银子,给百里大淀增添了迷人的色彩,换上了妩媚的晚装……在夕阳的辉映下,芦苇更翠更绿了,白洋淀更靓更美了。

卷二:别有洞天

晚秋，去衡水湖看景

  一泓水、一湾苇、一片绿、一塘莲，且湖中有岛、水面有鸟、树上有巢……单凭这灵气十足的轻描淡写便足以令人梦寐神往了。于是，心中期待的种子在任性地天天爬蔓生长，或许有一天，我会站在那里大喊："衡水湖我来了！"

  机遇往往翩然而至，让人莫名。是年深秋，结伴成行。先是拜过景州塔，方圆百里唯有的禅修故所，称"释迦文舍利宝塔"，塔高十三层，外形为八面棱锥体，高六十多米，通体由青砖砌成，有螺形阶梯数百阶，登阶盘旋而上，可达极顶，顶呈葫芦形，由青铜铸就，遇有风起，洞户鼓荡，可闻惊涛澎湃之声，亦有"古塔风涛"之说。拜别，沾了满身清气，心便顿时清静下来。

  这里离衡水湖几十里路程，心动车也动，一会儿便来到岸边。这天，既不是节日也不是假日，便没了往日的喧闹和鼎沸，一如没有波纹的湖面，寂静非常，丛苇荡亦不见晃动，只是忽儿有宿鸟腾出，且有一阵凉意吹来，"潭面无波镜未磨"的境界便被揉皱，一折一折颤起来。

  曾在鄱阳湖游艇扶栏观景，在西湖的乌篷船边领略宜人风光，白洋淀的荷花季亦驻足留连，但衡水湖是别有洞天的。每当这个时节，正是芦苇花开盛季，纵然一夜风吹过，那芦花浅水的嬉戏也让人顿生游兴。若乘一叶扁舟游弋，拂去凉凉的秋风，看盈盈欲溢的柔波，翠透湖心，蜿蜒曲折，似一条极含风韵的彩带，飘舞在千里平畴，这一汪碧波、一湖清冽，直叫人心旷神怡，逸情勃发。渐渐地思绪被这晚秋景色淘涤得淡远而宁静，湖边那杨柳倒映的水光，如彩云在漂移，像曲水在流淌。小舟如箭杆般将湖裁成两幅巨大的锦绣，缓缓地舒张开去，这如画之美一时间便淹没在飞溅的浪花之中了。

衡水湖俗称"千顷洼",意在讲其洼广水阔,跨冀州、桃城两域,周长达一百五十余里,与白洋淀、大浪淀呈犄角之势,谓华北平原的三颗"明珠"之一。泊水之域,因水而兴,借水而名,成一方之盛。在一般人的印象里,晚秋的树和草就只有枯黄一种颜色,然而在这充满生命力的衡水湖,与印象中的时令差异非常。除了树草的造型别致,竟然还不止一种颜色,就如同一幅水彩画,黄与绿衍生出来不一样的层次感觉,互相融合搭配,既各有特色,又相互映衬,传递出成熟的味道,犹如人生况味,这清香极像生灵传递出的生命之味。

徜徉于沉静之中是会生发牵念的,经过春夏的绚丽蓬勃,千顷洼淀开始贮藏秋的静美。秋以金色为底衬托湖的安宁,打造深碧的缠绵思绪。如是,这里的晚秋应是乘一片落叶悄然而至的。一叶知秋,及至枯黄的落叶铺满湖边小路,行走其上,便感慨徒生。抬头仰望只看到一只离群独飞的大雁,不知它是因为过多的闲情逸致,还是遇到了某些险阻而离散了同伴。雁南飞本身就表达一种分离和惆怅,更何况它是一只寂寞孤单的雁,雁南飞,雁南归,几时能回?

沿着人工筑就的水上"长廊",曲曲弯弯走进百亩荷塘腹地,昔日的争奇斗艳、璀璨夺目、娇艳妖媚,随着花海人潮散去,人迹寡落,鸟鸣稀少,余下了一塘落寂和衰荣!不免与尘间世态炎凉联想:有的人位高权重时,大红大紫、车水马龙、前呼后拥,甚至极尽诱惑之情,一旦旁落,往日情景如过往云烟,只剩下一片闲愁。可来到此处你的心能任意逍遥,随缘放旷,则如天上的太阳、月亮,不管乌云密布也好,或是刮风下雨也好,太阳、月亮都是那么逍遥自在地悠游于虚空之中,这就是随心而住、唯心净土了。

不由怀念起英年早逝的著名画家李老十来,在他眼里"荷非荷,物非物",他的笔下破荷篇篇,千姿百态,是写荷,还是写人?倒是应了他"破荷堂"的称谓,因崇尚而倾心,每每读他的破荷笔墨,似心间悬挂一方圣念,沐手敬仰方得领教一番残缺之美,也如这荷塘当下,天高云阔、残荷点点、别雁一行,若是有一管箫声相伴,那是禅境悠扬的非凡去处了,若老十尚在,岂不寻箫而至?!

衡水湖的诱人,还在秋味。"千鱼宴"便是这湖中上品,鱼生于湖中,水美鱼肥,肉质细嫩,谁人经得住诱惑?午餐便点了"鱼宴",清蒸、红烧、葱煲……每一盘菜肴味道极鲜嫩,润泽可口方唇齿留香,倘若品一勺湖鲫烹制的鱼汤,竟是过口难忘,别有余韵。当然,配有纯生态的毛豆、花生、玉米和鸭蛋,色含六种,香清逸远,可谓十足,凭此,能不荏苒秋景,流连秋水,乐而忘蜀?餐毕,同伴小金打趣我:你不喝酒,怎一副醉里懵懂的模样?醉了,确是醉了,是陶醉在这湖光秋色之中了吧。

这夜,梦中醒来,回味衡水湖的短暂游历,依然有浅浅的笑意爬上眉梢。

去李京赞美的地方

在香格里拉开完笔会应是原路返程的,同行的新疆小李各屋游说:"来一趟不易,去玉龙雪山看看吧。"曾在家乡报纸上看到赞美丽江的第一人——沧州人李京,又一直对他的身世谜团难以释怀,正应了心事,欣然成行。

"丽江雪山天下绝,堆琼积玉几千叠。足盘厚地背擎天,衡华真成两丘垤。"诗的作者李京(景山)元代为直隶河间人。大德年间,已天命之岁的他由京城派云南任宣慰副使奉命处理军政事务,在云南期间,他根据见闻写下《云南志略》,游历丽江雪山而写下这诗句,被尊为"丽江圣人"。李京特别崇敬老子,仰慕白居易,与田衍、张养浩、虞集并称"诗坛四友",平生写诗数百篇,而云南诸作尤为世所传诵,有《鸠巢漫稿》著作问世。

大凡有地理见识的人都知悉，海拔每升高 100 米，气温就下降 0.6℃。在这样的环境下，高海拔的地方可以形成终年不化的雪山。玉龙雪山就是这样一个地方。它的温度常年都比较低，在冬天的时候，它的雪线会降低一些，而在夏天的时候，它的雪线会升高一些，便是银装素裹、亭亭而立的样子了。在这样的地方，一座高山的山脚和山顶的温度差别是很大的，从山脚到山顶，可以感受到一年四季的风景，山脚的炎热，半山腰的凉爽，还有山顶的酷寒，可以看到不同的植被类型一山同现。有的时候，我们不得不惊叹大自然的鬼斧神工抑或造物主的神奇构思，给人"登山一日，度日如年"的穿越之快。

世人把"艳遇之都"赋予丽江，显然是沾了玉龙雪山的"光"。你只有真正走过四千五百七十一米的蜿蜒山路，登上顶峰，领略了玉龙雪山的风采：蓝天、白云、阳光、花香再加上宛若玉龙仙气飘飘的冰雪，才会感受"此景只应天上有"不是虚枉之笔的。

冰川披甲给玉龙雪山增添了一份难以亲近的孤傲之意，冰川上冒出的阵阵寒气为雪山营造出了一番天然仙境，覆盖着皑皑的白雪，银雕玉砌般的冰川雪峰，大有刺破青天、扶摇直上之势，锐不可当。在远处看，又仿佛是一幅婉约神秘的水墨画，白色的雪搭配着墨色的山体，整个画面显得如此的宁静、柔和。倘若天气好的时候，白云横在雪山的腰间，这时候的雪山，一如少女般翩翩起舞。云一旦散开了，碧空万里，在阳光的照耀下闪烁着耀眼的银光，仿佛一个东巴汉子，举着武器雄赳赳地守护着这片纳西家园，难怪这里成为纳西族人心中最圣洁之地呢。

很久以前，纳西人的寨子里就流传着一米阳光的故事。

传说每年的秋分，在丽江玉龙雪山顶上，上天就会撒下金灿灿的阳光，被阳光照耀过的人们将会收获美满的爱情。这却招来了善妒的风神的嫉妒，因此，每到这天，天空总是乌云密布。人们的所有关于爱情的幻想都被那厚厚的云层所遮盖。但是风神善良的女儿，因为同情渴望美好生活的人们，偷偷地把被遮住的阳光剪下一米，撒在陡峭悬崖峭壁上的一个山洞中，让那些爱情的勇者，可以得到那一米阳光的祝福，而美丽的玉龙雪山，也因这神秘的传说，又多了一抹散不开的浓烈色彩。

我们一行从山脚下坐索道时是有诸多准备的，雨衣应对寒气，备上氧气则应对高原反应。从索道到观景平台上，有人已经有了缺氧征兆，在导游的教导下，便调整呼吸，一步一步缓缓行进，气喘时依靠手中的氧气瓶补充氧气，凭着一股执着的劲头，向上攀爬……终于，在离地平线近五千米的高山顶部，看到了飘飘扬扬的国旗，这一刻似乎等待了许久许久，人们禁不住任性高歌起来："五星红旗，你是我的骄傲，五星红旗，我为你自豪，为你欢呼，我为你祈祷，你的名字，比我生命更重要……"恍然中为自己是一个中国人抑或是为登上高峰而泪糊双眼。巡视四周，这里的天，堪称湛蓝，透出亮亮的玻璃光彩，纯净得忍不住去触摸、去感觉。因是暖冬，山上的积雪并不多。但雪蚀过后的岩石青中泛白一如雪样，这一切，已经足够震撼到人心了。

"雾凇树挂"在玉龙雪山称得上一大奇观。它是由于雾中无数0℃以下却尚未结冰的雾滴悬挂枝头，饱经冷风，冻粘积聚，不断充实、壮大、沉淀，最后凝结成外表为白色不透明的粒状结构沉积物。这在南方高山地区并不多见，而在此山，只要雾中有过冷却水滴，并达到一定温度就可形成。与错落有致的松杉绝配，加之独特的地貌和形态，才形成这"银柱玉丫再添枝节，银装素裹分外妖娆"的仙山奇景。深深吸几口冰镇过的气息，又重重吐出来，如是躺在这圣洁之巅美美眯上一定会是很惬意的！

常常向往一个人自由的行走，面对一个陌生的地方，总想探究它的前世今生，欣赏这一地的风景便多了些味道。站在山顶，人们争相高喊着："玉龙雪山，我来了……"来了即是来了，风景过处也留不下一丝痕迹，只存心灵深处的感动和记忆里的那份美好。

回望玉龙雪山,遥想当年李公中年又得启用戍边,"老夫聊发少年狂"的豪迈,满腔激情迸发,吟诵高歌那是自然的了。况且大德十一年五月时任朝请大夫、吏部侍郎的李京再度奉诏云南出使安南(越南),二度边陲之行,朝野关注,姚遂撰《满江红——送李景山侍郎出使交趾》诗词送行,史志流传。

大明朝的一场劫难殃及众生,燕南鲁北平原生灵涂炭,几近人烟灭绝。这断代之痛,给一方历史的传承追溯平添沟壑,致使李京这样的"名人"身世悬而未决,只留下无限期待。

倒是我,为了乡党的一曲诗作远行千里,踏雪探奇,饱览雪山之盛也了却一份心中牵念。谓之:"此行不虚。"

法门寺记兴

冥冥中,那里是有一种禅意的,周围氤氲着香火的气息,感觉那是一种脱俗的生活。在那种环境里面浸染久了,心情也会褪去浮躁,安分守己地塌实起来。乙酉初春,在西安大学里开完笔会,同组的老李就是扶风人,故游法门寺,便有了向导。

法门寺之所以有名,因为佛祖释迦牟尼的真身舍利子就在那里,是全世界唯一的一枚真身舍利,佛教徒们对此顶礼膜拜。

法门寺在扶风县城以北十公里处,再往北,在寺院正北二十公里外,就是秦岭山脉的余脉——乔山,雄伟壮观。尤其在晴天的时候,站在数百里之外,山上的道观依稀可见,那种感觉真的很舒畅,人好像装满了整个湛蓝的天空一般,很逍遥。

20世纪末,封闭了一千多年的神秘地宫之门被打开,用电光一照,里边金碧辉煌,千年古物熠熠放光。经测量,地宫长21.12米,面积31.84平方米,是国内迄今发现的佛塔地宫中最大的一个。地宫基石皆雕成仰莲瓣形,取塔建于莲座之上意。地宫内壁多处断裂、凹陷。地宫共有四道门,门上雕有天王护法像、莲花等,色彩鲜艳。门楣上绘有姿态各异的瑞乌朱雀。前室发现了《大唐咸通启送歧阳真身志文碑》和《监送真身使随真身供养道具及恩赐金银器衣物帐碑》,这两通碑不仅是研究法门寺历史,而且是研究唐代佛教的重要资料。

从地宫发掘了四枚佛指骨舍利,一枚为"灵骨",其他三枚为"影骨"。真身舍利"秘藏"于一普通的铁函里。打开铁函,里边是录顶银函,上有45尊造像和"奉为皇帝敬造释迦牟尼佛真身宝函"的錾刻,再里层是银包角檀香木函,木函内放置着一具嵌宝水晶椁子,真身佛指就安放在椁内的壸门座玉棺中。其他三枚影骨,一枚置于嘉陵频伽纹壹门座银棺中,一枚置于双凤宝盖纹银棺中,还有一枚置于唐懿宗供奉的八重宝函中。这三枚"影骨"是唐代为了保护真身指骨的仿制品,但也具有极高的文物价值。

唐代金银器是稀世珍宝。而法门寺地宫一次竟出土了120多件,且精雕细刻,精美绝伦,堪为国之瑰宝。这批金银器可分为法器、供养器和生活用具三大类。

法器中最珍贵的是银花双轮十二环锡杖,锡杖长1.96米,重2.39千克,用金2两,银58两,比藏于日本正仓院号称"锡杖之王"的白铜头锡杖还要大。锡杖的蹲体是由复莲八瓣组成,锡杖下端有三栏团花纹饰,栏之间以珠纹为界,极为精细。杖身中空,通体衬以缠枝蔓草,上面錾刻圆觉十二僧,手持法铃立于莲花台之上,个个憨态可掬,神情动人。锡杖下端缀饰蔓草、蜀葵、云气和团花。杖首用银丝盘曲成双桃形两轮,轮顶有仰莲流云束腰座,上托智慧珠一枚。工艺制作精致,可谓法器中的至宝。

供养器中有皇帝赐造的鎏金鸳鸯团花双耳浴佛盆,口径约50厘米,是目前国内出土的同类器物中最大的一个。盆口作成葵形,底衬阔叶石榴组成的大团花,盆底相戏鸳鸯把头探出花丛,生动可爱。银盆的内壁,刻有四对站于仰莲座上鼓翅欲飞的鸳鸯,周围花云缜密,体现唐代金银工艺的成就。

捧真身菩萨是唐懿宗为送迎佛骨盛放舍利而敕造的供养器。高385米,重1926.7克。菩萨头戴化佛花蔓,宝绍垂于肩后,上身裸露,下着羊肠大裙,发髻高挽,神态端庄,周身饰有珍珠璎珞。双手捧着卷叶型长方盘,刻有"圣寿万春"等铭文,半跪坐于束腰仰复莲座。莲座上錾有菩萨、天王、伎乐和三头六臂金刚等,造型独特。造形精美,神态逼真,是珍贵的艺术佳品。

生活用具中,唐僖宗供奉的金银丝结条笼子、鎏金菜具、鎏金双蜂纹楼空银熏炉、鎏金雀鸟银袖珍熏珠等,工艺精美,结构巧妙,华美富丽,充分反映了唐代人民高超卓越的技巧。

法门寺地宫发掘的16件秘色瓷,是秘色瓷第一次在国内出土,不仅将秘窑产生的时间由五代提前至唐代,而且使鉴定秘色瓷有了标准的器物,是我国陶瓷史上的突破性的发现。出土的瓷碗、盘、净水瓶、碟、托等器皿,造型古朴典雅,瓷色青中泛白,温润有光泽,如冰似玉,反映了唐代造瓷业的极高成就。

这年法门寺修葺一新,向世人开放。重修的真身宝塔高47米,巍峨耸立,仍8棱13层,从第2层至第12层,每层供置8个佛龛。地宫内安放着真身舍利。与以前不同的是,塔内新设有旋转梯可登高远眺。

法门寺旁建有珍宝馆,藏有地宫出土的全部宝藏。与法门寺一样,珍宝馆也是仿古建筑,主馆是仿地宫出土的佛指舍利藏宝箱设计,气派非凡,气象庄严。给人印象最为深刻的是地宫出土的文物,件件精雕细琢,处处流光溢彩。珍藏佛指舍利的藏宝箱一层套一层,多者达八层,为镏金、纯银、玉石、纯金,还有已经腐烂的檀香木,分别饰以珍珠、钻石等,不一而足,极尽奢华。赞美之余,不禁心中犯嘀咕,佛祖降临人世,原为普度众生,岂为后世金玉加身?

奇绝白石山

听说太行山北端有一奇景——白石山,可与黄山相媲美。果然名实相近。这里,漫山白石。晴天,蓝天白云、白石绿树相映成趣;阴天,云雾缭绕、奇峰怪石相伴添情;雨天,朦胧奇幻,似天上人间;远望,峰峦叠嶂、山外青山虚无缥缈;极目,山如波涛、峰似礁石美轮美奂。

游历中,一天经历了三个奇观。

白石山海拔2096米,方圆百里,它紧依四大佛教名山之首的五台山,遥望五岳之一的北岳恒山。这里是山的王国、山的世界、山的海洋。

站在山脚下看白石山,天生一种奇幻感,这山怎生得这般好看!

说是山水画,未免有些俗气,说是神仙洞府,可惜没人见过,不过,这里是道教的洞天福地是有考证的。仰观山表,白石点点,葱茏间一条专用公路时隐时现成Z字型螺旋而上,须臾转到山后看不见了,主峰在阳光下银光璀璨,就像盛开的白莲花蕾。

不能不说说这条公路,要想拜访白石山全得仰仗这条路了。路的质量不错,全是水泥铺成的,刚能错开车。坡度可是有点大,一般都是三四十度。说实话,开车眼睛不敢往外侧看,悬崖峭壁,白云悠悠。这截儿路估计有十多公里(吓得忘看表了),还行,到了山顶离主峰就不太远了。

白石山分东、西两个门上山,东门开车可至1800米海拔,西门至1300米,东西贯通。如果走上一趟的话,估计费时6~7小时,可惜山高路险,问津的人少,一般人难得游遍,主峰云都峰,离东门近些。

从停车场前行,先映入眼帘的是太行老祖像,看那怪模怪样的塑像,不由使人浮想联翩。伴着思绪,没走几步就像遁入峰顶景区。说路:栏杆相护,台阶相伴,栈道崎岖,万丈临渊。说行:亦步亦趋,心跳气喘,目不斜视,手脚并用。偷着眼看,颤巍巍地看,还得顾及脚下,这是人们的真实写照。

不过,险归险,难归难,累归累,真的看见白石山的精华,一个字,值!

不愧是世界地质公园,不愧是全国唯一的白色大理石岩峰林地貌,给人的只有惊诧震撼。奇也不奇,那白色的石峰,有张家界峰林的风采,峰峭百态;有桂林突兀石峰的奇特,笋尖指天;那犬牙交错的峰尖,雄奇俊秀;那层层叠叠的峰峦,云遮雾障。尤其是那惟妙惟肖的形状,不一一列举,只能说巧夺天工,目不暇接。

这里的石峰,看上去斑驳酥脆,但岁月的雕琢侵蚀就给了它这副模样。白石的纹理非常细腻,薄的,就像一摞摞巨大的纸张细密摆放;厚的,就像一摞摞硕大的杂志层层堆积;再厚的,还像书库里的图书整齐码放,有的还像翻开的书页,似乎风一吹就跑了。

最奇的是双雄峰山腰的一块石头,山体直上直下,中间有非常小的一个坎儿,恰恰就在这个坎儿上,四面不靠地立这一块石头。石高两米左右,宽一米多,就像粘在山体上,大声咳嗽一声都怕把它震下来。天公也太会造物了,就连说明上都不得不讲"暂时还不会掉下来",此景曰为悬石。

用眼睛扫描白石堆积的山体,凡是有缝隙有坎儿的地方,无不长满茂密的林木,真纳闷,些许的植被怎样承受养育它们,恰恰它们都长势茁壮。就是现在,蝶飞蜂舞,花团锦簇,暗香阵阵,不上山,看不到这样的奇景。

山顶的凹槽里,稀奇地长着一小片神奇的红桦林,真是稀有得很。偌大的白石山群峰在阳光的照耀下熠熠生辉,整个山体被绿色画出了无数个格子,白的白,绿的绿,美!壮观!

迎客峰,山门谦恭待客;馒头石,憨厚静静伫立;双雄石,巍峨八面威风,云都峰,端坐白山之极。一条凌空栈道镶在山半腰,几个山洞穿行山体间,无数台阶蜿蜒在崖壁上,连起了东门至西门的天堑。

灵秀的山,永远是与水相伴的,白石山也不例外,在白石山西门不远处就是十瀑峡。

此峡山高林密,山体奇特,谷险峡幽。进的峡来,眼看水流潺潺,耳听泉水叮咚,瀑鸣寻声找,人行水伴流,巨石上的"清凉"二字真是恰如其分。

曲径通幽,瀑在深处。

小瀑深潭接二连三,令人神往的双龙瀑到了。难得北方有这样的景致,高天白练飞,峡谷溅玉珠。顺着数级陡峭的台阶贴着瀑布再上,上面又是一重天,还是小溪流水,还是小瀑深潭,看得清清楚楚,流到悬崖处跌宕而下,一个瀑布诞生了。往上攀登,水势更大,小溪在山涧里弯弯曲曲,溪流在草木里钻进钻出,一道直立的悬崖,两道陡峭的断壁,飞流直下,飞龙瀑、卧龙瀑,接连现身。

听瀑布轰鸣,水雾珠碰玉,看松鼠蹦跳,小鸟唱枝林,林荫洒洒,峡谷清凉,清新悦目。

在残缺的缝隙里凝望

越往南走离芒种更近了一步。一路的浓浓麦香牵引,车便停在山脚下一片夕阳的余晖中。

时在戊戌初夏,河北省散文学会召唤百家"寻梦响堂山",我们来了,一行五人结伴乘车。满是梦想的季节,到处都是花朵,滏水深处,太行余脉,一抹霞光从山上飘来绕几株新竹。路尽处便见了红艳的招牌:集贤山庄。

胡砺便不曾有这样的幸运,他是大金朝的命官,虽然后来官至一品为奉宣大夫、刑部尚书。一千多年前的那个风雪之日,他是只身冒雪徒步而来的,是迫于某种压力,抑或友情难却？寺院主持宣秘大师亲自迎接安排胡砺到东轩住下,并一直陪伴海聊了一夜,胡砺也有些小激动,想来日胜游,通夕不寐。天亮时分,雪已经一尺多厚了,竟无停意,胡砺只好匆匆拜别……以致在后来写就的名篇《磁州武安县鼓山重修常乐寺重修三世佛殿碑记》中感叹:"所谓圣贤之遗迹,登临之奇观,竟无见焉。"

可见,常乐寺曾经多么辉煌,香火旺盛,供养极多,冠绝一时,难怪有河朔第一古刹的称谓呢。

尘间常无常,故而,其人、其事、其物都难逃其蛊。

轻轻推开红漆斑驳的寺门,依旧幻想着的清净之地,竟成了这般模样:瓦砾遍地、杂草丛生、佛像缺头断臂、经幢东倒西斜……仿佛历次的天灾、人祸、战乱的损毁叠成厚厚的刀痕,切割的后来人心底阵痛不已。没有了暮鼓晨钟的天籁之音,没有了香火袅袅的虔诚,有的只是长长的叹息。久久伫立在满目疮痍的废墟之上,心间一片空白,仿佛一瞬间苍老了许多。这一切是谁人杰作？灭佛运动、战乱,抑或是哪个拆了寺院建了学校的教师？答案总是哭也不得笑也不得的尴尬。

寺外有佛塔,已逾千年,砖塔实心,八角形,共九级,名曰普同塔,顶层已残,各层有斗拱、假门、窗牖、塔形浮雕等。第五级镶嵌有宋皇祐六年修塔石刻一块。塔旁是一间狭小的自来佛殿,殿内正中有立佛一尊,卷发,高肉髻,宽衣,双臂残缺,似在向游人述说着那段非同寻常的劫难。

作为佛家圣地,一寺一庙自然都彰显出宽宏和博大,如碑文所说非色非声,无形可拟;非名非数,无相可观;非去非来,不胶其用;非久非近,不拘其时。

兴衰是不由人的。常乐寺,从辉煌到没落,从没落再到辉煌,几度沉浮,最后终是荒芜。穿过遗址的废墟,走过历史的繁华,看尽世间无数的悲欢与轮回,当你再面对每一尊造像的时候,你会发现一切都成烟云。

可以忘掉时间,可以忘却过去,却不愿搅扰了这方支离破碎的静寂。

穿越年轻的菩提丛林,漫过九曲圣水,便是偌大的莲花台了,此刻,好想坐在莲花台上,当一棵青青莲子,隐蔽其间,或是做一闲翁,拎一壶老酒,自斟自饮,若巧,有一片云来,且洒几行雨水,才好滋润干涸的土地及至发烫的灵魂。

一曲《兰陵王》的马上歌剧,再现了牤山之战的悲壮,把思绪也拉回了那个群雄争霸、狼烟四起的岁月。

"怅寥廓,问苍茫大地谁主沉浮?"

公元550年,一个拓跋鲜卑汉子终于问鼎中原,他就是高欢,废东魏,建北齐。高齐皇室从高欢始,崇尚鲜卑风俗文化,沿袭拓跋鲜卑"却霜"之俗,于每年六月末,率众到阴山行祈暖却寒之祭。高氏皇族夏居下都晋阳,秋居上都邺城,遂遣百余僧人工匠凿窟塑像,集艺术大成与财力打造,以此作为他们往来两地沿途休憩礼佛的行宫。

在华夏文明的长河中,北齐像一颗流星,虽然短暂但也不失光彩夺目。

北响堂石窟便展示了北齐时期高超的雕刻艺术风范。拓于鼓山之腰,开凿于陡峭的崖壁之上,山下有常乐寺、如来佛立像、宋塔及宋至民国年间的石碑、造像。山上现存石窟9座,其中规模最大、艺术价值最高、装饰最华丽的是位于窟群北端的大佛洞,洞中有整个响堂山石窟中最大的一尊释迦牟尼佛像,高约4米,佛像神气秀逸端庄,肌肉丰满,线条柔和,面部平素无饰,以皇帝的化身造像,其义甚远,虽历经上千年的风雨侵蚀,仍然光洁如新。据载高欢即葬于此洞高处一佛龛中,承接后人的香火和膜拜。

刻经洞的内外壁刻满了佛经经文,旁有北齐天统四年至武平三年唐邕书写的《维摩诘经》四部,碑文隶书,笔锋犀利,刚劲挺拔。在石壁上大规模镌刻佛经在我国最早始于北响堂山石窟,"眷言法宝,是所归依",开创这一历史的唐邕亦被举为刻经第一人。同时,唐邕和该刻经在其艺术和历史价值上可与王羲之《兰亭序》齐名。

北洞俗称大佛洞,是东魏北齐时代最大的一个石窟,其外部崖面为覆钵式塔顶,山花蕉叶、火焰宝珠为塔刹,内部为平顶方形,窟室面阔进深都大约13米,顶高约12米,连接上下的中心塔柱竟有6米之宽。不说其他,单是这样巨大的体阔,步入洞门的那一刻,便叫人为之心动、震撼。

美在细微之处,是北齐石雕别具风格所在。佛像背光,也叫头光,在佛教中,佛、菩萨等具有无边的法力和威仪,站立之处即有万道光芒,故而教众在绘画及雕凿的时候,在佛及菩萨等头后或身后饰以特别的图案象征光芒和法力。早期石窟中的佛像背光多是熊熊燃烧的火焰纹,后花卉、龙等题材逐渐融入,早期印度佛教中未见这种装饰,可算是我国之独创。大佛洞的主尊背光,中间为五同心圆,外为忍冬花纹,舟型背光与身光间作莲枝图案,其外再饰以火焰纹,并雕七条飞翔之龙,是现存那个时代背光装饰中登峰造极之作。

有人说残缺可以产生美。然而,细数敦煌、云岗、云龙、麦积山、响堂山等名窟,无一处不精美绝伦,无一处不漫漶残缺。真的是造化弄人,往往缺损的遗憾赋予的情感更丰沛,曾经的圆满不复存在,其魅力却依然不减。如同每一刀的刻痕,都深深烙印在他们的身上,为他们的传说更添加了浓墨重彩的枝叶。试想如果没有残缺,山就没有了凹凸,于是,就少了韵味、少了凄美;水就没有了涨落,于是,就少了起伏、少了灵动;生活就没有了波折,于是,就少了演变、少了回味;生命就没有了跌宕,于是,就少了纷呈、少了精彩。人生不如意事常八九,生活的九曲十八弯本来就是处处蕴含残缺的。

美,贵在发现。响堂山用身躯锻造了鲜亮,诠释、演绎了凄美。透过残缺的缝隙,让后人发现了另一个世界、另一处精彩、另一片别样的天空。

站在山脚下,回望石窟圣境,心渐渐平静下来,心中默念:"我来了,我走了。你不言,我也不语。"

秦俑观感

乙酉初春,我们来到"世界第八大奇迹"——秦兵马俑,有幸饱览古人绝精的技艺和秦朝鼎盛的雄伟气势。

在这春光无限的好季节里,高速路两旁密密麻麻的麦田和农家地里金灿灿的油菜花为我们带来了出行的好心情,常常穿越于钢筋水泥和高楼林立间的我们顿然身心舒坦了许多。真是一个出游的好季节。

汽车驶入步行区,远处秦兵马俑馆在苍郁层叠的骊山脚下,显得更加宽广、更加浩然。

终于踏入了秦兵马俑一号馆,这是很多年前最先出土的一批文物,此馆也是在原址上直接建造的,这些秦俑,千人千面,有士俑、官俑、跪射俑、立射俑等,每一个秦俑都与其他任何一个不同,即使同一着装、同一姿势也是不同的面部长相与表情,绝无二致,实在让观者为之惊叹。

电视里看俑类认为就是看些打仗的泥人、陶人,现在回顾历史的长河,似乎能领悟其中的一些奥妙,也能从中看出古人生活的印记,但却未必能真正读懂秦兵马俑的蕴意和古人巧夺天工的聪颖。

第二、三号俑坑是近些年才挖掘出的,也让我们了解到秦俑挖掘出土时的原貌,想想我们现在看到的传世古迹原来是文物工作者滴滴心血将残损的秦俑瓦片一点一点粘贴、烧制成的。在慨叹秦王霸气与古人智慧的同时也为我们的文物工作者为世界、为国家做出的巨大贡献所钦佩。

在三号馆藏内,我们看到了一支铜制的古剑,光润而锋利,听讲解员介绍,此古剑在出土前被一马俑所压,剑型有些弯曲,但当文物学家将它挖出时便突然伸直,用20多张报纸探测他的锋利度时,一剑穿过,丝毫不费气力。而且此剑表面未被腐蚀,仍然如此锋利,原来,我们聪明的古人将一种配制的化学物质涂在了古剑上,这种化学物质在六七十年代时还被德国和美国人申请过专利,而我们的古人却早在万年前就已经发现使用过。

走到出口,被尊为"发现者"的老人给大家签名售书并讲述着千年兵马俑的传奇故事,刚刚平静的心情又激荡在我们每个人的胸中,久久不曾抹去,下一次,还会有的。

嶂石岩印象

行前是查过有关资料的,嶂石岩属太行山南麓,且是晋冀交割之处,位于苍岩山、仙台山、天桂山、西柏坡、驼梁、抱犊寨、封龙山、五岳寨、清凉山等石家庄市十大风景名胜之首。据说登上顶峰是可以眺望大寨虎头山的。

老朋新识,难得四面八方汇聚。于是,一种久违的召唤,携带对宁静的向往,便注定了这次酷暑之旅。

车过九曲十八弯,心间颠颠簸簸的遐思便随之定格在窗外的世界里。太行明珠赞皇——王家坪——嶂石岩。这就是嶂石岩呀,群山皱褶里一个小小的村落。许是品过泰山之挺拔、峨眉之俊秀的缘故,初识嶂石岩如同又一次看到了中央电视台希望工程栏目中那个山村少女企盼的目光。

车尘未尽,诙谐俏皮的导游小姐,鼓动着人们走向大山深处。九女峰、回音壁、玉泉洞……伴着落日余晖,感觉着大山的凉爽,别有一番滋味在心头:这正是家乡的父辈们"锄禾日当午,汗滴禾下土"的日子啊。

渐渐地嶂石岩在我心目中生发出几多迷恋,乃至有所思,有所悟,有所醒。

对于爬山起初是不以为然的。次日,早餐过后,一行人大有"我们唱着东方红,一起走进新时代"的豪迈。男女老幼比肩而行,尤其是两个随队的孩子,蹦跳雀跃一路前行!平添了许多生气。

人生如爬山,虽届不惑,体味颇多。但爬山如人生,却是较少验证,这次身临其境,才觉并不轻松。

嶂石岩的美在于质朴、浑厚、天然和兼容。它像伟人,让你仰叹不止,重峦叠嶂,连绵起伏,自然风光大气磅礴,一派大家风范;又像刁钻的村妇,险绝处,鬼斧神工,深邃圆滑,精悄处,苍翠点点,如烟似画。

"一线天"便是这样的所在。至近千米处,已是午时,汗水浸透衣裤,碱花斑驳如图。"一线天"三个字并不大,上望路抖如绳,崎岖陡峭,大有"一夫当关,万夫莫开"之势;两旁青苔染石,树花掩壑,又添曲径通幽之意。

"上!"工会主席老王俨然一战时共产党员形象,率先身入。随之,大浪淘沙后的队伍,进入了爬行阶段。人顶人,或抓石角,或拽树枝,攀援而上。腿是酸的,眼是直的,在这里,是不能心有旁骛的,稍一闪失,便会踏空,或……两边是深邃山谷,俯视,定然心惊肉跳。这是一段返璞归真、退化还祖的行程,人类祖先进化的漫长艰辛,给人们又一次尝试和体验的机会。

跨过"一线天"已是气喘吁吁,汗流浃背,精疲力尽,真想躺下来美美地睡上一觉,哪怕是在带有棱角的石块上。

尽管仗义行侠的老郝把我们的小件收入他的背包内,尽管满山翠绿依然醉人,尽管虎头山的诱惑仍在,尽管我们处在队伍的前列,但遥望前程,却是一筹莫展。队伍稀拉得如长蛇状,起初的豪迈和雄壮已不复存在。

穿过一片树林,便是冲刺阶段。"天梯"名不虚传,既没有梯,亦没有阶。不知是旅游开发者的匠心,还是什么缘故,这里的石壁上只有半个落脚点和三指深的手扣。让人望而却步,奇、绝、险用在这里,当恰如其分。

犹豫、徘徊……良久,倚着绝壁上唯一的树干,望着先我而去的两个十几岁的孩子,终于下定决心。喝完仅有的一口矿泉水,扔下背了一程又一程的两棵何首乌,抛开一切杂念,毅然踏上"天梯",面壁青石,紧绷双腿,插入石扣汗滑的双手如同握着生命,身体呈壁虎状,心半悬着,敛气凝神,一步一颠,轻提慢跨……好刺激,比走钢丝绳惊险,比柯受良飞越天险还扣人心弦。走过这段险境,如同走向新生。

险隘毕竟是短暂的,这和人生并不是处处布满荆棘一样。

"我们登上主峰啦!"随着小明响亮的童声,我们相继到达海拔1750米的高峰,那一刻,大家趾高气扬,似乎在向世人宣告:我们已把群山踩在脚下,已把懦弱踩在脚下。轻抚主峰标牌,贪婪四顾,嚄!远处山头点点,雾霭飘渺,身边苍翠片片,繁花缀地,确是"无限风光在险峰"啊。经山农指点,我们看到了昔阳县城和虎头山的斑斑点点。大寨到底是个什么样子?这个曾被亿万农民向往的圣地,依然朦胧。

偏巧,在下山的索道厢里,我和大寨的三位村民同厢,他们讲了近年的巨大变化并邀请我到那里做客,我点头作答。然而,由于笔会时间短促,终未成行。

回程是满载着欢声笑语的,可见此行不虚。也许只有我在默默地想着山的那一边,我终究还是要去的。

独步金山

古人云:"山不在高,有仙则灵,水不在深,有龙则灵。"若再有几个美丽的传说,就会成为人所向往的胜地。金山,因传说而闻名于世,因故事而令人神往。金山地处临淄区南部的边河乡,海拔420米。据临淄区地方志记载:"金阳建村于明代,属地势村名。村位金山之阳,故名。"古代阳为南,阴为北。寓意显而易见。

金山主峰原有古文化建筑十多处。玉皇殿、碧霞圣母行宫、南天门、望海楼、钟鼓楼等,断壁残垣至今尚存。残碑载,玉皇殿、南天门重建于清康熙六年,碧霞圣母行宫、望海楼、钟鼓楼等分别重建于康熙十一年及雍正、乾隆年间。主峰以下,十八盘中途,现存仍然较完好的"灵官庙",建于明朝天启元年,其门右石刻载:"灵官庙谨择于本土金山碧霞行宫十八盘中途设立。"庙旁的古十八盘依然尚在。山上建筑和十八盘的始建年代,因无资料可查,至今无法断定。但由以上资料可以看出,其初建年代十分久远。

金山像一只金雀兀立于鲁北平原与鲁中山区交界处,其支脉绵延达数十平方千米。该山雄浑中透出灵秀,巍峨中不失清韵。断壁残垣,展示着历史的厚重与文化的深邃。泱泱五千年历史文明,给这里留下了大量的文化遗迹。远古年代即有人类先祖在此繁衍生息。《临淄区志》载,其山前的边河乡南术南村发现原始牛化石,崔碾村南有龙山文化遗址,瑟雅村北也曾发现石斧等原始社会末期文物。据《临淄区文物志》载,北刘村有春秋、战国遗址,小寨村(原名金勇寨)有战国遗址,至今村西有"咸阳桥""校场地"等古地名,并有"临淄为京,小寨为城"的传说。西刘村南有南北朝遗址,坡子村西南的摩崖石刻镌制于明成化元年。田旺村西的"白马关"、北刘村的"白马寺"、赵庄村西南人称"大庙"的"天齐庙"、边河村的佛寺等都是历史上益都县西境著名的佛道建筑。这一切,无不透射出历史文明的璀璨光芒。其山后:以金山而得名的金岭驿是古代东西通衢大道上的商业重镇。《嘉靖青州府志》载:"南为金山,金岭名镇取此。"清初著名天文学家、数学家薛凤祚,即是金岭镇人,其学贯中西,著述甚丰。金山后,山脚下的南王镇业旺村西有春秋遗址,路口村西有战国遗址等,都显现出深厚的历史文化积淀。其山左:淄河发源于鲁山北麓。《括地志》载:"俗传云:禹理水工毕,土石黑,数里之中波若漆,故谓之淄水也。"淄水出牛山西后,形成冲积性平原达数百平方千米,其野沃物饶,成就了古齐国八百年基业。其山右:古昌国城(即今沣水镇昌城)就在山西脚下。该地物阜民丰,发源于金山脚下的涝淄河与发源于沣水南阜的珠龙河(即古德会水又称五里泉水),经昌城入张店城区西北流。郦道元注《水经》有记:"德会水出昌国县黄山,西北流经昌国县古城南……又西北,世谓之沧浪沟,又北流注时水。"(时水:即今乌河)。《史记》卷八十乐毅列传第二十载,周报王三十一年,燕昭王命上将军乐毅伐齐,"下齐七十余城","封乐毅于昌国,号为昌国君"。剥去历史的尘封,金山山水哺育出的千古文明由此可见一斑。当地还流传着许多关于金山优美的民间故事,如山中有一位美丽的姑娘,赶着金马驹儿,碾着金豆子;对母至孝的少年感动了山神,使其找到了打开山门的钥匙;古时山上有只金鸡,每天清晨面向东方引颈长鸣,每当金鸡鸣唱时就会风调雨顺、五谷丰登……

金山庙会,由来已久。明清时代,香火极盛。每年三月十五日,远近百里,商贾云集,游人如织。善男信女,祈福许愿;三教九流,献艺助兴;书生宿儒,踏青寻诗;村姑秀女,拈花逐乐。熙熙攘攘,竟日不绝。

金山历史文化与自然景观融为一体,具有文化内涵的景观才是最可看的。闲暇时登山一游,既有品尝历史文化快餐的畅快,又有健身野游的情趣,确系生活中的一件快事。在一个春暖花开的日子,文友一行5

人,相约金山踏青采风。丽日当空,蓝蓝的天,淡淡的云。在高而远的天空中,几只鸟儿飞过,为这初夏的季节增添了几分生机。视线随着鸟儿望去,远处是连绵的、起伏的山峦,以及点缀其间的层层梯田,还有绿绿的麦苗。遍布的挺拔苍翠的松树已然远去,转过一段陡峭的石崖,绿色便一大片一大片地映入眼帘,真是松树的海洋。路边,杂草碧绿,依然茂盛,偶尔夹杂几束火红的叶,牵去大家更多的目光。一路沟壑纵横,远处桃花点缀在山沟坡畔。碧绿的麦田点缀在沟壑之间,如棋盘;漫天遍地盛开的苦菜花,夺目烂漫;沿路的地黄,红花争艳,掐一把,汁液四溅,嗅一下,清心甘甜。伴着一路风清,偶尔看到路边的刺猬,在地边逡训,根根硬邦邦的尖利,令人胆战心惊一番。

　　文友相约金山,一路交谈,一路欢声笑语,从南王镇金阳村以北的山地蜿蜒,开始了攀登。石砌的台阶,蜿蜒不断;山不高,却秀气;漫山遍野都被黄黄的苦菜花、碧绿的狼毒草点缀一番;柏树与壁立的刀削的块石相依成伴,山峰沟壑都被苍翠遮掩。康熙年间的墓碑,岁月冲刷,字迹斑驳,大多模糊不堪,依稀几个字迹可辨,多数令人揣测一番。一路粗喘,一路携手并肩,朋友的儿子小鸟,欢呼声不断。看着许多不知名的植物,总要询问采集一些。沿着陡峭的小路,一路欣赏美景,一路歇息,说说笑笑之中,山顶已然在望。越往上走,巨大的、怪模怪样的青石越来越多,每到一处,大家就停下来,一来休息一下,二来是观察这石头。大家奋力争先。登上山崖,目光顿时开阔了许多,远近景色尽在眼中,于是,心胸也变得开阔。向着山谷高喊一声:"喂——我们来了——"山谷回音。于是大家一起喊。忽然,一群群不知名的鸟儿从山谷中飞出,像蝴蝶、像蜜蜂,一片片飞舞。小鸟很是惊讶:"这不就像蝴蝶谷吗?""不,那是鸟儿!""那么,这山谷叫什么名字?""叫'鸟鸣涧'吧!""那这鸟儿叫什么名字?""叫'金丝鸟',好吗?"大家都笑了。鸟儿归隐了山林,山谷又恢复了安静。"鸟鸣山更幽",真的。

登上山顶,眼前却是一片极开阔平坦的地带,树木丛生。树木杂草之中,总藏着几株矮矮的灌木,它们结着红红的果子。孩子摘了来,放在嘴里,嬉笑着,几棵高耸的长着弯曲枝干的核桃树生在路边,树上也是绿荫密布,站在山顶,极目远眺,梯田如同一圈圈的涟漪扩散,大块小块的绿随意铺着,呼吸着温润甜美的新鲜空气:好一派幽静的乡村风景!

近山顶的一棵桃树迎风招展,片片粉红的花瓣随风飘散,如仙女散花一般,仿佛置身于天上的蟠桃园;呼呼的山风,吹起尘土一片,似水珠飘散;齐腰的草将我们淹没在苍翠之间,伏下身子,看着一片片巨石上的小虫化石,想象亿万年前这里是一片汪洋和深渊。再往上走,我们登上了金山的山巅,风吹花香弥漫,俯视四周,群山环抱,水库如银练飞舞;山前的公路如银龙蜿蜒,四座青石灰瓦楼檐飞拱的祠堂,内供奉玉皇大帝塑像及灵位。每年农历二月初二、四月初八、六月十三、九月十五的四期庙会,都会吸引无数游人、香客至此。院中石碑若干,几块断碑上隐隐约约地刻着文字,几块新碑,则是刚刚修缮庙宇之后树立。

沿着崎岖的山路,从山顶下行不远,再转过一段低矮的石崖,沿路一片片不知名的小白花就在眼前。传说远古时候在金山有两种植物生长得旺盛,一种是人参,另一种是狼毒。因它们长得太快,太猛,别的植物被压迫,束缚了生命的延续。山神就召集植物开会讨论,要人参和狼毒这生命力强的物种搬家,人参和狼毒均同意搬走,并发了毒誓说:为了金山植物的利益,必须来年开春发芽前搬家,若不守誓言,要它开春生、四月黄、五月枯。两人又如竹子拔节一般打斗比试了一年。冬去春来的时候,人参如约搬家到了东北的深山老林,漫山遍野翠绿的狼毒却依然如故,生机勃勃。果然,到了四月底毒咒应验了,狼毒开始发黄,五月初就已经枯死了。这也许就是对失信人的惩罚吧。

我们从山顶侧路下山。山不高,但荆棘很多,还有不少叫不上名字来的灌木丛。从山顶一路跳跃,眼前豁然开朗:蓝天白云下,青松翠柏之间,几个人边走边谈,望着如诗如画的山下桃园,何等欢欣!

时已近午,我们下山返回。春风得意,美丽的传说却使我们频频回首。

思绪随着车子的飞奔渐渐远离了边河,一片片绿色也被甩在身后,回味着满目的美景、午餐那浓香四溢的油炸花椒芽、薄荷叶、椿芽叶,回想起朋友们面如桃花般的笑脸,在我们的心中,这灵山秀水的金山之行真是不能忘怀的啊。

初识黄山

黄山有四绝,奇松、怪石、云海、温泉。至今我尚能背出李白写的四句诗:"黄山四千仞,三十二莲峰。丹崖夹石柱,菡萏金芙蓉。"后来曾读过徐霞客的《后游黄山记》,行前又在网上看过很多介绍黄山的文章和图片,由此欲游黄山的心情更加迫切。由于工作繁忙,始终没有机会出游,这种迫切的心情一直压在心底。戊子阳春,碰巧有团出行,使我有幸一睹黄山风采。由于时间紧迫,游览只是走马观花,但黄山奇美的景象至今仍是萦绕于怀,让人感叹。

自古以来,游览黄山就有四条通道,东西南北所有通道皆以今北海景区为中心。为了方便游览黄山,我们驱车来到东路进口的云谷寺住宿。汽车在盘旋的公路上狂奔,忽左忽右,忽前忽后,往窗外望去,公路两侧一边峭壁,一边是深渊,真让人心惊肉跳。还好有惊无险,我们很顺利地到达了目的地。听导游说,云谷寺海拔890米,初称掷钵禅院,后改为云谷寺,今寺已不存在,旧址上已建宾馆和索道入口,为东路游客小憩、登山提供方便。在此眺望,可见变幻风云奇景,寺周群峰环绕,松竹繁茂,翠竹如海,苍松巧石、黄杉、茶树;索道入口旁、溪岸,石刻如林,栩栩如生、处处入画。我们入住的"云谷宾馆"与集徽派建筑精华的云谷山庄互为融合,构成了一个异常清雅幽静的环境。

乘坐索道上黄山,就像走进了一幅浩瀚隽永的国画。索道全长2808米,下起海拔894米的云谷寺、上至1667米的白鹅岭,高773米,速度7米/秒。缆车穿梭其间,宛如漂浮在仙境之中,凌空俯视,脚下是峭拔的山峰、苍劲的绿松和点点烟云。索道车像飞机一样攀高、下滑。羊肠小路、点点行人、起伏的山峦,在脚下倏然而过,好不惊心动魄!在索道车里还能从不同方位和角度欣赏黄山秀丽的美景,天都峰、莲花峰、佛掌峰、天狗望月、羊子过江、仙人飘海、葫芦石等诸多景点,宛若徜徉人间仙境,绝妙风光,尽收眼底。

到白鹅岭下索道后,艰难的徒步登山行程便开始了。导游说,沿途要经过几个高峰,攀登数不尽的崎岖不平的台阶,近4个小时的路程才能到达终点,大家都大吃一惊,但一想到游览黄山终于梦想成真,天大的困难也能克服,个个心情激动,精神抖擞,跟着导游一路拾级而上。虽然我从小在山里长大,但是攀登这样景色优美的山还是第一次。扑进眼内的尽是姿态各异的松树。黄山松,是随遇而安、随处而长的,岩石上、峭壁间、悬崖顶,到处可见一棵棵松树挺拔而起,在天地间恣意地伸展着它那矫健的身躯。黄山松的针叶短粗稠密,叶色浓绿,枝干曲生,树冠扁平,显出一种朴实、坚毅、雄浑的气势。而随着角度、光线的不同,每一株松树在姿容、气韵上,又各有千秋,有的挺拔如威武的士兵守护着黄山,有的优雅像极了妙龄少女轻轻舒展腰身。原来松树也可以如此的千娇百媚。放眼望去,林木似海,而似乎唯有这漫山遍野的松树,才是黄山真正的精灵,才是黄山的灵魂所在。

时间已近中午,简单休息,食用自带的食品后,便向我们登山的终点——光明顶进发。光明顶与天都峰、莲花峰并为黄山的三大主峰,海拔1860米。一路的奇观美景目不暇接,登上百步云梯,来到了通往光明顶的路。这条路窄小得大部分仅容一人通过,越往上走,路越陡峭,身旁不是幽深的山谷,就是高耸的峭壁。有的阶梯角度接近九十度,我干脆双手扶梯,四肢并用,以最准确的姿势去诠释"爬山"二字的内涵。光明顶上平坦而高旷,可观东海奇景、西海群峰、炼丹、天都、莲花、玉屏、鳌鱼诸峰尽收眼底。这些石头千姿百态,妙趣横生,如同一幅幅图画,内容异彩纷呈,不是亲眼所见,真是难以相信。听导游说,明代普门和尚曾在顶上创建大悲院,现在其遗址上建有黄山气象站。因为这里高旷开阔,日光照射久长,故名光明顶。由于地势平坦,所以是黄山看日出、观云海的最佳地点之一。站在山顶上,恍若置身云霄,极目远眺,山中奇峰汇聚,峭壁千仞,拔地擎天,峥嵘崔嵬。青松在悬崖上争奇,怪石在奇峰上斗艳,烟云在峰壑中弥漫,彩霞在岩壁上流光,自然的美在这里汇聚,在这里升华。在黄山的面前,时空变得狭小,沧桑变得平淡。黄山,不愧是大自然的骄子,独领着天下奇山的风骚。

　　山被誉为"天下第一奇山"。千百年来,历代名人、学者、雅士慕名而来,游览观光,赋诗作画,留下了许多精辟的赞语和宏作。但是,山上却少有人文景观。倒是在险峻之处的护栏铁链上,我发现了数不清的"连心锁"。许多登山的恋人和夫妇,将带来的两把锁头,正反面刻上自己、爱人和孩子的名字,写上祝福的语言,然后,虔诚地一同锁在同一链环上,把锁头上的两把钥匙拿下来随即抛向山谷,表示爱情的忠贞不渝……有些锁年岁久了,已经锈得只成一个模子了,上面的字是看不到了,但当初的那份真切却在此处留下了痕迹。有些锁则是刚刚挂上的,锁上的铜泽金光闪闪的,上面刻着谁和谁永结同心,或是谁和谁一家阖家幸福。可以想象,那上面锁定了多少姻缘多少幸福。虽然未来的日子里不知是阴是晴,但在锁定的那一刻,所有的往昔,都镌刻成了永恒。

　　然而最让人难忘的还不是这些如画的风景,而是黄山上那一个个汗流浃背的挑夫们。他们有的挑着重重的石料和木材,有的挑着沉沉的大米和蔬菜,也有的用肩扛着长长的竹竿、铁架之类,每付肩上都有近百公斤的重量,一步一颤艰难地行走在上山的台阶上。他们每人手里都拿着一根顶棍,用于歇息时支撑担子用的,走不多远就得停下来歇息。在与他们攀谈、对话中,知道他们每天能挑两三趟,每趟最多能挣三四十元钱。一天最多收入不到一百元,这的的确确挣的是血汗钱啊!比比他们,我突然觉得自己的幸福指数高了许多。台阶不宽,他们挑着担子几乎占了整个台阶,游人不得不避让到路边,但没有人埋怨他们,更没有人嫌弃他们,相反,一看到有挑夫迎面而来都急忙招呼行人赶紧让路,因为从他们的身上我们看到了劳动的伟大和光荣,一股尊敬、感叹加之说不清的复杂感情在心里不断的氤氲、升腾。

这次登黄山,虽然没有看到日出,也没有看到云海,但却看清了黄山本来的面目。黄山之美,是一种无法用语言来表述的意境之美,有着让人产生太多联想的人文之美。用"松趣万象"来形容一点都不过分。以石为母、以云为乳的黄山松,大都曲虬苍劲,扁冠平顶,其根盘根错节,其杆粗过数围,其枝舒展有力。特别是在玉屏楼左侧倚狮石破石而生的迎客松,高10米,胸径0.64米,树龄至少已有800年,一侧枝丫伸出,如人伸出臂膀欢迎远道而来的客人,雍容大度,姿态优美,是黄山的标志性景观。在北京人民大会堂安徽厅里,有黄山迎客松的巨型铁画,党和国家领导人多次在铁画前与外国客人合影留念,黄山迎客松不仅是黄山的象征,也成了中国人民热情好客的象征。

登黄山,游黄山,并不是一定意义上的游山玩水,更重要的是征服它、读懂它,更多地与之交流,这才是旅游的真正意义。我认为,人一旦对某种事物有了一定的了解,想通了精神会为之一振,马上就会焕发出一种力量。自然界是那样的博大、神奇,每一块岩石、山体都是经过几千年、甚至上万年的风吹、日晒、雨淋,它们并不因为经历这么多的磨难而放弃自身的生长,放弃对人类的施舍,而是在这复杂的环境中变得更加坚强、更具有特色。万绿丛中的黄山松,是那么平凡脱俗,是那么安然潇洒,默默无闻地奉献大地,为自然界增光添彩。黄山松的品格和形象给了我信心和勇气,我要将它作为一生行为的楷模、修养的老师、心心相印的朋友,像黄山松那样刚毅坚强地去面对生活,始终保持一颗奋发向上的进取心,用智慧和勤劳的双手,谱写幸福美好的生活乐章,不断铸造人生的辉煌。

崂山之悟

对崂山的初识,缘于蒲松龄,缘于他生花妙笔下那个神仙之宅,灵异之府里居住的崂山道士。其时,对崂山的渴望似乎全化成了一睹仙风道骨的希冀。

一走下汽车,我不禁就被一种神奇雄浑的气象震慑了:浩瀚无垠波涛汹涌的碧海护城河般拱卫着崂山这座巨大的城堡;山屹立,水浩渺;山雄浑,海柔美;海衬山威,山更雄——文武相济,刚柔并举。山抱着海,海拥着山,如此的水乳交融,如此的亲密无间!

穿过山中小桥,已是正午时分,阳光洒在青山绿树上,崂山仿佛笼上了一层薄雾,又像披上了一层轻纱,云蒸霞蔚,颇为壮观,确有仙家灵气。站在海边,你似乎可以触摸到繁茂的绿树,青翠的小草,但你伸出手去,崂山却又一下子后退了——如此悠远,如此顽皮,撩得你心痒痒的。

但随之你的眼睛一亮,心为之一阵惊悸,这是怎样一座山啊!山上山下,浑然一体,宛然一块碧玉没有半点尘滓——竟然看不到一点土,整座山体竟是由大小不一方方正正的山石镶嵌而成!是大海的碧水洗净了你,还是黄河的水冲刷了你,要不你为何晶莹纯净?石与石的结合处,耸立者一株株树儿,争高直指,负势竞上,互相轩邈。有的树活生生从巨岩中突出,生机盎然,仿佛仙人点化,否则小小的树儿有什么伟力冲破巨岩,又扎根巨岩顽强地生存下了呢?所有的树,叫得出名的、叫不出名的一例昂扬向上,像凯旋的将军,像得胜的勇士,那一块块颇有灵性的山石,鹅卵石般光滑可爱,却又方方正正,似乎用斧子凿过、打磨过,有的大的出奇,一块山石竟是一个悬崖绝壁,挺拔伟岸;而小的则如磨刀石,平坦如垠,小巧可爱。无论大小,一个个都洋溢着勃勃生机,一个个昂扬向上,绝不低头,绝不弯腰,似乎与天争高,似乎与地较劲,一个个争相向上,仿佛想攀上山巅俯瞰大海饱览人间。而他们却又团结得那么紧密!

望着这鬼斧神工的景致,望着这造化神秀的崂山,即使最弱小无力者,转眼也会成为山东大汉,浑身上下鼓满了劲,血管里激荡着雄性豪情,洋溢着阳刚之气!恨不能与海战,与天斗,与地争!恨不能扫尽一切害人虫,铲平一切不平事!恨不能化为巨岩,与崂山融为一体。这奇景,鸢飞戾天者会望而息心,经纶世务者会赏之忘返,但是汲取力量,洗涤心灵,而绝非隐世绝尘!这里人即自然,自然即人;这里人即风景,风景即人;这里人就是仙,仙即是人;这里人就是人,人才是人!

崂山,你这灵秀的山,是山东大汉造就了你,还是你造就了山东大汉?崂山,你这仙风道骨的崂山,人们都应该来读你的啊!

夏游云台山

七月流火,在骄阳炙烤下,人的心情也变得烦躁起来,湿热的空气让周身都有发霉的感觉。记得前年夏天,就曾动议过组团参观并顺便浏览云台山,终因奥运会未能成行,我也只好在互联网上过了把游云台山的瘾。通过网友们的游记走笔,我了解到这座以瀑布、碧水、丹崖著称的世界地质公园属于太行山系,魏晋七贤酣歌纵酒、吟诗作对的竹林就在此地;唐代王维"每逢佳节倍思亲"的佳句也出自于此。文人笔下的云台山,云雾缭绕于山间,瀑布悬挂于山崖,沟谷幽静深邃,溪流千姿百态。所以早在去年,云台山对我来说已是未识云台真面目,风华半在梦萦中了。

　　汽车穿行于太行山脉,车窗外飘来的久违了的湿湿凉凉的空气让全身都清爽起来。远离了熟悉得让人腻歪的平原小城,喜悦明明白白地写在大家的脸上。透过车窗,满目烟霭翠蒙,深邃幽幻的峡壑沟谷和重重叠叠的灌木林丛成了最贴近的风景,让看惯了呆板的楼房街道和熙熙攘攘人群的我们无比兴奋。

　　站在红石峡口,举目远眺,云雾缠绕下的云台山重峦叠嶂、奇峰突兀。一条依山就势开凿的九曲蜿蜒的栈道将我们送入红石峡。记得一个朋友曾告诉过我,每当心烦的时候,总喜欢去山里走走,因为山水之间能带给人别样滋味。他说:"山能给人一种情调,一种氛围;水能给人一种幽静,一种清爽,每当心烦的时候,贴近高山或走向河边,顿时会觉得心旷神怡。"如今,停步在这如天造地设的栈道上,上仰一线蓝天,下瞰泉溪瀑潭,倾听空谷松籁,沐浴烟霭云雾,真有洞天福地之感。远离了城市的喧嚣,没有了世俗的尘埃,贪婪地呼吸着清新的空气,将多日沉积肺内的污浊冲得干干净净,真的舒适极了。

　　穿行于红石峡谷底,脚下是清波碧漪,身边是赤岩赭石。展眼望去,两路小溪从不同方向轻如飘絮般地落下汇成一条玉带,如同一对十指交扣缓缓走来的情侣,步履间跃动着爱的韵律。导游说,这就是情人瀑布。瀑布下一汪水潭,如不施粉黛的少女,水晶般的清澈。潭下之石,清晰可见;潭中之鱼,唾手可得。也许是为了见证爱的圣洁吧,这里的鱼儿个个都玲珑剔透,连肚肠都看得清清楚楚……

　　走出红石峡天地豁然开朗,迎面一堵大坝成就了子房湖。一湾碧水似神池浩渺,如天镜浮空。与同事们一道坐在湖边小憩,凉凉的山风拂在脸上,顿有"一池碧水似玉汁,可消千古游子愁"之感。此时,再回首来路,却见红石峡早已遁迹于万木葱茏之中。哦!野韵十足的红石峡,你毫无矫饰地袒露着胸怀,展示出浑然天成的壮美。虽然不见亭台殿阁名人题刻,但你以自身的纯朴向世人昭示着石孕水育的哲理——珍贵莫过于天然。

这日,虹销雨霁,彩彻云衢。暴雨洗涤后的云台山,在流云飞雾中展示着它特有的韵味。驱车驶往小寨沟的路上,本来还有些阴霾的天气倏忽间变得阳光耀目。车窗外云腾山浮,团团白云缭绕着耸立如笔的山峰,绚丽的景色令游人们叹为观止,也让我真切地体验到了霞光与白云齐飞,蓝天共青山一色。

进入小寨沟,茂密的灌木蔓藤遮住了阳光挡住了酷暑。到处是泉响叮咚、流水潺潺、蜂飞蝶舞、鸟语花香。沿着石盘小道迤逦而行,三步一泉,五步一瀑,十步一潭,似跳动的音符流动的画卷。行进中,两边不时有溪水从山壁上流下,撞击峭石后分散开来形成珍珠玉帘尽数洒落,如参龙喷水凤尾串珠,在日光的照耀下晶莹剔透煞是好看。

一股山泉挤裂了峭壁涓涓流出,导游说这就是景区著名的不老泉。虽然我们并不相信长生不老,但也难以免俗,大家竞相将手中的矿泉水倒掉,代之以不老泉水,并贪婪地喝了起来,虽不求长生不老,但水质之清冽甘美确实沁人心脾。

一路循水而行,在一处岩石上,两条白练飞流而下,在空中形成一个"丫"字。"丫"字瀑布下一池碧玉称之为水晶潭,一如它的名字,水光潋滟、静如凝脂。瀑布与潭动静之间相映成趣,大自然的匠心独运和时光岁月的随手之笔的确令人赞叹。忍不住捧起澄澈如玉的潭水洒在脸上,面颊上凉凉的直透心扉。

继续望山而进,一抹险峻的峭壁遮住望眼。绝壁之上,流泉喷涌,密如雨帘;苍苔绿藓如龙似凤,故有龙凤峡之称。环顾四周,这里三面绝壁环抱,状如酒瓮。置身其中,大有天之尽头的感觉。我问一个同游此时想到了什么,他说:"井底之蛙。"我仰视苍穹确实有坐井观天之感,耳边也随之萦绕过徐志摩的诗句"我仰望群山的苍老,他们不说一句话,阳光描出我的渺小……"此情此景,已有同游带着未眠的童心,雀跃地跳入绝壁前波平如镜的潭中,更有游人禁不住面壁高呼:"云台山,我来了!"峡谷回响,似在赞许我们把平日积郁胸中的世间尘杂一吐为快的豪情。

我虔诚地仰望这峻极插天的峭壁和那杯口大的蓝天,慢慢闭上眼睛,如身处仙境,仿佛周围的一切都静止了,有了超尘出俗飘逸净化的感觉。峰回路转,下一站是老潭沟。导游建议,老潭沟纵深10余里,有华夏第一瀑之称的云台天瀑已断流4个多月了,我们就别去了。但游兴正浓的我们还是坚持即便没水也要一睹他那314米落差的雄姿。顺着干涸的沟底前行,河道上大大小小的奇石怪岩如豕似犬、怡然匍匐,虽别有情趣,但还是有无水的缺憾。正如一位颇懂文学的同游所言:"山没有了水,便如人没有了眼睛,少了几分灵性。"

顺着老潭沟的U形峡谷行至尽头,一堵绝壁横在眼前,上方一处凹陷,想必那顶天立地傲视苍穹的玉柱就由此而生。虽然此行没能看到他飞流狂啸而泻的情景,可以想象,在近乎垂直的悬崖陡壁,巨大的水流挟着狂风伴着轰鸣陡然跌落的场景该是何等的憾人心魄!

此次出行,给我们一次释放心灵空间获取坦然心境的机会。孔子曰:"仁者乐山,智者乐水。"云台山融山水为一体,散珠玑于自然,今朝能沉醉其中确实是一件幸事。虽然我们只是匆匆的过客,但钟灵毓秀的云台山留给我们的除了青山碧水丹壁悬崖外,还有极好的心情。

夜上草原

如果不是对大草原心仪已久,如果不是向导的"误导",那么,这次塞罕坝之行也许极其平淡。于是,不经意间便多了些曲折迷离,让文人墨客们在饱餐花香之前,首先生发出种种奇思妙想。

从熟悉起向陌生,对于生长在华北平原的人们来说,一切都透着新奇。车过围场县城,已是夕阳西下,天很蓝,一抹落红把相连的山丘装扮得羞羞答答,近的梯田和远的林木,黛绿层层,间或有稀落的村舍,或有牧归的羊群,牧羊人甩着响鞭不急不慌地赶向炊烟升腾处。沉浸于这幅落日小景尚未咂出滋味,视野便模糊起来,一切成为记忆。

原定的行程被夜幕悄悄拉长。山路依然曲折,前途并不明朗,如同迷路羔羊闯进沙漠,焦渴、焦虑、焦急。塞罕坝,你莫非是天上的星星哟,这么可望而不可及。实际上,我们正在逼近,慢慢感受着七月流火塞罕坝草原的气息呢。

面对并不熟知的山路,被"租借"来的向导一脸的无奈,好在车上人都有耐性,并没有粗俗的言语讲出来,悬念却是有的。些许人头一次离家远行或夜闯山路,难免心间忐忑,手心里早已汗湿津津的了。

前面是一段"V"形路,顿见陡峭,司机一脸的庄重,已不屑于向导的指点。满载三十多人的大轿车如蜗牛般爬行。起初,心是吊在嗓口眼上的,跟着车的喘息渐渐下滑,及至山脚,被碎石子的碰响一惊,才长长呼出一腔淤气;随之,车又上行,刚刚捺下的心又浮上来。此刻,头颅中闪出许多念头,若是……若是……想当年,诗仙李白面对蜀道仍发出了"噫吁嚱,危乎高哉!蜀道之难,难于上青天"的感慨,此情景若老先生在此定会惊叹不已。

翻过山梁,趋见平缓,打开车窗,回首盼顾,两座比肩山峰似女人的双乳昂然挺立,黑暗中细瞧似塞罕坝的两尊门神,大有一夫当关万夫莫进的气势。据说,这里300多年前被清朝皇帝辟为"木兰围场",并称皇家猎苑,清朝的皇亲贵胄,每年都会从京城来此围猎。表面上为消遣娱乐,实则通过对举世闻名的"乌兰布通之战"古战场的凭吊,告诫后人,居安思危,别丢掉"马上起家"的传统。塞罕坝在木兰围场中独具特色,被誉为河的源头、云的故乡、花的世界、林的海洋、珍禽异兽的天堂,可见,组织者是费了一番心思的。

入夜之后,我们从玄乎套里走出来,才进入了塞罕坝森林公园。茂密的人工丛林与天然草场浑然天成,在黑暗中被演绎成扑朔迷离的网,给人无尽的遐思,渴望的东西,并不见得珍贵,但得到的过程非同寻常。

穿过森林,终于看到了闪烁的灯光,还有错落的房屋。到了?我们纷纷挤下车,细一打听,是机械林场的场部,距宿营地——御道口度假村还有一段土路呢!怎这般吊人胃口?疲惫的人们,不时发出抱怨。向导已经"醒了过来",在颠簸中指引着前进方向。黑暗久了,光明还会远?我索性闭上双眼,任夜风拂面,思绪狂飞。

下了车,才恍若梦醒,哎呀,这才是草原:万籁俱寂的空旷原野,一望无际的没膝长草,散散落落的蒙古包。

迎风招展的五彩皇旗……没有一点矫情和伪装,一切都是天然的、原始的,甚至连潮湿的青草味,都让人咀嚼不尽。这就是我梦寐以求的"世外桃源"呀!

吃罢饭已是子夜时分,竟然没有睡意,踱步蒙古包外,灯光下,花草济济露水盈盈,三五步远便是如意河的涓涓细流……这片天地真的很纯、很鲜、很静,真的好醉人啊。

天亮之后,我还需再去月亮湖、百花坡、大峡谷么?

我已此行不虚。

清凉野三坡

七月流火,便想找个清凉的去处"偷闲"一回,野三坡便成了首选。

一行四人一路北上,竟闯入大山深处,意外到"狼牙山五壮士"就义地绕了一圈。

夜里,有小雨落下来。

越过十渡,经九曲十八弯后,便看到了野三坡的幌子。

雾后的野三坡清新了许多。它作为太行山脉的"豹尾",有着雄奇险峻的特点,悬崖峭壁,全是刀劈斧刻一般,让人不由感叹大自然的鬼斧神工之妙。如果说南方的山是温柔秀丽的江南少女,这里的山则是粗犷豪放的山里汉子。站在山下,仰视那高不可攀的崖壁,一块块突出的岩石仿佛山的肌肉,展示了力量的伟大与美丽。野三坡的山让人感觉到的正是这种因力量而美的雄健。一些不知名的小花生长在陡峭的崖壁上,如神来之笔在点缀一幅美妙构图,游人只能观其形,闻其香,却够不着它,只好望花兴叹。到达了那惟妙惟肖的观音峰,大家都驻足合影留念。我们在感叹大自然的鬼斧神工的同时,也更加深刻地体味了刘禹锡的"山不在高,有仙则名"这一千古佳句。

人们常说山水相依。山有了水才是鲜活的。野三坡的水不多,但都是恰到好处,有画龙点睛之妙。长年不断的拒马河犹如一条玉带,将连绵不断的山群巧妙地连在一起,织成一幅有山有水、有动有静、和谐而美丽的山水画卷。百里峡中的几处山泉更是经典奇绝,顺着百米多高的陡壁倾泻而下,俨然是一道微型的瀑布。清澈冰凉的山泉水飞溅,发出不大不小的水声,与周围的奇峰、树木、花鸟相照应,别有情趣。站在泉边,闻着水的气息,听着水的旋律,真正让人体会到了反璞归真,那种难以用言语描述的最自然的感觉。

百里峡是野三坡内独具特色的自然风景区,由三条峡谷组成:海棠峪、十悬峡、蝎子沟,全长 100 多华里,故称百里峡,有"天下第一峡"的美称。峡谷中最窄的地方不足 10 米,两侧陡峭的绝壁直插云天,十分幽深、神秘。峡谷中还有各种不同的石景和溶岩景观,在北谷内分布有"一线天""龙潭映月""摩耳崖""铁头崖""老虎嘴""回首观音""上天桥""下天桥"等 68 个景点,是我国北方罕见的幽谷。

进入海棠峪,在仅能横行通过十几人的山道两边,突兀着绵延几十里、高达百米的绝壁。导游介绍说这儿就是电视剧《三国演义》中华容道的拍摄地。但见两面的山峰如刀削斧刻一般,崖壁则又陡又高。由于阳光难以射入峡中,峡谷里气温与外界相差甚远,走在里面凉气袭来,将人闷热烦躁的心情一扫而光,留下的便全是轻松与愉悦了。虽然峡谷深邃幽长,然而崖壁上的奇花异草,路边的清泉叮咚,峡谷下面是淙淙流水,"一线天""老虎嘴"旁边的瀑布泉飞流而下,溅起缭缭烟雾,站在峡谷里只能看到一缕阳光斜插进来,那份清爽与惬意从四肢向外延伸,直达指间……让人不知不觉中忘记了旅途的疲劳,陶醉于自然的气息之中。

走出海棠峪,我们开始爬上2800级的环保天梯栈道。此地,称得上构思新颖的、很有创意的,是将栈道的木板台阶设计为中国历史的"年阶"。每级台阶高约20厘米,300米,一上一下,共筑有2800多级。所谓"年阶",就是将每级台阶标为一年。从21世纪之始,到公元前800多年的西周,哪一年发生什么重要历史事件,就标示在那一年的台阶上,游人向上攀登,或健步下踏,仿佛从今天上溯到西周,或从西周下降到今天。边走边看,将历史回顾一番,煞是有趣。游人看着脚下的纪年,还可以知道自己走过了几级台阶,前面的路还有多远。攀山很累,两千多级不算少,人人都爬得气喘吁吁。可是,一旦把攀登下踏当作一种游戏,一种对历史的跋涉,便一路情趣盎然,意气风发,忘却了疲劳。胜利永远属于顽强的人,我们很快就征服了栈道进入了十悬峡,此沟全长45里,由数十个造型各异的悬崖组成而得名。峡谷内的"抻牛湖"瀑布、灵芝山"水帘洞"、弧形悬崖构成的"不见天"、令人费解的"怪峰"、高耸入云的"擎天柱"不断映入我们的眼帘,使人目不暇接,仿佛进入童话世界。走过了连心桥就回到了原点。我们相视笑笑,累并快乐着。野三坡,像是一块待琢的璞玉,初看还尚稚嫩,往细处端详越见滋味,如未出过山门的山里妹子,谜一样的清纯,梦一样的靓丽。

独对山坡我在默默自语,会再来的,会再来的。

长岛记忆

长岛也称长山列岛、庙岛群岛。今为山东烟台辖制,位于渤海深处,有人谓之"世外仙境"。那年仲夏,有幸登蓬莱而闻长岛,遂顺水东临至此,行程虽短,印象颇深,故记之。

面对大海,总以为是海天一色、浑然一体的,在长岛却领略了另一种壮观。神奇的黄海、渤海分界线乃天造神工。这日,风平浪静,水波不兴,但见一泓碧水悄然分为两个世界,属黄海的一边,海水略呈黄色,而渤海的水面却是清澈碧蓝,最为神奇的还是在海面上,无论是涨潮落潮,黄海海面总要比渤海海面高出一点儿,舟船过此都要颠簸一下,海上人叫作"过门槛"。谜一样的海如同谜一样的世界,正因此,游人才会不远千万里来此"修行"。在云蒸霞蔚间过滤心境,陶冶性情。在西安看渭水,明白了泾渭分明,想不到在这里又加深了对分水岭的理解。清者自清,浊者自浊,当是古老的诫训。想红尘中人,倘若没有治乱之能,又无济世之才,也不可随波逐流,人云亦云,面对浮世若能洁身自好,甚或"各扫门前雪"的话,就会无形中给人间留下一块"净土",众人皆是,那净土方可"星火燎原",如此,希望还在。可见,做人也是有分水岭的。冰心老人曾有"知足知不足,有为有不为"的名言,那就是有所为有所不为;处朋友也是有分水岭的,应是不为"利"来,不为"利"往。这样,天地间虽然多了些稚气,到底会清亮许多。

有朋自远方来不亦乐乎!这是在渔民家里的真实感受。行者一路风尘尚未抖落,便被热情的导游领进一处渔家小院。洁净、整齐,海中岛村的潮汐气息难掩颇有些"品味"的装修格调,处处透出渔民富裕之后的追求和向往。不一会儿工夫,桌上摆满了海鲜:姜汁扇贝、清蒸鳗鱼、酱爆海螺、葱姜螃蟹、水柱毛蚶——同行的几位小朋友第一次来海边,看着原生态的"绿色食品",先是无从下口,一旦吃上,又大呼小叫:鲜、鲜、鲜。酷暑之中,喝着冰镇啤酒,慢慢咀嚼着海之味晚宴,别有一番滋味在心头。渔民是淳朴的,且好客的性情使然,饭菜什么的不够了,可以再要的,用他们的话说:自个儿产的东西呗!当你见惯了商场上尔虞我诈、唯利是图的计较,官场上投机取巧、趋炎附势的势力,文化圈里的自命清高、一拼高下的在乎,就会深切感悟:最真诚、最厚重、最淳朴、最值得珍惜的那份感觉,来源于最底层,来源于老百姓啊。倘若不是他们,国何在?党何在?家何在?饭后,趁着微微酒意,一行来到海边音乐广场,不太大的地方,竟然热闹非凡。夜市是以小卖为主,各式各样的海产品、工艺品、土特产品琳琅满目、目不暇接,连同小贩的叫卖的气浪,把我们推到一处不夜洞天的景里。喷泉,在五彩的灯影里,绚丽多姿,游人们走进去,任海水喷洒,好爽。往南去是一露天自助歌台,无论是谁,只要有兴致、胆量,即可尽情高歌。当然,栏杆外,便是茫茫海水一片了。

  歌声和着涛声拍打着心的岸。什么疼痛、烦恼、抑郁统统见鬼去吧。倚着栏杆,好想枕着涛声入梦,那梦一定很香很甜。

  对于石头,古人有"千年古树,亿年化石,万年水中奇石"之说,并感慨:"石不能言最可人。"长岛之行至今难以释怀的便是天然球石了。

  登九丈崖,其险、其绝、危临其境而不觉。于是,顺山路遛至山脚,嗬,这才是我要找的地方——天然球石滩。此处山水谁能勾勒成画?背倚九丈崖,头上是探海古松之枝丫,眼前白浪飞花,远处帆影点点,几只海鸥掠过水面,嬉戏而去。一位行者坐在石滩遥岑远目,口中念念有词:"行到天尽处,坐看风云起。"俨然世外高人打坐参禅的模样,让人云里雾里。好在石滩尚未启用,只好捡了几颗小巧玲珑的石子,悄悄带回车中。

  近午时分,赶到半月潭(也叫月牙潭),无心旁顾海豹、海豚的技艺展示,直奔海边。听说这里的天然球石滩是开放的,果不其然。球石是层层叠叠的,脚踩上去有一种天然的凉沁入骨髓,水一波一波漫上来,又退下去,球石的彩便纷纷呈现出来,形成彩的滩了。传说神奇的上苍在造就无言的石头时,生怕它的棱角伤害生灵,派遣海神昼夜不停地打磨,让它变得温润如玉、细腻光滑、妩媚可人。兴致驱赶着疲惫,行走在球石滩上,由海水拍打着裤脚,精心挑选着心仪的石子。这就是太公垂钓图啊,这块是枫叶飞舞,这儿是一汪水虾……

好石头是有灵性的,如世间万物,未必刻意去追去求,倘若无心插柳柳成阴岂不是天意?凡尘之事也是如此吧。功名利禄对每个人都是充满诱惑的,而获取的方式却大相径庭。有的人用硬法巧取豪夺,有的人用软法坑蒙拐骗,有的人用邪法跑要请送,大多数人却是用笨法苦干加实干,等等。在我看来,一切一切都是"心魔"所致。人在做,天在看,最终,天道是不欺人的,你的付出和回报总是相称的。简言之,种瓜得瓜,种豆得豆。

焦山访碑

焦山碑林名天下。有幸绕路此地,皆因收藏到的一副对联。作者周安康,晚清镇江人,曾著有《分绿亭诗存》一卷。再三搜查,信息中断,寄希望在镇江有所获,于是,便成此行。

焦山,又叫樵山,位于镇江市区东北,四面环水,坐落在扬子江心,与对岸的象山夹江对峙,因东汉末年陕中高士焦光隐居于此而得名。据说当年宋徽宗皇帝三下诏书而不出,因此皇帝赐名此山为焦山。岛上树木葱郁,流莺啼啭,放眼望去,江南江北尽收眼底,如一块碧玉镶嵌在玉盘之上,又如中流砥柱耸立在长江之中,所以也有人称之为"中流砥柱、镇江之石"。从远处眺望,山寺隐隐约约隐在林木苍翠之间,如被山包裹住了一样,所以,又有人称焦山为山裹寺。

乘着漂亮的轮渡登上焦山,首先映入眼帘的是数米高的、朝向滚滚江水的山门石柱,上面分别写了二副楹联:"泉声鸟声钟鼓声声声是幻,山色云色草木色色色皆空。"旁边还书有一对:"天上人间皆净土,溪声山色总禅机。"让人读了顿觉心胸开阔了不少。

定慧寺又叫焦山寺,始建于东汉兴平年间,已有1800多年的历史。在宋朝时,定慧寺亦叫普济禅院,元代改称为焦山寺,清朝康熙南巡游焦山时改名为定慧寺。"定慧"二字是取佛家"由戒生定"之意,因定发慧,去掉一切私心杂念,思想高度集中;"慧"是通过"闻、思、修"三条途径来增长智慧。定慧是佛家修行之纲领,所以,定慧寺的规模非常宏大,曾有"十方丛林""历代祖庭"之美誉。郑板桥有诗赋予:"静室焦山十五家,家家有竹有篱笆。"由此可见当时定慧寺在佛教禅院中的显赫地位。

在定慧寺天王殿前有一座木质结构的方亭,亭中竖立着一块石碑,石碑镶在整块石头中间,四周雕刻着盘龙,做工极其精美。碑面正反刻有乾隆二次下江南到焦山时作的《游焦山歌》和《游焦山作歌叠旧作韵》的御笔亲书,因是皇帝手书刻碑建亭,故称"御碑亭"。这两块御笔亲赐的碑文,让焦山一时名声大振,给焦山增光添色了不少。这也是国内至今为止保存最好、最完整、最大的两块帝王御刻,所以更加引得远近文人游客前去观瞻。

焦山出名僧,诗词歌赋、琴棋书画样样杰才辈出。如清代禅僧几谷、六静和尚是著名的画家,鹤州是拓碑能手,都曾享名一时。郑板桥、柳亚子、康有为等人也都曾在焦山攻读,留有文字瑰宝。

焦山以摩崖石刻闻名于世,古碑荟萃,石刻纷呈,其中被称为"碑中之王"的《瘗鹤铭》碑为稀世之宝。

宝墨轩又称焦山碑林,从观澜阁穿过小桥,过假山,便到了掩映在银杏树林下的宝墨轩,也就是著名的焦山碑林。其为北宋初年润州太守钱子高所建。在这里珍藏有460余方碑刻,数量之多,仅次于西安碑林,为江南第一大碑林。其中汉代蔡邕的《焦君赞》、梁代江淹的《焦山述怀》、唐代王瓉诗及《瘗鹤铭》碑饮誉古今,被称为"焦山四古""焦山四绝"。这些碑刻镶嵌在四廊亭阁之中。在书法艺术上,楷、草、隶、篆千秋竞献,真可谓集历代书法流派之聚合。

从宝墨轩往南,不多远,眼前的一切让人心情为之振奋。只见陡崖峭壁之上,满目石刻尽入眼中。如一幅书法大汇集,这就是著名的焦山摩崖石刻。在这里镌刻有六朝、唐、宋、元、明、清大大小小的历代名人的题诗。内容丰富多彩,千秋各异,美不胜收。其中最为珍贵的是陆游与游人踏雪寻访《瘗鹤铭》的题名真迹,词文精彩、字体刚劲有力,让人眼福尽醉、不忍归去。

在轻烟袅袅中,徜徉在修竹纤立、花木扶疏之径,观看千年古树,那如龙盘舞的六朝古柏虬奇古怪,几百年的古槐和银杏依然是那样的苍翠,仿佛在向游人诉说着什么。迈步沿山登级,曲路通幽,眼前豁然亮堂,焦山的吸江楼已在眼前。

吸江楼耸立在焦山东峰绝顶,原名吸江亭,又名吸江楼。亭内四面有木雕佛像,神态各异,所以又称四面佛亭。吸江楼呈八角形,整个结构为水泥仿木,内有狭梯盘旋而上,回廊互通。楼共分为两层,上层横额题有"吸江楼"三字,底层横额写有"江山胜概"四个大字。登楼远眺,眼前豁然开朗,长江两岸尽收眼底。清代名士齐彦槐有诗赞曰:"东望海漫漫,扶桑涌一丸。曾登岱岳顶,不及此楼观。水气连天白,霞光照壁舟。遥闻曙钟动,江阔万鹰盘。"

焦山还有"文化山"之称。古建筑精华此起彼伏掩映在树木丛中,文昌阁、乾隆行宫、观澜阁、汲江楼、御碑亭、槐影书屋等都给焦山增添了绚丽的色彩。因此,古时焦山有华严月色、定慧潮音、山门松影、庵院槐荫、海云墨宝、石屋藏铭、西岸远景、东麓新林、江亭礼佛、岩洞寻仙、自然问道、安隐栖禅、危楼观日、枯木品香、香林花圃、别峰里园十六景象。佛教协会主席赵朴初在此挥笔题写了"无尽藏"三字,可见焦山景色之魅力所在。

旧时没有轮渡上山的时候,寺院的物品皆由四乡八邻的善男信女用小船送到岛上。而今,焦山不仅有了轮渡,还有了过江索道。过江索道缓缓地向着焦山上升,江中轮渡乘风破浪前行。从远处看,一上一下,如天架金桥,又如一鸥戏水。江浪拍打着两岸,苇叶婆娑,连丘叠嶂,阡陌纵横,又偶见鸟儿掠水而过,好一幅美丽的画卷。

夕阳在树影枝叶间摇曳,站在入焦山的山门前,轻轻地抚摸门前那一对明代石狮。对面的象山如一道屏障,滚滚的长江水从中间川流而过,颇有"大江东去,群山西来"之感慨。

正凝视着眼前的景致,忽然,"咚、咚、咚……"的钟鼓声悠悠传来,顿时让人从激愤中静下了心。侧耳听着那浑厚的钟声,感觉竟是那样的精深与超然。在丝丝梵音中,洗却了心中的凡尘,心中的向往与净化在此得以抚慰!我有点飘然走出尘世的感觉,与山与水融为了一体,此时胸中没有了任何杂念,只有那钟声在心中久久地回荡着。

虽眼福大饱于碑林,但藏对的作者竟无半点信息,甚为憾事。正打听间,有一步衣道人指点迷津:《瘗鹤铭》的拓片上有四位方家的题跋,其一就是周安康。是耶,非耶?只是工夫尚未到,期盼柳暗花明时吧。

梦里普陀

舟山群岛归来,总是做梦,梦见那山、那水、那寺、那人。

普陀山素有"人间第一情景地"之称,那里的静谧与空灵,莫过于夏日的夜晚了。茫茫东海上,太阳升得早也落得快,五月的普陀山,刚刚夕阳西下,一会儿便弦月高挂了。

这日,安排的旅程就是登普陀山。灵鹫峰下的慧济寺位于佛顶山上,原为一石亭,供佛其中,明代僧慧圆,创慧济庵,至清乾隆五十八年始建圆通殿、玉泉殿、大悲楼等,扩庵为寺,光绪十三年请得大藏经,由文正和尚鸠工扩广,遂成巨刹,与普济寺、法雨寺鼎立,称普陀山三大寺。寺内,有一观音堂,四壁嵌着123尊石刻观音像,汇聚了唐宋元明清五朝名家的杰作。

我试图静下心坐了下来,隔着天井观望,眼前是一个个穿梭的身影,除了悠扬的梵音,寺院里显得寂静,寺内的小沙弥在勤劳地打扫着院落,闲暇的几个僧人站在积水檐下,卷经而立,慢言细语。一切的一切都是那么自然、安详。

下山后去了法雨寺。在松柏掩映的山门前拾级而上,只见褚红的照壁上题着"天华法雨"几个大字,字里行间透着丝丝佛理禅机。法雨禅寺俗称后寺,乃全山第二大寺,法雨寺的前身是海潮庵,取"法海潮音"之义,建于明万历年间,后改寺,清康熙三十八年赐"天华法雨"额,改称法雨寺。

在法雨寺,依然有着众多的人头,香客们一脸庄严,焚香膜拜,保持着对佛祖应有的虔诚,一些游人则在香炉前嬉戏着,抛些钱币,搏得一些的欢娱。人生,都会呈现出不同的两面性,一半是海水,一半是火焰。

法雨寺的建筑布局是一大特色,它依山取势,井然有序,层次分明。初见九龙壁,只见浮雕上刻着九条龙形图案,扶摇嬉闹,大有飞天之感。龙图腾,向来是中华民族图腾的象征,而霸气的九龙壁与温和的寺院结合,是一次偶然的相遇,还是由来已久,我不得而知。入山门,中轴线上有天王殿,后有玉佛殿,两殿间有钟鼓楼,依次有观音殿、御碑殿、大雄宝殿、藏经楼、方丈殿,气势不凡。观音殿又称九龙殿,九龙殿内的九龙藻井及部分琉璃瓦是清朝年间从金陵明故宫拆迁而来,可见清王朝对寺院建设的重视。

我信步入内,只见寺内林木茂盛,郁郁葱葱,有龙凤柏、连理松、银杏树,看得出都年代久远。多么希望在这暮鼓晨钟里,伴着这烟雨的清香,停留在佛国的寺院里,就像那些在古树间活泼跳跃的松鼠们,这里才是它们的天地。而我们的归宿呢,需要怎样的一份安逸与平和?

普陀的海边向来是人之神往的去处,那里有着柔软的金沙,宽阔的滩面,可以观潮、听海、看日出,还有紫竹林,清杭州人胡绍家《百步沙》诗云:"太子塔前沙,临风散似霞。至今卷石在,不见惹微瑕。"湛蓝的海水不断涌向海岸,给金色的沙滩划出一道优美的弧线,而不肯去观音院,正是在这道弧线的顶端。

在普陀山东南部的梅檀岭下,山中岩石呈紫红色,剖视可见柏树叶竹叶状花纹,因称紫竹石,后人也在此栽有紫竹。据历代山志记载,五代后梁贞明二年日本高僧慧锷从五台山奉得一尊观音像,归国途中在此洋面遇风受阻。菩萨不肯东去,慧锷无法,便靠岸留下佛像,与岛上居民供奉,在此建不肯去观音院于紫竹林中,是为普陀开山供佛之始。

曲折的通道,明黄的照壁,一直通向紫竹林的每一处院落。一阵风起,右面传来"沙沙"声,那是紫竹林的婆娑律动,不肯去观音院就漂游在竹浪里。

于是便想吟诗,一时难觅佳句。倒是清人李起隆的诗耐得寻味:"午夜波涛去复临,几番淘汰见真心。恒河无数云虽阔,不及沧崖步步金。"想身下这块石,屡经潮汐而不改其志,不损其形,实在堪为人师。即使百步沙、千步沙上的每粒砂石,不也日日夜夜经历着洗礼吗?

寺里的磬声悠悠传来,似乎在召唤痴心的游人。何处是归途?

梦终会醒的,是吧。

登泰山

随着旅行车的颠簸一步步地逼近泰山脚底。双脚开始难耐不住向上登踏的欲望,踏上第一个台阶,周围散发着寒风里的刺骨和森林里的草香。多年沉积的树叶腐烂在山脚的土地,在腐烂的那一刻或者说许久都该有的自然气息还停留在那第一个台阶的附近。

一步一个台阶能让人体的重心在非常大的波动中消耗体能。体能各有不同之处,在行走的路途中慢慢体现。热汗淋漓的状态里慢下脚步调养生息,寒风突袭的状态下继续前进。为了体现寒风的厉害之处请允许我在这写下当时的时间:凌晨两点半左右,走在前方的朋友不时地欢笑,时而歌声时而感叹。沿途的小店在寒风中摇晃着弱小的身躯,让人心里不时地想去敲门购买,但我没能用我藏在黑手套中的手去打扰熟睡中的人。大树在为我们歌唱,时不时地落下几片树叶。小鸟在向我们示威,想愤怒地问上一句是谁把它从美梦中惊醒。随着台阶给我们带来的疲劳,我们所在的海拔升了很多,天空的星星也离我们近了些。歌词中有这样写到过"看那星星多么美丽,摘下一颗亲手送给你",我想今晚的星空就像歌词中所描写的那样,星星作为主角在拿蓝色的天空做背景,外加星星悬挂的角度。那种美是大自然给予的,没有人能创作出来。但是你能享受到这种美丽,用你的双手伸向天空从平面的视觉来描写双手中拥有的星星,用你亲切的话语告诉你最爱的人这颗星星送给你。

冰冻三尺非一日之寒。并非想要三尺之冰,但现在的泰山还真有种水边喝边冻的感觉。也许是泰山的灵气让我们品尝到遗留在人间的天仙玉露,更也许是我这个热带娃没见过世面的夸张描述。

疲劳让我们忘却了一切烦恼的事情,我们攀登了泰山大半的台阶。真的累了,真的开始走不动了。导游也在撕心裂肺地喊叫着:"朋友我们登山的速度太快了,就在原地休息一会儿吧。山顶的风会更大温度会更低,离日出的时间还有很长。"导游的这一席话让我们在一家开门做生意的小店门口停下了脚步。

在停下脚步的那一刻起寒冷的风在削减脂肪燃烧的热量,冰冷的身躯重现下车的那一刻。忍受不了寒冷的人们没有听信导游的话语,还是踏上了台阶之恋让脂肪再次地燃烧起来。

前方行进的目标是南天门,这里往上的台阶更加的陡峭让重心更加的起伏颠簸,一步步地数着那没有尽头的台阶。陡峭的让人没有休息的余地,站在台阶的中央,寒风没有给我们留这个机会,晃动的身躯在寒风的鼓动下只有低着头前进。后方的百米台阶不允许你往回看,好像在回头的那一刻就能被风吹滚下去一样。两只脚此时有点不听使唤了,开始酸了,开始迈不上一个台阶了,开始觉得在行走还是寒冷了。前方的路更加坎坷,等待我们的信念只有坚持再坚持往上走。

南天门位于泰山十八盘的尽头,海拔 1460 米,古称"天门关"。它建在飞龙岩与翔凤岭之间的低坳处,双峰夹峙,仿佛天门自开,为元中统五年布山道士张志纯创建。门为阁楼式建筑,石砌拱形门洞,额题"南天门"。红墙点缀,黄色琉璃瓦盖顶,气势雄伟。门侧有楹联曰:"门辟九霄仰步三天胜迹;阶崇万级俯临千嶂奇观。"星星的光芒外加手电的灯光让我们踏过了南天门的胜境,

在这天地两相隔的中间位子,一脚在天一脚在地。我想起了"岱宗夫如何,齐鲁青未了。造化钟神秀,阴阳割昏晓。荡胸生层云,决眦入归鸟。会当凌绝顶,一览众山小"这首诗。诗的全文解释是:"泰山是如此雄伟,青翠的山色望不到边际。大自然在这里凝聚了一切钟灵神秀,山南山北如同被分割为黄昏与白昼。望着山中冉冉升起的云霞,荡涤着我的心灵,极目追踪那暮归的鸟儿隐入了山林。我一定要登上泰山的顶峰,俯瞰那众山,而众山就会显得极为渺小。"泰山拥有着南天门,南天

门又有着通往"上天"的第三道天门的美誉。人类给南天门赋予了如此多的神奇色彩,杜甫他能不"会当凌绝顶,一览众山小"吗?

武周山下拜"石窟"

为链接割断了许久的亲情,我与族弟老三冒雨奔向大同。一路风尘蕴涵着多年的思念,终于和叔婶弟妹相见,道不完的别情离绪。

听说"四大石窟"之一的云冈石窟离此很近。是日,天朗气清,由二妹陪同我们前去造访。

大同,古称云中,后称平城,隶属雁门郡。北魏时期,一直是北魏王朝统治中国北方政治、经济和文化的中心,辽、金时代又改称"西京",是为陪都。因其又处在平城的最北端及内外长城之间,北据阴山,南控太行,在当时,战略位置非常显著,所以到明、清两代又置为府,系当时"九边重镇"之一。而云冈石窟,史称武周山石窟寺,明代起称云冈,沿用至今。

"塞外古道五周山,云山云水雾中仙",古代诗人对久负盛名的云中古道作了极形象的描写,也对这鬼斧神工的群雕作了极好的比喻。多少年来,慕名而游者源源不绝,而古朴粗犷的塞外风情和颇具异域风格的群雕灵岩,足可令闲者萌脱世之情,愁者忘红尘之忧,实不愧"名冠天下"之盛誉。

云冈石窟的古址——武周山,它坐落在距古城大同北16千米处的川峡之中,被早晨的云雾所环绕,时隐时现,似乎被一种神秘的东西所笼罩着⋯⋯

当我们驻足山前的时候,仰目观看,但见洞窟雕刻遍布武周山的前壁,整个山麓坐北朝南,横亘东西,列峰如屏,雄拔峭峙,正中飞楼危檐,倚山而建,气势雄伟,巍峨壮观,看到眼前的景观,顿时会产生一种进内一游的强烈愿望。拾级进入石窟正面的山门,真是别有洞天。

据说北魏王朝由内蒙古盛乐(今内蒙古和林格尔)迁都平城(今山西大同)后,两地间往来日益频繁,武周山正当要冲。《魏书显祖纪》中记载,北魏几位皇帝曾先后七次到武周山祈祷,把它视为祈福的灵岩,他们全都认为,木可以焚,金可以熔,而灵岩将会永世长存,于是便选定了武周山南麓,即武周山的川峡北岸开凿了云冈石窟。因而,神奇的武周山和云冈石窟就以它独特的宗教遗迹登上了北魏雕刻艺术的巅峰。

云冈整个石窟群东西绵延一千米,主要洞窟有53个,大小佛龛252个,石雕总面积18000多平方米,造像有51000余尊,距今已有一千五百多年的历史。整个石窟群规模之雄伟,雕像技法之精湛,造像内容之奇特,实属我国古代佛教雕刻艺术中的瑰宝,同时也是世界艺术宝库中一项伟大的工程。而时至今日,古老的平城也伴随着佛教造像艺术的文明而饮誉华夏、并逐步走向了世界。

云冈石窟的开凿从北魏文成帝和平初年开始,一直延续至孝明帝正光五年止,前后60多年。前期洞窟为皇家主持开凿,极具皇家色彩和强烈的政治氛围,而后期则多为当时社会中下阶层的人们所营造。

最早的昙曜五窟具有凉州及龟兹佛教之遗风,并在此基础上有所创新,这五窟中的五尊主像,分别代表了北魏五个皇帝的形象,所以极具皇家气派。这组洞窟气势雄宏,造像巨大,质朴而又大气,并具有浑厚、朴拙的西域风格,其设计规模、创作风格,艺术水平,完全可作为我国早期佛教造像的典型代表。

二期工程和昙曜五窟相比较,无论从形制、内容、风格和艺术上都有很大的不同,最为显著的就是内容和题材的多样化,在这些窟内的雕刻中,出现了佛本行、佛本生故事,以及由《法华经》取材而来的释迦、多宝佛及供养人等一系列形象,这种洞窟特点是形制多样,气势恢宏,风格也由原来的印度和西域化转化为中原化和世俗化。

云冈石窟的后期工程大都开凿于北魏王朝迁都洛阳之后,而在这一时期,皇家的主持及参与已基本结束,由广大善男信女和社会中下层人士集资开凿之风曾盛行一时,此期多为中小型洞窟,大小佛龛遍布各处,造像艺术风格清新而又典雅,与前两期的艺术风格迥然不同而又独具特色,并对后来龙门石窟的开凿也极具影响。

我们边走边听,缓步走过了一道旁门,来到了素有云冈第一奇观之称的第五窟的庭院内,来到院中,中立四顾,只见洞窟之外依山而建的两处五门四层绕廊阁楼——大佛阁,仔细观赏,只见飞阁危檐,天工巧夺,顶部碧瓦琉璃,雄宏瑰丽;步入第五窟之时,顿感森沉冷肃,殚尽其怪,正中端坐着本尊三世佛,此像高达17米,是云冈石窟众佛中最高大的佛像,也是我国现存石窟雕像中实属罕见的佛像之一,此像造型巨大,体态超然,面部威严肃穆,双眼微垂,洞视尘寰。

如此高大的造像,当时是如何开凿的呢?二妹告诉我们,当时开凿的程序是先削山为壁,然后凿开门洞上的明窗,再从明窗往里开掘,开掘到一定的程度时,便由上而下按严格的比例凿出佛像,最后才开门出洞,这样,就能更好地利用由明窗透射进洞窟内的自然光照,省略搭建纵横交错的脚手架,同时也节省了大量的工时和劳动力。听到这里,我们无不为祖先所具有的聪明才智和高超技艺所深深折服。

据《金碑》记载,辽代的云冈石窟楼阁层凌,像眼前这样的巨大建筑共有十所,可以想见当时的建筑群是多么气势宏大,郦道元曾在他的《水经注》中对当时的云冈有过这样的描述:"武周川水又东南流,水侧有石祇洹舍并诸窟室,比丘尼所居也。其水又东转,迳灵岩南,凿石开山,因崖结构,真容巨壮,世法所稀,山堂水殿,烟寺相望,林渊锦镜,缀目新眺。"

《广弘明集》记载:"今时见者传曰,谷深三十里,东为僧寺名曰灵岩,西头尼寺,各凿石为龛,容千人……石窟中七里极高峻,佛龛相连。

余处有断续,佛像数量孰测其计。"由此可见云冈当时的规模和盛况,但令人惋惜的是,辽代保达二年,金兵攻陷大同,战火波及云冈石窟,使十座宏伟的建筑"寺遭焚劫,灵岩栋宇,扫地无遗"。

现存的这座大佛阁是清顺治八年重新修建的,这是历史的悲哀,文明的浩劫。而我们现在所看到的比当时存在的,就内容和形式而言,不知失去了多少,不能不使我们为之痛心,为之浩叹,但是,就像整个历史一样,从宏观的总体来看,文明、艺术,一旦被人类创造出来,那就除非到达了宇宙的终点,无论是上帝还是魔鬼都不能真正地毁掉它,就像我们眼前的云冈石窟一样,虽然经历了千百年的沧桑巨变,也经历了战火的劫难,但它还是跨越了时间和空间来到了今天,来到了我们面前,这就是历史的真实延续,也是艺术和文明永久的魅力所在。

跨过一道月门后,又来到了"五华洞"的第十二窟,这一组洞窟内造像众多,神态万千,气氛热烈,各种鲜艳的色彩在阳光的照射下把整个洞窟反衬得更加光彩夺目,在洞窟的四壁及顶部,通过不同的浮雕场面,生动地再现了菩萨、力士、供养天、伎乐和飞天等佛国艺术形象,并使其人格化和生活化,力图表现出雕刻大师们内心世界深刻的创作意境,尤其是美丽活泼的飞天,她们凌空飞舞,风格特异,嫣然含笑,神态优美,动人的舞姿足可把游人带入仙境。

正面门楣上的伎乐又在为舞蹈者伴奏着天乐,她们操持着排箫、箜篌、笛、筝、口笛等乐器热情地伴奏着,乐与舞在这里体现出了无比的生动和完美,使人们仿佛听到了简练、高亢、轻快和柔美的天宫雅乐,又似乎听到了"琵琶弦上弄春莺,箫笛管中鸣锦凤;罗裙飘飘细腰舞,轻拢慢然皓齿歌",真是一场美不胜收的天宫音乐会。为此,又将这一洞窟称之为"音乐窟"。据统计,十二窟中共有乐器雕刻45件,15种,北魏时期因为没有发明弓弦乐器,所以乐队是以弹拨、打击、吹奏三大部分组成,充分体现了北魏时期的音乐特色,也为我们研究古代音乐史、乐器发展史,和那一时期汉族和少数民族文化及音乐的互相融汇与交流,提供了不可多得的资料。

出十二窟,由东往西行数十步,便是云冈石窟早期的一组洞窟,即十六窟至二十窟,也叫作"昙曜五窟",因这组洞窟系北魏著名高僧昙曜主持开凿,故曰此名。

昙曜五窟中最具代表性的作品是第二十窟中的露天大佛,它是云冈佛像中高度仅次于第五窟的本尊大佛,当我们停步仰观时,就见它形体挺健,笑傲风月,正襟危坐,着偏袒右肩服饰,雕塑造型比例适度,面相丰满,鼻直口方,双耳垂肩,神情庄静恬淡,乌瑟高螺发式,为了使其不同凡响,在佛像头后部饰以光环,以示"神圣",此曰头光,背后的光环也同样佛光四射,以示崇高,此为背光,大佛的雕刻技法质朴而粗犷,简单而又大气,整个佛身在四周浮雕的衬托下,达到了精美的艺术效果,在阳光的照射下,焕发着一种视觉所难以捕捉到的神秘的美。游人们都发出了由衷的赞叹,也无不为之而倾倒。

缓步登上五周山顶,但觉山风拂面,倦意全消,俯瞰山下,车如豆,人如蚁,城市的喧嚣和人声的鼎沸在这里荡然无存,真是万籁俱静,心旷神怡;极目远眺,远处峰峦起伏,尽收眼底,苍山如海,残阳如血,夕阳的余晖已洒满了天际,映衬着大地万物,当我们告别这座艺术宫殿的时候,武周山所有佛龛及造像被这残阳的光辉所笼罩,浑然天成,熠熠生辉,在这里,自然之美和古老的艺术之美是那么的和谐统一,仿佛置身于人间仙境一般,使人倾倒仰慕,令人遐思神往,这样的感受恐怕只能意会而又难以言传。

真也是大音希声,大象无形。

长城,用目光抚摸你的沧桑

顶礼膜拜说的是对圣物的崇拜程度,无论是什么器物,一旦成为心中图腾,便不由想去靠近它、感觉它、品读它、升华它。如同埃及人走向金字塔,禅家打坐菩提树下,道家仰面太阳神,我对长城亦如是。许是魂牵梦绕的缘故,这些年,从登嘉峪关、过雁门关、上八达岭、爬怀柔"中国结"直到去山海关、老龙头——站在澄海楼上,用目光回望古长城链接下绵延万里的山峦河川,虽然斑斑驳驳满目沧桑,但仍是如此的奇绝、苍古和泱泱大气,丹田间顿觉徒增了许多江山寥阔,居然万里之势的雄强。

一

丙戌年晚秋,河北的老关、小赵和我"组团"去见识怀柔的"北京结"。在这里,三道来自不同方向的长城如仙女飞过飘落的三条丝带,结成一个巨大的花结,许多影友喜欢称之为"北京结",又叫"长城结"。往东是慕田峪,往南是九眼楼,往西是黄花城,明长城从山海关过来,至怀柔境内分为内长城及外长城,而"北京结"就是其分界点,故得名。"北京结"还有一个很明显的特点,就是整个箭扣长城,别的地方都没有,只有在"北京结"这个点上,有一株松树,巍然屹立,笑傲苍穹,便又增加了些许神秘感。

原本想从九眼楼走到慕田峪,由于是头一次去,对九眼楼的线路不熟悉,结果从将军关上的长城。过了"天梯",走过一个个城楼,看着长城内外的景色,又来到了被众人称之为"鹰飞倒仰"的地点。"鹰飞倒仰"的惊险,在于它是一处悬崖,因城墙倒塌而形成的一处断口,断口两边的墙垛悬在半空,有一种摇摇欲坠的感觉,一碰随时都有倒塌的危险,从上往下看还真有点眼晕。

挑战了"鹰飞倒仰",沿城墙继续向"北京结"进发,在不远处又遇到了一处断崖,有了过"鹰飞倒仰"的经历,又有绳索的保护,一行小心翼翼下了断崖。接下来是一段缓冲,由于人们的长期行走踩踏,形成了一条羊肠小路,沿此小路行走,如同有了路标。我们首先来到被人称为"天梯"的城墙地点,危乎高哉,"天梯"高约六七十米的样子,向上微微有点弧线。攀和登是要四肢着地的,台阶有的尚残缺、光滑,只能手脚并用一个一个台阶往上爬,感受了人类初始的过程。天气闷热潮湿,一点儿风都没有,汗水"哗哗"的从身体里往外涌,脸上的汗水直往脖子里"灌",汗水很快浸湿了上衣,我们是一路走一路抱怨,这咨蒿的风?抱怨归抱怨,城墙还是要爬的!经过汗水的洗礼,终于登山了"北京结"。我们三个"湿人",禁不住喊叫起来,仿佛登上世界顶峰般喜悦。望长城内外,恍若有十里烽火入梦,读茫茫塞外,纵情在如画江山里。此时的长城,已是秋深之时,苍黄、深褐的土地,辽远、孤寂的长城,在视野的极目处,在心灵的震撼中,激情和生命的感想,在苍野和旷世中得到了无限的延伸。松树下我们留下了变幻百态的照片,把"北京结"的记忆已铭刻进心底了。

二

明朝初,元朝王室贵族逃往塞外,自立为可汗,国号鞑靼,威胁凉、甘、肃、瓜、沙等州。明朝为保护肃州(酒泉),于洪武五年,修筑嘉峪关附近长城。"五里燧,十里一墩,三十里一堡,百里一城",筑成严密的军事防御体系。嘉峪关现在关城以内城为主,布局坐西向东,东西轴线上有四座建筑:文昌阁、东城楼、西城楼、嘉峪关城楼。西瓮城门楼后檐台上,存一古墙砖,称为"定城砖"。传说关城建成后仅余一砖,可见工程师计算之精确,同样向人证实嘉峪关的雄伟壮观,嘉峪关东西城垣开门,东为光化门,西为柔远门。嘉峪关内城墙上还建有箭楼、敌楼、角楼、阁楼、闸门楼共十四座,是长城众多关城中保存最为完整的一座。

　　登上城楼,观望长城,若隐若现,有如游龙。祁连山雪峰起伏,如一群奔驰的白马;而城楼上的箭楼、角楼、阁楼、闸门楼等建筑,给人的印象是固若金汤、坚不可摧。据说嘉峪关段长城建好后,此处再无战事,足见长城的震慑力!

　　悬壁长城是嘉峪关的看点,南北走向间,城墙陡峭直长,气势雄伟,垂若悬臂,有"西部八达岭"之称。它修筑于明嘉靖年间,由肃州兵备道李涵监筑,是嘉峪关军事防御体系的重要组成部分。这里黑山山脉地势险峻,长城盘绕其间,远观犹如长城倒挂。这两条长城形成拱卫之势,共同扼守黑山峡口。第一墩是嘉峪关西长城最南端的一座墩台,北面与嘉峪关相连,它的西面是一望无际的大漠,与南面的祁连山隔讨赖河相望,矗立在讨赖河北岸五六十米高的悬崖上,地理位置极为险要,谓长城第一墩。西望长安,苍凉的戈壁滩直没入茫茫天际,空蒙蒙的天空蓝得发白,悠悠天地间只余下一丛丛的骆驼草默默地守候着那份象征着生命的绿色。

　　此情此景,谁会想到这里曾经也是战火连绵、烽烟不断的古战场?遐思洞穿深邃的时空,分明看见了杀声四起、旌旗招展,泣声惊天!关山千重、野火不尽,马背上的鲜血还在燃烧,他乡的孤魂还在悲号,琵琶萧瑟,唱不尽残阳夕照!

三

　　老龙头是万里长城的东起点,这里既能观赏到海的壮阔,亦可饱览历史遗留下来的文化积淀。如今的老龙头早已没有了往日的雄关伟岸,孤零零地坐落在海面上,任海浪一次又一次的拍打、冲刷。上得龙头,登城远眺,海的无边让人顿觉心旷神怡,碧蓝的海水清澈见底,清凉的海风轻拂发梢。辽阔的海面上,快艇"嗡嗡"的发动声伴着游客的刺激的尖叫声呼啸而过，旁边的海水浴场，人们欢快的戏水声此起彼伏。这些现代景象与古老的文明形成了鲜明的对比。出了城头，在左侧的空地上竖起一块碑，书为"天开海岳"，据传为唐代遗碑，据介绍，此碑原被遗弃在海滩的砂石之中，张学良将军来这里观景散步时发现了此碑，命人移出并立于城头之上，此碑才有幸重见天日。这四个字到底是哪位文人的笔迹已无可考证，但它却道出了"放眼天际，苍茫一碧，天造地设"的绝妙景观之神韵。

  城头的北端有一座大殿叫澄海楼，是老龙头景观的制高点。上面可以望见山海之间诸多景象。木制的楼，给人一种从古代走来的感觉。木制的扶梯、窄窄的过道，让我的心感觉不到一丝平静，登上了长城，一切景观竟都变得虚无了。阳方口长城是我们最先要达到的目的地。当我们还在与风沙和干渴作战之际，它便突然从山道的拐角那边出现在我们面前。从大体外貌上，可以判断这是一个小城堡，有大概5米宽、4米多高，以前也许是囤放兵器之用吧。但此时它已被公路拦腰斩断，其余部分伸展至两面的山上，蜿蜒地在旷野里延伸。它早已失去了棱角，表面的墙体风化得非常严重，泥土也松动开来，表层的墙土已经剥离内部，一阵风或轻轻一碰，便簌簌地凋零下来。城堡就像一个从战场上蹒跚归来的老兵，带着满身的伤痕，再也无力征战，悄然地淹没在历史的长河之中。阳方口是古代的重塞要隘，杨家将还曾在这里抗击胡军。《三关志》称其为"晋北第一要地"，也有"山西镇中路第一冲口"之称。现在，有些地方只剩下了窄窄的一条，令人无限慨叹。

  面对古老造物，让人不得不感慨岁月苍茫，颓垣依稀中城墙的筋骨还在，只可惜风华消亡，追忆嘉靖年间千万人修造长城的盛况，恍如隔世。多少年故事，一番来自鸿蒙，归彼大荒。

日照传说

那是一座美丽的海滨小城，因"日出初光先照"而得名，有"碧海蓝天金沙滩"之称，是夏天旅游的好地方。虽早闻其名，却一直未能成行，丁亥孟夏，我们几位文友结伴开始了日照之旅。

一路行程，我们还处于旅游的兴奋之中。车驶上高速公路时，女导游站起来问我们是休息还是活跃一下气氛。要是想活跃一下气氛呢，她就给大家唱首歌。我们当然是鼓掌欢迎。她是一个年轻秀气的女孩，甜美的笑容，柔顺的黑发及肩，说话的声音就很好听，歌声也就更动听。她为我们唱了一首《阳光总在风雨后》。听着优美的歌声，我眼望着车窗外。远远的山坡上还弥漫着晨雾，大山好像还没有睡醒的样子，我们的旅游车终于驶进了日照这座美丽的城市。

日照真是风光旖旎、天蓝水碧、绿树成行、草坪幽绿。走在通往大海的小径上，耳听着来自花草间人工放出的音乐，呼吸着清新的空气，眼望着渐近的大海，此时全身疲惫顿消……

柔柔的海风轻拂着脸额，撩动着秀发，呼吸着海的气息，心里有一种久违的悸动。赤足走在细软的沙滩上，细沙按摩着脚底，感觉好舒服。站在海水里，调皮的浪花不时亲吻着我们的脚踝。我和同事高兴地和浪花嬉闹玩耍。

我们激动地奔跑到海边，跃扑入海水中，尽情地和海水嬉戏。一次次跳过涌来的阵阵浪花，飞舞的浪花打在脸上、落进嘴里，咸咸的、涩涩的，我想海水之所以如此味道，也许欢愉的浪花心里也有它的辛酸苦涩吧。

游累了的时候，我们就懒洋洋地坐在沙滩上，望海天一色的大海，看在海水中欢愉的人们。捧起一把细沙，看着它从指缝间滑落，我在沙子里挖一个很深很深的洞,直到渗出许多海水,把朋友的脚丫用沙子埋上,我们高兴极了,好像很有成就感似的,其实不仅是孩子们兴奋,就连大人们此时也忘记了自己的年龄。

在返程回家的路上有一座"太阳鸟"雕塑。导游小姐就给我们讲解起太阳鸟的来历。传说远古时候,天上有十个太阳一起炙烤着大地,热得人类受不了,地上就像着了火一样,眼看世界将要灭亡了,这时出现了一位自愿为民除害的勇士名叫后羿,他用箭一下子射死了九个太阳,只剩下最后一个太阳,却身负重伤跌落到了人间。天地在经历了通昼的光明之后被无尽的黑暗吞没了。没有了一丝亮光,天地间一片黑暗,就如同失去了希望一样,这时如果能有一个太阳在天上那该有多好啊!可是,剩下的一个太阳在哪里?它断了翅膀又怎能回到天上呢?

其实,太阳原本也是一种鸟,可是现在太阳鸟断了翅膀,不能飞行了,不能回到天上了,它只有借助别人的力量才能回到天上,才能给人类带来光明。那唯一有解救办法的就是凤凰。

凤凰本是百鸟之王,传说凤凰降临到哪里就能给哪里带来吉祥。所以凤凰肩负起了拯救人类的使命,开始了寻找光明、希望之神——太阳。

凤凰飞呀飞呀,飞过万水千山、飞过草莽丛林,风餐露宿、不畏艰险,飞过了七七四十九天,终于在一颗三叶草下找到了断了翅膀、身受重伤、奄奄一息的太阳,它扯下自己的一片五彩祥羽盖在了太阳的身上。它给太阳擦拭着伤口,给它服药。太阳的光芒很微弱,就像在风中摇摆欲灭的灯焰,随时都有永远熄灭的可能。凤凰祈祷着,希望它的吉祥能带给太阳希望,能令太阳早日康复,早日回到天庭为人类谋福。

可是凤凰知道太阳康复飞升的那天也是自己涅槃的时刻,只有自己涅槃产生的巨大力量才能将太阳推上天空,而自己也将获得永生。可是凤凰依然坚强着,默默地为太阳做着一切。它不后悔,它觉得那是为人类造福,因为它本来就是要为人类带去吉祥的,它要让人间充满着光明和希望。那是至高的荣耀!

这一天终于还是来临了。太阳正准备和凤凰像往常一样东升,因为它的翅膀已经完全复原了。它想今天要单独飞翔,它要给凤凰一个惊喜,不要再让凤凰每天背着自己升起了。太阳暗自高兴着。可是它不知道,没有凤凰涅槃产生的强大助力它是飞不到天上去的。

"凤凰,今天让我自己飞好吗?看!看我已经全部康复了!"太阳刚说完这句话,凤凰突然转身一把把太阳推了上去,太阳一个趔趄跳出了海平面,太阳还没转过神来,凤凰便口出一团烈火,燃遍了全身……瞬间强大的火焰笼罩在凤凰的周围。太阳如在梦中,挣扎着欲救凤凰,可是,强大的火力让太阳只能慢慢往上升,升得越来越高,也越来越远……

几经沧海桑田,物换星移,到了21世纪的今天,原来凤凰涅槃的地方现在早已是人类的居住地,一片安宁、祥和、繁华景象。太阳也果然信守诺言,为人间播撒着光明。清晨的第一抹曙光照耀的地方正是凤凰涅槃的地方,那是它为感激凤凰所做的一切的馈赠。人们历代传颂着关于凤凰涅槃的故事,便取名此城为太阳城,又因"日出曙光之先照"改名为日照。而凤凰,人们便称之为"太阳鸟"。相传这世界上也有一种鸟,从出生的那一刻起就朝着太阳的方向飞去,那该是轮回的太阳鸟吧!

后人纪富中先生感恩于太阳鸟的传说,加之艺术想象,塑造了一座雕塑,谓之"太阳鸟",矗立在今天日照北京路的中段,已经成为日照的标志。其形状如太阳,昂首向天,似有展翅腾飞之意,象征日照人民的精神定会如"太阳鸟"一样不怕牺牲、不畏艰险、为了自己的家园而去努力奋斗!

在日照的旅程,转瞬而过,到了返程的时刻,心里是很有些恋恋不舍的。它的美丽、它的洁净、它的热情,将永远印在我的脑海里。

我希望再望一眼无际的大海。

绵山的高度

登绵山是在一个有雨的日子。

绵山,地处汾河之阴,跨介休、灵石、沁源三市县境,海拔达2000米,相对高度也在千米以上,是太岳山(霍山)向北延伸的一条支脉,集山光水色、文物胜迹、佛寺神庙于一体,是国内十大佛教文化基地之一。山上水源丰富,天然植物茂密,山势陡峭,多悬崖断壁和岩洞,古迹很多,特别是道观、寺院,一个接着一个,一座连着一座,大小各异,高低不同。

迎门,雕龙的牌坊的背书"大道之山",可谓对绵山历史文化的精练概括。进入山门,穿过两个隧道,又见色彩鲜艳的宾馆靠山而建,轻巧地立在岩壁上,说不出的悬念丛生,走过不少的山区景观,这样的建筑却是鲜见,好奇心便不由生发出来。

初秋的雨,淅淅沥沥,我们一行轮换携着四岁的孙子拾级而上,累了便停下来。坐在靠崖的一侧,但见淡淡的云雾笼罩群峰,蜿蜒于悬崖上的盘山公路时隐时现,山下的村庄、农田轮廓也越发地清晰起来,心也就随之飘扬起来,愉悦的感觉渐渐地漫了上来。这样,歇了几次才爬到了山顶。站在平台,拭擦着不知是雨水还是汗水,顿觉一种包容天地、吞吐万物的气息扑面而来。"会当凌绝顶,一览众山小"的气概油然而至,确是添加了些许天马行空、一览群峰低、舍我其谁的大担当。

空王佛是云峰寺以及整个绵山供奉的佛祖,据说是汉人中最早成佛的人。这个佛祖俗名叫田志超,他为佛教禅宗的弘扬做出了巨大贡献,后圆寂坐地成佛。殿内供奉的佛像是他的包骨真身,是佛转世后又成佛的空王佛。据传当年唐太宗为感谢田志超"解民倒悬"之恩,率众臣朝山拜佛。在抱腹岩,当得知田志超已圆寂西归,唐太宗不禁仰天长叹:"此行空望佛矣!"顿时天空出现了"空王佛"字样,于是唐太宗下旨在这里修建了空王殿。殿内所有构件,包括台座门拱等都保持了唐代以前的风格。

在云峰寺的石佛殿等殿宇内,大量宋代之前及宋、元、明时期的雕塑异彩纷呈,颇具文物价值。站在这古洞前,望着这横空出世一般大腹便便的抱腹岩,不由想:抱腹岩,你也像笑口常开的大肚弥勒佛一样能容进天下难容之事吗?不过有一点我已清晰:它腹内包容的绝不只是二百余间殿堂庙宇,更包容着中华民族几千年的历史沧桑。站在岩下,看到陡立的岩壁上有无数系着红绳带的挂铃在风中摆动摇响,原来抱腹岩挂铃是绵山的一绝。据说,每逢庙会,许多善男信女们就雇人从岩顶将挂铃者用绳子吊在半空,然后利用前后晃动的力量将人悠进洞内,用铁钩钩住顶壁打楔系铃,操作完毕再用绳子把挂铃者放到岩下,场面惊心动魄,令人惊叹不已。

记得这样一段话:你可以一辈子不登山,但你心中一定要有座山。它使你总往高处爬,它使你总有个奋斗的方向,它使你任何一刻抬起头,都能看到自己的希望。站在云峰寺的顶峰上,仰望天空,天蓝蓝,云淡淡;举头看山,山巍巍,草青青。峭岩绝壁,殿宇林立,古筑肃然,钟声悠悠,香烟缭绕。佛光普照的那一份空灵之感,大概只有此时此地才会得以显现。有人说,大海能开阔人的心胸。而我以为,大山也同样能净化人的心灵,何况是这样充满灵性的名山。

绵山,在我心中是一幅画一首诗,看它读它,心灵深处那种只可感知而不可言喻的感觉,就好像自己真的已经触摸到了这山的灵秀之气。"道通天地大,德贯古今长",无意中我把那个高大的殿宇对联记在了心里。

也许正由于我们在险峰之上,才有幸真正领略了它的无限风光。难怪如此陡峭的山,而千百年来登临者仍络绎不绝。绵山,它不仅陡峭奇绝,更因一段悲凄的传奇故事才成就了绵山之奇。春秋时期,晋公子重耳为逃避迫害而流亡国外,流亡途中,又累又饿,随臣也找不到一点儿吃的,此时随臣介子推从自己的大腿上割下了一块肉,煮了一碗肉汤让重耳喝了,当重耳发现肉是介子推从自己的腿上割的时候,流下了眼泪。后重耳做了国君,也就是历史上的晋文公。即位后晋文公重重奖赏了当初伴随他流亡的功臣,唯独忘了介子推。很多人为介子推鸣不平,劝他面君讨赏,然而介子推最鄙视那些争功讨赏的人。他打好行装,同老母悄悄地到绵山隐居去了。晋文公听说后,羞愧莫及,亲自带人去请介子推,然而介子推已离家去了绵山。绵山山高路险,树木茂密,找寻两个人谈何容易,有人献计,从三面火烧绵山,逼出介子推。大火烧遍绵山,却没见介子推的身影,火熄后,人们才发现背着老母亲的介子推已坐在一棵老柳树下成为糊尸。晋文公见状,恸哭不已。装殓时,从树洞里发现一血书,上写道:"割肉奉君尽丹心,但愿主公常清明。"为纪念介子推,晋文公下令将这一天定为寒食节。第二年晋文公率众臣登山祭奠,发现老柳树死而复活,便赐老柳树为"清明柳",并晓谕天下,把寒食的后一天定为清明节。为纪念介子推不言禄的高风亮节,便把此地定名为介休,意为介子推休息的地方。介公,虽为你悲,亦为你喜。

空即是无,无即使有。绵山的高度不在于绵山,绵山的景也非绵山的景,绵山是介子的灵,他高了那山,秀了那景,也震撼了世世代代人的情。

华夏大地名山大川星罗棋布,与之相比,绵山的海拔高度可能无法媲美,但介子推的人格魅力和精神情操,已凝结成绵山之灵魂,故在我的心底腾腾升起,这才是无与伦比的天下第一高度呀!

访大雁塔

从临潼一路赶来,走近大雁塔已是午后。大雁塔是西安现存最著名的古塔,被视为古城的象征。来西安不看大雁塔终是憾事,一路步履匆匆,沿途古色古香的牌楼、刻花的石柱、题诗的路灯、古代名人的雕塑等,都来不及细细欣赏。

登大雁塔须得先进慈恩寺。大雁塔,全称"慈恩寺大雁塔",始建于公元652年,楼阁式砖塔采用磨砖对缝,砖墙上显示出棱柱,可以明显分出墙壁开间,是中国特有的传统建筑艺术风格。

慈恩寺最初叫无漏寺,唐高宗李治做太子时,为追念死去的母亲长孙皇后的恩德,下令在长安晋昌坊建造寺院,敕赐"慈恩"。当年的慈恩寺由13座庭院组成,面积达340亩,是现在寺院面积的7倍,为唐都长安最宏伟、最壮观的佛教寺院。坐落在慈恩寺里的大雁塔,平面呈方形,建在一座长约45米、高约5米的台基上,塔7层,高64.5米;塔身用砖砌成,塔内有楼梯,可以盘旋而上,站在塔上,长安风貌尽收眼底。据说大雁塔最初是5层,武则天当皇帝后,认为"男女平等",男人能做的事女人也能做,甚至要超过男人,于是下令加高5层,变成10层;后来不知是何故,倒了3层,正好佛教有"七级浮屠"之说,所以就"将错就错",不再修建,变成了7层大雁塔。

早听说参观大雁塔的游人很多,我去的时候却不见拥挤,听说不久北边的音乐喷泉广场就开始了,不少游客已去瞧热闹了。一进慈恩寺就感觉视野开阔,环境清幽,偶尔看到黄袍的僧人不疾不徐地行走在石板路上,或是气定神闲地站在寺院门口,别有一番远离俗世喧嚣的宁静。

到了慈恩寺,自然会想起唐代名僧玄奘,他是这里的第一任主持方丈。他于公元628年自长安西行,单人独骑,乘危远迈,杖策孤征。足涉戈壁沙漠,翻越大雪山,"影百重寒暑,蹑霜雨而前",历经艰难险阻到达印度,得到戒贤法师的精心指导,历17载,于公元645年回到长安。玄奘法师自印度归来,带回大量梵文经典和佛像舍利,为了供奉和储藏这些宝物,而亲自设计并指导施工了大雁塔。玄奘为我国佛教的发展与传播做出了杰出贡献,被尊称为"三藏法师",这在慈恩寺内的《大唐三藏圣教序碑》和《述三藏圣教序记碑》都有详细记载。

大雁塔是楼阁式砖塔,青砖砌成的塔身磨砖对缝,结构严整,外部由仿木结构形成开间,大小由下而上按比例递减,塔内有螺旋木梯可盘登而上。每层的四面各有一个拱券门洞,可以凭栏远眺。整个建筑气魄宏大,格调庄严古朴,造型简洁稳重,比例协调适度,是唐代建筑艺术的杰作。

唐代许多著名诗人登临大雁塔都留下传诵至今的佳句,如杜甫的"高标跨苍穹,烈风无时休";章八元的"却怪鸟飞平地上,自惊人语半空中"等。尤其是岑参的《与高适、薛据同登慈恩寺浮图》:"塔势如涌出,孤高耸天宫;登临出世界,磴道盘虚空。突兀压神州,峥嵘如鬼工;四角碍白日,七层摩苍穹。下窥指高鸟,俯听闻惊风;连山若波涛,奔凑似朝东。青槐夹驰道,宫馆何玲珑;秋色从西来,苍然满关中。五陵北原上,万古青蒙蒙。净理了可悟,胜因夙所宗;誓将挂冠去,觉道资无穷。"诗人气势磅礴的描写与富于哲理的感叹,常常在人们登塔时引起共鸣。

早在唐中宗神龙年间,雁塔题名就已形成风俗。凡新科进士及第,先要一起在曲江、杏园游宴,然后登临大雁塔,并题名塔壁留念。当年27岁的白居易成为进士,写下了"慈恩塔下题名处,十七人中最少年"的诗句;刘沧更豪迈地题下"及第新春选胜游,杏园初宴曲江头;紫豪粉壁题仙籍,柳色箫声拂玉楼",把雁塔题名与登仙并提了,可见他们春风得意的喜悦心情,把雁塔题名视作莫大的荣誉了。到后来大雁塔已形成"塔院小屋四壁,皆是卿相题名"的情景,可惜北宋神宗年间一场大火毁掉了珍贵的题壁。

大雁塔因坐落在慈恩寺,故又名慈恩寺塔。大慈恩寺是唐长安城内最著名、最宏丽的佛寺,它是唐代皇室敕令修建的。唐三藏——玄奘,曾在这里主持寺务,领管佛经译场,创立佛教宗派。所以大慈恩寺在中国佛教史上具有十分突出的地位,一直受到国内外的重视。

大雁塔底层南门两侧,镶嵌着唐代著名书法家褚遂良书写的两块石碑。一块是《大唐三藏圣教序》;另一块是唐高宗撰《述三藏圣教序记》。碑侧蔓草花纹,图案优美,造型生动。这些都是研究唐代书法、绘画、雕刻艺术的重要文物,是我国重要的历史遗产。

在大慈恩寺并没有逗留太久,却有两件事深深地刻在了心里。一是我在大雁塔边的一块石壁上,看到"民族脊梁"四个遒劲有力的金色大字给我的震撼,一种对永不屈服的民族精神的敬仰之情油然而生。脚踏黄土头顶天,我们每一个中华儿女,任何时候都要挺直我们的民族脊梁,弘扬浩然正气,那些为一己私利而奴颜婢膝之人简直不配做中国人。二是在般若堂内,我看到由唐玄奘译的《般若波罗蜜多心经》,想起第一次听齐豫用出尘的声音唱这段心经时给我的感动,就如一阵穿越千年的风,拂落我心中的浮躁,归依平静。想不到这段佛经竟出自这里,再看大慈恩寺也觉更亲近了几分。

走出大慈恩寺时,回望暮色中浅黄色的古塔,如一位饱经风霜的老人,无言地诉说着历史的沧桑,一种莫名的凝重的思绪就沉甸甸地落上了心头。

卷三：万物生长

栽一片茶心

品茶是习惯了的。每每早起上班便提前到岗,拎一壶开水,浓浓沏一杯茶。闲时,亦可游心随性慢慢去咂品滋味,倘若忙时,只有望茶兴叹,这便是不由人处了。倒是节假日赋闲家中,尤其是夏日,庭院的石凳上一座,葡萄架是遮了荫的,轻轻捏十余粒成团的绿叶,悄悄洒入壶中酽将起来。当然,茶壶颇有些讲究,是紫砂制,就产于宜兴,且包浆足色,像是常年摩沙生出油亮来,平添了些许厚重。若是伴有些许微风,轻摇一荷叶蒲扇,不时抿一口茶香,那是最惬意不过的了。品茶香,亦知茶趣,品的是茶叶在热水中舒缓的香,知的是茶在寻找懂它的人的趣。

一日,有朋来,弈于荫下,见我品茶痴态,戏言:品茶倒是见了些工夫,若是花一半时光去品品人,何至于此?本乃一介村夫,宦海数年,天命之年尚且居古城片瓦一隅,久已足矣!对友,抱之一笑。但品人这话却是让人醒悟,渐渐留心,不免是另一番心境了。

古语云:人上一百形形色色。是讲茫茫人海如林中百鸟。一个人一种声音、一片天地、一道风景。余时,搁下书卷,微合双目便幻化出许多鲜活、精彩的画面来。于是,将"脚本"打开,细细把玩品味,竟有许多妙在其中呐。有的看似轰轰烈烈、大红大紫者,透过薄雾能听到十面埋伏的音律;有的大堂之上谈笑风生、幽默滑稽者,揭开面纱一角,谁知笑颜下竟是满面泪痕;有的似憨似愚、傻里傻气,又常常于无声处有超然之笔,显出不俗;有的刁蛮奸诈,飞扬跋扈,依然处处绿灯、方方面面如鱼得水……如古乐之"宫商角徵羽"五律张扬,妙曼间韵味绵长,紧张处风起云涌,可谓一花一叶一世界了。

当然,品茶与品人是有相通之处的,都具备"慢"的工夫,如文火煎药,急不得躁不得,一任火苗蹒跚,几多翻滚的磨就,才现出"熟"的气息;别在品茶宛如静态,且心静自然神到。品人则不然,此一时彼一时也,如四季交替、如经年轮回、如沧海桑田。品人致细是要佐以天时的,自然地利、人和也不可小视,切莫戴一副有色眼镜品人、读人,那样容易失真,倘若看走了眼甚或用错了人,其过大焉!

人生如品茶,空杯以对,你才会有喝不完的好心情、装不完的欢喜和感动。品人久了,竟以为自己是医生,用"望闻问切"去把脉社会,故而就有些感慨不得不发,又常常被某些人"对号入座",一般人倒还罢了,恰逢遇上城府极深之人,暗暗"对号",更是不明不白地调兑、挤兑,平生出些风波来,奈何?烦恼是有的,久了便烦躁、便异常、便无名火起,罢了呀,再不去品什子鸟人了。

峰回路转又从前,还是品茶怡情。浮躁红尘中栽一片茶心,可以是龙井、普洱、毛峰,抑或是碧螺春、峨嵋白、日照绿,一杯茶在手,便可将最平淡的日子梳理成诗意的时光,畅游风尘仆仆的旅途,沿着生命的轨迹行走,浮躁的心情在茶香里缓缓淡去,在书香中慢慢平静。与茶相伴,有着岁月沉淀后的平静与追忆,轻捻一枚苦涩,口中慢慢咀嚼,幻化成诸多沧桑记忆。回首半生,方蓦然醒悟:朗朗乾坤,值得为之追求和向往的应该很简单。栽一片茶心,也许,就是添一份闲情,存一抹记忆,续一杯香茗吧。

在蛙鸣声中穿行

不经意间,竟走进了夏的地界。杨和柳在经过了杨花和吐絮的纷扰之后,才默默沉寂下来,缓缓伸展枝条,任岁月在身上涂抹随意的颜色。如天命过后的人们,前半生的征战拼搏以及碌碌风尘正慢慢烟消云散,心有不甘却也无可奈何,落寂便不由人地成了常态。

生活的地方是座小城,颇有些年份的,追溯至上千年,城的周边有护城河水脉相融通,本是河沟的,却偏偏冠以清凉江的称谓炫耀,两岸的树极翁郁的,便显出雅来。晨起,遛鸟的老者,常常将笼悬挂在枝丫上,自然的一字排开,果然就有了百鸟争鸣的气势。每每沿来时的路回望小城,默默在想:这城堡多像个鸟笼呀?被历史的迁变旋来晃去,愈发沧桑味道浓厚,倒也增添了几多诱惑,于是,城外人纷纷往里钻,城里人梦想着往外飞。寂寞有时是一种赐予,给予了孤独和怅惘,同时又打开了一扇窗子:空旷和辽阔,任由翱翔。

夏的初期是招人品味的,一方园、一亩田、一地葱茏、一片墨绿。一季花开花谢,掩去了桃的妩媚、梨的素洁、杏的娇艳,便有了满枝成串的青果和压弯梢头的轻颤。这时节,蛙鸣是稀落的,倒是青蛙衍生的好日子,池塘抑或是河沟黏附的蛙卵,在漂浮懵懂中形成了蝌蚪,小尾巴在梦想里摇曳着,渐渐生出四肢,这样,大自然就多了位能歌善舞的使者。水是青蛙的生命之源,他们羡慕城里的高楼大厦,却不为所动,安于田间地头、塘边河岸,且歌且行,有水有植物的地方,就是他们的摇篮。

品味仲夏,如独酌一杯陈年老酒,浓得似芒过之麦,醇厚得只余存四溢的香。天蓝、麦黄、水清、蛙鼓、蝉鸣,这是记忆闸门打开一瞬的影像,遥远吗?似曾相识。或许我们对慢生活的留恋近乎于落伍,或许一路走来,人们心间的五味杂陈,驱使着去追求纯净,寄托于山水自然之间,或许在众多的比照后,人们明白了择一处园、借一方山水、听一曲音乐的重要。老家的宅院旁是有一塘的,不大,三四亩的光景,呈牛头状,角如两翼展着,有几丛苇经年累月地在那里立着,枯也摇晃,荣也摇晃,青蛙便成堆宿在丛中,闲适时,悠然自得地跳跃,与苇相伴而发声,乡亲们习惯了这享受,每每夜幕临时,便摇着蒲扇,三三两两地聚在这地,汉子们袒胸露背,肆意说笑,脚伸进水里拍打起水花,女人们占据塘的另一头,叽叽喳喳聊着新鲜,塘不深,孩子们欢的,打着水仗,深一句浅一句兴奋地叫着,蛙们就凑趣地联唱起来。

"水满有时观下鹭,草深无处不鸣蛙。"盛夏是多雨的日子,作为两栖动物,青蛙是水的宠儿,雨多则蛙声响亮,尤其是霁后初始,蛙鼓胀满,发音清脆。宋代词人赵师秀曾有"黄梅时节家家雨,青草池塘处处蛙。有约不来过夜半,闲敲棋子落灯花"的感慨,讲述蛙声一片时的祈盼之意,抗金名将辛弃疾用"稻花香里说丰年,听取蛙声一片"表达着丰收的喜悦心情和对乡村生活的热爱。有蛙鸣的夏夜,是喧闹的时节,一如文人墨客咏诗作画,把一个蛙鸣季展现得淋漓尽致。在咏诵蛙声里,满含真诚,是一份对土地和根的眷恋。

　　一波接连一波的蛙鸣,绵绵不断地敲打着心扉,像早年间在军营里连队拉歌比赛的号子,又似看中国足球获胜之夜狂欢起伏的人浪,也如老家盖房砸地基时的夯歌呀!有水草的地方,就有青蛙的鸣叫,青蛙们是不甘寂寞的,此起彼伏的蛙鸣能让热烈奔放的夏季变得婉转、温馨、柔美,能让这浮躁的心境变得清凉、纯净。

　　醉了,累了,便到一株槐树下,采一枚叶衔在唇边,依着树干吐一曲绿的呢语,或是寻一处柳树,垂柳更佳,折一残枝,细细剥去脉叶,用双手轻轻搓动,带干皮脱离,即是柳笛了,索性坐下来,眯着眼睛,弄柳笛与蛙鼓唱,置身这天籁般的意境中,怎不让人心旷神怡,醉而忘返。

　　在夜的眼里,蛙鼓是徐徐而来的天籁,在我的眼里,青蛙是清雅高贵的生灵。蛙鼓如雨的夜里,推开窗子,哦,我可以枕着蛙鸣声入睡了。

　　2016年6月16日载于《沧州日报》

借一缕晨光

　　对清晨的偏爱抑或说喜欢是在步入中年之后,上些年岁睡眠便渐渐少了许多,尤其是度过漫漫长夜,刚刚迎来晨曦初露,便显现了金贵,总想切割数段,甚至按赤橙黄绿青蓝紫分成等份,不忍让这"一天之计在于晨"的时光悄悄溜走。

家对面是有个正大公园的,那个晨练的老者是我师傅,姓姜,瘦小干巴,只有在练功时闪转腾挪的潇洒之际,方能寻得仙风道骨模样。易筋经、八段锦、五禽戏一类老年保健的功夫都能上手,且手眼法身法步属上乘的干净利落,俗称"练家子"。师傅的嗜好在功夫以外便是垂钓了。每每一三五练功,二四六便踏一辆自行车,虽然破旧了些,但仍能踽踽而行,那顶耍了边的草帽总是扣在稀疏的头发上,宛若佩饰,不离不弃。城边的小河预先选好了的,在近水处择一平地或踩几脚荒草,将马扎固定好,慢慢从挎包里抻出鱼竿,抖抖钓线,将饵捏于钩上,轻轻地放进水里。他不急不躁,时常望着颤颤的鱼线一两个时辰,倘若线一沉、鱼咬了钩,他兴奋地眼睛霎那间亮起来,一脸孩童般的笑。这喜悦,唯有经过漫长等待后的人才可体悟真切。

虽然时常置身于寂寞的时光,却总是无法让自己安顿下来,便加入了行走的行列。有时候沿一条护城河独行,杨柳是四季相伴的,当然,有时面对蓬蓬勃勃芦苇摇曳的姿态,偶尔也会有鹊声四起的枝头喧闹或者雨后蛙鼓阵阵唱和,于是,四顾空旷的田野,寻一高处便坐下来,任泥土的气息钻进心肺,兴奋处也吼两嗓子不伦不类的京腔。微微出些汗时便在那不堪的小桥头蹲着和老乡聊上一阵,家长里短、海阔天空、信马由缰,汲些人世间的烟火味道,以丰盈记忆的空间,就像这四季里的开花叶落,一岁枯荣,周而复始,是不由人的。在这样的情绪里行走,仿佛是一个行者挥之不去的宿命,因而需要常常谛听来自本真的呼唤,不至于迷失掉那个真实的自己,而忘却初心。

借着晨曦的光亮,展开书卷,在墨香里读一段喜欢的文章是最惬意不过的事情。鲍尔吉·原野的文字,在他繁星般的散文篇章中,纯真和善良始终像乳汁流淌字里行间。尤以《善良是一棵矮树》《月光手帕》《雪地贺卡》《跟穷人一起上路》等张力无限的文思,像粗犷的草原汉子,炽热、真爱、豁达而清澈;海峡那端的林清玄先生的《温一壶月光下的酒》《桃花心木》《木鱼》等精致的篇什,是不得不让人沉下来的文字,不经意间流露出来的阳光,也总让人心静、舒适。那些字里行间的温柔,那些阳光是作者想要给予读者最神圣的礼物,总带给人一种如沐春风的享受,即便是周围没有阳光,心中却升起了一轮骄阳。那句"不论世事如何变幻,人世多少凄凉,即使你到了边疆,阳光也会洒在边疆"总是让人莫名地感动。阳光何处不在,如心里的念想一般。其实贾平凹才是我的最爱,几乎他的每一篇作品都不止读过一二遍,《丑石》《文竹》《月迹》《示女儿》等那洗练的极简语言,从另一个视角感悟的大爱之美,让人无不击节称道,及至《母亲》经斯琴高娃之口吟诵更显渲染,泪水不自觉便淌下来了。

渐渐地便听从内心的召唤,晨间便挤出点空隙将所见、所闻、所悟记录下来,云里雾里,漫无边际,起了个名字叫"素心闲谭",其实,称为散记更为贴切。一年下来,再翻开看看,一如夹在书中的玫瑰瓣,虽然已成为植物标本,但仍有淡淡的香味散出来,回味起来竟是如此的有趣,如生旦净末丑之舞台,百鸟争鸣之林荫,人生况味皆缘于此呢。后来便连缀成篇,名《镜未磨》,取刘禹锡"潭面无波镜未磨"之意,竟入选《河北散文家作品选》丛书得以面世,惶惶然也。

《灵魂的洗礼》是军旅画家敬庭尧深入藏区二十多年所画的近四十七幅精品展示,原汁原味的藏民生活写真,加之独特的技法、独特的视角,读过产生独有的震撼和共鸣。敬庭尧在到达海拔4000多米的高度时,就觉得精神提升到了一种新的高度,心灵得以洗礼,灵魂得以升华,体悟到藏族同胞的心灵似雪山一样洁白、如空气一样透明、像湖水一样清澈,尘世间的一切功名利禄的争夺显得那么庸俗和无关紧要。著名画家史国良称赞他将西藏精神和酥油味带进了中国美术,为世俗的人们带来灵魂的洗礼。由此,脑海间闪出"洗礼"来,这词语出自希腊,意即洗或洗净,可以说是一种自新的记号。每每关注旭日升起的境况,只觉得那喷薄而出的就是刚刚诞生的新生命,满含了清新、纯净、希望和期待,世人说:太阳每天都是新的。逝者如斯呀,如此看来,这晨光、这生命……

梦行高原

习惯造就了人的惰性。久居平原,便想到有山有水的地方感受落差之美。人站在高处就可以俯视,那是种容易让人骄傲的姿势。在平地上让人仰望的树木、遮住目光的山岭、高不可及的云朵,都可以俯视。其实在高原看风景,我认为俯视不一定是最好的角度,左顾右盼才是最好的角度。一边是树木参天的山岭,一扭头就是白雪皑皑的雪峰。可以把现在高原的人分为两种,一种是同高原一起存在着的,同这方高天远地恰到好处地融合在一起,虽然脸不干净,衣服沾满灰尘,头发凌乱胡茬参差不齐,但你一眼就能认出,就能感觉到高原人深埋在骨子里的味道。就是把他们收拾成衣着华丽面容清靓的都市白领中,你也能一眼认出,那种眼神和目光是无法掩饰和装扮的。

另一种是走在高原上的过客,无论从走路的姿势和看风景的目光都是蹩脚的,即使穿上沾满灰尘的衣服蓄着胡须,同在高原的人站在一起,你还是能一眼就认出来,说话的方式和语气也是无法掩饰的。我认为我在高原属于后者,是个过客。人其实最害怕的是漫无目标的生活,始终在一种极不清晰的疑惑中生活,走了好长时间的路,突然发现自己在重复着自己的脚印,开始懊恼时,却再也没有力气走路了,阳光下没有树木也没有绿草,地上的植物矮小而形状各异,不同的样子却有一样的容颜,一副苦难深重的样子。鹰永远同高原若即若离,这个高贵的精魂用翅膀书写着自己的宣言。

在高原上寻觅,必须有鹰的性格。这里的阳光热烈而残酷,能让石头燃烧成焦黑色。这里的冰雪坚硬而神圣,让朝觐者把一生浓缩在一起一伏一跪一叩的长拜间。这里的植物凄美而又丑陋,也许一生都不会等到一个欣赏的眼神,孤独地美丽着,落寞地丑陋着。但高原不嫌弃不疏远不忘记投进自己怀抱的任何东西,高原充满着博大的爱,像海一样。

在高原上行走,必须充满自信。卑微孤独的一棵草似乎也高大健硕、忠诚高傲地为高原活着,那份从容和自信让我一再怀疑到自己的价值。在我的仰望之中,在我的等候和期望之中,我为自己试图解读高原的幼稚想法而悲哀。生命用脆弱夯筑起坚固的信念,但生命无法拒绝死亡的约定,就像河流无法选择方向,但最终融入了大海。

在高原上寻觅,不要被近景所迷惑。不管美丽丑陋不管厌恶憎恨都无法隐藏自己的存在,因为高原熟知一切,包括石头和沙尘。倒伏的胡杨固守着亘古千年的故事,岁月掩埋了一切真实,让倒下的骨头发芽,让站着的生命歌唱。在高原,风是最恣意的歌者,风情万种、姿态千变摇摆花朵、抚摸坚硬的雪粒和流离失所的沙尘。在心情之上,在爱情的边缘,行走的脚步把一切风景忽略了,存在着的虚幻和语言苍白而无力,在高原是无法找寻到依靠的,就像鹰无法在苍穹中找到属于自己的巢。无论走多久,忠实你的只有拉长、放大、变形或者潜入你心灵的影子。无论你走多远,都无法摆脱影子的纠缠,除非你安静地躺在大地上,把影子同大地一起压在你的身体里。我始终认为高原是遥远的,这种遥远建立在永远无法抵达的前方,一个人从下地走路到融进泥土,谁也不敢妄言自己完全走完了一条路,更不能说走完了高原的路。

在高原上探索,是一种对生命的认知和阅读,面对黎明睁开眼睛,你望着岁月中最纯洁、最鲜亮、最能增添信心和热望的光芒来临了。那也许是你第一次感觉到了生命存在的喜悦,光芒笼罩住了草木花茎,让你的影子鲜亮起来,透放出辉煌的颜色,你是伟大的光辉,让你清晰地听到了生命的韵律,那种从骨头里荡漾开去的豪情。放弃光芒就意味着放弃了自己,一个对阳光都无动于衷的人,你的生活必将是缺少色彩的、是灰暗的。寂寥的高原永远是沉稳的,丝毫没有张扬的痕迹。高原固执地认为存在就是永恒,放弃固守就是背叛。我是高原的过客,无法同生于斯长于斯殁于斯的沙尘、草茎、石头同生共死,走过的一定被忽略被遗忘,但高原不会,高原的眼睛和心灵重叠在神圣之上,让仰望者永远不再放弃敬慕。

年之轮

生活中的偶然,便是你期待或不期待的、熟悉或陌生的,瞬间降临于面前,猝不及防,挡也挡不住的。那日的奇异天象就来得悄无声息,或许是没关注的缘故,以致在微信见了红月亮,也禁不住诱惑,匆匆跑到小区对面的空旷中。

腊八过后,年的味儿越发地浓烈了,几天前的第二场雪,依然在荫下角落里残存着,冰镇过的气息虽寒却清气透心。

天有奇观的传说是颇诱人的,便凝聚了形形色色的人等于户外。其实,结果就在那里,无论是月缺月圆,还是蓝月亮、红月亮,或是月被吞噬后的闪闪星星的亮光,人们看重的是渐变的过程,于是,在仰望、在期待、在遐想……

藏敛是这个季节的招牌,即便满目清冷萧瑟,却也清净、明亮。广场一角的那株老槐树,光秃的枝丫,弯曲的身躯显示生命的顽强,静守着孤独,让一股潜伏的力量,在心上悄然滋长,如时光里最动情的诗句,生成眸间葳蕤的风清月朗。这明槐树,定是繁华过,放怀过,而今散淡如老僧。徘徊树下,与老树同观,想必是过来者呢,于此,不惊、不乍、不悲、不喜,任由天空悬月变来变去,一如常人,却不寻常。

宁静格外令人美好,就像悲伤格外使人敏锐。月下踽踽独行,那条看似很短很短的路,却走了很长很长的岁月,静下来、慢下来便会想:一直以为,真正的人生赢家,是追求精神丰富的人,而能内心高贵富足,必定是会享受清净无为的人。从懵懂无知的少年,到如今的知天命之年,多少变化无常变化着,多少经历于心感悟着,多少风烟往事逝者如斯,唯有心中那份对宁静的向往不仅不减,反而在与日俱增。

仰望天上月,瞅瞅身边老槐树,不由想到年轮。喜欢树木的年轮连同与之相关的时空记忆。一种岁月气质,涵盖所有的积淀和从容,这是经历的加持,雕刻时间的深厚记忆。

那次,上海笔会后巧遇油画个展叫作《年轮》,同名作《年轮》,一个华发盘绕的发髻,枯寂却有力的笔触,让人在第一观感的视觉冲击之余,想象画中人曾经的故事,而今虽岁月满头,风骨犹在,透过年轮表明画家内心对生活充满了挚爱的传递和超乎寻常的视角延伸。可以想象,人的发丝和皱纹,与年轮一样驻留了曲折、坎坷的精华。人生的短暂和年轮的圆润深刻相连接,所以,天地间就有了过往的痕迹,每一个年轮都有属于他们的特质,独一无二,如同指纹,如同人生。

这如同"四季",每一天都是一次走过。春天是少年时期,夏天其实就是人的青年,秋天是过渡到中年的季节,冬天如晚年。很多人从岗位上退了下来,它就像一个年轮,完成了对春夏秋冬的记载,画上一个完整的句号。或许每个人对人生的年轮都充满各种情结,那是因为我们的年轮还要继续扩展。倘若把大小不一的同心圆套在一起,不难发现生命的年轮中,仍然沉淀着无数个向往,年轮在一圈圈地增多,梦想在一步步走向成熟。尤其对世间事也越发看得透彻明白,日子也变得和谐淡然了。

回到家打开手机,微信里尽是些月亮的图文,一首小诗《今晚,你与谁一起看月亮?》一夜蹿红。我也拿来几个兄弟的随拍晒出来,还博得许多点赞呢。

年,近了,这何尝不是又一个轮回?于树木又添一匝,于人又增一岁,于时光又复一年。待几日,家家户户便会贴出红红的门联,叫作:"又是一年芳草绿,依然十里杏花红。"

2018年2月2日《沧州日报》

拾"茅窝儿"

冀鲁边区的土壤,是颇多盐碱的,就适宜了茅草、朔草类的繁衍生长。这里曾传为穆桂英大破天门阵的古战场,茅草、朔草遍地。

初伏前后的阴雨天气,便成了采"茅窝儿"的好光景。

菲菲细雨中,顶一父辈的草帽,披一件夹袄,手提小筐篮,邀三两个小伙伴,光着脚丫,连蹦带跳,在"呱儿、呱儿、哇儿、哇儿"此起彼伏的蛙声中,跑到村北的茅草地里采"茅窝儿"。

有几声沉雷响过,飘洒下清凉的阵雨,撩拨地小伙伴们手舞足蹈,在野地里撒着欢儿的逗,有的就在湿润的草地上翻起筋斗,抒发着情怀。

这片荒草碱场是在村的东北方向,红朔草连片,那茎叶上清晰地显出几道手掐的印痕,老人们讲说,这就是穆桂英破天门阵时生杨宗保留下的。这是我们野性勃发、无拘无束的自由天地。

"茅窝儿"是茅草地里长出的一种小蘑菇,纽扣般大小,娇嫩无比,只在阴雨天露面,太阳一晃就找不见了,活像《聊斋志异》里的鬼狐,天一破晓就无影无踪地离去。

荒碱地上的低洼处,是成片的茅草,茅草的根部长出一丛丛白生生的"茅窝儿"。猛一看如同夏夜的点点繁星,仔细瞧就像三月桃枝上的一个个花骨朵儿。日后读宋代汪彦章的诗有"戢戢寸玉嫩,累累万钉繁"句,觉得十分亲切,用这样的诗句来形容雨后茅草地上的"茅窝儿",形象灵动,比喻贴切,真不愧大手笔。在阴雨天的野地里,时常遇到好运气。采"茅窝儿"的时候,碰巧了会在沟坡或荆条树下拾到一种拳头般大小的大蘑菇,还会拾到虎口长短、擀面轴粗细的"刺蘑菇"。当然,也有一种蘑菇是叫作"狗尿苔"的,形状颇像,却不能食用。

谁拾到好的蘑菇就如同捡了个大元宝一样高兴,谁拾到"狗尿苔",四下瞅瞅没人看见,远远丢了去,生怕别人笑话。

尽情嬉闹上一阵儿,我们才趟进流水潺潺的茅草地,这时抬起的脚要慢慢落下,要不那尖利的茅草针会把脚底扎破。弯腰去摘那一丛丛白白嫩嫩的小东西,要轻轻地拿捏才不会碰碎它们那细细的伞褶,还要有很好的耐性,才能一点一点地往竹篮中摘拾。

采上一阵"茅窝儿",会觉得戴在头上的草帽碍事,披在身上的夹袄太沉,索性把它们扔在地上,这样淋着雨拾"茅窝儿"才来劲儿。

我们蹲蹲起起,在茅草地上不停地挪动,直到天擦黑才拾了小半篮"茅窝儿"。

新鲜的"茅窝儿"有一种淡淡的土腥气,有野草的芬芳,还带着菌类的那种奶香味。这些"茅窝儿"能做一锅汤,也能包一顿水饺,还能放点韭菜炒着吃。尽管家里缺油少盐,做出来的"茅窝儿"还是香气四溢,像刚出锅的鲜嫩玉米,有淡淡的土腥气,还有鲜蛤蜊肉熬成的浓汤味儿。

那时姥爷住在我家,乡亲找来看病从不要钱的,他曾手书一幅对联,叫作:"悬壶济苍生,温酒度日月。"用"茅窝儿"下酒的吃法有些新鲜。阴雨天,便闲散不少,我们挖来"茅窝儿"姥爷如获至宝,先是整个地倒在嵌子里挑拣,看有没有"狗尿苔"类,然后反复冲洗,待根部发白,即可下锅轻蒸,出锅后,姥爷先用牙试试是否过火,将蒜捣成泥状,用些虾米和"茅窝儿"拌在一起,算作一盘小菜,母亲就会掐一缕蒜苗,打两个鸡蛋炒一碟热菜,然后,温一壶热酒,轻轻放在桌上,姥爷眯着小眼捋着山羊胡子露出笑来,全家顿时感到温馨无比。

吃一顿"茅窝儿",会让填不饱肚皮、整日与饥困相伴随的人们高兴起来,对往后的日子充满了无尽的向往。

久居小城,渐渐上了岁数,也许是童心未泯吧,每每念及可口的美餐,总也忘不掉"茅窝儿",吃一顿"茅窝儿"还能如愿吗?

轮回之间

喜欢音乐是很早的事情,尤其是独处的时候一遍又一遍地听着喜爱的曲子自觉惬意。

认识音乐却是去年冬季听周海宏院长的音乐课后,才恍然大悟,原来音乐真的不简单。

耳机里播放着海角老狼的嘶哑独特的《千年轮回》。

我不知道什么叫轮回,只知道,这个围绕简单旋律不断重复吟唱的声音很能打动我,让我忍不住去想,无边无际地想很多。轮回,什么是轮回?是这一个循环的结束,下一个循环的开始?就如同这曲音乐播放完毕再重新开始?完全地没有改变?

怎能完全相同?同一曲音乐,不同的人演绎有不同的效果,不同的人聆听有不同的感受。就算是我独自、一遍遍地听,每一次的感悟都是不一样的啊!

所以,轮回,绝不是简单的重复。

再看红尘之中,花谢了,结成种子,再萌芽,再繁华,绝不是毫无变异的,过程已经蕴含有记忆,记忆一定会在绽放时显现。要不,三百六十天的雨雪风霜岂不成空?

我想象着,一滴水晶莹地闪耀在清晨的草尖,再蒸腾入云端,漫步空中。与飞鸟为伴,看人间沧桑变换,为多情暗自嗟叹,而后终于忍不住伤悲,化为一滴雨水坠落于玫瑰的蕊中。这一轮,该是丰富且难忘的,难忘的记忆是否会延续到下一轮呢?

此时的一滴水该不是先前的那滴无邪又晶莹,又或者那滴水的前世本就蕴藏了故事,此生化为白云的流浪只为寻找盟约中的芬芳?

灭而又生,生而再散的是外形。唯一不曾改变的是内心,该多情时自多情。千变万化的俗身,延续亘古不变的情梦,一回回地寻觅,圆生死相随的约定。

人生原本如梦,梦中岂不是人生?也许冥冥之中一切早有定论,要不,怎能在茫茫人海中与君相逢?

轮回,轮转着生死契约的海誓山盟;轮回,一次次在茫茫人海中寻觅你;轮回,不在乎路途有多少艰辛;轮回,我有我的坚定!

如同那枚雪花,只向心爱的人飘落;飘落,不在乎融化成喜悦的泪还是被抖落于尘!我不知道何时是开始,也不知道何时为结束。但我知道,一切不会因为我关闭了音乐而停止,也不会因为我没有思考而消失。

我已经在此一轮中,不想寻溯前生,不想预知后世。只想完完整整地感受此生,快乐或者伤痛。我静静地看生命中演绎的一个个瞬间,记取该记取的真情,静待下一个梦,静待来生与你梦中的重逢。

不需刻下什么印记,下一轮,我或许是花草、或许是飞鸟,又或许是殉情的彩蝶。但只要有回眸时的怦然心动,就已经无悔了,我静静地等待,在轮回之中一些感念的碎屑、一些记忆的片段,重复和循环着曾经的故事。轮回之间,总有一些疼痛,像花瓣散落、飘洒。

滋　味

燃一根烟,吸两口,搁在烟灰缸上,看一缕白烟袅袅升腾,渐渐,直到让烟迷蒙了眼睛,感觉眼前的一切都被幻化,思绪也变得空灵。直到烟淡了、散了,了无痕迹,只有淡淡的烟草味在周围弥漫。

过去的许多事情如这云烟,早已消逝无踪,仿佛从来就不曾存在过,如梦如幻。时光也是这样,让人感慨又让人着迷。

看着孩子围成一群在一起欢快地做游戏,脸上溢满灿烂的笑容,一派天真烂漫、无拘无束,感觉时光飞逝。往日童年的光影仍历历在目,仿佛就发生在昨日。似乎是转眼之间,自己就告别了青春年少,一下子快走到而立之年。

感觉自己还没来得及涂抹某个阶段的色彩,便被时间急匆匆地抛向另一站,来不及思索,来不及回首,便开始另一段新的旅程,再也回不到过去。过去能做的许多事情,现在已无法重来。但也明白,我们总是奔忙,很少停下脚步仔细体会每一段时光里不同寻常的光彩。于是,时光匆匆而过,带走许多记忆与故事。只有一声长长的叹息在内心轻轻回响,我们也只能站在今天的时光之岸回望过去,用各种方式来追寻往日的光影与情怀。可是,只能寻回一些斑驳的模糊影像,还有些零碎的残章断片。

都说人生漫漫,假如细分为一段一段的时间,那么每个阶段都弥足珍贵。童年、青年、中年仅仅现在这样短短的三段时光,我却找不出多少充满光彩的日子与记忆。假如日子永远没有光彩,那么还有什么存在的意义可言。日子可以平淡,却不可以毫无色彩。从某方面来说,人生每阶段所经历的一切永远只有一次。那时,我感到时间的紧迫,尽管我依旧"年轻"。

回想过去的日子,更多的是空白。等到醒悟时,已经太迟,早已错过了许多风景。想重温往事,也只能在破碎的记忆中苦苦追寻,能寻得一点儿细枝末节的光影已属难得。

从那时起,我开始懂得回味与欣赏,懂得记录,开始关注身边平凡的人或事,记住那些值得去记住的一切。不论生活有多难、有多苦,永远不要让自己的心变得麻木、冷漠、坚硬,失去一颗美好的心,否则,又如何能感受到美,感受到生活仍是有希望的,值得追求与留恋。

时间如过隙之驹。它不会任你慢悠悠地骑上它,散漫骋怀。也许,生活中我们伤痕累累,但只要有一颗充满生机的心,明天的阳光依旧灿烂。我们不一定能改变什么,但在这过程中,内心是丰富的、安详的,没有让时间白白走过。生活仍然有它的平凡之美,尽管它是那样微不足道,没有那些令人羡慕的外在美丽光环,只被自己所认识,但我们也在平凡中找到那些足以慰藉自己的美。

　　当这些点点滴滴的美汇集成流时,终会形成一股强大的力量,使你充满向往。如烟的时光变得充满质感,可以真实地触及。流年里的光影、事物变得清晰可见。那时,你已把时光紧紧地攥在手里,不再有叹息与遗憾。时光在你的领悟中变得有声有色,充满光彩。时光终会流走,但你已在时光中留下自己的印记。

　　烟云散尽,那沉淀的是属于自己的厚厚一本书,记录的是多彩的人生过程。往事就像一片夹在书中的玫瑰瓣,翻开看看还是美丽的,但却是死了的。多年后,曾经的时光已淡化成一幅幅定格的画面,如抽象的印象派作品,那时,你就会觉得生活多么像一幕滑稽剧呀。

独立行走

　　开始喜欢行走这样的说法,有种悠长的意味,有种无限宽广的感觉,有种穿越时空的动态之美,有种安详宁静的温馨氛围。当行走以这样的姿态出现时,我觉得愉悦。因为,它不再是一个简单的动作描述,也不再是一个简单的词语。

　　工作之余放下所有积累和沉淀,放飞思绪,绽放心灵,想象那落英缤纷之美,用美好的情愫陪伴寂寞的心灵,身边的世界因此变得精彩、绚丽多姿。我沉浸其中,在舒缓的脚步中体会生活、领悟生活,就像一片轻轻的云彩,在半空中静静地飘着、飘着……

忽然有种回归的感觉,转了一圈,又回到平淡无奇中。没有了往日的意气风发,也没有了那些看似高远却不真实的想法,转而,把目光落在生活的一点一滴上。原来,生活就是如此现实、如此平凡、如此有限,没有想象中的多彩、丰富、有趣。

我曾失落过,但很快明白,生活还将继续。正如树,经历了季节的明媚,也承受了季节的阵痛,虽也枝摇叶晃,但始终屹然不动,从容不迫。

收起沉重的步伐,开始从容的节奏,把那些忧伤深藏于内心,让自己的外表平静如水,抹去一路走来的沧桑与风尘。这时,我才懂得,放弃也是一种美,一种堪称智慧的领悟。懂得放弃,也是懂得自由。于是,行走变得轻盈、悠闲、有味,值得享有。但那些忧郁依然存在,只是淡了,不那么重了,不那么紧了。

也许,行走本身更为重要,虽说殊途同归,但我更希望可以走一条符合自己内心期待的路,以期证明,自己从来没有错过那些最美的风景,没有留下什么大的遗憾。

我很向往椰林摇曳的南国,也梦寐大漠孤烟的奇绝,却未去过很远的地方旅行。更多时候,我只是待在一个小县城,不停地转着,看着熟悉的景物,做着有限的事情。一切都是那么平淡,没有新鲜的色彩和丰富的内容,在这里到处都可以闻到熟悉的气息。喜欢这里,并非它的奢华、眩迷,而是它有着原始的生活气息,有更广阔的生活空间,有更多的事物存在。不需要拥有,它们本身就是一种象征,能带给人愉悦的感受,这便足够了。

走在城里,我总会幻想它是城市里的某个角落,还应该有其他的一些事物。比如晚上,有间很有内涵的酒吧,灯光柔和,并不只是喝酒,而是有很浓的文化气息与高雅的品位,并非声嘶力竭的吼叫,而是慢慢流淌的声音。酒吧窗外,一条站立着街灯的小路伸向城外的光影中。其实,并非喜欢小资情调,而是追求一种可以让心灵感受到柔软的氛围,可以看到自己的内心。

唯一喜欢在林荫中走走,有种舒服的宁静。我走得很慢,常常停下,看看护城河边垂柳,把它想象成都市的一角,顿时觉得灵魂透明,溢满色彩,所有的不快瞬间消逝,仿佛自己真的回到过去,变得年轻,心在飞扬。

然而,行走并非总是诗意,迎着风,看着池水被风吹皱,有种沧桑的感觉。想起东坡那句"小舟从此逝,江海寄余生"是会感慨的,想着那句"倚杖听江声",其间的复杂滋味却不是三言两语所能表达。在行走中,体会着精神的担当与心灵的承受。虽是寂寞,却在行走中升华了认识,陶冶了情操。

最后知道,心灵的行走才是最美的。思想有多远,心就可以走多远,不再被现实所限。那些残缺的情感都可以得到弥补,那些自己所向往的美都可以得到满足,有无尽的韵味。

在回忆中静静地体会过去的人性之美、片断之美,捡拾那些闪光的碎片,小心地珍藏、记录,容日后回味,也告诉自己,永远别丢失当初的纯与真。想起那些美好的往事,总有会心的微笑浮现脸庞,好像回到过去,让人深受感染,沉浸在愉悦的情感中。

在心灵的自语中,开始一个人寂寞的心灵旅程,悠远而绵长。时间深处,思绪有如落英缤纷,营造自己的绚烂之美,同时也探寻那片闪着理性光芒的精神世界,让心灵的旅程更加充实、丰富。我们路过忧伤,路过苦难,路过孤独,路过欢乐,所有的一切都值得去回味,去追寻其中蕴藏的一切。

快乐在心

看了这样一个故事:传说在终南山有一种快乐藤,凡是得到此藤的人,一定会喜形于色,笑逐颜开,不知道烦恼为何物。曾经有一个叫苏木的人,为了得到无尽的快乐,不惜跋山涉水,去找这种藤。苏木历尽千辛万苦,来到了终南山。又经过无数个日日夜夜,终于找到了快乐藤。可是他虽然得到了快乐藤,却仍然不快乐。这天晚上,苏木在山下的一位老人屋里借宿,面对皎洁的月光,不由慨然长叹。苏木问老人:"为什么我已经得到了快乐藤,却仍然不快乐?"老人一听乐了,说:"其实,快乐藤并非终南山才有,而是人人心中都有,只要你有快乐根,无论天涯海角,都能得到快乐。"老人的话让苏木耳目一新,就又问:"什么是快乐的根呢?"老人微笑着说:"心是快乐的根!"

是啊,快乐是一种心境,跟财富、年龄、社会地位和环境无关。快乐的根在心灵。

曾经我也为没念大学而难过,为家庭贫困而无奈过。那段时间我一直闷闷不乐,老是怨天尤人。那时有个朋友问我:"你快乐吗?"我回答说:"我不快乐,可我也很想快乐,只是生活对我不公。"朋友接着对我说:"因为你一直生活在自己的阴霾里,你只有走出自己的阴霾,你才能快乐起来。"

罗兰说:"各人有各人理想的乐园,有自己所乐于安享的世界,朝自己所乐于追求的方向去追求,就是你一生的道路,不必抱怨环境,也无须艳羡别人。"

慢慢地我懂得了,不是每个人的梦想都能成为现实。人也是不能和人去比的,什么样的收入就穿什么样力所能及的衣服,不是大富大贵的人家,一样平凡的日子就得一样的精打细算。慢慢地我在追逐梦想的过程中,在平淡的生活下,在自己的知足里感受到了生活的快乐。

一个人如能让自己经常维持像孩子一般纯洁的心灵,用乐观的心情做事,用善良的心肠待人,光明坦白,他的人生一定比别人快乐得多。人活在世上,难免会有许多不如意不顺心的事,只要我们心存阳光,就会快乐很多。小的时候我们可以为得到一块糖喜笑颜开,却不为没有一块蛋糕而愁眉苦脸；小的时候我们也可以在牛背上悠闲地歌唱，却并不为自己放牛娃的身份感到低微；小的时候上学的路很长很长，可脚步却并不感觉沉重，踩在泥泞的小路上竟也欢欣雀跃，只是为了心中的一个梦想。现在我们同样可以为一个小小的满足而开心，不为失去的，只为得到的；不为明天的结果，只为今天的努力。

雨果说："比海洋更广阔的是天空，比天空更广阔的是人的心灵。"

在我们的人生旅途中，我想快乐应该是我们每个人都渴望得到的财富。其实快乐并不难找，只要我们有足够的宽容，懂得心存感激，拥有一颗知足的心，我们就会拥有快乐的根。

这段时间以来，我是无时无刻不感觉到自己生活在快乐当中。童年时，竹篮里的猪菜、田间里的稻穗、桑树上的果子、牛背上的歌声是我的快乐；少年时，父亲的严厉、母亲的唠叨、老师的教导、同学的交流，是我的快乐；青年时，工作的乐趣、薪水的支配、朋友的微笑是我的快乐；现在到了中年，儿子的进步、老婆的体贴又是我的快乐。即使到了老年，在我们一个接一个赶赴天堂的时候，我们的身后也是一茬又一茬永远鲜活的生命。

快乐的根是自己种下的，快乐的根就扎在这平淡的生活中，扎在我们心里。当你心中有佛的时候，你看什么都是佛，同样当你心中滋生快乐的根时，你就会时时刻刻都感受到快乐！你的眼里充满了色彩，你的生活就会五彩缤纷；你的心里充满了阳光，你就感觉不到寒冷。

有了快乐，我们才随时可以调换手中的遥控器，将心灵的视窗调到快乐的频道。俗话说，积极的人像太阳，走到哪里哪里亮；消极的人像月亮，初一十五不一样。我想现在来看我这篇文章的人应该是快乐的人了，因为我已经把快乐传递给你了，你感觉到了吗？

人生若棋

琴棋书画历来被文人墨客奉为雅事。棋道看似易学,通则实难,乃至棋之性、棋之义、棋之情、棋之理,对于初学乍练之人更难解个中滋味。

象棋与我结缘说来还有一段故事。那年,我高中毕业回乡,与下乡知青老邹成为邻居。老邹善弈,且颇多套路,乡里"棋坛高手"常聚其处,轮番"打擂",楚河汉界,两军对垒,厮杀声阵阵,经常闹至深夜。起初,对此不能容忍,时间长了,竟被棋盘迷恋,甚至有些"走火入魔"。常言道:初生牛犊不怕虎,学会了马走日、象走田、炮打一溜烟,便以为象棋好玩也好学,于是,耐不住寂寞,瞅着空隙,便上阵"拼杀",每每败下阵来才有所悟。老邹见我学棋虔诚,从箱底翻出他珍藏多年的《梅花谱》《橘中谱》,讲解棋道的博大精深。他常常教导:棋乃练性之器,躁则罔,稳则健,学贵有恒,深谋则远虑,乐然后忘忧。那时,初出校门,老邹的话尚不全懂,从他一脸的凝重读出了言语的分量。由此,我对老邹和象棋都产生了兴趣,遂之,结为忘年之交。

人到中年,勃勃英雄气概已被岁月沧桑磨去了些许棱角,对棋的偏爱却有增无减。棋盘虽小,心入其间便可信马由缰,任意驰骋,车、马、象、士、卒,皆在运筹帷幄之中,大丈夫能不决胜千里?

一局局终了,常闭目沉思,感悟良多:世间芸芸众生,又何尝不是一粒棋子?人有尊贵卑贱之分,棋子有上下前后之别,只是位置和职责的差异,其本质和本性却无两样,那些平平静静生活的人,又何尝不是一枚边卒,在不起眼的地方静观车、马、炮们一次次被推向波峰浪尖,又一次次被抛入谷地,起起落落沉沉浮浮。既包揽显赫与威风又尝遍冷漠与辛酸,在红尘滚滚的疆场上,枕戈待旦,时机一到也可过河逼宫,可见,棋盘之上都是有用之才。

人生的打造与锻炼如同棋之始终,而命运就是一局没有下完的棋局。卒子经过了围追堵截之后,也会一路过关斩将,享受胜利的喜悦。

一个人经历了春雨的滋润、夏阳的炽烈、秋风的醇厚、冬霜的凛冽之后,自然也会释放出自身蕴含的储量和光华,这就是说历史的长河可以将巨石磨得圆滑,芸芸众生也可以把历史不断刷新。

棋盘天地是小,社会舞台却大。棋子虽小在棋局中缺一不可,一枚棋子既可以闲若星辰,也能决胜败于反手之间,是谓棋之魂在于众星捧月。社会是由人组成的,如同一台机器的零部件,一个地方松动了就会影响整体运转,所以说社会的灵魂是自然人,"水能载舟,亦能覆舟"便理喻其中了。试想,社会的发展如正在行走的棋局,倘若全社会都能事尽其力,物尽其用,人尽其才,中华民族的复兴大棋,又何忧之有?

2001年载于《沧州日报》

在自己的星座发光

闭上眼睛触摸着似曾熟悉的一切,世界已经停止。得到的早已变成回忆消失在昨天,今天是怎样?我们只有凭借自己的感觉去完成。明天是怎样?谁也猜不透宿命的安排。有些沮丧,现实与梦想的距离有点遥远。你所追求的,不一定能得到,如果得到又在寻求更深层次的满足,所以痛苦是没有终结的时候。苦难在真实的生活中无休止地蔓延,却没有人让它停止已经迈开的脚步。只得默默饱受着它的摧残,或是在生命途经的那一瞬间去领悟生命存在的意义。无奈那些尘封的记忆已随风飘却,他们只是些过客。因为有缘,所以会在不同的场合遇到不同的人。无论你多么不乐意或者是在扭曲中不愿相遇的人,还是相遇了。

有时候我们会为想要留住一些难得的缘分而苦恼,这时候会有一种渴望在心中无止境地生长,控制不了,但是又很难过!生活中的烦恼总是很多，人们总是在得到与得不到之间徘徊。生活，原本是一个迷宫，我们却拼命往里面走，刚刚走进去不久又发现原来自己还是迷失得找不到方向。面对一切我们很困惑，又不得不面对，似乎觉得痛苦很多，烦恼很多，总是被无形地牵制住，又找不到出口！我们不断在提醒自己总有那么一点儿的希望存在着，也许快乐地活着，我们就能忽略它的存在。事实上，我们无法欺骗自己的内心！很疲惫，却要拖着疲惫的身躯继续向前。也许路的前方会有更好的等待着自己，于是，我们装成快乐的样子努力地往前迈进！这样的感觉很痛苦也很迷茫，我们在时常哄骗着自己。每个人都在渴望幸福，可是我们所能得到的幸福又是什么呢？单纯的得到？单纯的满足？空间那么大，我们真的能得到满足吗？每个人都希望别人可以按照自己的方式生活，人那么多，有那么多个别的差异体。是我们过于奢望得到吗？找了那么久，竟真的不认得生命存在的意义是什么。即使生活是面目可憎的样子，我们依然热爱着生活，依然对生活有那么一点儿的希望，以自己的方式活着，坚持并能看到希望，痛苦是暂时的，不要因为一点儿痛苦而停止对生活的渴望，往宽阔处行，我们依旧是生活的主宰者。

离年越发的近了，年集上的爆竹声渐渐多起来，红红的春联、剪纸铺满街道，家家灶头已有炖猪蒸肉的香飘出来，家中长者沐手凝气，掸去家谱上的浮尘，捧出来，悬于高堂，点香备酒以敬列祖，那份虔诚自不待言。

年关时节婚嫁也多于往日，老席便派上用场，鸡鱼肉肘外加焖子、卷煎、红白松肉，垫碗的老粉皮须用绿豆做就，薄的透明却劲道，那老汤是炖骨头后的留用，色味咸淡正好可口，绝了。

今日回老家吃喜酒叫坐席，便想起这般。

连日，天冷风清，再无雪雨的影子，五九已过，还会有正月十五雪打灯的境遇吗？

北方少雪，中原缺水，真的期冀一场封门之雪。

昨日友赠"读心"两字便猜了许久,读书不易,读人就难了,读心岂是我等凡人所为？况千人千面,潮涨落于朝夕,心动见变幻,可一时尔,恒定则失准。

细想来:世无二日,做不了太阳,就做星辰,在自己的星座发光发热;做不了大树,就做小草,以自己的绿色装点希望。这随遇而安淡然处之的境界,不是我等草民所求所幸的吗？

生活若水

现在,我终于明白,日子的主题永远是淡淡的,若水。更多时候,它都是朴实无华,不像我们年少时所想象得那样精彩多姿。当我懂得这点时,内心平静,没有喜悦,也没有伤感。人生总是这样,没有谁能例外。

记得过年时,和几位平时难得一见的好朋友聚在一起,大家兴致都很高,欢声笑语、杯盏把酒之间,洋溢着融洽的热闹氛围。但我相信,平日的我们肯定很少有那么好的氛围和心境。虽然我们不谈各自碰到的问题,但我明显地感觉到朋友内藏的忧郁。是的,大多时候,我们都必须独自面对。

第二天,朋友各自纷飞,也许以后永远天各一方。我突然想到,繁华、绚烂、热闹终是短暂的存在,转过身,我们还是要回到平淡的生活里。生活,永远不会有那么多精彩,不会有那么多故事。我觉得有些失落,生活总是让人叹息。

这是个过程,迟早都得明白,那就早点明白好。接受它,而不是只有感慨、无奈。也许,只有这样,我们才能正确地面对生活,安顿好自己的生活,过好我们的每一天。

我没有故事,生活极其平淡。记得一部小说的前言这样写道,没有故事的人最幸福。我不以为然。没有故事,一张空荡荡的白纸还有什么可以值得期待、留恋。是不是过去的一切我们都要忘记,假如是这样,那么当我们某天回首,发现过去是一片空白时,会不会遗憾呢?

我总认为,即使生活平淡,我们也应该从平淡中寻找闪光点,来给生活增添几丝色彩,如"风乍起,吹皱一池碧水",增加一些乐趣,让我们感受到生活仍是美的,值得去追求、去眷恋。我相信,当我们这样实践时,心将永远充满生机,永远不会枯萎,即使我们碰到了那些无比丑陋的事情。也许,它会让我们疼痛、悲伤、无助,但始终无法击垮我们坚韧的心。因为我们知道,还有那些美好的事情在支撑着我们。我们失去的只是一部分,还可以拥有其他,至少还可以拥有自由的心灵。达则兼济天下,穷则独善其身。儒家的思想至今仍闪耀着伟大的智慧之光。

那些有着美丽光环的事物固然让人向往,但并非每个人都能拥有。平凡更多地占据我们大多数人的生活,但平凡也有它的独特之美。能从平凡中发现美,我想,我们的心已变得博大、深远、细腻,看到更多的深邃之美。那些微不足道的事物、简单的生活方式,原来一直这么美好,一直这么有趣,只不过我们不曾留意。平凡中,原来也孕育着五彩斑斓的世界,只在你一颗玲珑剔透的心。好好欣赏身边那些好的人或事,让自己的心如花绽放,生活的世界会变得更大、更美,而不只是一个孤单、落寞的身影。就像喝一杯清淡的茶,始终有种淡淡的清香在持久地弥漫,让人久久回味。读透平淡,我们将发现它的诗意,还有更加广阔的天地。

日子可以平淡,却不可以平庸。每个人喜欢的生活方式都不一样,只要能让自己觉得愉快、满足就够了。庄子说,真实而自由地活着。这也许是最好的诠释。不要害怕寂寞,我们都在寂寞中行走,有时坦然,有时忧郁,有时伤悲。寂寞是我们永远无法避开的课题,我们都必须独自学习,独自领悟。选择一种好的方式面对,寂寞并不那么清冷。

我相信,当我们能从平淡中发现生活之美,我们将会慢慢地喜欢上这种感觉。做纯粹的事,过简单的生活,就是一种幸福。那时,我们将坦然于平淡,在平淡前轻盈地漫步。懂得回首,懂得驻足,懂得欣赏,懂得珍惜,从平淡中读出同样绚丽的生命光彩,尽管它没有外在的美丽光环,只被自己所认识。但那时,我们的心是充实的、满足的,我们在自己营造的自由天地里流连忘返,陶醉并且沉迷。

水能衡量一切,也能承载一切。生活之中有了水就有了生机、活力,就会和谐、绵延、发展。

雨 醉

雾般的雨,悄无声息地越过田野,漫过沉梦初醒的乡村,轻轻地启开了农家的门扉……

银丝儿挑起的雨帘,润红了鱼鳞房瓦,洗白了缕缕炊烟;琴弦般弯曲的屋檐儿便奏起了柔润的旋律。

哦,春雨!

老农笑醒了,趴在窗台上,凝视着窗外,咀嚼着浓蜜的香甜,额上干枯的小河填满了闪亮的希望。

叮咚,叮咚……耧铃摇开了大地松软而温暖的胸襟,摇醒了一个崭新的世界。性急的种子蹦呀,跳呀,把丰满的身子扑入了母亲的怀抱。布谷鸟衔着嫩黄的柳梢啼叫着飞来飞去,在田野上织着滴翠的春景,远近的田野,碧绿如洗……淡的,如游离的梦;浓的,似淳淳的酒……

老农的脸膛微微地红了,心上似有火苗在舔。他跳下炕,踏上门槛,伸出满是茧花的手,双手接着雨丝,发出了欣喜的笑声,只见老农的手在激动地颤抖……

轻风在吹,雨丝在飘。

老农走进屋里,从酒柜里拈出瓶"沧州香",又踏上门槛,他启开瓶盖,先是往雨里撒着,雨——更香了;而后,他仰起脖,"咕咚咚"喝下一大口……

洒着,喝着……喝着,洒着

雨醉了,老农醉了。世界醉了。

1984年载于《河北报》

北国之松

对松,我是偏爱的,它的风格、颜色、姿态,常常令人心旷神怡。登山赏松是我最大的爱好。这些年见识过许多平原的松,也看到了塞罕坝的松、黄山的松,但尤其为避暑山庄的松而击掌。

松云峡在山庄的最里边,谷内有一条石铺御道,道与山脚之间流淌着潺潺小溪。溪水旁、山坡上布满各种树木:柳树、槐树、榆树、毛桃树、苦杏树、枫树、椿树、枣树等,遮天蔽日,郁郁葱葱。

在这里见不到野花,只有一簇簇的蓝紫色荆花、一棵棵黄绿色的枣花,偶然间也能看到一嘟噜一嘟噜的淡黄色椿花,这些花虽说花朵不大,颜色也不那么鲜艳,但是,有它们的存在也给绿色森林增添了几分靓丽。乾隆《松风》云:"塞外树万种,最数老松佳。"松云峡的古松很多,而且长势良好,有的松龄已达二三百年,仍绿云如盖,生意盎然。

漫步在御道上,置身于林海之中,细雨刷刷,凉风阵阵,加上那似有若无的松涛声,我们好像到了另一个世界,神清气爽,心醉魂迷。松云峡之所以美主要是美于树、美于松树。这里的松千态万状,多姿多彩:老的幼的、高的矮的、粗的细的、直的弯的。不管是什么样的松,都给人一种美感。

有的松并不高大,但是形态却是十分可爱,干像龙、枝似爪、叶如针。"假作真时真亦假",这些真假难辨的古松,酷似花店里的一棵棵盆景。有的松苍劲挺拔,积极向上,高耸入云,"欲与天公试比高",大有一种不刺破云天不罢休之势。有的松不分高低,长幼尊卑,互相关爱,和睦相处,松与松之间紧紧地拥抱在一起,根相连,枝相牵,老松抚育着小松,小松依偎着老松。它们之间具有一种割不了的情,断不开的代。

  松的品格是高洁的。松耐寒耐旱耐瘠薄,松树不凋不荣,"春风拂面而不媚,寒流袭身而不惧",不管在什么情况下,都傲然矗立,不避艰险。那年,承德遭受百年不遇的大旱,避暑山庄内湖水干涸,林木萎缩,有些树落叶飘飘。唯独那一棵棵的松,不畏炎热酷暑,不怕干旱,仍然生机勃勃,干雄叶茂,给游人制造着凉爽与安逸。有的古松即使老死了,也临风不惧,高昂着屹立在那里,仍然保留一种松的本色。想起陈毅将军"大雪压青松,青松挺且直,要知松高洁,待到雪化时"的诗句,谁能不被松的精神所感染?行走间,看到园林管理者对古松采取了许多保护措施:在每棵古松的脚下都做一个大大的水盆,以防水土流失;高大的古松还安装上避雷针,以免遭遇不测;难以支撑自身的古松,都用支架或牵引加以固定,像腿脚不便的老人拄一手杖,稳妥多了;特别珍贵的古松还加上围栏,以防被动物伤害。

  据说避暑山庄内 1000 多棵古松,分布在湖区、山区、古建筑群中,要想把这些古松看遍,可不是一朝一夕的事儿。

  下过一阵细雨,雾后天朗气清。我们从西北门,登上宫墙,眺望避暑山庄内外,松林如涛,绿波翻涌,蔚为壮观。美哉,北国之松!

2004 年载于《旅游天地》

不必送行

——兼与一位老人对话

三月孟春,乍暖还寒,尚见鹅黄嫩绿,疏影横斜。该起程了,电视机里正播着连续剧《乔家大院》,主人公乔致庸拧着脖子的一声吼"走嘞",响亮又悲怆悯天。这是当年的通京官道吗?野猪林、草料场、海神庙——坐在车中平稳着波动的心,耳边回荡着遥远的"得得"蹄声。

正在远行。几次回首张望,除了渐行渐远的愁绪,别的格外朦胧。

你说:人生无常,总是脱离不开别离、挫折、坎坷和磨难,一切一切需要坦然面对。坦然就是得意和失意的最佳调适。"天空不留下我的痕迹,但我已飞过"是泰戈尔老人的一句名言,正应了此时的心境。事想红尘滚滚、人海茫茫的世间,满是欢乐的所在能有几何?明代的善惠大师写过一首禅诗:"人在桥上过,桥流水不流。"对人生的诠释,领悟得异常透彻、精深。每个人头上都有一片天地,尽管不会相同,可又有哪一片归于私人所有?细加回味,方才释然,如是一把温温的熨斗,将心头的蔓结一一烫平。于是,心不再跳得那么急促,脉搏的动律亦如往常。前路茫茫,对于行者,可能是鲜花、美酒和经济、陷阱相伴。你知道我的性格,一跨上坐骑,就会义无反顾地去承受和面对这一切,无怨无悔。有时候又觉得我们太注重、太在乎别人的目光了,甚至于连同余光的含义或延伸都去猜度和计较,实在是心念太重,思念太累,等待太苦。

你说:许多事情的成败得失不可预知,只需尽力去做,求得一份付出后的轻松和愉悦是最大的收获。身居他乡,面对崭新的世界,真真切切体味到你教诲的内涵。一片天地,育一方生灵,形形色色,如百鸟之林,适者生存。现实中若想成就一番事业,坚韧不拔的毅力和超乎寻常的宽厚可或缺？是的，站在海边，任由海风吹打，谁会去试比大海的宽厚与广博？

然而，生活中没有旁观席，没有大海的波澜壮阔，可以有小溪的悠然适意；没有鲜花的夺人艳丽，可以有小草的盎扬葱绿。眼下，毕竟暖春时节，望海上孤帆远去，天空百鸟回归，想来会一番热闹景观哟。

你再三叮嘱我要记住这样一则寓言：有一钓鱼老翁，夕阳西下时，拎着空空的鱼篓回家的时候，一路欢歌，村人不解，问：付出了一天的等待却一无所得，怎么还这般快活。答曰：鱼不咬我钩是它的事，我自钓上来的是一天的快快乐乐。思忖良久不得要领。现在我可以作答了。有时候，命运把磨难降临于人的同时，又将机遇的大门敞开来，施舍着种种诱惑，炙灼着每一个灵魂。正是痛苦和快乐的交替，繁衍着人生。可见，快乐不是幸福和安逸的简单分解，真正的快乐来自无求啊！我喜欢象棋，常听高手们讲，一个真正的弈者，往往先是磨难者、忍耐者或者失败者，短暂的胜利过后又会重蹈覆辙。这残酷的定律让多少豪杰泪洒前襟，况且仕途之人呢？

你说：你走我不送行。我也是不忍你送的。你的存在如一把撑开的伞，风雨中总见到你，就足够了。已经远行。虽无大漠孤烟的凄凉，也有孤影渐远的怅惘。

朋友，不许哭，不许掉泪呀，我们骨血里的刚强依在、依在……

2006 年载于《无名文学》

秋分是把伞

站在白露的肩头，便望见了秋分的模样。它就是这样不急不躁蹦蹦跶跶而来的，面部表情颇显丰富，左边涂满金黄如玉米槌子、黄豆粒子的颜色，右边以草绿为主色调梦幻般的七彩组合，给人无限的憧憬。

其实,秋分就是个节气。《春秋繁录》中有:"秋分者,阴阳相伴也,故昼夜均而寒暑平。"此时"昼夜平分"。秋分之后,阴气越来越占上风,古语讲秋分三候:雷始收声;蛰虫坏户;水始涸之日。"雷始收声"。雷声是天空中阳气盛的表现。秋分时节,阳气衰了,所以此时基本上听不到雷声了。雷收声敛,燕飞走,夜越来越长,秋水蹉跎逐渐凝滞。一半是,阳光丽日,秋云逶迤,云霞烂漫;一半则秋风鼓荡,秋雨缠绵,秋虫残鸣。真可谓:秋分,秋分,平分秋色,也算是泾与渭、黑与白的界石。

早在夏周时候,秋分即为传统的"祭月节"。王侯选在春分祭日、夏至祭地、秋分祭月、冬至祭天,流传成俗,把祭祀的场所分为日坛、地坛、月坛、天坛设在东南西北四个方位。由于秋分在农历里的日子每年不同,不一定都有赶在圆月之日,而祭月无月是无趣的,因故,便把"祭月节"由"秋分"移至中秋,寄托了圆满之意。乡间"春捂秋冻"一语也是为顺应天时的。水始涸,涸是干竭,水汽的影响,春夏水长,到秋冬干涸。中秋之月,收获季节,利平、肃。此时天地平和,平和必肃静,肃静是萧瑟前提下的肃清,肃清才能恭敬。

父亲是十分看重这个节气的,每每便摘下几串院里架着的葡萄,捧出挎屋苇席上晒着的金丝小枣,挑几枚端正平滑的胎黄梨,连同锅里刚煮就的鲜玉米,当然是把叫作"黄元帅"的苹果放在中心位置的,是否寓意五谷丰登或吉祥平安呢?并不明说。父亲一脸的凝重,整装束衣,沐手庄重,酒要斟上,两两对称,然后,对着月亮深深地拜上几拜。倘若逢着有雨丝飘下来,父亲便唤隔院的七叔过来对饮。七叔做画镜子的营生,三里五里的新鲜事儿知道不少,父亲则对家族谱牒在意些。于是,老哥俩一个天南一个海北地神聊,终于晕乎乎的方才散去,可能是雨刚停,老哥俩扶着大门瞅着天上的星星竟笑出声来。

秋分时节是可以登高望远的,当然无需有风或是微微秋风亦可,运河沿上一站,平畴沃野一望无际,虽有落叶飘过,但秋的滋味仍浓,熟透的梨枣香满醇厚,滑入心间时沁的脾胃好生舒展,若有一股暖流过。远处已有楼铃声传来,契合了"白露早,寒露迟,秋分种麦正适宜"的畅想。这时候,天阔气远,白云和蓝天构图加之运河淙淙细流,令人击掌叫绝!张择端老先生如偶遇定会有秋韵图面世呢。

我曾经以为,秋天应该是四季中最有情怀的季节。如果一个人纯真无邪,那么他眼里的秋天就只有满足和喜悦。秋是浪漫的,是唯美的;融合了感性的色彩和理性的沉静,既有成熟的风韵,又有洒脱的禅境;是诗,是画,是流动的音乐。当然,许多人在这个节气里满目苍凉。因为欣赏苏轼的书法,便对他的诗文也常置案边。"世事一场大梦,人生几度秋凉。夜来风叶已鸣廊。看取眉头鬓上。酒贱常愁客少,月明多被云妨。中秋谁与共孤光。把盏凄然北望。"堂堂朝廷命官历尽仕途崎岖,终于醒悟,世上万事恍如一场大梦,人生经历了几度新凉的秋天?到了晚上,风吹动树叶发出的声音,响彻回廊里,看看自己,眉头鬓上又多了几根银丝。酒并非好酒,却为客少发愁,月亮虽明,却总被云遮住。在这中秋之夜,谁能够和我共同欣赏这美妙的月光?我只能拿起酒杯,凄然望着北方。春去秋来,生命不过是短短的几回秋凉而已,这是何等的悲秋情怀!栏杆拍遍,竟然无人会意?

人生之秋是收获之季也是思考之秋。知天命之年已过,已如满眼的绿色将会渐渐的变黄、转红,或枯萎、凋零,难免有一点儿凉、几分惆怅、几多忧伤。恰如,刚刚退下来的人,遭遇"人走茶凉""门庭冷落车马稀"的境况,只有超脱看淡,方可独拥怡然,所以,前途便有愉悦、逸致、乃至无名之乐。秋分正是播种的季节,一粒粒种子埋在地下,汲取天地之精髓,韬光养晦,默默孕育,但等来春再度破土而出。如此,秋分同样也是绿色的,它把希望种下,有梦想自会发芽,无论季节、无论年龄,只需平常之心。

秋分是一把伞。曾是父辈们对收成的寄托,如今中央把它变成了农民的节日,这是前无古人之举,农民们喜庆着呐,他们一头挑着金黄的收获一头挑着希望播下种子,在辛勤劳作之后有了期盼、念想和生命的支撑。

暮秋的觉悟

曾经以为,在深秋的某个傍晚,借夕照的光,静静看一片叶子旋转着飘落下来,即是觉悟了。当我慢慢俯身捡拾起那枚落叶,是白杨抑或是梧桐?用掌心轻轻摩挲着抚平赭黄斑驳的图画,生怕伤及叶脉的纹理甚至打碎一个梦,此时,才意识到这觉悟并非轻易得来的东西。一如剥开锦纸可以看到熟透的梨子,橙黄透亮的那种,味道也是有的,至于酸甜程度,需亲口尝了,慢慢咀嚼后,方可感悟出个中滋味。

弯弯的护城河赶上少有的丰沛年景,亮汪汪的一片,芦花肆意地轻舞飞扬,在落霞中,幻化成一抹浅醉,活脱脱显现出秋的颜色,还有那份凋敝的落寞情怀。"春去苇叶青,秋来芦花白",已是在风雨的历练中而来,莫不是那株长满了思想的芦苇吧?宛若自由的精灵,远离俗尘而淡泊,默守河边那一方黄土,筛风弄月,听风抚雨,平畴千里。从阳春的第一抹嫩绿,到秋风萧然时,芦苇是袒露着生命本原与奔放魅力的,它把自己所有的绿色衍生成一穗纯洁,于深秋的旷野间随风摇曳,演绎着最后的飘逸,染就晚秋的一幅天然绝景。

或者,你我俱为世间那株不起眼的芦花,不经意间正点缀兴的繁华和衰的哀荣。也许那将是一种张扬、一场洗礼,况若人生。

曾经是迷恋过李老十颇具禅意画作的,尤其是"破荷"。在所有的繁华都渐行渐远,满眼尽是这暮秋的残、缺、败、落之象,观破荷堂之作,并不叫人生发颓废堕落的念头,却大有"栏杆拍遍,无人会,登临意"的呼唤,那种面对现实的焦虑与无奈尽在其中了。恍惚间,李老十的奋起一跃已成为凄美的弧线,倒是让残荷欣赏了世间人的异样孤寂。故而,便喜欢在这寂寥的时节,伴随草木的安静从容行走,经历了春的萌动、夏的蓬勃、秋的萧瑟,直至冬的飘零。轮回是宿命的转换,欢乐是挂满枝头的果实,悲离便如这飘泊之叶。那排依依不舍的南归燕阵,一片喊喊。遥望冷月残秋总不免让人浮想联翩,仿佛能听到落叶沙沙的泣声,也闻到了归燕满是留恋的呢喃。

那个才高八斗、洞明世事的徐文长在寂寞无奈时,曾写有一首《题墨葡萄诗》:"半生落魄已成翁,独立书斋啸晚风。笔底明珠无处卖,闲抛闲掷野藤中。"已是鬓发斑白的青藤老人,手握余墨未干的秃笔,独倚斋门,望秋云片片,秋雨飘洒。半世的喜怒哀乐齐聚心头,那石榴、桑树和葡萄藤怎能寄托胸中之意,面对此境,他似乎心有不甘,许是那盛夏时的繁华,已成过眼云烟,草色已转入忧郁的模样。只有菊花,枝头还缀有几多嫩蕊,小心翼翼地隐藏在那椭圆形的叶瓣之下。雨,任性地飘洒着,滴滴敲打在心头……于是,诗兴大发,一挥而就便成就了这千古佳章。

世事总是无常,萧萧秋风里,那些成熟、丰硕、甜美来的大气磅礴,踌躇满志的人们,便可借这秋高气爽,风轻云淡,邀三两知己结伴而行。可以去乡间采风,可以去塘边望荷,也可一个人游心随风,日出而行,月落歇脚。其实,只要沿着心境行走,无论走向哪个方向,都是一种空旷而高远的选择。当然,只是不要忘了来时的路。抑或端坐在暮秋的时光里,面对红尘纷扰不屑一顾,倘佯与大自然为伴,让心素如简,人淡如菊。可以把酒,可以言欢,可以云深不知处,陶醉于山水之间;或是躺在秋天里,诗意地读着天空,在沉淀的记忆里牵引清涟秋水,须臾,期许于兼葭秋水、白露为霜中品出些人淡如菊的品格。所以便更喜欢这暮秋的风骨,水稍微瘦,风渐渐寒,处处铺展一种厚实的美。这美,不惊,不扰,就安静的栖在枝头,洒在地上,踩进落叶上的柔软,仿佛一种安然飘逸的轻盈。是魂归了原乡,还是暮秋安抚了漂泊者的心绪?!

叶落而知秋,当漫天旋转的枯黄划出季节更替的轨迹时,秋,被风刮进了心间,带着那份无需装饰的洒脱与孤傲,是那样的别具风姿。

　　谁想,一夜之间草枯树黄,落叶遍地。世事恰如棋局,楚河汉界里的闪转腾挪,意在举手顿足之间。生命里的那些过往、那些坎坷、那些风景,终究会镌刻在时光里。该来的总会来,该去的自会去。这暮秋的况味,在心中盘旋萦绕,"人生天地间,如白驹之过隙,忽然而已"。

　　于是,便又回到了对"觉悟"一词的迷茫,查词典方知觉悟的释意是:进入到一种清醒的或有知觉的新的状态。可见,觉悟也许正是生命检视过程的升华。

　　暮秋恰似暮年之人。总习惯站在路口踮起脚尖张望前程,亦回望似水流年,徒增些许怅然。余本一介布衣,躬耕乡土,既无期功强近之亲,又无舌灿莲花之才,不懂摧眉折腰之态,更无哗众取宠之术,虽也命途多舛,今仍偏安县城一隅,含饴弄孙,乐享天伦,花甲之岁尚且闲而弄文,码字为报,实则族荫泽被,堪为幸事。谓之:知足知不足,有为有不为。

　　有人说,暮秋是苍凉萧瑟的,我却不以为然。真的喜欢秋风扑面的感觉,它可以让人头清目醒,更可以将人的灵魂带进秋色里烹煮,然后将暮秋的脸面,不仅涂抹了春的鹅黄柳绿,也染就夏的榴红莲碧,和着当下的赭黄斑驳、满是沧桑,一派悲怆而豪迈!禁不住吼一曲《沧州汉子》的燕赵悲歌,迎着红荆条向天长啸,毅然行走,走向苍茫深处。

　　这也许正是暮年觉悟之正果呀?

成败皆天意

　　"历览今古多少事,成由谦逊败由奢",这是前人的明鉴概要。现实生活中的人们,崇尚成功,痴迷于成功后的巨大快感。人们为成功者献上鲜花、笑脸、掌声、喝彩;对失败者却抛下讥讽、冷漠、鄙视、嘲笑。

世人多以成败论英雄,胜者王侯败者寇嘛。在中外历史上,以失败成为悲剧英雄的大有人在,如被囚禁并老死孤岛上的拿破仑;败走麦城、最终身首异处的关羽;四面楚歌、垓下自刎的项羽……人的完整圆满的一生中,在一个生命周期的轨迹里,必定要亲身经历多次失败,必定要经常品饮失败的苦酒,必定要时常抚摸失败创伤的心灵瘢痕。一个人的一生,没有经历过失败,是不完整的一生,是不成熟的一生。

失败,一个灰色的嗜血幽灵,一个被人诅咒的蓝色幽灵,一个与人长相厮守的附体幽灵,一直伴着人们走向生命终点,直到耗尽你人生最后一次心跳的能量。

股市商场上的失败,富翁顷刻间沦为潦倒的贫困乞丐;情场上的失败,美女转瞬成为灰姑娘;战场上的重大失败,则是国破家亡、割地赔款、朝代变更;婚姻的失败,便是妻离子散,各奔东西。失败之神,每天都在人间导演着万千人生悲剧。

其实,失败也是笔万金难求的精神财富,一旦拥有,终生享用。拥有诸多的失败经历,便成为拥有诸多精神财富的富翁,这是笔世界上最为昂贵、用金钱无法购得、无法衡量的宝贵财富!

面对失败,永不言败,是人类向失败挑战、不屈不挠的顽强精神的最好体现。日本一匹名叫春丽的赛马,一百多次比赛都是倒数第一,但仍顽强地继续坚持参加比赛,最终赢得日本人民的爱戴尊敬。在春丽身上,凝聚着人类向逆境向失败顽强挑战、不肯服输的意志,也是一种坚韧不屈顽强精神的象征。但是,当我们面对一些重大的失败,而这些失败靠我们人类自身现阶段智慧和力量,而又无法将其攻克战胜时,在缺乏科学理性的思维状态下,我们仍然执迷不悟顽强地继续向失败盲目挑战,发出永不言败的豪壮誓言,无异于飞蛾投火,显得愚昧幼稚而顽固,反而会遭到更大的惨重失败。

有些失败,看似偶然意外,实则是客观必然;有些烦恼是自己寻来的,有些失败也是人们自己找上门,主动揽到自己头上来的,过高的追求目标,过高的期望值,脱离客观实际的计划、理想,必然会遭到惨败,而且败得一塌糊涂!失败之神,它像上帝那样公平公正地对待世上每一个人,皇帝总统、宰相大臣、将军元帅、士兵,黎民百姓、囚徒,绝对一视同仁,不搞特殊化,就像一场突然降临的滂沱大雨,雨滴会均匀地洒落在每个人头上,全然没有贵贱贫富之分。

失败是弱者的地狱,强者的阶梯,智者的故乡,伟人的天堂。成功的金字塔,高大巍峨壮观,却由一块块失败的巨石筑就而成。成功,是彗星划过夜空短暂的璀璨辉煌;失败,则是永恒的灰暗苍穹。当人们历经千辛万苦,终于攀登上梦想中成功巅峰绝顶时,短暂的狂喜激动过后,迎接成功者的将是更加严峻的挑战与失败,更加美丽迷人的成功女神,在远方呼唤吸引着人们!失败、成功、再失败、再成功……永无歇止的交替轮回,让世间顿生出千姿百态、无比精彩的人生,人们用沾满失败墨汁的巨笔,书写出一页页波澜壮阔、虽败犹荣的拼搏画卷。

独处的日子

都道人生漫长,如登山,曲曲折折峰回路转。唯有独处的日子,可遇而不可求,就像一片夹在书中的玫瑰瓣,尽管已失去了往日的鲜活,偶尔翻看,却依然魂牵梦绕,难以释怀。

前些年,工作在乡镇,下班吃罢饭回到宿舍便只剩一桌一椅一床一人了,虽然简陋,但于我,早心仪已久,多年以来,一直奢望的就是这样一种远离尘嚣的"世外佳境"。有同学、朋友久居闹市,电话叙尽塞喧之外,总是关切到是否难耐,是否有"冷冷清清"之感,我莞尔回曰:"其乐融融。"他们都倍感诧异,只叫"木讷的可以了"。后调至古城,栖身大院深处,门旁竟有几株梧桐,冠阔叶肥,平添了几份雅致。独处是能养活一种心境的,如陈年老酒,酿得越久长,其味道越醇乃至终生品味。借一方斗室寄身,有书、有笔和音乐相伴,独自一人,乐在其中,何苦之有?

独处有书相伴,悠然自得。居室不大,光线尚充足,夜来喧闹尽去,静谧如处子,掬一杯清茶,捧一本散发着淡淡墨香的书,与鲁迅交谈,走近巴尔扎克,冥思尼采的轮回,寻找朱自清的萦怀清气。这里,有美丽的景观带你神游三山五岳,有忧伤的情感故事让你随着主人公肝肠寸断,有正义的呼声敲击被世俗尘封的凛然……真可谓足不出户,遍尝世间酸甜苦辣,偏安一隅,感受人生沧海桑田。

独处有笔相伴,足矣。一直不喜欢工工整整记些琐碎,却热衷于白纸一张,闹来涂鸦,感慨人生,高兴则美好一切,烦恼便怒斥笔端,不受约束,没有羁绊,尽情发挥,让心灵的语言顺着笔尖流淌,在纸上纵横驰骋,尔后,孤芳自赏,好则留存,差则付之一炬。抑或提笔给远方友人送去一份问候,曾经同悲同喜、患难与共,而今天各一方,只有独处时心驰神往,叹惜飞逝时光,字里行间,互相勉励,把握现在,漫想未来,无须太多言语,处处自然流露。

独处有音乐相伴,便可乐而忘忧。累了的时候,当然更有心情抑郁片刻,放一段轻松优美的曲子,躺在床上微合双目,心随着乐曲慢收慢升腾、放飞……于是,漫步海边,踩着细软的沙地,看闲适的满溢幸福的人们,三个一群、五个一伙嬉笑打闹,看雪白的海鸥追逐朵朵浪花;侧俯在绿茵草地,闻着雨后泥土的清香,任柔柔的嫩叶轻抚脸庞,在身边低语;村头石碾旁,古稀老人银丝飘飘在含饴弄孙……朦胧中回转过来,再阴沉的心情也化为乌有。许多次枕着音乐入睡,一夜好梦,醒来自是神清气爽,天地间又美好地叫你不忍眨眼。如此感觉强求不来,只能栽在独处的土壤里,在音乐中读出拔节的脆响。

独处能修身养性、陶冶情操。独处也是人生的一面镜子,能折射人间百态。于人,可以有红、白、黄、绿;于我,有书、有笔、有音乐相伴,可也。宁愿一生的日子云淡风轻,宁愿一世的心情闲云野鹤。

而今的我,亦居于闹市,独处渐成追忆,但那早已养成的心境,是我一生的财富,永慰我心,常伴左右。

静得禅心

但凡静下心来去想一些事情,总会给人以浮想联翩的感受。那份清淡,那种悠长,那种听得见风声鹤唳的深远,仿佛把人带进一个虚无缥缈的境界。总有一些值得静心品味的美好,总有一些值得虔心回味的瞬间,认真地思一思,静静地想一想,这里有反思的懊悔,这里有抹不去的记忆,有时还会带着难以抚平的幽怨。

静得能听到自己的呼吸,静得能听到树叶的摇曳,静得能听到溪水的流潺,静得能听到蜂儿振翅的奏鸣。山峦在目光的扫视下慢慢地退去,青黛的色彩在注目的静态中不断地变换,耳边回响着山风环绕群山的回响,看得见一只苍鹰在蓝天白云的衬托下展翅翱翔,渐渐地渐渐地远去了,变成了一个小黑点儿。

水平如镜,倒映着山的伟岸,山峰高耸,在水的抚摸下尽显柔情,我的影子也在水中,与山、与水,完美地糅合在一起,成了山水的组成。一只飞过的小鸟,一片不经意飘落的羽毛从空中轻轻地洒落,带着它离开母体的遗憾与伤感,似乎有些沉重地坠落,于是,水面起了涟漪,把这一切美好的平静都驱散了,涟漪散去,一如既往地恢复了原来的美丽。

树上的叶儿,相互依偎着、抚慰着、擦磨着,似乎在感谢煦风来临,似乎在诉说对大树母亲的感恩,似乎还在祈祷阳光的照射。阳光来了,从叶儿密密匝匝的缝隙中泻下,在地上跳跃着舞蹈的精灵。阳光以这样的方式亲吻大地,以这样的柔情隐藏着刚强。一只斑斓的小鸟在枝杈间梳理着翎羽,无意地感受着这一切存在,不在意地感受着、经历着。

黄绿相间的小草,匍匐在大地的最底层。看得见,现在的叶儿上还挂着晶莹的露珠,是天降的甘霖还是感知的泪?几只蚂蚁在草丛中爬行,地上、叶上、叶上、地下,欢快而忙碌。植物中的小草,动物中的蚂蚁,相互认知着感悟着自己的渺小。蚯蚓从地下拱排的垃圾,不时出现在草丛中,原来这里也这么热闹,这么富有生命。这些顽强生长的草芥,以柔弱的身躯感受着四季带来的繁华与荣辱,感知阳光雨落的滋润和风云雨雪的洗礼。大的小的、高的低的、静的动的都在演示着生命的轮回。

在青山绿水中品味人的生前死后乃至现实,这些至诚的道理,哪怕是一知半解,哪怕是不太明白,细细揣摩,真的也很受用。清静之地迎来清净士,虔诚之所来往虔诚人,感受自然的神奇,体会世间的繁杂,悟出人生的道理,在静静的思绪中感悟生华,在静静的思绪中品味人生,心平气和了,理解宽容别人了,理解宽容自己了。

咣——咣——,那沉稳悠远的钟声覆盖了大地群山,在寂静里传得很远,很远……

痛苦弄人

人生之路九曲迂回,既有春光明媚的日子,也有风和雨的痛苦的袭扰。即使是一帆风顺的幸运儿,也难免没有波涛骤起的时候。正是这种顺境和逆境的交错反复,形成了一条曲曲折折但又实实在在的人生之路。在这条路上,不经过痛苦和失败不能成熟;不经过彻底的大悲大喜和大起大落不能坚强。唯有经历了无数次残酷而无情的痛苦变故,才能对世道人情的冷暖有更全面更深刻的透视,才能更加珍惜生命,更加探索人生的要义。

想收获的人,必须留一方心田去播种失败和痛苦。凡成大事者,常是从失败与痛苦中升起的闪亮的星。尽管痛苦是扼杀人之灵性的恶魔,但它同时也是鼓舞人去创造业绩的良师益友。它能教我们走向成熟,走向坚强。因此,不要以一时的痛苦而放弃自己的期待和追求,哪怕人生很失意,很落魄。当事业有了危机或生活欺骗了我们,不能绝望,不可等待,令人惊喜的机缘完全来自奋斗,来自创造。任何成功都是从战胜痛苦开始的。试想,火柴如果回避摩擦的痛苦,它能达到一生光明的境界吗?默默地用心、用身体去体会痛苦、品味痛苦,执着地无怨无悔地去战胜痛苦。每一步攀登都异常艰辛,每一次搏击都充满痛苦,但完成每一次拓展,就必然会跃上一个新的高度,饱览无限风光,领略创造人生的壮美。

痛苦犹如人生的一把筛子,把弱者截住,而放走了强者。痛苦逼迫着坚毅的人们去做生活的强者。鲁迅先生说过:"伟大的心胸应该表现这样的气概——用笑脸来迎接悲惨的命运,用百倍的勇气来应付一切不幸。"认识人生的痛苦并将痛苦转化为一种驱力,便可以从痛苦之中振拔出来。

欢乐是人生的驿站,痛苦才是生命的航程。人生永远会拥有痛苦,这不必有什么遗憾和畏惧。既然要追求美的生活,就得用坚定的信心去迎接痛苦——这种独特的美的到来。茫茫沧桑、芸芸众生之中,感受到了痛苦并悟出痛苦是一种美的,大有人在。有位诗人曾对爱情中的痛苦之美写下了如此深刻的句子:"当在痛苦的时候我才知道/爱情携着你在我心中永驻/我可以断言/没有经历痛苦的爱情/就不会尝到真正的欢乐和幸福。"欢乐和幸福固然是一种美,但没有经过痛苦之美,又怎能享受得到呢?

痛苦的降临我们无法阻止,但却完全可以利用它、开发它。这种利用和开发就是正视痛苦,从痛苦之中崛起,在一次次的崛起中去感受生命的瑰丽。一般说来,每一个有追求的人,内心都有一股不甘沉沦的冲动,这股冲动包含有精神的补偿、情感的沟通、人格的整合、自我的实现、生命的抗争以及各种欲望的追求。这种种欲望冲动的集结,也就是生命的驱力。正是这种驱力,支撑着顺境和逆境中的人生。人在这种驱力的作用下,于灵魂深处挣扎着,在纷纷繁繁的现实生活中谋求属于自己的那一片土地,同时也展示了灵魂。

人生总是这样,前我而去者已去,后我而来者会来。生活在这个时代,就必须要负有这个时代的使命。一旦承受了使命,敢于向痛苦挑战,生命之河便一改往日的沉重和抑郁,激越如峡谷流水呼啸着奔腾向前。

根　脉

对于古物的敬畏莫过于树木。新家搬迁后,对面是公园,西南角有一棵老槐树,传说是明朝栽就的,有六七百年光景。夏天,坐在树下乘凉,才得以真正地用目光去抚摸:和围的身躯上满是沧桑,一侧胸襟开张,虚心示于众,龙爪样的根系,清晰如脉络向四处延伸,冠分两翼,枯枝独角向天,新枝蓊郁盛茂,几可遮日。每每这时,便记起村上高跷队的"领头",一般是位老者,清瘦干练,敏捷矫健,穿着绉绉些的戏装,脑上绑一小辫,斜插一朵干菊,手拿一串糖葫芦逗引,边吆喝着"出彩、出彩",意在让高跷上的"八仙"们,各自亮出绝活。难怪古老民间艺术传承不绝,竟是仰仗不断"出彩"的追求者呀。

湿地是"地球之肾",冀鲁边区"大洼"里有一片古贡枣园,在聚馆村。按说,近海滩地,多盐碱成分,是不宜成树的,可这里却生机盎然。恰逢京城一家杂志记者,久闻其名想去拜访,约我同行,便见识了那片园子蓬勃。近千亩的林子,在深秋时节是颇耐看的,嘉禾收储,落叶飘零,百草凋敝,这边倒是另一番景象,古贡枣林,用生命的延伸装点出绿色兴旺、红色吉祥和满园诱惑高高悬挂,承接来一批批采摘人,演绎着一个个故事。

也许这一切得益于明朝永乐二年立村始祖刘洪,这是位聪明睿智的老者,奉诏迁至黄骅市聚馆村,见阔阔不毛之地有鲜见树木,遂率儿子占产立村,圈林为园。又掌握了枣树是根生植物,取根再生,断枝可插,故不经年则繁衍成林。国舅奉诏疏浚娘娘河,得知这里有"仙枣"落地即酥,急忙献于皇帝,得"百果之王""枣中极品"御赞,定为贡品,年年朝贡。今日之盛况,仅仅是树的繁荣么?更多的是根脉积淀所致吧。

那年,有幸和三五好友结伴新疆之行,先是在交河故城领略了公元前5世纪由车师人创建的国都,堪称"世界上最完美的废墟",全城像一个层层设防的大堡垒,人行墙外,像处在深沟之中,无法窥知城垣内情况,而在墙内,则可居高临下,控制内外动向,城中布防,也是极为严密的,可见建造者的高超构想。从大道两侧高厚的土垣,抑或是垣后纵横交错分割有序的营房、居民、纺织、酿酒、制鞋等黄土建筑,不难想象往日的旌旗猎猎、商贾云集的辉煌和繁华。惊叹之余,不免惋惜这丝绸之路上的天然关隘竟没有一片绿荫?是连年战火的摧残还是人为的造就?至今仍疑惑重重。总是觉得没有树木的城池宛若没有根的飘萍,只剩下满目疮痍的悲壮是其必然。

好在跋涉过鸣沙山的沙漠后,我们进入了一片没有尽头的林带——木垒胡杨林场。胡杨是一种生命力极顽强的原始树种,素被人类誉为抗击沙漠的勇士。走进林间,扑面而来是一种原始的气息,会让你感受到一种原始生命的律动乃至热血沸腾,铁干虬树,龙盘虎踞,外表粗犷,向天而歌,荡荡大漠中每一株挺立的胡杨都有着不屈的灵魂,胡杨的高贵在于不畏严寒风沙,依然故我,用生命展示自己的倔强。据说胡杨的根脉异常发达,且从根部萌生幼苗,对盐碱有极强的耐性,根系扎地下二十多米深,方圆达百米,难怪沙漠探险者中有"到了胡杨就找到了生存希望"的传说,果然不虚。故而,再多的赞美都显得多余了,还是大口地撕着烤羊腿,大口地喝着新疆烈酒,无拘无束地嚎两嗓摇滚来劲!

好长一段时间,沉浸在对家族文化的思考中,于是,借来沧州名门望族、贾、戴、王、刘、张、宫、吕、迟八姓的族谱沐手展读,书香怡人。唐朝名相贾耽历三朝,政绩显赫,《海内华夷图》和《古今郡国县道四夷述》闻名遐迩,被"唐宋八大家"之一的韩愈誉为"国之柱石",泽被后裔,不乏名人;明朝兵部尚书戴才、清朝户部尚书戴明说家族,名宦济济,文武齐备,可谓"簪英世家";清朝康熙进士、翰林刘果实为代表的集北头刘氏家族,秉持清明家风,名动朝野;晚清名相张之万、张之洞兄弟、忠良报国,创家族之鼎盛……与名贤默默无言地相互注视,意在探寻家族根脉传承的真谛。每每打开家谱,端详着宗派世系图表就会生发诸多联想:这层层叠叠、枝枝叶叶不就是树根脉么?

想想世间万物,苗木无根脉则枯萎,人无根脉会夭折,家族无根脉将难传承,上升到一邦一国若无根脉便呈膏肓之象,枝叶凋零,颜色尽失。

根脉,对树是不倒不朽的基石,于人是血液里流淌的风骨,涉及家族是代代传承的家风,延至国家民族就是性命攸关的"精、气、神"。

显然,这根脉,一边扎根泥土汲取大地之源泉,一边采集上天之精华凝聚成不变的信仰——这不就是国之魂吗?

发芽的日子

对一个季节、某个事物或一个人的守候,莫过静静等待了。

清晨,推开阳台门,霎那便见一丛丛的清新,令人惊喜的是那个无意间种下的白菜花,娇娇娆娆地生就一片鲜嫩。那是大年三十包年饺子留下的白菜疙瘩,小孙子舍不得丢弃,便用一塑料桶,藏在不起眼的角落。眼下和用竹签串起的蒜苗相映成趣。有时,不经意地温润,竟让人感动,甚至泪流满面。发芽,总是生命的初始,是为了遇见春天么?或许也不是。生命的周期是四季轮回,还有酷暑炎炎,秋风萧瑟,更有凛冽严冬。能把干、湿、浓、淡巧妙搭配,方能成就非同一般的画面。

这时,可借着天际的迷蒙,酽酽沏一杯浓茶,捧在掌心。偶尔也小心翼翼地吹下泡开的叶片,满是一片氤氲的气息,静静地想,漫无边际……

七九河开,八九雁来。随着一声惊蛰唤,一切情不自禁地滋长起盎然的生旺。于是,朋友圈里多了许多春消息。南大港文友发来一组百鸟闹湿地图片,回归的雁阵是嗅着春的浓浓味道相携而来的,虽然断断续续,像是越过了、忽略了那些冗长的沉睡时光,天南地北任性地飞,群群簇簇自由往来。也许一路上遭遇过雷电、雪雨、阴霾或狂风,是对故地的念想还是游子般的思恋,促使着迎风搏浪,义无返顾地踏上归途。也许是那些温暖、那些美好,曾经的燃烧和悸动,如丝如线牵引着飘飞摇曳的风筝一样。

春天,是个连泥土都在蠢蠢欲动的季节,万物萌动。日子便似村头小河总在悄无声息里淌过。有人说,只要心是晴朗的,人生便没有阴天。我却坚信:是种子总会发芽的。生活中不如意事常八九,倘若一时无法迈过哪道坎时,不妨学学那粒沉睡的种子,耐心地、静静地等待,一定会等到发芽的那一天。在心苏醒的那一刻,阳光自然会走进心房。这时就会会心莞尔,那些曾经的雾霾与寒霜,其实不过是过眼云烟,一抹记忆罢了。

农历三月是泰山游人最多、香火最旺的日子。不经意瞅一眼便是含着满满灵秀之气的。

为了看泰山日出,我们一行凌晨便穿上租来的军大衣,匆匆爬上了玉皇顶,气喘吁吁地倚一块睡石半歇,向着渐亮的东方极目眺望,等待着诱人的时刻。

不一会儿,东方出现了一抹浅浅的鱼肚白,慢慢地向两边扩散开来,越来越大,越来越亮。这时,人们屏住声息,掉根草都能听见响动的样子。瞬间,但见天际处闪出了红光。一线、一弯、半轮……渐行渐进,越发地鲜红欲滴。终于,喷薄而出。整个东方天际亮了、红了、颤动了……直叫人拍手叫绝。

"出来了,出来了!"在人们的欢呼雀跃中,冉冉升起的光辉,已经抚摸上脸庞,仿佛瞬间洒满了大地,也将人们的心底染得透亮。新生的柔光是那么美丽,用那祥和的光普照大地。环顾四周,泰山显得更加雄伟壮丽,仰望南天之门更加富有魅力,天下第一奇观确实当之无愧。

面对近在咫尺的红日,用手做成心的图形拍照后,禁不住自语:"日出虽短,却是经历了漫漫长夜的孕育,等它长成了太阳,不就是上苍栽在人间的菩提花吗?"

独自行走在护城河边,小河流水的声响活泛了寂寞的旷野,鹊登枝头,杨柳吐翠,麦苗正打着哈欠苏醒,只待一场淅淅沥沥的春雨了。且行且远,回顾来时的坎坷曲径,便想如酿一坛陈年的老酒,待风雨日,一个人独酌浅饮,怀一颗画匠之心,待涂上温暖色彩,便一同醉在春光里,置一处四季如春的田园,素心面天,与草木相伴,让灵魂不再漂泊,岂不为雅?

2018 年 3 月 16 日载于《沧州日报》

踏　春

还算理想,把疲惫不堪的身体释放在春意阑珊的景色之中,一切的烦心事都跑得没有了踪迹,眼前的都是纯真无邪的快乐。也许生命本该如此,在春风扬起的日子,在阳光洒满每个角落的时刻,带上自己的灵魂出发,去经历一场沁人心脾的清凉春风,去经历一次不带任何牵挂的春游,我谓踏春。

踏春,或许本身就意味着心灵的释放,莫名其妙的脑子里出现了"马踏飞燕"这个词语,轻飘飘地驰过,飞一般的感觉,恰如"踏春人"的追求,"踏春人"的快乐,为了追求自然,体验自然,人的心灵重担也悄无声息地不见了,也只有把生活中的各种烦琐和人为的安排放下才能够去踏青,也才是真正的踏青,享受自由自在的未经雕琢的自然美。

孟春时节踏青,并非游玩,也不是旅游,所以选择乡村,回到大自然的怀抱之中。只是一个人简简单单地、静静地在小河边坐着,聆听自然的音乐,快乐的抑或是悲伤的,也不必抱怨什么。当清风吹过脸颊,仿若是一湾清泉在炎炎夏日的时候在心底流过,满满的,全是清新惬意的感觉,从来没有感受过被吻的感觉,那一刻我才真正地知道什么叫作柔情似水,什么叫作情真意切。也许大自然本来就是无私的,正映对了生活的无理性,你怀着什么样的心境对待自然,自然中的一切就会怀着同样的感情对你,恰如一轮明镜。我是爱自然的,用心灵去爱,默默的,所以自然中的一切:风儿的吻、湖水的眼波、树枝的轻抚都让我感受到了常人从未感受到的,烦躁匆忙的人们所无法理解的情绪。

是的,城市的繁华排挤着自然的栖息地,慢慢地到处包围,于是城市中生活的人们也渐渐忘记了那"记忆中的桃花园",为了工作,为了家庭,为了一切激烈地竞争着,我常常哀叹着把一切看在眼里,又好像不能说什么。脚下的野草顽强地挣扎着,身边还有几个人说说笑笑,才知道在自然面前曾经的为小事争吵、为自己的心结而烦恼都是那么的苍白无力。笑语不断,远远地我望着天空自由自在的白鸽。

不,他们已经失去了自由,为了地上洒满的食物它们停留,久而久之便成了人们手中的玩物,丧失自由是可悲的,因此也不能再说它们是自然的,毫无雕琢。我叹息着望着孩子们在嬉戏中追逐的白鸽,想着的却是城市中的人群,他们不是也和白鸽一样吗?为了生存奔波在城市的牢笼里。

突然觉得已经好久没有记起自己的童年了,在这个踏春的时刻,突然一下子被孩童的天真无邪所感染,可是就在成长的过程中,可贵的纯真却渐行渐远,我思索着,风儿吹过,才猛地想起要继续自己的踏青旅程。

走在绿意挂满的曲折小径,抬头间能看到枝头的花在摇曳,望着前方柳枝轻抚的背影,那被限定的心灵空间被打开,诗兴大发,遂作七律一首:"春雨如酥绿盎然,三杯浊酒柳荫眠。清香野菜提篮满,老伴呼来不愿还。"

总算是经历了一次成功的踏春,虽然途中还是想了很多。满满的花香赶跑了往日琐事的嘈杂,轻扬的风儿轻吻着脸颊,于是真地就做到了不带任何的牵挂,总算理想,回来时心里装满的是轻松和快乐。

忙 夏

季节的变化是没有亲疏远近的,它不会因谁的喜爱而延长,也不会因谁的憎恶而省略,它是分分秒秒、斗转星移、一天天走过去的,是日复一日、周而复始的规律性变化的。然而,印象中这个夏天的确是来也匆匆、去也匆匆,犹如一闪即逝的流星,没做停留便消失在感觉中和记忆里了。

这个夏天匆匆而过,还没让我感觉到热的温度,没感觉到雨的缠绵,也没听到大自然中的蛙鸣虫吟。夏天的感觉应该是燥热的,是擦抹不完的汗水,是关不住的门窗。这个夏天很少有嗡嗡叫的蚊子,没有大汗淋漓的赤膊露体,也没把矿泉水放进冰箱里来冷冻,家里的空调也很少开启,仅有的那几天高温天气,生活中、工作时,也没感觉很热,坐在客厅里温度不冷不热,很适宜,犹如春秋季节一般很爽快。

这个夏天雨水也不算少,初春的几场小雨下得很恰到时机,整个夏季雨水也都很如人意。农家的玉米、大豆在干裂的土地上残喘着,就像口渴的人找不到水,口干舌燥,无精打采,失去了应有的生机和活力。

这个夏天有点累,但感觉还是很充实,虽然做了许多工作,感觉身心很疲惫,与有些人相比心里多多少少的有些愤愤不平,但这个夏季看了一本足可以让我终身受益的好书《感恩的心》,这本书改变了我的思想、观念和心态,让我树立了一颗感恩他人的心,感谢朋友的信任,感谢同事、朋友的理解、支持和宽容。

　　这个夏天喝了许多酒,有婚宴、丧宴,还有生日宴、乔迁宴等品目众多的酒宴。但最让我讨厌的是那些不想去又不得不去的应酬。如果你不去,你是不给人家面子;如果你去了不尽情地喝酒,即使你不想喝酒或喝酒不爽快,你也是不给人家面子。应付这些场合是很累人的,免不了的客套话,死要面子活受罪地往嘴里灌酒,着实让我讨厌这些虚伪,明明是身体不适,不想喝酒,人家却以朋友好、感情深相要挟,更可气的是一些捧场的酒桌上不得不宁伤身体不伤感情,把一杯杯类似毒药般的白酒倒入口中,哪怕你喝进去会酩酊大醉,哪怕你喝过之后吐出了肝胆肠胃,也不会让那些逼迫你喝酒的人怜悯。真是华山论剑几时休矣。

　　这个夏天我改变了许多生活习惯。以前喜爱大鱼大肉的人,不知什么原因竟然讨厌起了这些东西,突然间对素食产生了兴趣。有时候我在想,是不是因为我很喜爱佛家的《般若心曲》,是不是在陶醉于优美浑厚旋律的时候受到了佛的点化。

　　春天的时候我想象夏天的浪漫;夏天的时候又想象秋天的成熟和美丽。这个夏天就在想象中无声地过去了,没有什么收获,更没有什么成就,心中只有一些失落。感叹一个季节如过眼烟云般地从眼前划过,没留下任何的痕迹。

　　这个夏天很平常,又很匆忙。走过秋冬,又是一个春夏,春天过后,夏天会再来的。

看 秋

当黄叶在枝头缤纷飞扬,当阳光变得柔和明亮,当黄菊绽放诱人芬芳,当大地披上金色盛装……这时候,秋天正在绚烂我们的目光。秋天是一位巧夺天工的艺术大师,精心打造着一幅幅属于自己的作品。为田野勾勒起坚硬明朗的线条,对天空挥洒着明亮纯净的蓝色,给树林渲染了热情烂漫的红色,给平原涂抹上辉煌绚丽的金色,让整个世界瞬间变得五彩缤纷。站在高岗上极目远眺,真是个"晴空一鹤排云上,便引诗情到碧霄""萧萧远树流林外,一半秋山带夕阳"。徜徉在迷人的秋光里流连忘返,行到水穷处,坐看云起时,去留无意,漫随天外云卷云舒。

秋风带来阵阵清爽,辽阔的原野摇曳着满眼的金黄,成熟的庄稼掀起层层波浪,红透的果实在枝头自由欢唱。小伙子开着拖拉机满载着沉甸甸的喜悦,一路欢歌奔走田间大道上。姑娘们挥舞着磨得锃亮的镰刀,大把大把地收割着丰收的欢乐。光着脊梁的汉子坐在田埂上吧嗒吧嗒地吸着烟,健康结实的肌肉散发着金属般硬朗的味道。收获后的大地母亲安详、宁静,她敞开博大的胸怀,躺在金灿灿的阳光下享受着无边的幸福和满足……

一把藤椅,一杯清茶,一本书,午后的庭院里,什么都想,什么都不想,放松的思绪随着悠扬的萨克斯旋律轻舞飞扬。偶尔的一两片叶子飘落面前,还残存着生命的绿色,对那片天空该是怎样的恋恋不舍啊。其实大可不必这样的,曾经的光鲜夺目,曾经的狂放张扬,终究会走向平和、归于平淡,"叶落归根",亘古不变的是生命的轮回。"饱将两耳听秋风""那一地的黄叶,是我零落的思念",读这样的诗句,在秋叶缤纷的时节,诗意无限。

秋风萧瑟,草木摇落,寒蝉凄切,暮雨洒江天,自古逢秋悲寂寥。陶渊明就有"和泽周三春,清凉素秋节,露凝无游氛,天高肃景澈"的感慨。赏秋是需要心情的,其实换一种心境,换一个角度,也许悲秋的情怀就可以烟消云散了。"一年好景君须记,最是橙黄橘绿时。""长风万里送秋雁,对此可以酣高楼。""秋宵月色胜春宵,万里霜天静寂寥。""停车坐爱枫林晚,霜叶红于二月花。"上述都是对秋的沉醉后的升华。

秋天,运动的季节。短衣襟,小打扮,身穿运动服,脚蹬运动鞋,伸胳膊抬腿毫无崩挂之处,在绿茵场上挥洒激情和汗水。转身攀带轻盈优雅,胜似闲庭信步;门前抢点大力射门,倒海翻江卷巨澜。经过春天的积累和夏季的蛰伏,身体的每一个分子都活跃着运动的欲望,过剩的能量喷薄欲出,需要在秋天得到尽情释放。

秋天,也是学习的季节。对于70年代的学子来说,一年之计在于秋。经过一个暑期的休息,在丹桂飘香的季节里重拾书本,踏上求学之路。没有冬天的严寒,没有春天的困倦,没有夏天的蚊蝇,可以以最好的状态投入到学习中。承载着父母期盼的目光,背负着跳出农门的梦想,多少次灯下奋笔疾书,多少回题海畅快遨游,在物质相对贫乏的日子里享受着丰富的精神大餐。秋天是梦想开始的地方,秋天是艰苦奋斗的季节,多年以后,回想起那段时光仍然会为那时的豪情和拼搏感动,成功的瞬间固然令人兴奋,但奋斗的过程更是耐人寻味啊!

不知什么时候起,对秋天有了好感了,痴迷于秋的绚丽多姿、五彩斑斓,醉心于秋的深沉严肃、淡泊宁静。用眼睛去触摸秋天,用心灵去感悟秋天,窗外,秋意正浓……

恋 冬

因我是生在寒冬,所以对这个季节格外亲切。

在泾渭分明的四季里,我独爱冬,就是因为刺入肌肤的寒冷会使我保持全神贯注,让我的整个身心清醒起来,也只有在这个时候我才能正确梳理自己纷繁的思绪,审视一年来的得失与对错。如同年夜守岁的老农,盘腿坐在炕头上,剥着脆香的花生,回味着一年的收成,合谋着来年的希望。只是今年的冬天似乎比往年来得要晚一些。冬至过后,在一天夜里才猛然觉得有了些寒冷,风在第二天早晨悄然肆意起来,大街两旁的梧桐树只剩下光秃秃的枝丫在斜风里摇摆,一场冷风仿佛是在一夜之间不知把树叶卷到哪里去了,稀疏的行人来去匆匆。大街两旁的商贩们紧闭着店门,在轻声地议论这天气的无常,也有人说,该冷了,都什么时候了。

是啊,不冷不冬。造物主赐给人类分明四季的时候,在冬的身上贴下的标签就是冷啊。

我喜欢站在大街上,享受着那种浸入身心的冷,我深信不经历寒冷的人,不会体会到温暖的真正含义。此时的大街上不再像以前那么拥挤,行人也是来也匆匆去也匆匆,办完事情赶快回家好好地在暖气旁休息一下。只是偶尔还能见到几个坚持锻炼的人,他们有老人,也有小孩子。他们或快走,或慢跑,浑身上下透着一股热气,跟周围穿着厚厚羽绒服的人形成了鲜明对比,不时引来人们的侧目,成了一道美丽的风景线。我渴望自己的灵魂能与他们一道,在冬天里温暖地向前跑着,尽情地享受这个冬天。

如果说寒冷是冬天的骨架,那么风雪则是冬天的脸面和皮肤。冬天的风比任何季节都硬朗,冷风舞着口哨恣意着敲打在人脸上,让人有一种被侵略的疼痛感觉,它以此骄傲地向世人宣布冬天到了。它轻易地捋走了全部树叶,但是没有叶子的树干却依然坚挺,因为树的脚下是大地,它的根已深扎在脚下这片沃土中。任尔东西南北风,树发出了对生命的礼赞,因为树懂得今年的坚守是为了蓄芳待来年。风在树挺拔的身姿面前让步了。拍拍光秃秃的树干,我敬意油然而生,谁说你不是冬天里寒风中最好的舞者呢,你宽广有力,坚定如一,充满了生命的力量。

我站在冷风里,还没有嗅到一丝雪的感觉,对雪的渴望充满了我灵魂的冲动,没有雪这个冬天不算完美。雪用自己美丽婀娜的身姿把这个世界装扮成童话里的天堂,那应该是冬天送给自然界最美好的礼物。雪中有风,风中有雪,我站在风雪中向远处眺望,连同我的身体和风雪,和冬天融为一体,那该是一幅多么美好的图画,这个愿望今年还没有实现。我更渴望用一场圣洁的雪来洁净我卑微的思想,让我的灵魂在漫天雪舞中得到升华。

倘在此时,若在故乡。忙了一年的人们,只有此刻能清闲下来,放松一年的疲劳。他们三个一群、五个一伙围坐在火炉旁打打牌,话话家常,盼望着明年能是一个丰收年。他们此刻也一定和我一样,充满了对一场大雪的渴望,渴望瑞雪能带来又一个好年景。

于是我仰望天空,渴望与雪的相会能早日到来。

找 寻

喜欢一个人漫步在深秋的田野上,一个人,随意的,散漫的。当然也是在故乡的田野上,最好还是在一个阳光灿烂的下午。

我知道枣林里铺满了金色的叶子,压住早已经枯萎了的杂草,偶尔还会有一两只螳螂在做生命的最后挣扎,尽管很肥,也依旧是很绿的颜色,但却失去了往日的矫健,任你捉,任你拿。不知道枣树的叶子到了秋天为什么会是金色,是即将消失前的最后灿烂,还是阳光留给树叶最后的恩赐?我愿相信是前者,因为那毕竟是生命的展现。喜欢这时候有风,那满地金色的叶子会像流动的小溪一样,在阳光下闪动着金色,也带给你几分萧瑟、几分凄美。抬头望望,树上已经是满目枯枝,几片顽强的叶子还依恋在树上,却是那么孤零;间或还有一枚枣儿挂在高高的枝头,鲜红欲滴。我知道,世界上所有的枣儿都比不上深秋还挂在枝头的那枚枣儿香甜,那是接受了最多阳光雨露的恩赐,经受了最大风雨的侵蚀。但是,没有办法把那枚枣儿弄下来,只好在落叶中寻找,寻找可能藏在叶子中被主人遗落的果实。这样的果实也是甜的,比家里成堆的枣儿甜。但这是真的甜还是一种什么心态在作怪?

我知道,农民收获庄稼后的田里有些荒凉,但这最适合一个人漫步。露着根茬子的豆地一窝窝干透了的豆叶裹着杂草,偶尔一堆野鹌鹑留下的粪便也早已风干,不知道那些精灵一般的鸟儿如今都去了哪里?豆棵在不经意间落下的几粒种子,这时又已经长成了豆苗,碧绿间染着风霜的颜色,这是反季节生长的生命,等天气再冷一些,等待他们的只能是夭折。但是,尽管是这样,得到了阳光雨露的它们还是要焕发它们的生命,哪怕只有那么短暂的几天。这就是大自然吧,各种生命有各种生命的存在形式,自然中的万物都在千方百计传承着自己的种族,尽管像这反季节的豆苗一样,失败远远多于成功。收获后的花生地还会留存有花生的气息,甚至用不着深呼吸就可以闻到。总会有农民丢失在地里的花生,风雨过后又露出地面,捡起来,剥出来种子扔进嘴里,那一份香甜岂是在家里能尝到的?

我知道,那一排近似于灌木的北京杨上只还有稀落的叶子,树下的柞蓬在瑟瑟的秋风中滚动;那片果园中梨树的叶子变成了深红色,美得耀眼也美得凄厉。举目望去,似乎深秋的田野中有一种老年人的心境,也似乎有着童年在家乡时的温馨。

喜欢在深秋田野上漫步的那种感觉,但我不知道是由于秋天田野里的视觉开阔,还是本就喜欢那种萧瑟的凄美?但依稀觉得,我是在寻找一种痕迹,一种童年生活时的痕迹,那痕迹里有着懵懂的记忆和懵懂的爱。

山村记忆

久居平原之境,不免对山林野味、山村风情起了兴趣。我很小的时候就很向往山村,觉得那些有山有水的地方,好像许久未开启过的宝藏一样的迷人。也去过不少名山,但大多都是旅游,人工开发过的痕迹毁坏了原有的风貌。

太行山脉绵延如此之长。我却为之感叹,在这些错综复杂看似了无人烟的地方竟然会有山村的出现。下车后的清新和对这些旧居山村的崇拜,打乱了我在车上反反复复的臆想,整个下午的旅行在这里好像变得神秘起来。我知道,我要在这里呆上几天,要陪伴着自己与世隔绝般的生活,走出繁华的平原,看着炊烟袅袅的山林,听那些已经花甲的智者讲述自己曾经的故事。

这些当然只属于这个山村,我们只是过客,甚至走了之后,什么都不会留下,只会让自己觉得一切都是那么得离奇。却又那么得顺其自然,我并不希望自己要去的山村有什么十分耀眼的经济,或是世人皆知的景点,哪怕是平静得出奇。

站在山中间,我不知道是山林点缀了我们,还是我们破坏了这座大山原有的风貌。

或许许多人第一次看到云在山涧、清泉石间流的景观,禁不住地感叹,我也在感叹,感叹着绵延不绝的山脉之中竟藏匿着如此之平淡的山村,就像在青藏高原上看到摩天大楼般的惊讶。

还好,这座山村还未曾被人们开启,保持着一种诱人的古色古香,纯净的泉水、那些在电视中看到过的石板路和一张张未曾被世人所侵犯的纯洁善良的脸。

也许过于疲惫,也许过多的新奇已经让我们对什么都淡然了,天色刚刚泛出混色,夕阳刚把山上的迷雾赶走,我已经困得不行了,早早睡下,再醒来时,已是次日的黎明。

山间的雾,让我分不清楚这里的一切,在山腰间弥漫着,像是要带给我们每个人无限的思考,远处宁静的一切充斥着整个山村,这里的唯美仿佛成了一句绝笔,好似人在画中游,也许不只是我们点缀了这个山村,山村也点缀了我们的眼睛。

吃过饭不久,来了位村民,带我们四处逛逛,并顺便介绍了他们村的概况,这人个子不高,略微发福,走起路来十分有力,全然像个导游,嬉笑间我们走过了无数山路。山村如此宁静,除了炊烟便是嬉戏于水中的孩子,真像一幅天然嬉水图画。

我好像已经适应了这里,适应了这晚上漆黑的一切,适应了这里清新宜人的空气,适应了这里无法用我们的眼光去衡量的每个人善良的微笑。

我每天都走在山路中,看不到哪里有什么终点。厚厚的石板路载着无数对这里的好奇和那些曾经一起飞翔过的梦想安静地躺在这充满平和的地方。

我记得曾经有过许许多多看过那么多人的眼睛,那些人会真诚地向自己的父母一样充满期待地望着你,我们自由自在地望着那些远去的人们,看他们的背影就像随着时光的沙漏一起消失的迷雾,看到那些不太纯真的人们为了自己的名利出卖人格,又看到那些山里的人们,他们很少知道什么叫作社会的,也很少去学习做人的道理,但是这些不曾被污染过的心灵就是一本很好的道德经,在无意识中形成的一切都是天然的美。

我随意沿着山路行走,在路上看到几个还在地里劳作的人,有些人年纪已经很大了,那个老太太脸上的皱纹记录着她所经历的种种沧桑,但是她的脚步还是很干脆有力。

许多事情已经没有必要再仔细描绘,因为我怕动了这些唯美的画面。我们都没有权利去书写这些从未出现过的惊喜和迷茫,在门口拿着旱烟袋抽烟的男人,藏在家里不肯露面的闺女,还有那些不顾冷热到处乱跑的孩子。我也记得那些微笑着看着我们的眼神,记得曾经走过的那些山路、爬上过的山峰、听到的所有的泉水的声音,却已经忘记了自己不属于这个山村,不属于这个在夜里只能看到星星月亮的世界。

有时候觉得猛然间就是两个世界。

又见槐花开

槐花应该是乡村的女儿,朴素清雅,落落大方,就像我年轻时的母亲,像我乡间的姐妹,不爱涂脂抹粉、着意打扮,不懂矫揉造作。一方沃土之上,只要春风送来一分暖意,春雨洒下一片情丝,花儿便开出无边的美丽。

槐花的季节,对于农家来说,是很让人快乐的时候,阵阵的槐香会让劳累一天的父母舒展紧锁的眉头,大家的心情似乎也都染上了花的味道,淡淡的、甜甜的、漾在心头……小时候,如我这般大的孩子,在槐花飘香的日子里,总是不断光顾槐树的。那时候,随意摘些槐花,顺手捋些槐树叶,掺和些许的杂面,放在锅里蒸一蒸,加上些许调味品,便成了妙不可言的美味,而我则更钟情于吃生槐花。

每年的四月,是采摘槐花的时候,如果是在田野间,常常是漫漫的一片一片的,在槐树上摇摇摆摆,绿色的叶子中闪着的一串串白色的花儿,如雪一样白,如云一样轻。那花儿散着淡淡的香,弥漫在空气中,沁人心脾,让人心旷神怡。花儿在白中也透着淡淡的绿,竟能成为一种风景!但近几年这种风景见的越来越少啦,我甚至有好久没有看见槐树啦!几天前去乡下,在村子里见到一棵槐树上面开着花,竟以为稀奇,用小相机拍下来,只这一棵孤零零的,找不到大片大片的槐树林,过去也称刺槐的灌木也难以找寻了。槐花开花的时间不长,也就一个星期左右,到了花谢时,满地干瘪的花瓣就像飘落的花雨。但它留给人们的总是伴着淡淡清香的遐思!四月的一个平常夜晚,不知自己身在何处,在梦醒时突然感到这过分的宁静,还闻到了稠重浓烈的槐花香,又似回到五月槐花开时母亲用心做饼的情景,思绪在现实和回忆中不停地飘忽、转换不定。

槐树,在过去是农村最常见的一种树,大家常常在自己的庭院里栽上几棵,也有栽在外边的,槐花开了的时候,大家随意地采,没有谁出来制止,也没有谁会为槐花去争的,一派田园风光,可见这槐花这槐树不是什么名贵的品种,但大家喜欢它,大概就在它的朴实与坚硬。

过去的独轮车现在怕是很少见啦,连农村的老大爷你都很少见他们还推独轮车,大家都换上了一种被商家称之为"老头乐"的三轮摩托车,油门一踩,突突地跑开啦,后面留下一股汽油味和尘土,弥漫开来迷人眼睛呛人鼻子。最不济的也是骑一辆脚踏三轮儿,可以坐在上面,慢慢地用脚踏,倒也悠然自得,但绝对比独轮车要快,不像那种用木头打制的独轮车,既要用两手抬起来,又要把握好平衡,如果东西太多,还要加个车盘搭在肩上,用力抬起来,还要用两只脚飞快地走!俗语说:空身人赶不过推车汉,推车汉赛不过扁担。这里说的推车汉里的车字,就是指这种独轮车,大意是说挑扁担的人大概被东西压的只好疾步如飞,所以说推车汉赛不过他,而推车汉也决不能像空身人那样地慢走⋯⋯用不上几年,这种古老的交通运输工具,渐渐地都会被这现代的铁车代替啦,谁还会去受那份苦?还去推一辆独轮车干农活,累的人筋疲力尽,出一身的汗!这木制的独轮车就是用槐木做成的,槐树大概失去了它的实用价值,因此种它的人也越来越少。

槐木很坚固、耐用,本草纲目载,槐是虚星的精华,十月上巳日采子服用,可去百病,长寿通神,瘐肩吾服用槐果子,七十几岁发黑眼明,能看小字。槐树的养生作用大概与槐树的这种品性有关!

时代在发展,人类在进步,动植物也用飞的速度在人们面前消失灭绝,大概这槐花也没有几年的好彩头啦,那种用槐花做成的包子透着清香的原野气息,恐怕也只能在记忆里找寻,可能总有一天也会渐渐地从人们的记忆里消失。

把梦融进雨声里

一场秋雨一场寒。这雨或许是这个时节的最后一场雨了,抑或叫作"封地雨"。这意味着平原的田野已百草凋零,楼铃渐远,新麦酝酿着破土,田地里已少了些许人畜的气息。或许正期待一场不紧不慢的细雨滋润,将秋的满面尘土和汗渍一点一滴地冲洗,还一个洁净的清新的本色。

喜欢有雨敲窗的日子,可以放下手头的任何事情,推开南窗,吸满口清爽,任雨的线交汇在心中,编织着一个又一个属于自己的故事。偶尔将手伸出窗去,承接上苍的洗礼,在滴答滴答的声响中让心灵皈依,让心情靠岸。借着一丝亮,把床头的书卷悄悄展开,和着雨丝咀嚼四季的一瞬,宛若春的惊蛰、夏的芒种、秋的霜降、冬的大寒。鼎盛尽时,便是转换。

好想在这雨声里睡上一觉,忘却过往,尽管来路满是坎坷、泥泞,是自己艰难攀爬印迹的连接,和着苦辣酸甜咸铺就,短暂归零,给身心一时没有负荷的轻松;忘却交往,亲人、恩人、仇人、路人,全然抛至九霄云外,一张张丑的、俊的;修饰的、自然的;哭的、笑的;阴阴的、朗朗的;喜欢的、厌恶的……都幻化成了雨滴,晶莹剔透,满目尽是舒畅;忘却环境,枉说什么顺境、逆境、清境、霾境,一切皆因心念所致,易是为非,易有为无,便少了名利的缠绕、亲情的牵绊、欲望的追逐,释然才有宁静。

空灵的境界里是适合做些梦的,尤其有雨相伴时,未必斑斓,倒会似一汪碧水般透彻见底,任其在雨的和弦中尽情地伸展枝蔓,渐渐会长成一棵树的,是西域寒风中的胡杨、是海南岛上那片亭亭而立的白桦林、还是老家那株千年明槐醒来,只落一丝垂涎的笑意。

这季节的雨淅淅沥沥的,时而绵延。收获过后的庄户人可烫一壶老酒,炒两三蝶小菜,喝一盅欢愉。恰巧有邻人过,便招呼来,盘腿坐在炕上,碰一盅酒,话一串希望,好生惬意呢。

禁不住这情境的诱惑,醉心书画者便铺展宣纸,调适水墨,舔一下狼毫的味道,便浸入水墨世界,可以是娄东派的素墨山水之意,也可以承"扬州八怪"的奇诞之风,抑或二王的超凡脱俗,兴致处便是张怀的铁钩银划、波澜不惊……只是借一段时光,把雨装进壶里,添上茶,烹着,也煮着笔墨里的气象。

听着节奏分明雨声,不由想起伞来。伞,构造简单,由伞柄、伞骨和伞面组成。雨伞虽简小,却为日常一道风景,或街头、或雨中、或烈日下,更为文人雅士所青睐。清代赵滋就有非常形象的描述:"众骨攒来一柄收,褐罗银顶复诸侯。常时撑向马前去,真个有天无日头。"

近日,纪念红军长征八十周年,一位百岁老红军拿出一把珍藏多年的油布伞,述说了她的故事。那是长征中最艰苦的日子,雨雪交加,饥寒交迫,敌人围追堵截,老排长将带着手温的伞,一个个传让着,一队"雪人"没留在手上,最后,传给了她这个伤病在身的小战士……她哽咽了,老泪纵横。她保存的仅仅是一把遮挡风雪的油布伞吗?

雨过,天见了晴意。可我的心依然湿漉漉的。

采枚薄荷贴额上

吃过初伏的饺子便意味着进入了蒸笼岁月,当然,不见得有多难熬,只是稍稍挪动挪动,汗腺就会肆意淌起来,那种甩不净、止不住的感觉如坐针毡,这时,便期待一阵风抑或一场雨落下,浇一下浮浮躁躁的心火。

这样的日子是懒于出门的。酽一壶陈年老茶,任由生发。去书架上随即挑一本小书,或贾平凹的《写给母亲》或汪曾祺的《草木春秋》,打开来慢慢翻着,及待入境,茶也透了,咂一口茶,品一段耐看的文字,也不失雅趣,只是看到兴奋处不由笑出来,喷一书的茶香。

于是,打开手机,见到两个微友发的旅游照片,一方是呼伦贝尔大草原的畅游,蓝天、白云、羊群、蒙古包……当然最诱人还是响沙湾的沙漠世界,因为未知所以向往,游人的寻觅皆出自好奇吧,真有些酸酸的感觉。另一位是去了西藏的,在高天佛国的路上,那个手上套着木屐朝拜者的眼神深邃乃至震撼,会让人铭记一生的。虔诚得近乎于痴,透明得近乎于无,悠远、执着……一时间高原、雪山、冰川都黯然失色,在信仰者心中神圣的佛即普渡众生的神灵,他们用身体丈量着与佛祖的距离,用跪拜祈求世间的一寸寸光明。也不妨这样诠释,人在降到最低点时,他们的每一次起动,就是一次身体乃至心灵的图腾和飞跃。

早些时候,曾迷上过读帖的,《汉简》的古拙、《平复帖》的飘逸、《兰亭集序》的洒脱、《书谱》的风度……直到见识了弘一的法书,才由衷地叹服了古人的意境高远,那幅"无上清凉"像是随性的四个字,字里行间透出禅的淡泊和中介,远离了喧嚣、远离了是非、远离了种种诱惑,怎会不一片清凉?喜欢这境界和文字,便请了县里一位书法家临了一幅悬在书房,期待是有的,只可惜缘分太浅了。

夜里竟是下了一场透雨的。三弟自老家打来电话说,雨偏大,新装修的房子漏雨了,菜畦也长出了高高的杂草。

或许是对根的念想和依恋,故力排众议在老家买了一处并不大的院子,临了路的,门前有一株老槐,树荫颇大,伞一般遮半片云天,儿时的老坑塘眺望可及。在乡下小院里可以种植梦想,可以缤纷心情,也可以让我们穿越时空,和童年比肩,用锄头勾勒时光,听雨声敲打蔬果,看豆角在日光里枝蔓伸长……想以后回到生长的地方,与乡音为伴,籍水土而居,承乡亲为邻,以一种回归式的洗礼成就灵魂的皈依。

家是游子的港湾,有人说娘在家在。有了家,时常梦见了娘的样子,伏天里她总是爱切瓜菜的,瓜尾处切两薄片敷在太阳穴上,尔后,在院里采一片薄荷贴在额头上,娘说又凉又提神。

那时候老家曾有一个小院的,在村边,院后是一片枣林,林中有井,水并不深却清冽异常,娘常将瓜果泡在井中拔凉水里,过一小会儿才让我们姐弟吃,比冰镇过的还脆甜,咬一口,爽倒牙哩!遥想 1500 年前的"建安七子"在南皮宴游时的"寒冰沉李",也不过如此吧。

西北角上有片坑或叫塘的,村居九河下梢,自然洼淀多,坑塘处处可见,这时节有水草就生出鱼来,可见生灵的鲜活。小伙伴们便缠了网兜淘鱼捞虾捉泥鳅,最好玩的当属捉泥鳅。用席篾编织成网状小篓,放入虫饵,选一浅水地将小篓用泥埋好,投掷砖头瓦片或打"水上漂儿",让鱼惊起来四处游动,泥鳅也跟着溜边觅食,经不住引诱,钻入篓里就爬不出去了。炖泥鳅和榨泥鳅段就成了小伙伴们的美餐。吃的肚圆,我们也学着娘的样子,采一片薄荷叶贴在额头上凉凉的,躺在老枣树下美美睡上一觉,任由鼾声随着斑驳的枣叶的晃动跌宕起伏。

手机上传来的一组照片,让我惊诧不已,是二姐午休时发出的。她和本村一帮姐妹们参加了一项绿化建设工程,中午在树下歇息,图片既没有显示绿化工程的宏伟,也没拍粗糙的辛劳双手,我见到的是树隙间的一片蓝天白云,湛蓝的天空,飘动的云朵……好纯、好净。

纯净,也许正来自民间。

卷四：闲境随心

张之洞的目光

有位史学先贤曾说,翻阅中国近代史如同体会"五味",透过满是辛酸的漫漫长夜,追溯给"东方睡狮"带来黎明前曙光的人们,便绕不开一个名字——张之洞。张之洞,字孝达,号香涛,河北省南皮县人,也称"张南皮",跨道光、咸丰、同治、光绪、宣统五朝,从封疆大吏到国之柱石,被誉为晚清政坛"常青树"。他出身"清流",崇尚实业求国,所到之处,兴利除弊,推新政、御外辱、强教育、练新军、办工厂、修铁路,且为官几十年两袖清风,房不增一间,田不增一亩……

一

甲午春日,我来到武汉。适逢雨季,雨丝淅淅沥沥地飘洒,心头也是湿漉漉的。每到一处,接待者听说是张之洞家乡的人来了,便热情倍增,领着走张之洞路,拜张公祠,访张公纪念馆,观张公实业遗址等,让一个先贤乡党瞬间占据了我心间的每个角落。

一个人的能量到底有多大?2000年前古希腊的阿基米德就说过:"给我一个支点,我能撬动地球。"当然,已过知天命之年的张之洞是不会打如此诳语的。"他是一个矮小而简朴的人,平易可亲,质朴的服装表现了庄严的气质。这种卓越的风度显出他是一个完美的最高地方长官。尽管身躯矮小,可是决不有损于大官的气质。我不相信中国别的官员都像他这样充满中国人的美德和富有裨益人民的运筹。"英国传教士杨格非当时就是这样描述新任总督张之洞的。是的,在一个风雨飘摇的王朝,张之洞无疑是一个思维独到、执着坚定的人。故而,踌躇满志,一腔抱负,有撑危势于即倒的志向。

那时的武汉人怎么也不会想到,这个其貌不扬的新总督的到来,对于他们会有什么样的前途和未来。但史实却向人们展示了真实的情景,武汉三镇命运的变革,由此拉开了序幕。

  十九年呀,从1889年岁暮到1907年中秋,张之洞越发枯瘦干练了,当年的锐气勃勃已变得老气横秋,布满沧桑的面庞,深邃的双目透出沉思的神情。倘若从来时的路捡拾,一路的成就,确实亮灿三镇:开办了炼铁厂,为武汉成为中国最大的工业基地夯实了坚实的根基;主持修建了芦汉铁路即后来的京汉铁路,使武汉成为"九省通衢"之城;开办了中国第一家兵工厂,"汉阳造"曾经是中国最为著名的现代武器;修建堤防,使武汉成为今天这样的城市规模;重教兴学,倡办学之风,使今日之武汉成为大学林立之城。

  张之洞所做的这一切,用今天的时尚词汇来形容,就叫作"改革开放"。张之洞全然以他个人的能量使得地处内地、经济封闭保守的武汉拥有它生平最大的一次飞跃。

  2013年河北省评选影响中国历史的人物,张之洞赫然位列其中。尽管红尘滚滚已过百年,但车辙的印迹越发的清晰起来。

  张之洞督鄂期间,湖北武汉在商业、工业、教育、金融、交通等方面确实取得了长足发展,成为武汉城市早期现代化的一个重要界标。"湖北新政"功在鄂域,全国效仿,创新制度是为至要。此间增加各类机构众多,大都按张之洞理念设置,依据鄂地治理实际而自主创新的。这既是张之洞锐意创新的标志,也是张之洞推行"新政"的重要手段。

  因"湖北新政"所产生的冲击,波及各个阶层,使得民族资产阶级、新式知识分子、倾向革命的士兵,最终都成了封建王朝的掘墓人。

  坐拥一方能开风气之先,是胆魄更是高瞻远瞩的理念所系,张之洞便是晚清政坛那棵会思想的芦苇!

二

  倘若把晚清政治比做抛物线的话,虽时有起伏,但衰落已是大势。

张之洞从中探花入翰林院,便面临选择,是随波逐流与腐朽为伍,还是跻身清流?他选择了后者。与翰林宝廷、张佩纶、陈宝琛、御史刘恩溥等,闲时诗酒唱酬,书画金石,但凡遇事,联翩上疏,奔走呼号,鞭挞权贵,弹劾督抚,呈"一时清气"。

如果说他在山西巡抚任内,禁罂粟、兴农桑、查藩库、劾贪官、整饬吏治、兴办洋务皆为"牛刀小试"。总督两广时,中法战争爆发,他力排众议,几番上书朝庭坚定主战,并三顾茅庐启用老将冯子材挂帅出征,取得了震惊世界的镇南关大捷,为朝野侧目,始为"能臣"之开端。

记得刚参加工作时,南皮书法家魏春阁先生曾书张之洞诗悬于办公室北墙:"日观宝剑夜观书,纬地经天展鸿图,万世师表孔圣在,敢借两江荡百污。"书者已去,行草条幅仍在,每每仰视便为先贤的豪迈气慨所击节鼓掌。

张公先后督两湖、两广,十九载踏遍鄂域山水,达练一方人文,功绩可圈可点。

以武汉为中心,他先后创办了汉阳铁厂、湖北织布局、缫丝局、纺纱局、制麻局等一批近代工业化企业,居全国之冠,资产总额约一千多万两白银。汉阳铁厂成为当时亚洲最大的钢铁厂。

"汉阳造"至今仍闻名于世。源于张之洞主持创办的军工制造企业——汉阳兵工厂。曾历抗日战争、解放战争而不衰,为新中国"打"出了一片新的天地。

光绪三十年,张之洞在修好武昌南北两条长堤之后,决定修建汉口的后湖长堤。那时的汉口,始终受后湖水患威胁。汉口堡之外的大片土地,夏天汛期来时白浪滔天,冬季水退之后泥泞没胫,让汉口人十分头疼。张之洞为修此堤劳躬亲至,据说他们在后湖中搭了一个高台,张之洞站在台上,用望远镜四下一望,扬手指定,上到哪里,下达哪里,中间经由何处。大堤的走向就这样确定了下来。

后湖大堤不仅阻挡了威胁汉口的水患,同时也将汉口的面积扩大了几十倍。人们后来为了纪念张之洞,在堤边修过一座张公祠,又将长堤称为张公堤,历经百年仍屹立,依然是汉口一道重要的抑水屏障。

张公堤已满目沧桑,步行其上心间油然而生的是对乡党先贤的崇敬与感念。漫长的仕途中,尤其湖广总督任上,他"夜睡仅四五刻,每饭一瓯,仍不消化",以至诸病齐发。后张之洞七十一岁逢诏进京入相时,武汉街头百官辑手、万民含泪相送的场面甚为壮观。

应该承认,在武汉人心中,张之洞并不是一个完人、圣人,但却是一个永远忘不掉的人。

三

每个卓越的人物都有其独特的过人之长,宛若历史长河中一叶扁舟,操橹扬帆者才会勇立潮头,荡起浪花。

作为洋务派领袖,张之洞当然明白中国非变革不能自立的现实。从中法战争之后,他更多地接受了西学知识,其学术思想开始发生明显的转变。由传统学术中求致用,转变为由中西学术中求致用,倡导"中学为体,西学为用"。在培养人才的学制上更多地侧重于"西学为用",进而达到"融贯中西"的目标。自甲午至戊戌时期,主张吸收西学、会通中西的思想成为时代主潮。他虽然倡导吸收西学,但始终坚持"以维持名教为己任"的立场。

于是,1898 年,在维新派与守旧派斗争进行到白热化之时,张之洞抛出了呕心沥血之作——《劝学篇》,两难之中的光绪皇帝如获至宝,大加赞赏,接着将《劝学篇》颁至各省督抚学政,在全国四处刊刻流传,一时洛阳纸贵。

张之洞在自序中指出《劝学篇》的主旨要义在于"五知"。一知耻:耻不如日本,耻不如土耳其,耻不如暹罗,耻不如古巴。二知惧:惧为印度,惧为越南、缅甸、朝鲜,惧为埃及,惧为波兰。三知变:不变其习不能变法,不变其法不能变器。四知要:中学,考古非要,致用为要;西学亦有别,西艺非要,西政为要。五知本:在海外不忘国,见异俗不忘亲,多智巧不忘圣。《劝学篇》里流露着明显的忠君爱国思想,希望中国一天天强大起来,极力避免成为西方列强的殖民地。张之洞始终认为,中学是"根底",西学是作为"补阙"而存在的。讲西学必须先通中学,强中国不可少西学。中学是根本,是主;西学是末节,是从。只有在通中学的基础上学西学,才能补中学之不足。

如何让理想的种子开花结果,让理念变为现实?不仅要坐着谈,重在起来行。张之洞可谓煞费苦心。

他只有在自己的"一亩三分地"上搞起了试验田。自强学堂是著名学堂之一。在兴办洋务过程中,张之洞深切意识到新型人才匮乏。在《劝学篇》外篇里,张之洞着重论述了发展留学教育的思想及改造旧书院、设立新式学堂的思想。他设立了两湖书院、经心书院、湖北工艺学堂、湖北农务学堂等。

栽下梧桐树,引来凤凰栖。张公惟才是举,凡有一技之长者皆在推荐之列。他以为:方今世变日亟,需才方殷。国家安攘兼筹,则用人难拘一格。登高而招一呼百应,一时间学子云集,科技、教育、文化等专业人才也汇聚在湖北。湖北因此成为中部最重要的文教中心。

另外,张之洞积极主张出国留学,尤其主张留学日本,并身体力行,大批派遣留学生。著名地质学家李四光、算学泰斗华蘅芳等均为此期受益留洋。难怪革命先驱孙中山先生竟如此评价:"以南皮造成楚材,颠覆满祚,可谓不言革命之大革命家。"

四

招堤,是张之洞生长地的一处景观。乙酉之秋,黔西南州安龙县举办"张之洞诞辰180周年研讨会",我有幸被邀前往。朋友引导便沿了招堤浏览,堤下有百亩荷塘甚为气派,只是临了深秋,百草凋蔽,残荷满目。登上半山亭瞻张之洞幼年奇文《半山亭记》,竟然不敢弄出半点声响,只在心中默念:张公,家乡后学看你来了。

在安龙,才知道张之洞是有两个家乡的。河北省南皮县为其祖籍,贵州省安龙是其生长地。一南一北遥遥相望,虽隔几千里,张之洞情系两地一线两牵,不分伯仲,留下许多传说佳话。

1903年,张之洞来京述职,慈禧太后闻张之洞任总督多年依然两袖清风,恩赐五千两白银以赏,他返鄂时顺道回南皮祭祖,见家乡学堂破落,便随机捐出了朝廷给他的五千两赏银,还有数年来积累的一万二千两廉俸,动议在其家乡南皮县双庙村兴办新式学堂。张之洞以慈禧太后的赏银为由始建,故学堂定名为慈恩学堂。学堂占地四十多亩,建筑工料十分考究。墙壁卧砖到顶,磨砖对缝,起脊挂瓦,外观只有顺砌没有丁砖,木料多是红松,十分坚固。各房均有前廊后厦,天廊通向各室,屋顶起脊很缓,覆盖着灰色的阴阳小片瓦,颇显学堂的威严肃穆。屋脊和屋檐上雕刻着各种鸟兽花草的图案,远看真是栩栩如生,惹人怜爱。学堂里教室、寝室、伙房、餐厅、图书馆、议事厅、储藏室、警事厅一应俱全。大门坐北朝南,门前设有照壁,下是砌砖实墙,上是十字透景墙,东西各有上圆下方的月亮门,显得格外雅观。南墙照壁上雕刻二龙戏珠,粉白的墙壁,青色的蛟龙,火红的宝珠,彼此相互映衬,寓意着喜乐吉祥。门前蹲放着两头半米多高的麒麟式青灰石狮,门洞硕大宽敞,庄重典雅。正门上方悬挂光绪帝手书"慈恩学堂"的硕大紫檀木鎏金大匾,中间有光绪皇帝的印章;二门悬挂慈禧太后亲题的"振民育德"四字的紫檀木鎏金大匾。百年沧桑,热土仍在,昔日学堂已巨变为高楼林立之学府,张之洞的家乡情结鼓舞着一代又一代学子,天天向上。

1907年在慈恩学堂落成的同时,张之洞对少年摇篮——安龙也不敢忘怀,命家人购置数千银元的实用书籍和教学仪器,并派专人押运到南盘江的洪江,再雇请驮马挑夫送到安龙。接着又捐银千两,在安龙置田收租五十六担,交给府城学堂作常年经费。张之洞意犹未尽,便委托原故友之子、原督府慕僚补用知县宋绍锡回安龙,带亲笔信给时任兴义府知府陈鸿年,请他府城考选十名青年学生,到武汉高等师范学堂学习。张之洞担心安龙的家长不放心子弟远行,又写了一封情辞恳切的《告家乡父老书》。陈鸿年用大字抄录张贴在府衙门口,全城父老无不感激万分。陈鸿年主持考选宋炯、冼国琮、王立斋、黄定三、陆天香、郑子立等十余人,由宋绍锡带到武汉,入武汉高等师范学校学习。所需各项用费约二千银元,全部由张之洞自掏腰包。

有人说乡愁是游子的心煎熬出来的。张之洞确实再现了超时空存在的乡愁。

在安龙,他少年时写有《半山亭记》《吊十八先生墓》并勒石以记。其身居南国,却常念故里,十岁时曾赋诗表露心境:"燕赵名士遍春秋,代有奇才如水流。生在兴义思故里,十龄未曾到沧州。"在祖籍南皮,他曾留联焦山寺、慈恩学堂,为县志作序,为乡人写铭,并在和王壬秋诗写道:"文晏曹吴乐,南皮不可忘。七年京洛客,一顷故园荒。甘脆憎多雨,青莹扫薄霜。只应南馆下,钩带已缘冈。"

回南皮乡试时,醉心故乡盛景,写有七律抒怀:"最是家乡好画图,千里平畴一展铺,风吹小麦层层浪,雨润高粱穗穗珠。绿树梢头挂红枣,青柯腰里拎玉菽。若问父老今何在?南北皮城守淀湖。"

时常在南皮的香涛公园行走,多次在张公像前默然伫立,他依然那样高傲地面对着我,眉心微凝,深邃的目光遥望着远方。

撑起一片天

相遇有时像一道无法破解的符号,会让你步入迷人的通幽曲径,有时也会造就你人生的别样风景。

杨玉才做梦也不会想到竟然成为大浪淀边这个弹丸小村的"主角",是因为沧州市供排水集团与国家级贫困县——南皮的对接,还是扶贫攻坚的号召曾让这个农民的儿子热血奔涌?反正当他将行李撂在村委会办公室的瞬间,他不仅多了一个职位——第一书记,而且一颗悬着的心安顿下来,仿佛找到了久违的宿命之地。

或许已经等了许久。大浪淀原是分东西两淀的,呈葫芦状,大淀腹地曾经水草繁茂,苇波荡漾,百鸟云集,鱼虾丛生。这个不起眼的小村子便处于西淀边角。明朝洪武年间立村,因有"四台一井"的典故取名五宝台,后应了俗,改称五拨台。

一 扶直脊梁

有人说,驻村干部是水上漂,都是飞鸽牌的,镀镀金做做样子罢了,沉下去为老百事办实事有几个?在村民的疑惑、观望的目光中,杨玉才硬是用自己的一双脚,开启了访贫问计之行。从此,身心被这个村庄拴住了,是心底涌动的牵挂抑或一份担当的鼓舞使然吧。

杨玉才和队员小高、小姜商定:用笨办法"把脉",挖出致贫的病根!108个贫困家庭,挨户走访,34名党员逐人谈心。田间地头、路旁荫下,无论白天还是夜晚,他们没有停歇地出现在村民的视野里,身影渐渐闯进人们心底。

杨玉才曾有过任乡镇干部的经历,知道农村农民的需求,因此,他和贫困户拉家常总是掰着指头算细账,一下子把心拉近了;他和党员们面对面谈心,不打官腔、不说套话,而是讲前景讲希望,把党员们冷了多年的情绪激发出来。通过频繁的"交心"行动,不仅摸清了每个贫困户的家庭成员、年龄、身体状况、致贫原因等详细底数,还找到五拨台的致贫病根:两委班子涣散、"当和尚不撞钟"、村集体经济"白板"、村民被贫困压弯了腰。

有道是群众的眼光最亮,老百姓心里的称最准。一个月下来,贫困户说:"杨书记懂俺们,不是走马观花的水上漂,是永久牌的!"老党员们觉得:"这扶贫书记靠谱,咱五拨台有盼头了。"村干部感触最深:"别人每天走10000步是用来健身的,而杨书记的10000步是在入户调查路上走出来的。"

杨玉才深知,党组织涣散是一个村庄致贫的病根。从毛主席将党支部建在连上到今天设立村第一书记,无疑在宣示:扶贫路是新时代的长征路,只有党的支撑,才能运筹帷幄、胜券稳操。

他立下铁规矩:"两委"班子成员,每天上午八点必须到村委办公室"点卯"听令!拿俸禄就得"撞钟"——为百姓办事。恢复以"三会一课"为主旨的党员会、村民代表会制度,定期开,把党中央的精神让村民第一时间明白。

陶行知先生说过:"滴自己的汗,吃自己的饭,靠人、靠天、靠祖上,不算好汉。"杨玉才讲党课既联系村情又旁征博引,从原来党会无人开、党课无人来到现在的积极响应,目前开党员会、上党课已形成惯例。配齐村"两委"班子及民兵连、共青团、妇代会、治保会等其他组织,做到各项工作有人抓、抓到位、抓落实;指导村支部每年培养入党积极分子,发展新党员,培养村级后备干部。将沧州供排水的一些管理经验、制度建设传给村"两委"。完善村"两委"的会议记录、民主决策、财务制度等。

九月的色彩是用阳光酿造的。

2018年9月值得铭记。经过两年多的筛选和考验,杨玉才协助乡党委完成了五拨台村两委班子顺利换届。汪杏军高票当选书记主任"一肩挑"。上任后,他果然不负众望,有困难第一个上,有任务先打头阵,修路时,穿着短裤光着膀子和村民一起干。村民们说:"汪杏军被杨书记给'洗脑'了,像换了个人似的。"听后杨玉才只是会心一笑。

洗礼不是简单的仪式,而是向生、向善的追求有了方向。

凝聚力由此在这个小村生根。

二 非常之功

杨玉才非常欣赏一段话:盖世必有非常之人,然后有非常之事;有非常之事,然后有非常之功。

他常常和工作队的"左膀右臂"倘佯在大浪淀围堤上,注视眼前的一汪碧水,脑际却每每勾勒出葱茏的庄稼、淡淡的炊烟、缓缓的流水以及耕作的村民和结伴飞翔的雁阵……未来这和谐水墨村庄的构图着实令人心潮难平。

是啊,大浪淀水库的建成,周边村庄做出了奉献,农民失去赖依生存的土地,是造成贫困的因素之一,带领全村挺直被贫困压弯的脊梁是当务之急!

一个大胆的想法在杨玉才的脑海里酝酿成熟了,修一条柏油公路,把村民从"泥窝"里拽出来。五拨台村建有40多个蔬菜种植大棚,但由于棚区地势低洼,雨季时常被淹,造成蔬菜绝收;又因棚区周围道路为土路,雨季大棚农作物运输困难,有时眼睁睁看着时蔬错过"黄金时段"。为解决此难题,他三番五次找沧州供排水集团主要领导汇报沟通情况,讲民之急和打响扶贫"第一炮"的重要性,得到了公司党委一致支持,慷慨解囊拿出30万元专项资金用于扶持该村,同时,他又申请"以工代赈"15万元。面对不宽裕的资金,杨玉才琢磨:这条路是村民从封闭走向通达的工程,基础工程用义务工,既能节约资金,又能凝聚民心。于是,工作队发动、村干部带头、村民参与的修路"志愿军",派上了用场,一个月的时间,几万方土的工程量,在人们累并快乐着的欢声笑语中完成了。回首看看人们才晃然大悟:这工程打立村以来,是破天荒头一回。当这段1300米长、3米宽的水泥混凝土路修成时,村民自发地立了一块石碑,上面镌刻着三个朱红大字:"连心路"。

五拨台村主干道南北两边排水沟不贯通,村西头雨天排水不畅,积水严重,临近的村民李田生、李福生家院中一下雨就半米多深的雨水,严重影响了生活。了解到这一情况,工作组积极向沧州供排水公司申请了部分帮扶资金,及时修建了高规格的绕村排水沟,消除了村民们的"心病"。近两年,该村排水系统安全畅通,经过了雨雪季的考验。村民的脸上都露出了久违的笑容。

为改善五拨台村农业生产配套设施,杨玉才多方跑办、协调,投资100余万元的地下水压采项目目前已竣工,投资13万元修建242米田间排水沟也已竣工,投入使用后能实现"能浇能排,旱涝保收",为农业生产提供强有力保障。建设"美丽乡村",由于没有启动资金,五拨台村无法启动各规划项目。杨玉才第一时间向沧州供排水公司申请了5万元帮扶款,用于该村的"两改一清一拆"。共清理全村长期积存的杂物、垃圾13000立方米,拆除残垣断壁31处、拆除厕所23个,硬化道路7759平米,安装路灯20盏,粉刷墙面7000平米、修建公厕3个、垃圾池3个。刚进村时,村民李海生说:"工作组就是走走形式,五拨台的天不会变。"目睹工作队的一系列作为,尤其是第一书记疲惫的倦容后,他逢人就讲:"真是老八路的队伍又回来了。"

杨玉才觉得扶贫助难是一时之计,带领群众奔小康没有集体经济实力,计划再好往往是"纸上谈兵"。因此,他多次向有关部门跑办,可以说绞尽脑汁,煞费苦心。

站在光伏发电墙前,那一块块被太阳光折射出五彩光芒的屏幕,似乎在向人们讲述着这里的一切,见证着变迁的历程。

在相关部门支持下五拨台村委会院内,建起了1000平方米的100千瓦的光伏发电,目前每年并网发电,除给贫困户分红外同时为村集体创收46000多元。

由集团公司投入资金45万元,为村里建了3个高效温室大棚外包,每年可增加收入35000万元。

多方协调,促成大浪淀水库和五拨台村签订水面养殖协议,为村集体年增加收入过21000元……

当然,这一组组蕴含着辛劳和汗水的数字,不仅给村集体带来了"底气",同时也串起了小村人的希望和梦想。

三　心诚石开

杨玉才担任过共青团县委书记,血气方刚的岁月曾被歌唱家韦唯那首《爱的奉献》感怀至深。扶贫路上他和队友们正在演绎着将一个村庄变成美好人间的传奇。

非虚构场景之一:沧州供排水集团会议厅内座无虚席。

"同志们,我们扶贫的村上有一位叫杨宝田的老大爷全家几口人,今年种了大棚甜瓜,长得好,个头大、水灵,就是卖不出去,俗话说,麦子黄稍,饿的蹬脚。这时节最较劲,夏种的种子、农药需要钱,孩子上学需要钱,往后的生计需要钱,甜瓜卖不了,老两口都急病了,我这个'第一书记'没辙了,找娘家来了,求求大伙帮帮忙吧!"杨玉才是个吐口唾沫砸个坑的硬汉子,为自己的事都抹不开脸皮求人,人们为杨书记的真情打动了,集团下属排水公司、杨埕水库管理处、机关各部一时间把卖甜瓜当成了八小时之外的"正事",一周时间销售甜瓜12000余斤。望着甜瓜款杨宝田攥着杨玉才的双手,老泪直淌。

非虚构场景之二:这本是一个幸福的三口之家,一场飞来横祸降临,儿子李帅正逢高考,丈夫李庆军却在建筑事故中不幸遇难,高昂的学费让妻子尹红娥愁得抬不起头来,亲戚朋友也都焦急万分。杨玉才知道后率领工作组上门"支招",动员李帅参军入伍,到部队施展才华。而后亲自跑县乡征兵部门述说详情,使李帅光荣参军。2019年8月,喜讯传来,李帅以517分的优异成绩被西安火箭兵工程大学录取。李帅的姑姑专门赶到工作组道谢:"杨书记托你的福,俺李帅出息了,你的恩德俺们贫困户会铭记一辈子的。"

非虚构场景之三:李忠伟是贫困户李德奎的独子,2016年考上大连的一所大学,第二年李忠伟看到为了自己上学欠了许多债,父亲艰难度日,便一度产生了辍学的念头。杨玉才了解到这一情况后,登门劝阻,毫不犹豫地作为自己的承包户,自己捐款7000元助学,打消了李忠伟顾虑。他又教李忠伟如何精打细算过日子,每到假期汇报学业情况和考试成绩,使李忠伟不仅以品学兼优的成绩完成了学业,又考入浙江大学读研究生,还被用人单位提前录用。

驻村以来,杨玉才同志主动联系帮扶了3个贫困户,在他带动下,供排水集团其他干部职工纷纷加入到捐资助脱贫队伍中来。三年以来,供排水集团干部职工共捐款40000余元,捐衣1000余件,"爱心服务社"多次为贫困户送去衣物,同时为老人理发。

四　功在怨磨

支撑是"人"字的骨架,挺立是"人"字的姿势,"人"字的结构就是相互支撑。支撑源于爱,那是在一个永恒的姿势中倾注的深情。杨玉才常常想:这简单的一撇一捺,竟然满含着人生的真谛。

三年,一千多个日子,杨玉才咀嚼着艰涩也品尝到了甘甜。杨玉才带领工作队在脱贫攻坚工作中克服了常人无法想象的困难,塌实驻村,贴心扶贫,虽然患有严重的高血压,每天需要吃几种药来控制,可是他依然坚守在岗位。

不能忘怀的时刻:2016年9月中旬一天,工作队里的"拼命三郎"高志军,突然昏倒在工作台上。为了尽快完成对贫困户的调查审计报表,前一晚工作到深夜的高志军,第二日一大早又开始了一天的工作。突然他感觉到头晕不舒服。他没跟别人说,自己在床上休息了一下,起来想去院外的厕所方便,出屋门后突然摔倒,他的腿不能控制,嘴也说不出来。大家迅速地把他送往了沧州市人民医院。经过一系列检查后,确诊为脑血管疾病中的短暂性缺血,必须住院治疗。但高志军却以驻村工作很忙,没时间住院,攻坚脱贫战中不能病为由磨得医生只好开了些必备药让他重返岗位。

面对病倒在一线的"队友",杨玉才总以为是自己的严苛和较真所致,当听到高志军说:"我是农民的儿子,知道农民的苦,我是在尽最大的力量帮助他们,这段驻村工作经历将是我人生中的最大亮点。"杨玉才激动万分紧握着高志军的手连连说:"好兄弟,好样的!"

永远铭记的日子:2018年7月5日凌晨四点,因昨天为村上跑交通项目仍在疲惫睡梦中的杨玉才被急促的电话铃惊醒,当听到患抑郁症多年的妻子不幸辞世的消息后,他陷入深深的自责中,奔丧的百里途中他一直喃喃自语:"是我耽误了你,是我耽误了你。"是的,杨锃水库的建设整整两年半,他是驻地总指挥,"无缝隙"坚守到交付使用,扶贫驻村每次都离不开他,这一驻又是三年……见到妻子的遗体时他仍木然地念叨:"是我耽误了你呀!"当医生的妻姊深知一切,便解劝杨玉才:"不是你的错,妹子是解脱了。"此刻多年的苦楚奔泻而出,他禁不住失声嚎啕、泪糊双眼。事后有同事问,这么大的事你咋不跟组织上提?杨玉才说:"咱就是一把伞,党让戳在哪里,就在哪里撑起一片天,向组织提这、要那,不是咱老杨的作派!"说完,又返回扶贫点上。

五拨台村终于实现脱贫。

杨玉才被评为"河北省优秀第一书记"。

2019年2月28日是可以载入五拨台村史的。千人空巷依依送别的人正是第一书记杨玉才。面对一张张熟悉的面孔，他禁不住热泪盈眶，呼喊着名字，一一拜别。贫困户李新华现编现唱出一段歌谣："党的政策暖人心，扶贫书记驻我村，常常走访贫困人，传播脱贫致富经。现在是：吃穿不愁有保障金，水、电、路通像城里人，第一书记为百姓，谢党育出好心人。"

临上车，杨玉才又回望了一眼五拨台村的上空，那片天很纯净、很蓝。

2020年9月载于中国《中华文学》杂志

叫醒东方

——探寻张之洞与福泽谕吉《劝学篇》的启蒙之光

一

1862年伦敦，近三万宾客汇集于世界博览会现场。

此时，在一家宾馆，两个来自世界东方的年轻人正相谈甚欢，时而家国，时而天下，最多的是对欧洲文明的见解。

巧遇是相同肤色的缘。侃侃而谈者叫唐学埙，来自中国浙江的一个海滨小城。虽然当时清朝的国门已经打开，并有许多中国平民出洋，但知识分子却对西洋文明表现了极度的漠视和厌恶。而他则通过伦敦大学的审核并在大学中开课讲授中文，足以说明其学贯中西且超前拔萃。

另一位则是来自日本中津市的福泽谕吉，作为随员同日本幕府的访欧使节团到英国朝拜的。同为东亚人的唐学埙自然引起了日本使节团一行极大的兴趣。唐学埙清晰的大局观和对西洋社会的丰富知识使福泽谕吉感到了无知和匮乏,深感日本的落后而对前途感到渺茫。临别时沮丧地问唐学埙:"在中国像你这样精通中西学问的人有多少?"原本意气风发的唐学埙突然一脸窘态,他仔细想了想说:"不过十来个人吧……"听到这儿,福泽喻吉的沮丧之情一扫而光,他暗暗在想:现在日本是兰学的天下,虽然大多数人还不懂英文,但在日本讲解洋文、热心了解西洋事物的学者却数以千计。如果将广东通商视为中国开国的起点,当时已经"开国"若许年的国度,西洋学问竟仍然无法扎根。

从个人造诣上说,福泽谕吉自知远不如唐学埙;但就国家而言,日本对西洋文化的兴趣、了解远在中国之上。

对日本文明前途的自信由此而生。

1862年,来自中国南皮县的"神童"张之洞终于顺利参加会试,考官范鹤生对其答卷文章赞赏,拿到主考官处推荐无果,仍然会试落选。但次年,考官还是范鹤生,他再次举荐张之洞考卷,才得列两榜。二十七岁的张之洞迎来他辉煌人生的真正开端。殿试策论时,"伏望陛下本至诚之德,奋独断之明,破除常格,集思广益,以成中兴之业。慺慺愚忠,不胜大愿……"这篇三千字左右的策论,深获慈禧太后之赏识,慈禧太后亲将张之洞从一百多名拔置一甲第三,中探花,赐进士及第,授翰林院编修。这也是慈禧太后刚刚掌权急需士林支持之时,张之洞恰逢其时。

二

"一个伟大的思想家远比政治家重要的多,因为比起政治来,思想更持久,更有历史穿透力。"一位日本教授对《财经》记者说,"福泽谕吉因是这个国家的启蒙老师,他的思想改变了日本的历史走向。"

中津是一个边远小镇,地处日本西南地区,远离京都和东京,闭塞沉闷,局促狭隘。

年少的福泽谕吉继承了父亲武士的性格,不甘蜗居于民间平庸生活,怀揣一腔热血、一腔抱负,毅然走出家乡。

长崎由半岛、海岬、海湾、湖岔构成,横跨九州岛,因港口而繁华开风气之先,沐浴着西方文明的和风,胸中燃起追求的激情。这里成了他增长见识的起点。人分五种肤有六色,交汇的前提是懂得。一个乡下来的孩子埋头于荷兰文、德文、英文,他相信顽强的毅力能够敲开不同语言的大门,三年后,大阪、江户、横滨,走到哪里他都游刃有余。

对于明治维新,福泽谕吉一开始持怀疑态度。后来当他看到政府渐渐走向文明开化的康庄大道,才改变了认识,更加致力于启蒙思想的传播。

维新政府不断推出新的改革措施是激励更是鼓舞。他发起一大宏愿:"要靠三寸不烂之舌和一介文人之笔来推动社会启蒙。"

"天不生人上之人,也不生人下之人。"在一篇文章里福泽谕吉这样写道。这篇写于1872年的文章名为《论人与人平等》,风行天下。此后的四年里,福泽谕吉先后写下17篇文章,抨击封建社会的身份制度,提倡自由平等、婚姻自由等先进思想。这些文章结集为《劝学篇》出版,在当时的日本几乎人手一本,影响了整整一代人。在出版《劝学篇》的同一年,福泽谕吉也出版了对日本走上现代化道路产生深远影响的《文明论概略》,回答了"日本文明向何处去"的时代命题。福泽谕吉认为,一国文明程度的高低,可以用人民的德智水准来衡量,并且深入比较了日本文明、中国文明和西洋文明。福泽谕吉断定,西洋文明为当时的最高文明,日本落后于西方,所以极力主张日本挣脱儒佛教主导的东亚文明的束缚,努力学习西洋文明。"干脆趁势打开更大的窗户,让西方文明诸国的空气吹袭日本,将全国的人心彻底推翻,在远东建立一个新文明国,使日本与英国并驾齐驱,东西遥相呼应。"

"人人独立则国家独立"的宣言,对于当时饱受外辱的日本人来说,救国图存的希望都寄托在了这句话上。《劝学篇》以"天不生人上之人,也不生人下之人"为开篇,指出人生来平等、享有同样的自由。他进而指出,个人的自由与国家的自由是紧密联系在一起的,而且个人与政府在维护国家自由的关系上是平等的,这就是劝学的目的所在:"人们如果想要远离暴政,就必须用心向学,提高才德,才能够和政府有平等的地位。"

明治维新之后,日本虽然在西化上实现了跨越,但学校军备是政府的学校军备,铁路电报设施也是政府的设施,石室铁桥也是政府的石室铁桥,"忧国之事只要交给上面就行了,实在和下民们没有关系"。政府垄断权力,让平民对国家失去了认同,也失去了独立思考,只会跟着政府的号令行事,一旦政府犯错,整个国家都将陷入灾难。以批判此社会思潮为前提,在福泽谕吉的推动下,日本从上至下的开放,让平民也有了广泛的经济权利、政治权利,他们也可以开办工厂、兴建学校、建设桥梁……从过去政府主导经济逐步向市场经济过渡,此前的平民与贵族的关系也向平等的公民关系过渡。尽管如此,尼采所预言的"落后民族一旦获得独立,其必将兴起政治狂热"在日本也获得验证,福泽谕吉的启蒙让日本强大并摆脱外辱,随之而来的政治狂热造就的军国主义很快把福泽谕吉"人人独立"的愿望击得粉碎,日本"二战"前后的可悲命运也就此铸就。所以当"二战"后日本人在扫清大街上的瓦砾,开始进行历史的反思之时,他们再次想起了福泽谕吉的教诲,想起了他在《劝学篇》上的每一句话,使他再次获得了非常的荣耀。

作为"学者雁奴论"首倡者,他认为学者应该做"雁奴"。所谓"雁奴",就是群雁夜宿于江湖沙渚中,千百只聚集在一起。其中较大的安居中央,较小的在外围司掌警戒的工作,防御狐或人类前来捕获它们。这些从事警备的,称为"雁奴"。福泽谕吉终生以一只雁奴自任并以此为荣。

三

马可波罗这位传奇式的人物让世界了解了美丽的中国，也为西方列强的觊觎之心埋下了伏笔。一度领先于世界的中国的外交被割地、赔款、不平等条约挤满，在屈辱和巨痛中的国人，跃跃欲试变革图强。

在清末改革史上，有位堪称"设计师"式的人物，便是张之洞。他出生于三代仕宦之家，以光绪七年为界，张之洞的宦历可以分为前后两段。前段主要任学官与翰院谏官，在此期间，他与张佩纶一起被称为"清流角"，虽是士子瞻仰的清流名士，但因官微势薄，除了上疏言事，纠弹大臣，在政治上并无建树。他的才干是从光绪七年十二月出任山西巡抚之后才显露出来的。那一年，他45岁，正是风华正茂的年纪，他兴革除弊，"头把火"烧得轰轰烈烈。如果说抚晋三年另有所获的话，那就是结识了英国传教士李提摩太，思想上经历"西化"的转变，走上了他的前辈督抚们开辟的洋务运动之路。他在衙门旧档里发现了李提摩太给前任巡抚曾国荃提的一些关于修筑铁路、开挖矿藏、开办工业和制造厂方面的建议，便派人去请李提摩太，想让他放弃传教，参与中国政务。李提摩太回答道："尽管我理解改革的价值，但我不是个专家。中国的改革要想顺利进行，引进大量各个领域的外国专家，是十分必要的。"

张之洞初任两广总督时提出的治理方针与治晋略同，没有太多的洋务色彩，虽然思想上曾受那位传教士的影响，对西方的科学技术有所了解，但山西是内陆省份，人才缺乏，经济落后，不具备兴办洋务的条件。两广则不同，广州是最早开埠的口岸，邻近港澳，是中西通商的窗口和洋人来华的跳板，华洋杂处四十余年，西方文化浸润已久，其开放的程度远非闭塞的山西可比。中法战争后，张之洞对清军"器不如人"深有感触，"自法人启衅以来，历考各处战事，非将帅之不利，兵勇之不多，亦非中国之力不能制胜外洋，其不免受制于敌者，实因水师之无人，枪炮之不具",他痛定思痛,立志改革,在光绪十一年五月二十五日连上《筹议海防要策折》《试造浅水轮船折》《创造炮划设立广安水军折》,提出一系列兴办洋务的举措。在督粤的后几年,建成铸钱厂,创设枪弹厂,创办水陆师学堂,建立练习洋操的广胜军,筹办枪炮厂、织布官局,成效卓著,为他日后督鄂培养了人才,积累了经验。

张之洞在中法战争和中日甲午战争期间是主战派健将,赢得"天下之望";而张之洞主持的"湖北新政"实绩更使他声名大振,被舆论界推重为"朝廷柱石"。

四

唯教育可以一个灵魂唤醒另一个灵魂,一颗心灵感召另一颗心灵,一个生命点燃另一个生命,这种力量是人类集体心灵神秘参与的智慧结晶。

在晚清,很难找到一位像张之洞这样经历全面的人,学政、翰院、部郎、抚晋、督粤、督鄂、督江(署理),治理过八个省。若论政绩,当属总督江、鄂这12年;但若与政绩相比,更大的成就则是,经过20年督抚八省的磨砺,他已经成为一位具有世界眼光,融会中西,精通吏治、教育、实业、军事、外交的政治家,而且是一位对变法维新有着深刻见解的思想家。他的变法思想集中体现在光绪二十四年(戊戌)春所著的《劝学篇》一书中。

《劝学篇》分为序、内篇、外篇三部分,四万余字。全书共24篇,其中"内篇务本,以正人心",包括了同心、教忠、明纲、知类、宗经、正权、循序、守约、去毒九篇;而"外篇务通,以开风气"包括了益智、游学、设学、学制、广译、阅报、变法、变科举、农工商学、兵学、矿学、铁路、会通、非弭兵、非攻教十五篇。因为张之洞洞察了"惟古来世运之明晦,人才之盛衰,其表在政,其里在学",故曰《劝学篇》,实对为政之人的规劝。张之洞对于自己的二十四篇内容总结了"知耻、知惧、知变、知要、知本"这"五知"的要点,以期敲醒国人蒙昧之心,使众人能"惟知亡,则知强矣"。

站在历史拐角处对传统与先进的挣扎心态从字里行间可以看出,他意识到中西之间的差距,以及追赶的急迫,但有碍于时势背景,他又不得不高呼"在海外不忘国,见异俗不忘亲,多智巧不忘圣",以彰显其改革之心、稳进之行。他主张,变法不是君主朝臣之事,而是需要让民众充分了解、认识、支持的。故而他书写的"变法"篇中说:"法之变与不变,操于国家之权,而实成于士民之心志议论。"仅就这一点就能看出与传统社会中的变法的大相迥异之处。古之变法者,往往是上令下从、自上而下的一种改革。张之洞的"与士民言"确有着他所处时代的鲜明烙印,民众的声音渐渐浮现出来,成为变法成功与否的决定性因素了。从"穷则变,变通尽利,变通趣时,损益之道,与时偕行"等正统儒家经典叙述中,寻找了变法的伦理支持;从历代各种制度大部分非"三代之旧"的史实出发,论证了变法自古以有之;从本朝经验中的军事、政治、经济等政策也非一成不变中得到启发,说明并非祖宗之法不可变。有理有据地用传统的中国人思维来论述变法的合理性,这种以正统传承、以史为鉴的传统论证模式是最易为国人所接受的,也是张之洞的传统思维作用的结果。以对过去进行总结反思,归因"人顾其私""爱惜经费""朝无定论""有器无人"而非法之病。也就是说张之洞认同西法本身的先进优秀之处,而是对当时当政者急功近利、急于求成,而民众未对变法普及、甚至是误读,才是变法失败的原因。因此当务之急是使所有人对变法有正确的认识。

五

十年磨剑。黑船事件于日本是打击更是鞭策。

1867年,第十五代将军德川庆喜奉还大政,16岁的明治天皇即位,幕府体制彻底瓦解。机会是日本人给自己创造的，手握大权的明治天皇在一众开明大臣的拥护下颁布了《五条誓文》，进一步明确了日本未来的道路是西方化和现代化。这就是著名的"明治维新"。

鉴于国内的封建割据势力，明治天皇颁布"奉还版籍"政策，废藩设县，将全国划为3个府72个县，终于建立起了统一的中央集权国家。在整个改革过程中，天皇始终以身作则。为向国民显示其全盘西化的决心，天皇本人带头"改头换面"，剪掉长发，穿起西装，发式和服饰一律改成西式。天皇还大胆废除旧的"士、农、工、商"身份制度和原来的封建俸禄制度。将旧的公卿诸侯等贵族改称"华族"，将大名以下的武士改为"士族"。在天皇和维新大臣们的带动下大臣们纷纷剪去了长发，穿起西装。一股强劲的西化风潮开始席卷整个朝野。天皇还颁布了一系列改革法令，实施富国强兵、殖产兴业和文明开化三大政策。在全国改革军警制度，建立新式军队，创办军工产业；学习西方文明，引进西方科技与管理；发展现代教育，培养现代人才，整体提高国民素质。明治以后，新招迭出：不间断派遣日本使团出访欧美列国，"求知识于世界"；内政则成立了司法部，司法权与行政权分离；实行新的兵役制度，在全国征召义务兵；改革农业税，统一货币；颁布《大日本帝国宪法》。宪法规定：不得随意逮捕公民，财产权受到保护；公民享有宗教、言论和结社的自由，但必须在法律范围内；从小学开始全面实行义务教育和公民教育，以"权利"和"义务"树立"公民意识"。颁布"教育诏书"，告诫学生"要勇敢地献身于国家"。

政通催生百业之兴旺。工业和交通运输业也飞速发展。铁路、新式银行、工商业如雨后春笋蓬勃而起。重大变革的持续推开，使日本岛国迅猛崛起。

这一年，福泽谕吉完成了回忆录《富翁自传》。回顾一生，66岁的老人颇感欣慰，并无遗憾，这个一生以启蒙为己任、"希望能将我国国民引导向文明之国迈进"的思想家坦言,他的一大理想就是"全国男女的气质日益高尚,不忝成为真正文明进步国家的国民"。

然而,此时,中国北方的义和团运动正在如火如荼。中国"爱国者"们像当年的日本浪人一样,仇视外国人,把怒火撒向本国同胞。或许正是有鉴于此,福泽谕吉在《富翁自传》里特意提到了中国的未来:纵观今日中国的情势,我认为只要清朝政府存在一天,中国就无法迈向文明开化的大道。换言之,必须彻底推翻这个老朽的政府,重新建立新的国家,人心才能焕然一新。不管清朝政府出现多少伟大的人才,或是出现一百个李鸿章,都无法进入文明开化之国。要使人心焕然一新,将中国导向文明之国,唯有推翻清朝政府,此外别无他途。

六

"一个国家所以能够独立,那是由于国民具有独立之心。如果人人都想做官、举国上下都是老一套的十足官气,那么国家无论如何不能强盛"。这是福泽谕吉《劝学篇》中,最具含金量的一句。

福泽谕吉发表《劝学篇》时的日本虽处维新之中,但依然存有东方传统,很多人都希望自己能够飞黄腾达做个一官半职。在这种情况下,有机会做大官的福泽谕吉却不愿做官,要"做独立的榜样"。人人想做官的弊端,那种情况犹如苍蝇麋集在腐食上一样,人人都认为不依赖政府就没有发迹的机会,因而就毫无自身独立的想法。福泽谕吉认定:一个国家的强盛之道,首先在于强民,而强民的标志,是国民具有独立之心。

崇尚实际、排斥儒学。他判定儒学是近代社会"脱离实际的学问"。世上的事物千千万万,教师不可能将它们全部传授给学生,因此,发展能力比传授知识更为重要。所谓能力,即研究和处理事物的能力。而能力不是单一的,它包括记忆能力、推理能力、想象能力。这些是独立的人与独立的国家最需要的有用东西,而落伍的儒学是提供不了的、无用的。他眼中的实用知识就是指洋学,即西方科学。所以他大力提倡学习西洋科学,他不仅重视数学等自然科学,而且对法学、社会学等西方社会科学更为推崇。

之所以福泽谕吉的《劝学篇》在近代日本影响巨大,受他影响,明治政府维新过程中明确提出"和魂洋才"的标志性口号。他创办的庆应大学和《时事新报》,也催生了一批"近飞日本"的青年精英。他与日本政治家一道改变了日本。如果把国家比喻成一杯水,政治家改变的是杯子的形状,而他改变的,则是水质。如果说近代日本,宗教信仰有神道,领袖是天皇;那么,福泽谕吉当为普世信仰有独立说、自由论的首席教主。

七

历经中法之战的硝烟和镇南关大捷之后的屈辱与愤懑,张之洞在阵痛中猛醒,遂与刘坤一合谋策划"东南互保",合奏"变法三疏",都是《劝学篇》阐明的路线的延伸。尤其是"变法三疏"中提出的"变法"主张,如"兴学育才"四"大端"以及"整顿中法十二条""采用西法十一条"等,基本上是《劝学篇》的具体化。张之洞从"器可变"观念出发,导演出颇有声色的早期现代化建设一幕:近代工业、近代教育、近代军事,一度达到东亚先进水平,使继续从事这些事业的现代人感受其赐,如毛泽东在论及中国现代工业建设时曾说:讲到重工业,不能忘记张之洞。

戊戌变法后,慈禧太后以光绪皇帝名义下诏变法,试图挽救局势。张之洞积极响应,湖北逐渐成为后期洋务新政的中心地区。他意识到救国于危难,非人才可行,引进"西学"为当务之急。因此,湖北派遣了大量留学生。仅1904年4月底,留日学生达289人,列全国首位。此外,张之洞还积极开办各类书院和学堂,为武汉培养了大量具有新思想的人才。这些接触了新思潮的学生后来成为辛亥首义的领导力量。

在戊戌年变法的政治大地震中,有人说,《劝学篇》为张之洞撑起了一把遮风挡雨的保护伞。先是光绪皇帝"详加披览",认为"于学术人心大有裨益",传旨总理衙门排印300册,作为维新教科书,甚至要求各省督抚人手一册认真学习领会。慈禧太后也大为赞赏。

当然,一面高调地待在风口浪尖,做时代弄潮儿搏风冲浪,另一方面却是封建帝国的不二忠臣,这需要眼光、魄力和胸怀。张之洞能将复杂的改革目标,简洁地归结为一句政治口号"保名教",身兼改革者与卫道士两个身份,其一生的改革功业,莫不带有浓厚的悲剧色彩,当然是时代之悲!

"抱冰"是张之洞晚年的雅号,取越王勾践"冬常抱冰、夏还握火"以自勉。作为新政的设计师,可以说,除了政治体制改革在当时的形势下不能提,几乎所有能够提出"采用西法"的措施,均已提出,而且不再抨击"民权"学说,卫道的彩色也要淡得多,在揭露官场腐败的同时也提出了切实的整治办法。

八

太阳每天都是新的,当人们期待一轮红日喷薄而起的那一刻,总是对漫长的孕育进行追溯,给那些曾经长途跋涉的先驱者以慰藉。历史又是这般吊诡,张之洞不会想到,他开办的新式学堂成了民主思想的摇篮,他训练的湖北新军成了武昌起义的民军,他建的枪炮厂为民军制造军火,他曾经居住十多年的官衙成了辛亥年被义军攻占的第一个总督衙门,他督鄂十八载的湖北打响了民国革命第一枪。难怪孙中山先生称他为:"以南皮(指张之洞)造成楚材,颠覆满祚,可谓不言革命之大革命家。"

福泽谕吉无疑是一位幸运者,以其"泥腿子"精神在呐喊中前行,从最穷的武士走上了神坛:1984年日本为了彰显文化大国形象,将旧钞上的政治人物换上了文化名人,福泽谕吉成了万元大钞上的新贵。

据传,留洋回归的唐学埙,先是投在李鸿章门下鼓吹西学推行变革,后辞官讲"兰学",也曾著述文章设计中国之未来,竟无人识……

姥爷的罗锅

姥爷走的那天雪好大,在那个小县城的一隅,送行的人好多,他骑着一匹白马在雪地上行走,忽然间腾空西去——这是儿时泪眼朦胧时的幻觉,近四十年的念想。

姥爷身坯瘦弱,罗锅腰,呈大于九十度角的样子,留有一撮山羊胡须,常拄着一根竹或叫作文明棍的支撑。他是村医,在家中挤出一间闲房开着唤作"守愚堂"的药铺。中医的把脉、针灸、辨药是其拿手绝活,因而成了方圆几十里的"神医"。有一次,来了个推销自制蜜丸的南方游医,言说药丸中含麝香、当归等成分,专治疑难杂症,姥爷先闻后尝,一味不差地说出药名,揭破骗局后,游医灰头土脸地再没露过面。

记得初次跟母亲回娘家,到了药铺门口,一帮人笑得前俯后仰指天画地的热闹,细问方知,是为凑趣药铺门上的对联:"低头鞠躬百姓不问高矮,直面望闻问切何论贵贱",横批叫"无愧良心"。有一驼背老者被圈围着,才见到姥爷的真模样。"原来是个罗锅呀!"怯怯地向母亲想问个明白,却遭到狠狠的呵斥,便不再言语。从此,心间便结下谜一样的团。私下里母亲告诉我,姥爷是村上的第一任支书,对面大队部的四合院就是外祖家的祖业,捐给办公用了,语气中满是自豪的神气。姥爷的形象渐渐丰满起来。

有一段时间,姥爷轮流住闺女家了,才得以和他近乎起来。姥爷走到哪里都不忘看病,从不收一分钱,就有了些人情,多了些鸡蛋、点心、糖果之类的问候谢敬。每每做些好饭菜,弟弟嘴甜,再三再四地让姥爷先,花甲老人怎会看不透孩子的把戏,先是长时间地不做声,矜持半会,见火候差不多时,才翘翘嘴巴,捋捋胡子,吐出三字:"你吃吧。"姐弟四人方敢分食。年终时,老师会给学生下评语,姥爷看了我的评语,就笑说,还"有个性",没个性怎么长出息?性格有时候是决定人一生的符号,像风雨雪霜的天气,全不由人的。

姥爷出生在康殷之家,只是中道破落,早年喜好书画词赋的雅兴却是隐了他的刚气。嗜酒,倒不见其醉,每每是无酒不上桌的,小菜几碟相佐即可,兴致起时,便饱蘸浓墨,亦书亦画,字有柳风,画学"娄东",颇得乡贤隋恩湛真传,遗赠的一幅"雪后垂钓"斗方,至今仍感念萦怀。

那时,受外祖熏染,对文学情有独钟,常常写些儿歌类小品,参加县里的文学创作会,就识得了些文友。高中毕业后,因家里有一辆"铁驴"自行车,有幸成为队里五金厂的短途业务,负责骑自行车轧料,这便有了闲。

文友业勤兄长我几岁,见多识广,打听到老作家郭澄清就在漳卫新河南岸,便贸然拜访。

麦熟时节,去郭老故居——山东省宁津县的皋村,需途径两条河的,相向而行的水系,承自运河一脉,宣惠河常年不见水流的,故多癣苔或水藻,一池碧绿掩映,漳卫新河水缓缓东流,两岸树木庞杂,有杨柳、紫穗槐和红荆,各自伸展着枝蔓,散发着清新的气息,麦香加进来就有了奶的味道。

郭老见到两个骑着"铁驴"满头大汗地闯进来的不速之客,并不嫌弃,反呈一脸的悦色。他是跑遍了冀鲁边区才写出长篇小说《大刀记》的,方圆百里识者许多。不经意间,说起姥爷的药铺,郭老笑道:"你是锅腰奎爷的外甥呀,真是缘分,俺还在他药铺住过呢!俺的第二部小说《龙潭记》里就有他的影子。"随后,他又讲了一些新鲜的故事。比如营救"三少爷"刘格平,在药铺里藏伤病员,参加锄奸团为民除害等,一时间满脑子姥爷的影子。末了,我们欣悦返程,心下禁不住想:姥爷还真是个人物哩。

后来,我进乡政府工作,下乡去姥爷的故里驻村。在一个远房的大舅家,看到一张发黄的照片,里面的姥爷,年轻英俊,腰身挺直,很是潇洒。好奇心使然,不免打破砂锅问寻根由。大舅说,在某个月隐风啸夜,姥爷去邻县除汉奸曹霸天时,被恶狗追赶,翻落墙头时摔坏了腰,落下残疾。此刻,真想一醉,不是爱上了酒,而是在端起酒杯的瞬间,将心事一点点融入酒中,是一点记忆、一份伤感、一种情绪?总之,有了"栏杆拍遍"的激昂,宣泄无处的悲凉。

此情可待成追忆,翻检那段史话,仅仅是对故人的怀念吗?余以为,姥爷为民除害成了"罗锅",世人眼里,他的脊梁是正直的,值得后辈引发盎然之意。唯愿世间这样的"罗锅"多起来,其精神蔓延广博,祖国的脊梁才会挺得更直,正义必然扬眉吐气。

黎巴嫩著名诗人纪伯伦说:"如果一棵树也写自传的话,它不会不像一个民族的历史的。"在我眼里姥爷的形体虽然"罗锅",但他的脊梁是正直的,在我心底,姥爷一样的人,曾经都是一棵棵参天大树。

母亲我想对你说

对着月亮喊声娘——昨夜母亲走进我的梦中,依然那么安详、瘦弱,扶着门框欲言又止,是叮嘱、劝慰、还是告诫?一晃便不见了影子。母亲在家就在,母亲去了家就是残缺的,如同这半弦的月。久违了,母亲的音容。涂一纸小文,聊以慰心,倘若哪日风平,借一叶孔明灯寄给您——我的亲人,我的娘!

有人说,女人就是垂柳的枝条,柔软而随风摇曳。我说,母亲像盐碱地上的红荆条,柔软而又不失刚强。

别梦依稀,一晃二十年了。那个雪后的下午,满院子的亲朋故旧,左邻右舍轮流巴望着母亲煞白浮肿的面容。我一手握着她绵软的手,另一只轻抚着脉搏,凝视着她离我而去。天啊!母亲,你就这样走了吗?竟然没有说一句话,只是双锁眉头,有多少牵挂隐藏在眉心的皱褶里,久久难平。邻居的大奶奶一脸白发人送黑发人的悲戚,对我说:"你娘,多好个人啊,辛苦了一辈子,唉,雪里来雪里去的,这是命呀!"让人莫名的心酸。

后来听说,母亲出嫁那天大雪没膝,她被扶上一匹枣红大马,迷迷懵懵地成了这个四合院的新媳妇。从此,便注定了在这个耕读之家呕心沥血、含辛茹苦的角色。外祖家曾是沧县的名门望族,外祖父秉承家风,懂书画擅诗文颇通医道。

母亲的学问不高,对我们姐弟四人的学业要求严格非常。她从不说脏话,也不用棍棒,常说,小孩就是小树,树大自直。更没有在别人面前夸过自己的儿女们。但对考试成绩好的,却要给以奖赏。记得我上一年级时年终考了个全班第三,母亲将祖父带回来钢笔挎在我的胸前,只是在同学们面前炫耀了一天,就让上初中的大姐给悄悄俘虏了去。我们姐弟常常盼望冬天的长夜,母亲或纺线或做女工,我们几个裹着被围一圈,听她讲故事,"孟母择邻""孔融让梨""司马光砸缸"等,都是从母亲的嘴里浇灌进我们心里的。我们有时晚上看书写作业,无论多晚,从不去催赶,而是慢慢挑拨灯花,或给这个披披被角,给那个正正枕头,"检阅"满意后,才悄然离去。母亲,意味着太多的付出,太多的艰辛,多像抽丝的蚕啊。

家庭是社会的一面镜子,随着社会的发展,家里的日子也渐渐好起来。然而,那年,中考已被师范录取的弟弟因病失去了上学的机会,且身体每况愈下,母亲消瘦的肩上又负上了一道新的锁链。心灵的磨难对人的摧残是残酷的,几个春秋下来,母亲已白发尽染,饱经沧桑的皱纹布满脸庞。

没多久,母亲也病倒了。县医院的检查结果出来了,母亲得了不治之症!当我在手术报告上签字时,颤抖的手竟拿不起一支钢笔。母亲是我们心中的参天大树,是这个家庭的顶梁柱,这个家不能没有母亲呀?六个多小时的手术,母亲竟然奇迹般地活了下来,微笑着告别了死神。此后,大家隐瞒着病情,四处寻医求药,渴望一线生机。母亲也装作不知谈笑如常。有一次,下班回家,发现母亲手捂着肚子,难受地紧锁眉头,问起,她却说:"没事的,可能着凉了。"扩散的癌痛就这样折腾了五年,在医院、在家里,她就是这样咯呛着,从没喊过一个痛字,直到弥留之际。

母亲虽然是一个平凡的家庭妇女,但她勤劳、贤惠、开明、宽容的淑德,给邻里乡亲留下了很深的念想。在儿女们心里,每位母亲都是一道风范、一座丰碑。

每到祭奠的节日,我总要回到母亲身边,久久伫立在她的坟茔前。

心落残秋

——写给失语十年的姐姐

一

秋将尽,残月如钩。推开南窗便见了这景象的,天很远,寥廓怅惘在这星稀的夜。翻开中秋时的相册,晴空朗日下众星捧月的皎白,薄雾轻遮时欲探还收的羞涩,在洋姜和爬山虎的枝叶间西行,连接着举杯邀月的默默相对⋯⋯彼时此境,亏盈是这般的经纬,一轮月,亘古未变,造就了多少世间的阴晴圆缺,传唱出几多人间的悲欢离合。

每每这时节便没有欢笑了,十年前,笑声中走进县城医院的大姐,被庸医"治"成了植物人。从此,再也听不到那清脆的笑声,再也见不到那嘘寒问暖的模样。我曾写过一篇《写在风筝上的信》："若俯身拾起的落叶，在深秋的凋零里，每一片都写满思念，时刻流泪的心迹布满哀伤的愁绪，絮叨着破碎的美好，已经拜托瑟瑟秋风，遥寄给你的，不知道飘到哪里？可收到否？"

二

秋雨贵如油及至到封地。从远处而来的雨滴尽情在飘洒，某一滴恰好落在了那欲坠的黄叶之上，一任晶莹落在水面便荡起阵阵涟漪，秋天的雨，多在抒怀，也抽成绵绵的思念，将这个季节拉长，孤单了多少守望，又漫长了多少等待！大姐是一个欢乐、爽快的人。那年冬闲，联系姑嫂姐妹组成秧歌队，劲舞农家之乐。秋的收获在庄户人轻盈的脚步里流淌，挂满墙的红椒，堆满院的玉米槌，晒满场的金丝枣——秋的天际，风轻云淡，如这妙曼的舞曲，舞蹈是"茉莉花"，唱的是"好日子"，沐浴在阳光灿烂之中。然而，人生无常，一个错误的导向，酿就了医疗事故，于是，多少牵挂惦念在这朦胧的烟雨中漫长又漫长。何时是期？何日再语？常常想起你挥挥衣袖道别的样子，定格在心灵的深处。

三

石鲁大师有一幅叫作《残秋》的画作，颇耐人寻味，画中是几只蝉在飘落的树叶上鸣叫。有人说，那是蝉的哀鸣；有人说，那是蝉的欢唱，为此争论不休。岂不知宿命的困难，若一那声声落寞的蝉鸣，在萧瑟的秋风中飘零。即使如此的凄惨，仍不忘张开透明的翅膀，这是一份执着的自信，蛰伏数年，羽化成形，居高临风，来来去去栖无定处，年复一年，总是在期待中天荒地老。亦如世人总是在寻找契合的心灵，若能遇到一人，只相约席地而坐，看花开花落，云卷云舒，然后，转身离去，不言也不语；那境界每落脚步，都有深意。过去的终将是历史，念过去千里烟波，经年的热血是曾经的落叶,在冷秋的摧残下不得不迟暮,尽管依依不舍。岁月更迭,秋的悲凉却如世间人情,冷暖自知。那蝉斯歇底里为残秋送行,随一片落叶缓缓坠下,不情愿地投入到大地怀抱,又一个悲凉的秋即将远去成为尘封的历史……

四

古人把秋落心上念"愁"是颇有几分寓意的。这时节总是勾起人的伤感的,或思念、想念、怀念或乡愁、旅愁、离愁、闲愁,千愁万绪,真可谓:怎一个愁字了得! 残秋,叶黄、花落、枝枯、树秃,便引出了悲的秋凉——《楚辞》云:"悲哉! 秋之为气也,萧瑟兮草木摇落而变衰,憭栗兮若在远行;登山临水兮送将归!"是讲在叫人悲伤的秋天氛围里,大地萧瑟、草木衰黄凋零。凄凉境况中要出门远行,登山临水送别伤情。满纸写的多是悲风苦雨,让善良的人儿泪眼盈盈,千年后的唐朝诗人刘禹锡"自古逢秋悲寂寥"一语道尽那秋的凄凉。残秋近,如同人之步入中老年,难免会叹谓人生苦短,一切开始缓慢下来,静、慢、缓成为常态,喜欢生活在回忆中,沉湎与一些过往交织中,有麻木,有悲哀,有泪痕,忧伤比水更清,比冰还冷。在无法躲避的深秋里,便有生命中永久的痛彻心扉,也许痛楚永远比快乐更凄美动人。

五

那条绳样弯曲的乡路于我再熟悉不过,尽管铺满落叶,在华北平原的旷野间袒露着褐色的胸膛,泥泞的车辙印痕如同思念的根须,延伸着对大姐的昼思夜想,咫尺天涯。不敢面对你那熟悉的面孔了,是撕心裂肺的痛,交织在心田。见一次面,便有许久的如鲠在喉,身心似大病一场的疲惫。如是便不再见,将那些往昔的美好,藏在心间一角,像那片夹在书中的玫瑰瓣,偶尔翻看依然如故,不是更好? 当然,也曾将对你说的话,对着孔明灯再三嘱托过,相信同胞的灵犀是相通的。夜未央,孔明灯如夜的眼,在升腾、飘摇着飞向远方。

给孙子起名

儿子婚后四年,便是奥运之年,给我带来了惊喜——我有孙子啦。在奥运圣火将要点燃的时刻,孙子降生了。生在盛世,得起个有意义的名字,我这个当爷爷的责无旁贷。

人的名字,传承了人的情、意、志;蕴含了人的精、气、神;传达着天地之玄机。人的名字,乃心理学、社会学、哲学、历史、民俗学精髓之综合成果,是一个人形象、素质、品味之标志。在县里我鼓捣文字算小有名气的,为奥运宝宝起个名字应该是个不成问题的事,可是真的要起好一个有意义的名字,还真不简单。于是,我查阅了大量资料,草拟了十多个参考的名字,最后都被亲戚和朋友否定了。不是太俗气,就是太绕口,再就是有重名的嫌疑。

时代在进步,人们的文化品位在不断攀升,越来越注意到为孩子起好名字,是多么的重要。孙子的出生便是一个生命的显耀,一次光明的开启。我们的父辈,没有太多的文化,为我们起的名字是非常简单的两个字,在身边经常遇到和自己一样的名字,要是姓张、王、李、赵,那两个字的名字在身边更是不计其数。孙子一出生,便与百年奥运盛会联系在一起,这既是儿子送给我们的一个上好的礼物,也是这个昌隆时代它们给我们的祝福。所以我要给孙子起一个既不俗气,又与百年奥运沾边、有内涵的名字。经过反复地琢磨,我家年内有三件大事:首先是儿子工作有了着落,已到政法部门上了班;其次,孙子在奥运会开幕前诞生;其三旧居拆迁新居奠基,三件家事和国家的奥运千禧年连在一起,可谓四喜临门。小名就叫"四喜",而大名叫"宸",按家谱中排列应叫"如宸",

寓意像宽敞的屋宇一样豁达大气,气宇轩昂,胸怀博大。愿孙子伶俐乖巧,具有样样都学的灵巧和活跃多变的个性,通过后天的辛勤努力,将来成为祖国的有用之才。

遥远的绿草地

柳絮河原本是向东的,至村边,悠悠的河水又向南流去了。姥姥家就住在柳絮河的臂弯里。于是,便有了座石桥把河两岸沟通着,河那边是一小片果树林,清明时节便生出雪片儿般淡雅花瓣的梨树,间或有几株枣树,枣花儿极小,然而,香味却幽幽的、浓浓的,一直沁入人心底。再往前走便是一块绿草地:翠绿、墨绿、黛绿、淡绿……织成一片天然的绒毯。周围是浓密的葡萄架,把这里点缀成一个童话世界。

我的童年是在姥姥家度过的。

我的童年是在这神奇的绿草地度过的。

绿草地确是个幽静、神秘的去处。每每夏夜,姥姥便摇着荷叶蒲扇,领着我和麦坠姐到这里来。麦坠姐是二舅的女儿,长我1岁。姥姥是个故事篓子,她那柿饼般干瘪的嘴,竟是如此得巧,讲起故事来,似潺潺的柳絮河水,扯不断儿,其实,每每我们真舍不得扯断呢? 一串串有趣的传说,唤醒了我俩的睡神,滋润着我天真的灵魂。

那是一个月明星稀的夜晚,果树林的枣树枝儿被鸟儿颤得弯弯的,远处,蛙鼓似雨。朦胧的银辉把绿草地装点得极富魅力。我和麦坠姐坐在绿草地上,姥姥坐在葡萄架下,给我们讲述了《女娲补天》的故事。

故事讲完了,麦坠姐还在手托鹅蛋脸,好看的凤眼痴痴地盯着姥姥那干瘪的"故事泉"。我也听入了迷。

"奶奶,女娲真地把天补上了吗?"麦坠姐又刨根问底了。

"这还有假,"姥姥抬手指了指西天儿颗亮晶晶的星星道:"你看她还用钉子钉上了呢,要不天早塌下来了。"说完,姥姥笑了,那样神秘。

"奶奶,女娲那年多大岁数?"

"二十,比你高两头呢!"姥姥说的有鼻子有眼,真逗!

"奶奶我能当女娲吗?"麦坠姐鼓了鼓勇气。

"能,能!"姥姥舒心地笑了,眼睛眯成了两弯月牙儿。

"我要当女娲,你呢?"回家的路上,麦坠姐一路絮叨着,羊角辫一甩一甩的,突然,她拽住我的手,问。

"莹妹,咱俩打赌行吗?"我点点头。

"到20岁谁当不上女娲,谁是小狗狗!"

我和麦坠姐的小拇指紧紧勾在一起……

呵,绿草地,我童年的摇篮。你带给我多少彩色的梦。

后来,我离开了姥姥家,直到读完大学。绿草地离我遥远了,然而,它却时常把我从梦中唤醒。

当和煦的风吹绿我对故乡的思念时,我又回到了姥姥家。姥姥仍然很健康,精神极好,只是岁月的年轮把她的满头黑发磨成了银丝。当我问到麦坠姐时,姥姥的眼睛又眯成了两弯月牙儿,她从箱底翻出一张地图小报递给我道:"莹子,你麦坠姐上报了呢!"

《女娲补天新传——记有志青年林麦坠的事迹》,报纸的头版头条,还登着麦坠姐神气的照片呢。

"哦,真的成了女娲了!"想起儿时的赌,我暗暗钦佩起麦坠姐来。

当我得知麦坠姐成了河那边果树林的主人时,对绿草地、对麦坠姐强烈的迷恋,驱使我走向果树园、绿草地。

走过石桥,便见一眼望不到边的果树园。嘀!好大哟,若不是梦里常会,怕是认不出来了呢!

细风丝儿,吹来阵阵浓香。绿草地尚在,依然那样绿,那样迷人。

我在绿草地见到了麦坠姐。她已出落成漂亮的大姑娘。

"麦坠姐——女娲！真是咱姑娘的自豪。"我打着趣恭喜她。

"啥女娲?"麦坠姐两颊泛起潮红，"都是你们这些捉笔杆的胡诌呗！"

"嗬,你成了名人,表妹也谦虚了。"我故意歪着头激她。

"小时候,我真迷上了当女娲,渐渐大了,便觉脸红了。"麦坠姐终于打开了话匣子。

"后来,舅舅去信说你考上了农校,怎么?"我问道。

"前年,农校毕业探家时,正赶上这片果园因没人懂技术散架了,不知哪来的那股犟劲,我便向学校申请回村,大伙巴望着,我也愿回来,"麦坠姐拢了拢短发,接着说:"后来,大伙非让我出头承包,赶着鸭子上架呗！这几年,天时地利人和,是够兴盛的……"

"女娲,当代女娲！"我不由从心里喊出来。

"别笑话我了,女娲倒不敢当,年轻人总该干点事业吧。"麦坠姐话语极认真。"说起来,乡土真恋人呐！上农校前我还偷偷到这里哭了一回呢?"话毕她又咯咯地笑起来。

我咀嚼着麦坠姐的话,沉思着……

每一个童心都有一块天真的绿草地,绿草地是公允的、炽热的,它对每一颗童心都那样纯朴、无私地奉献着……这就是儿女们眷恋的源吧？于是,我想到母亲、姥姥、故乡、祖国……

遥远的绿草地,不,绿草地就在我的身边,我的心里。

残卷得圆记

丁亥秋月,藏友老山抱来两卷残破卷轴,要我过眼。慢慢打开抚平,方见是三幅蜡笺洒金裱官阁体书法,署名朱益藩。确是个有名头的藏品。虽然心有所属,仍有许多迷团不得其解。遂,夜以继日,查寻探究,始知：朱益藩，江西萍乡莲花人，字艾卿，号定园。光绪十一年，考取拔贡。次年签发广东试用知县，因听从时任广东布政使的张之洞的开导，毅然辞官回籍，勤奋攻读，并授徒自给。光绪十五年，中举人。次年入京，考中进士，钦点翰林院庶吉士。此后十余年，奉事于翰林院、詹事府之间，任翰林院侍读、侍讲，詹事府詹事、司经局洗马、日讲起居注官，曾受命在南书房行走，兼任经筵讲官，常为光绪皇帝在御书房讲授历史、诗文、书画。历任顺天乡试考官、湖北乡试副考官、陕西提学使、山东提学使、京师大学堂（今北京大学）总监督，还两次担任选拔赴日本、欧洲留学生监考官。宣统二年，任都察院左副都御史。

朱益藩位居要职，勤政廉明，守正不阿。多次主持考政，时称"红翰林"，虽是肥差却洁身自好。他督导属吏认真执行考场规则，一丝不苟；为防止作弊，他严格检查考场制度，虽分段设有监考官员，仍深夜亲临查号；考试以后，他注意详细检查各房弃卷，看有无漏荐遗才。他任都察院左副都御史期间，有两个权势显赫的大官，因贪赃枉法，声名狼藉，弃官逃匿，后又行贿京官。御史台拟议联名参劾，后领衔者畏怕权势，犹豫不决。朱益藩大义凛然，挺身而出，独上奏章，当面对质，慷慨陈词，致使贪官受到处置，朝野皆称颂。

宣统三年秋，朱益藩闻讯母亲病危，率眷回籍。次年春，料理母丧事宜后，见清朝已亡，民国肇始，即在家乡建房以此终老，不复做出山之想。袁世凯窃取国家大权后，网络人才，派人来劝朱益藩从政，许以江西财政厅长之职，遭到拒绝。民国四年，北京数次来电，催朱益藩进京任退位的末代皇帝溥仪的老师，他念旧主之情北上，开始帝师的岁月。朱益藩与溥仪感情融洽，尽心教授。同时任溥仪英文老师的英国人庄士敦，后来写了一本回忆录《紫禁城的黄昏》，书中写道："朱益藩在北京的社会中很有人缘"，"我很敬重这位老先生，他为人诚挚坦白，古道热肠，尽力维护中国的旧道德和传统文化"，"朱益藩对于中国的医学很有兴趣，他会切脉开方","宫里虽然也有不少御医,但朱益藩却身兼师傅和御医之职,他的皇上偶有微恙,宫里头总是首先召朱师傅入宫看御脉"。1917年6月,张勋登门游说朱益藩参与复辟清室,并出任辅政大臣,朱益藩深明大义,拒不同意。

1924年11月,溥仪离开皇宫,后转至天津。朱益藩留驻北京,担任清室留京办事处事务。1931年,日本企图侵占东北,发动"九一八"事件。朱益藩前往天津,向溥仪陈述主拒不主迎之见解,态度非常坚决。同年11月,朱益藩惊闻溥仪与日本密谋成立"满洲政权",赶赴天津力阻,劝导溥仪不要同意建立所谓满洲国政权,认为:"依仗日本之势力果可靠乎?出此下策,不过徒令一些别有用心者,得以窥测我们意图,用来作为勾结日方之资本,以遂其侵吞中华之野心,使国家民族蒙受莫大损害,此事万万不可为,伏祈慎重考虑之。"朱益藩的铮铮直言,虽然未能扭转逆势,但却体现了他的忠于国家、忠于民族的凛然气节,也展望出他的人格魅力和睿智卓识。这在清末众多的遗老旧臣中,确属难能可贵。尔后,溥仪在日本人的扶持下,前往长春成立伪满洲国,曾两次电召朱益藩襄助,他以托词搪塞,坚定不赴。溥仪登上"满洲帝国皇帝"的傀儡位子后,一批王公旧臣纷纷前往朝拜,捞个一官半职,朱益藩不为所动,冷淡观之。1935年4月,溥仪首次赴日本访问,朱益藩悲痛不已,斥之为奇耻大辱。

自1924年以后,朱益藩在北京深居简出,教子读书,研究书法。由于溥仪出宫,中断了经济收入,便在琉璃厂各南纸店挂笔单卖字,以润笔费维持家庭生活。他素以书法名世,晚年深得王羲之、米芾之精髓,笔墨趋于炉火纯青,可谓渴润相间,雄秀得宜,具有相当高的造诣。朱益藩博览群书,长于诗文,著有《南斋纪略》《宸垣纪要》,以及一批杂稿。

朱益藩四岁就在他父亲朱之杰的指导下识字并习作大字,受到过严格的馆阁体书法的训练。早年学习欧、柳、赵诸家,中年兼师李北海、米襄阳等。朱益藩入值南书房时即以擅长书法闻名,经常承代御笔书写匾额、春牌、福、寿字等。居京期间,得以观览内府所藏大量的古代碑帖及名家手迹,并同当时的王公大臣交往过程,开阔了眼界,书艺有了很大的提高。加上他重视通过临摹承继前人的书学成就,习字勤奋,博取众家之长,逐渐形成了自己的风格。他七十寿辰的时候,溥仪给他的寿诗中就有"善书健腕犹飞白,旨酒温颜自渥丹"的句子,对他的书法给予了很高的评价。可以肯定地说,他是当时宫廷书法家中的最出色的一位。

朱益藩的字用笔妍丽遒劲,雍容冲和,宁静淡雅,法度严谨,充满文人气质和唯美主义的倾向。他和刘春霖等人固守着馆阁体的最后一块阵地,宫墙的外面,书法已经是碑学的天下了。书法的历史无情地走到了后科举时代,悲剧已经不可避免,现在已经很少有人知道书法史上有一个朱益藩,尽管书法给他的生前带来别人难以想象的荣耀。虽然在现代人的视野里,他书法的线条是那样的纤弱、单薄,但字里行间还是有着淡淡的诗意。是感伤的诗意,还是怅惘的诗意呢?可能只有他自己能读懂,他是那个时代最后的诗意、最后的一曲挽歌。

1937年3月,朱益藩在京病逝,有友人撰挽联:"一片孤忠,唯不克止怀玉入秦,是其遗憾;千秋功论,虽未能抱徐庶归汉,另有苦衷。"是对他一生的真实写照。

看着泛铅的残卷,对老人的敬畏油然而生:一个风烛老人,谢绝进朝入仕的优裕,宁愿街头卖字,也不与袁贼为伍。铮铮铁骨,松竹气节。由是我宁愿这字就是在此情下所成就。

就所书内容,虽无上款,确不难懂。于是就叫县内书法家肖老指教,花甲老人竟记忆非常,当下说:这是一个很有名的典故,是一位老学者口授于他的。第二天找到他时便拿出了写就的稿子。有趣的是朱老的残卷竟然又让我们熟知了他家乡东昌的一个民间传说。清朝康熙年间,江西蒙南地方,出了两个同朝为官的弟兄。兄长沈仲仁,官居翰林院学士;

弟弟沈仲义,任户部给事中,一时沈家门庭十分显耀。可光阴似箭,日月如梭,兄弟二人转眼到了暮年,便双双告老,同归了故里。弟兄原出身富门,又为官多年,积存丰厚,本应无财利之争,共度富贵的晚年,可不料归里不久,便因家产纠葛,发生口角,以致发展到俨如仇敌,打起了家务官司。

官司打到衙门,这可把县官给难坏了。他既不敢得罪哥哥,又不敢触犯弟弟,只愁得他食无味,夜难寝,终日一筹莫展。正在他为难之际,这天忽然闻报东昌府新科状元邓钟岳钦命巡查到此。这县官虽然焦愁在心,可哪敢怠慢,便赶忙出衙把邓钟岳迎至衙内。施礼已毕,在叙谈中,邓钟岳见县官面带愁容,似有心事。正欲启问,忽听外面堂鼓山响,吵闹声声,一阵骚动,县官一听,知道这一定又是沈家兄弟前来吵闹公堂,不禁脸上渗出了汗水。心想,这下坏了,如今朝廷钦差在此,他们来此一闹,倘若钦差责我不能秉公断案,岂不丢了前程!邓钟岳见知县如此诚惶诚恐的样儿,便问外边到底出了何事?县官无奈,只得把沈家兄弟一案据实禀报,并连连恳请邓钟岳恕罪。不想,邓钟岳不但没有责怪,反而轻轻一笑,说道:"小小家务之争,何须为忧,待我与你断来。"县官一听,如大难得救,一边跪地拜谢,一边忙吩咐公差,立传沈家弟兄上堂听审。邓钟岳摇手止曰:"不必公堂面断,让沈家弟兄在外等候,我批书数言可矣。"

县官忙令沈家兄弟在外恭候。邓钟岳挥笔写就批文,遂让公差贴于门外。在门外恭候的沈家兄弟,听说钦差大人为其家私一案亲自写下了批文,都急忙上来争相观看。只见批文写道:"鹁鸪呼雏,乌鸦反哺,仁也;鹿得草而鸣其群,蜂见花而聚其众,义也;羊羔跪乳,马不欺母,礼也;蜘蛛网罗以为食,蝼蚁塞穴而避水,智也;鸡非晓而不鸣,燕非社而不至,信也。禽兽尚有五常,人为万物之灵,岂无一得乎!以祖宗遗产之小争,而伤弟兄骨肉之大情。兄通万卷应具教弟之才;弟掌六科岂有伤兄之理？沈仲仁,仁而不仁？沈仲义,义而不义！有过必改,再思可矣！兄弟同胞一母生,祖宗遗产何须争？一番相见一番老,能得几时为弟兄？"

兄弟二人看过批文,一个个感动不已,泪流满面,悔愧交加,当场抱头大哭,积恨顿解,兄弟情好如初。此案也由此未断而结。

而朱益藩老人所写四条幅就是邓钟岳批文,至此,萦绕多日的心结,欣然得解。

《恩湛画稿》过眼

甲申初夏,时值柳含烟、杨吐翠之季,又逢"五一"放假,忙忙碌碌后的漫漫假日,当远游不能成行,确是百无寂寥的,于是,选择了携家人省亲这个既经济又便携的消遣方式。县城离沧州不远,60多里的路程,刚进城见彩旗飘扬处,新开了一片古玩市场,便拾级而入,至热闹处,但见摊位上,古的、今的、旧的、新的、真的、假的,琳琅满目;淘古者既有西装革履的官人、棱角分明的楚楚书生,也有垢面布衣的乡村小贩——南腔北调,形形色色。从古玩市场的火热,可窥太平盛世的繁荣小景。

《恩湛画稿》是在抱山斋里见得的。因是本县人的遗作,难免想一睹为快。斋主是个年轻人,本意是不愿示人的,经朋友游说,才慢吞吞将宝物捧出来,我们方能小心翼翼地展阅妙品。《恩湛画稿》为蝶式装裱,十二幅墨笔山水,每幅都有隋恩湛自题诗词,册末有晚清名画家多庆的跋款。浏览册页,如同跟随隋恩湛游历山水之间,登高眺远,观海听涛,即景赋诗,畅抒情怀,乐而忘忧——好在,这画稿几经更迭,近百年仍保存完好,当为一大幸事。

隋恩湛,字澍村,别号石壶,又号长芦渔隐。南皮县张旗屯村人,其幼年丧母,处境多艰,乡试秀才后,淡于仕途,故精研书画"六法"。先于诗文,风格超逸,愤世嫉俗,曾有《吟痴诗稿》《梦余诗钞》《津门杂咏》等著作传世,民国初年,客居津门时,诗书画三栖而著称,在津南一带颇有名望。

从题笺上看,隋恩湛法书具柳之神韵,亦汲王褚,园而有角,不失风骨,追求秦汉之风,金石之气,渗入自己的风格,尽脱媚俗之气,颇多苍古之态,为画稿增色添彩。

省亲归来,查阅史志典籍,访问先生后人,方知《恩湛画稿》系隋恩湛晚年之力作确定无疑(约在1923年)。先生中青年时期办乡塾授业,后客居津门,作品多以花鸟、庭院、人物画为主,晚年遍游江南山水名胜,广交博学,尤其是与娄东派大家不断切磋,技法越加精纯厚重。其画稿中多幅山水取之江南景色,且淡漠干笔皴擦,用笔松秀含蓄,简淡冷逸而有金石味,足见受王原祁之影响。在笔墨技巧上,工整而不呆板,灵活又不失法度。树干的扭转、枝梢的分杈、涧水溪流、密柏浓深等,都表现得极其自然活泼,虽不作大渲染,只是在局部稍加点缀,但物象的立体感和前后层次分明,将对自然景色的领略和感悟,凝于笔端,笔墨功力之深厚可见一斑。

新《南皮县志》记载:日寇侵华时期,隋恩湛落叶归根,曾做长卷《耕织图》为时人所尊崇(现存于天津市博物馆)。隋恩湛为人谦和平易,平素以短人自称,自刻小印"无一长"以自厉;一生从不为权贵行书作画,而农民、寒士求要字画,则不吝酬应。民国《沧县志》记载,隋恩湛一生著述颇多,除诗集外,仅画稿就有《石壶画稿》《艺事游心》曾面于世,而《恩湛画稿》未见提及,疑是先生晚年的自赏珍本。

余与先生家乡相距十余里,早已仰慕先生德行,得以偶见《恩湛画稿》,领略先生之修为,实是缘分所致。故记之。

2004年载于《文史资料》

《老河套》诠释运河儿女抗日精神

——读长篇小说《老河套》有感

在纪念国庆70周年之际,河北省作家金秋先生创作的长篇小说《老河套》面世。作为他的同行好友,细细品读之后,我认为这是一部可资育人、传递正能量的长篇佳品。

作者从留张村的历史开笔,讲述的是发生在其家乡——运河岸边的抗战故事。"老河套"与其说是一个地域概念,倒不如说是一个历史符号。它的故事原型虽然来自民间,记录了运河两岸百姓上演的一幕幕残酷而又真实的抗日故事。作品采用民间的叙述方式,以抗日战争为背景,通过一个村庄的命运,来展示那个特殊年代的普通老百姓的命运,细腻地勾勒出冀鲁边区、尤其是运河两岸的风土人情和独特的抗战历程,让人们从中体察战争的残酷,感受与自己民族生死存亡同步的阵痛。它的独特之处,还在于它注重描写普通农民对外敌的自然反应,以留张村的遭遇带出整个区域抗战的脉络,以人的命运反映战争的惨烈,反映国人对侵略者的痛恨、鄙夷,以及他们自发斗争的韧性和牺牲精神。

《老河套》不追求新奇和传奇色彩,故事简单朴实,个性寓于平凡,棱角藏于精琢。通过人物的遭遇和活动,体现了运河儿女身上的血性、坚强和正义。这是一部不一样的抗战小说,作品因其民间视角和民间化叙事而让人耳目一新。在怎样描写中国人民的抗战,怎样展现农民的觉悟,怎样突破原有的模式等方面,作品进行了有益的探索与开拓。这部二十多万字的作品历史跨度大、人物众多;叙事风格看似随意却又环环相扣,采用了隐性的对照结构,时空对比,互为深化,造成一种差异感、沧桑感。浓郁的民族特色、地域特色,扑面而来的乡土气息,也是小说的突出亮点。纵览全书,《老河套》没有高大的角色,老百姓抗战也并不是靠什么大道理,他们只是凭着一种质朴的良知,认定在自己的土地上不能被外人欺负。因为是民间抗战,这些原本普通的村民,在特殊的历史条件下共同构成了一个抗战英雄的群体,而他们中的每一个人又都不是一身正气毫无瑕疵的完人。

人物是小说的灵魂。透过王大蛤蟆、莫大马糊、刘二赖子、何大财神、黄大斜眼、李亮等形象突显国难当头,尤其是何大财神等也被战争影响,从麻木中觉醒过来,有了前所未有的民族意识,表现出民族精神中一些最为积极的因素和可贵的民族气节,闪耀出生命中被压抑被遮蔽的光彩。

语言的筋骨附着力在本小说中表现得非常明显。耐读是第一感觉,平铺直叙,娓娓道来,且带有方言口语,没有用什么特殊手法,就是老老实实地写,仿佛就是一部战争纪录片在我们面前播放,看完像自己也亲历了那场战争,经受了其中的艰辛曲折,虽然作品采用的是民间化姿态和语言,叙述角度和方式比较新颖。

曾读过金秋先生的长篇小说《运河枪声》和《运河风云》。但我认为就其风格而言,《老河套》较其前两部作品,表现出了新的创作态势。多年来,金秋先生以运河两岸民间文学为研究对象,可以说抗日这段历史对他本人思想灵魂的触动和影响是巨大的,对此,他一边大量搜集民歌、民谣、民间传说,一边紧紧抓住"抗日"这个文学的重大题材,以发生运河两岸真实故事为基本素材,作为民族的创伤性记忆,用小说的形式追溯,表现出中华民族精神和民族气节。尽管20世纪60年代出生的金秋先生没有亲身经历过那段岁月,但小说完全遵从了那个历史时期的大背景。

文学与历史是一对孪生姐妹。金秋先生没有单凭个人的想象,去搞天马行空式地写作或套用已有的战争小说写作模式,而是着力宣传积极向上的"正能量"。让我们在小说的追忆和缅怀中,汲取养分,获得教益。这种忠实于史实,又不为史实所困的文学,为金秋先生抗日题材小说的可读性添加了筹码。

读过全书,其场景、人物、话语乃至于硝烟、枪炮声,在脑海里久久挥之不去。《老河套》将多彩厚重的运河文化与惨烈的战争背景融为一体,既是一部历史文化小说,也是我省战争题材小说中不可多得的精品力作。

湘江风水里流淌出的《水墨村庄》

湘江从这里流过,灵动中的一叶荷一洼菱足以构成一幅清丽动人的风景,就连金紫湾的麻石也可以让人流连忘返。所以,这部《水墨村庄》散文集的出世便是早晚的事了。蔡英,一位石匠的后代,生长于斯,这小女子得山水滋润,成为了一棵"会思考的芦苇"。读她的文章,让人轻松愉悦,宛若听着萨克斯在行走、在游历,任思绪飞扬。

蔡英在这部洋洋三十万言的文字里,以独特的视角为读者描绘了一块属于她的天地。全书共分十篇:《水乡烟雨》《麋峰传奇》《青山晴照》《古镇清歌》《乡愁悠悠》《十二花神》《墨香茶暖》《兰心蕙质》《南国红豆》和《他山之景》。每个人都有属于自己的故事,每个人心中都有自己的伊甸园。蔡英和望城这块土地紧紧系在一起,黑麋峰给了她一个金色童年,湘水也是她创作的源泉,使她轻松自如地凌驾文字,从心底流出了一个个优美的篇章。

一个人无论走多远,飞多高,故乡在他的心中永远是生命依托的根。故乡在蔡英心中是神圣的,一如对黑麋峰的膜拜、对麻石的敬仰,看得出,她的创作根系是扎在故乡千年烟火里的,字里行间充满了厚重的乡土气息,让人情不自禁被这乡情所感染。她虽然在基层工作,但眼里的世界被一片美的影像所覆盖,乡村人、物、事皆信笔拈来,有着源于生活又高于生活的思想境界和感悟。在《水乡烟雨》篇中,她讲述的是一个长年忙碌于斯的山水世界,这个地方的淳朴,近似于原始。这片水、这座山造就了她倔强的"山妹子"个性,她的内心对家乡那一方土地,那里的风土人情,那里的山山水水、沟沟洼洼,一草一木、一沙一石都怀着强烈的感恩之情。正如她写道:"村庄的山是筋骨与精神,它巍峨高大,是父亲的象征","母亲是美丽的春天"。故乡的青山绿水、袅袅炊烟,故乡的鸡鸣犬吠、牛羊满圈,故乡的篱笆墙、老土屋、弯弯山路……还有那些面对大山和石头打交道的父辈们,对于蔡英来说,是体内一道永远割不断的经脉,是一条血浓于水的脐带,正如她所说:"是家乡的父老乡亲让我懂得人生除了艰难困苦,还有许多美好难忘、依依不舍的情感。"在《父亲的石匠生涯》中描述老实巴交的父亲,"父亲的衣服,我们都不愿意洗,因为流的汗过多,白色变成黄色,最后变成了黑色,怎么洗都无法白净"。透过这些文字,黑麋峰深处一位黑汗水流的石匠向我们走来。她执着地用笔在讴歌着孕育自己的热土,连同让她肃然起敬的父辈们,其真诚、真情、真性可见一斑。

  美,是蔡英要传达给读者的第一信息,也充斥着整部散文的每一个角落。《在水一方》中"芦苇在水一旁,摇曳起夏的新舞。蹁跹轻吟之间,只见白鹭掠过,优美的弧线在湖面划起道道微痕",这精细研磨后的神来之笔,灵动乎?心动乎!再如《就一盏菊花茶,饮下生命的太阳香》中"我喜欢看一缕沸水冲下,菊花在水中一点点舒展的样子,最后饱满成一朵娇艳的花蕊。那神情,就如岁月中渐渐枯萎的女子,后来得到爱情或事业的滋润重新鲜活起来。"蔡英生长的村落四周群山环绕,从她的散文中能领略到山水相依的魅力,她不仅写了这方水土的风土人情,还对传统习俗和地域文化进行了深层次的开掘。在《乡愁我的父亲母亲》里写了对父亲母亲的含蓄而深沉的爱,"父亲,你的烟袋,你的民谣,都是你给我的灿烂星辰""母亲,就在今夜,我跪下来面对土地,面对湘江岸边的村庄,反复思念我的故乡"。这些文字来自心底的呐喊,表达了她对传统道德文化的一种向往和念想,这种向往和念想也正是她内心根植的故乡情结的作祟和碰撞。在《古镇清歌》中,她用近似白描的手法写了黑麋峰、新康、谷山、丁字湾等个性鲜明的坐标。冬日探访书堂山时,"上山时没有路,我们艰难地扒开齐人深的灌木丛一步一步向树林深处爬",也许,这些点在中国的地图上根本找不到,也许没有多少人会记得这样的山峰村庄,可蔡英却这样用"精神"把这些"景点"搬到了她的作品里,再现了这一方人们的生存环境和生活状态。不难看出,她是文学的宠儿。她选择了文学,找到了一个抒发内心世界的窗口,让更多的人从这个窗口窥视她的生长地的前世今生,以及那些在坎坷的自然脉象中,繁衍生息数百年的祖辈父辈。

文如其人。从蔡英的散文里,我读到了善良、淳朴、宽厚,同时,她用文字表达出珍爱花草的情感。透过文字,我能嗅到泥土的清香腥味、花朵的芬芳,能看到滚滚的稻浪、潺潺的清泉。这个小女子如此热爱生活,用一束花寄托一种关爱、一种对家的责任、一种生活的态度。在《十二花神》篇里,她用简练的文字描写了梅花、桃花、蔷薇、金银花、木槿、秋菊等。三月桃花笑春风,四月蔷薇满院香,那种对家乡的赞美和眷恋时有流露,春风、夏雨、秋月、冬雪在她的笔下都充满了生命的清香。湘水岸边,一朵白云、一棵绿树、一洼清泉,足以引起人们对这方土地的热恋。她说:"深秋赏菊,不要为花容所动,要去品菊之神韵,菊之魅力和精神。品菊赏菊,是一次灵魂洗礼,更是一次艰难的历练,一次人格的提升!"这分明是摆放在桌上的一帧年历、一幅优美的风景画啊。

是啊,湘水黑麋峰塑造了蔡英的个性,也带给她天生质朴的秉性,她的文章没有被城市的雾霾污染,没有被沉浮的世事遮蔽,没有随波逐流,她沿着自己的心路历程,一路行走一路写作,一路感悟一路抒怀。"人生不止眼前的苟且,还有诗和远方",就是这个远方在召唤她,无论走到哪里,蔡英永远是大地的女儿,她属于湘水,属于黑麋峰,属于古镇。《水墨村庄》这部散文集积淀了她数年的创作精华,这部书的问世,是她文学之路的开端,也奠定了她文学创作的基础。

金秋时节,看满目成熟的庄稼,我对着手上这些鲜活的文字思索:为文,天分和灵性是必要的,然而,后天的勤奋努力才是走向成熟的基石。蔡英尚在风华正茂,凭她的睿智和好学,文学创作路上定会收获丰硕的串串红。我相信,并期待着。

盛荷时节念孙犁

读孙犁的书,是一种享受。高中毕业那年冬季,在县里参加了文学创作学习班,结识了不少老作家和同龄长者。于是,就认识了张老——曾出版过《幸福的宝蓝》的作家,时正在邻村回乡"改造"。有一次去家中拜访,临行,他用手磨砂着赠书的封面并送我四个字:"博览群书"。回家小心翼翼地打开一看,呀,是刚刚由天津百花文艺出版社发行的《晚华集》,从此与孙犁结下了书缘,后来每每逛书店、书摊便留意孙老的新作。

孙犁对美有一种特殊的追求,他着力描写、赞扬故乡的风光美和人情美,着力追求诗般的意境,其小说是别具一格的美文。从《荷花淀》《芦花荡》到《风云初记》,都体现得淋漓尽致。即使写战争,也绝看不到刀光剑影、火光硝烟、血流尸陈,展现在读者面前的是一幅幅洋溢着浓郁浪漫主义色彩和抒情诗韵致的奇美画卷。如《荷花淀》,粉红的荷花箭、洁白的苇絮、粉色桃腮的荷花、清幽飘香的荷叶、啾唧斜飞的水鸟、穿梭往来的舟影,令人在明媚如画的意境中领悟那种欢乐、那种昂扬乐观的战斗激情。他的作品始终洋溢着诗一般的意境和情感。他塑造的人物中,有相当数量的妇女形象,一个个都是那么个性鲜明,美丽善良,充满生命的活力。那些在战争背景下的北方水乡的女人,曾经让我久久心向往之。

也正是由于孙犁作品所蕴含的那种摄人心魄的美才使许多作家竞相仿效,形成了以他为领袖的以写儿女情、家务事反映时代风云变幻的极具实力的作家群体——"荷花淀派",他被尊为"荷花淀派"创始人,其实,他的模仿者纵然万千,但模仿者只看到他的外在风格,看不到他的风格的内涵,只看到他的语言,看不到他的语言有他情操的显现,便把清误认为了浅,把简误认为了少。佛是修出来的,不是练出来的。"有根基者才有生命力,有根基者才能远走高飞。"这正是孙犁的真知灼见。

党的十一届三中全会以后,他的散文除了一贯的清新隽永风格之外,更加深刻严谨,充满生活智慧和人生哲理。他仍旧默默耕读于书斋,远离世俗的喧嚣,以更开阔的视野,更深邃的思索,更精美的文字,追寻乡里旧闻,怀念亲朋故旧,探索人性美丑,品味所遇所感。与早期作品相比,这时期的作品,无论内容还是思想,都更丰富、立意更高了。

即使在耄耋之年,孙犁也是老而弥坚,仍坚持"写说真话的散文"。他说:"我只是觉得,我老了,应该说些切实的话,通俗易懂的话。在选题时,要言之有物;在行文时,要直话直说,或者简短截说。"他的语言真淳,不是靠云山雾罩、指手画脚取宠,而是靠作品和人格赢得读者。孙犁在晚年出版的《书衣文录》里,收入了一篇令人拍案叫绝的《书箴》:"淡泊晚年,无竞无争。抱残守阙,以安以宁。唯对于书,不能忘情。我之于书,爱护备至:污者净之,折者平之,阅前沐手,阅后安置,温公惜书,不过如斯。勿作书蠹,勿作书痴,勿拘泥之,勿尽信之。天道多变,有阴有晴。登山涉水,遇雨遇风,物有聚散,时损时增。不以为累,是高水平。"《书箴》总结了孙犁一生惜书、读书的经历,使人不能望其项背的大境界。

孙犁学识广博、多才多艺、通今晓古、学养深厚。读他的作品就像走进一座知识的宝库。他不仅写诗作文,还对古籍有研究,写过不少精彩的评论。凭藉其渊博的学识,旁征博引,纵横议论,于娓娓而谈中,蕴含某种哲理,耐人咀嚼,可谓别具风范,卓成一家。

孙犁的散文丝毫不逊色于他的小说。其早期的散文形式自由,笔触细腻、优美,呈清新自然之态,以写人、叙事见长,善于抓住人物特点鲜明的音容笑貌,淡淡几笔勾勒,便使人物跃然纸上,如《投宿》《随感》都是这时期的成功作品,叙事的散文从无豪言壮语,而是以细致委婉的笔调表现人物美好纯洁的情感,于淡淡的客观描述中包含着浓浓的情致。晚年的杂感和随想,却又风格大变,有沧桑老辣之味,在清新明丽之中又注入了深沉凝重,极具思辨。这一时期,孙犁散文多夹叙夹议,议论的成分明显增多,充满人生体验的睿智见解、隽永的哲理、历史的思索,字里行间闪烁着理性的色彩。像《耕堂劫后十种》《孙犁书话》等都是孙犁这一时期的优秀之作。

孙犁的文章语言修饰而不造作,华美而不浓艳,纯朴自然之态始终如一,便如他的人品一般。如今斯人已逝,怎不叫读书人扼腕长叹!

中秋节里梦业勤

十年前的那个中秋节夜前,你如一只折了翅的蜻蜓,飞着飞着便失去了知觉,我想,你只是睡着了。等有一天,你终会醒来,再一次叱咤风云。我一直在等,等了近十年,我仍会继续等下去。至少,会有一个人,像你一样,深沉睿智、宽和感性、大胆创新、彬彬有礼和坦白率真,似乎在永无止境地追求君子风度。

最近,旧居搬家我又看了你的多部生前作品,时常在心中刷新着你的容颜。你把欢乐带给别人,把哀伤留给自己——所以我知你寂寞。有些伤口,我们看不见了,就以为它消失了,痊愈了,不会痛了。可它还在,看不见了,不是消失了,而是深入到心脏,一旦被触及,痛不欲生。你童年的伤痛,终是忘不掉。有的伤痛,发泄一通,即使忘不掉,也先藏起来。可你是寂寞的,你一声不吭,反而恰恰说明这伤太重,忘不了,藏不起。在家里你对父爱的滋味品尝得较少,所以"穷人的孩子早当家",你学会了照顾别人,不懂自己照顾自己,如此令人心疼。

流星划过,许愿的许愿,欣赏的欣赏,我在此,低下头,为你祭奠。流星,以最后一次的倾力燃烧,昭告世人它曾经的璀璨,而后,翩翩而去——如你一般。你不幸遇难,每到中秋节里,我再也笑不起来了。你属于一个已经失去的时代,你曾是家乡那一代人的偶像。你在印象中只是一个虚淡的影子,拥有一双只能在繁华旧梦中才能寻到的眼睛。可我从未感觉与一个人如此的接近,死亡竟然是生的延续。

人生风霜雨露,多年闯荡江湖。你十几岁就响应号召,走上了根治海河的最前沿。你年龄小却机灵且有文化,《海河战报》曾是响当当的油印刊物,在民工当中影响力大,识文断字的看完了报就卷起了"喇叭筒",随风而去,你是那么得敬业,走遍河滩你编出的"十三种人上海河",一时成为坊间流传最广的歌谣。

其实,对你来说当一个农民也是优秀的。刚刚实行联产承包责任制后,"要发家种棉花"的呼声高涨,你就编出了《如何种好中棉一号》的小册子,眨眼间,你成了方圆百里庄户人的"师爷""种棉能手"。共青团是个活跃的组织,团地委书记发现了你是个人物。于是你从农民一步步走到了沧州团地委,当然拿手的营生还是引导全区青年种棉花。古运河两岸一下子都成了你的舞台,下乡——讲课——田间——地头,像个魔方,在不停地转动,在不停地变幻。久而久之,智慧的领导升迁了,聪明的农民致富了,你越发得衣带渐宽,却无怨无悔。忙并快乐着。是啊,那些时日多少棉农念叨你的名字,可以聊作慰藉。

"不用闪躲,为我喜欢的生活而活;不用粉墨,就站在光明的角落;我就是我,是颜色不一样的烟火;天空开阔要做最坚强的泡沫,我喜欢我,让蔷薇开出一种结果,孤独的沙漠里一样盛放的赤裸裸。"这是歌影双星张国荣的歌词,是你喜爱的座右铭。也许,这是注定悲剧角色的自白。

你去了省城,名片上的诸多头衔,最贴切的是——自由撰稿人。胆识有时是逼出来的。毕竟流淌着农民的永不知足的血脉,经过了窘迫生存、温饱度日,接下来的日进"斗金",把一个人的思维进行了跨空间催化,你由自由撰稿人变成了办报的"老板"。从此,作为商人的你走进了与金钱的搏杀中,尽管好友们叫你"儒商",但是定格的显影下偶像年华,却不复存在。

立足京都是在短暂的省府经历之后,你以为找到了打开富裕之门的金钥匙。出丛书、办刊物、拉赞助、跑项目、接待、饭局、应酬——知天命的人如开足马力的车,四处奔跑,依稀记得仅隔半年,你回家时脸上的亮光有些暗淡。有一次在歌厅你唱着唱着竟哀伤不止,疑惑了在场的人。我知道,那是真正的伤心欲绝。

你对朋友的热心是不减的。《沧州人在北京》的联谊和编辑,你极力想为家乡繁荣出些气力,终未善终,是为遗憾。

有一次,你曾想到十几年前和发市、厚骋四家在一起度周末的事情,对往事情深依然,感慨世事让人情味变淡了,世道是能改变人性的。我对你的理解又有了新的感受。

你对自己的价值取向永远如此坦率,"在这个世界上,最重要的是要有真情义,不要理会世俗眼光,最重要的是个人感觉,自己开心,又无损他人,对一切事情就无须理会,该干什么就干什么"。这就是你,我不懂自己为何对你如此看重,是你的朴实率真么?

依稀记得送你走的那条乡间小路,那样弯曲如绳,杂草一丛丛无序地滋长。

这日下乡路过,便又顺路望去,有一牧童正在放牛,口中衔一柳哨,哨音里满是忧伤哀怨的调子。

序《南皮大鼓乐》

南皮地处燕南鲁北,是燕赵文化和齐鲁文化的交汇点。历史悠久,人杰地灵。先秦置县,汉朝为国内十大名城之一,曾为渤海郡治达五百年之久。在这片古老神奇的沃土上,一代代优秀的南皮儿女用自己的勤劳、勇敢和智慧,辛勤耕耘,创造了具有南皮地域特色的灿烂文化,书写了"南皮高韵"的辉煌,造就了一大批璨若星辰、名垂青史的圣哲贤达、名流俊士。

沧海桑田,朝更代易。历史的烟云已经消散,然而远古的文明、璀璨的文化却被我们的祖先深深地铭刻在岁月的长河中,穿越时空而代代相承,成为团结激励一代代南皮儿女自强不息、拼搏进取的力量源泉、精神动力。深入挖掘、整理、弘扬南皮传统文化,传承"诚信、崇商、友善、进取"的时代精神,是建设"实力南皮、幸福南皮、生态南皮、文化南皮"的需要,是打造"千年古县""名相故里"名片的需要,鉴于此,《南皮大鼓乐》的编纂恰逢其时。

中国文联副主席冯骥才曾对抢救非物质文化遗产大声呼吁:"有时候,我们非常为我们的文化骄傲,但又对它的命运担忧。我几乎所到之处,都有问题,都处于一种衰微的状态,要全社会动员起来进行抢救!"南皮大鼓乐是县内流传最广的三大古老艺术形式之一,且比南皮落子、南皮吹歌历史更久远、更贴近百姓、更为群众所喜闻乐见。尽管这样,由于处在民间艺术的角落,没有引起重视,也面临散失的危险。退休教师张国奇先生独辟蹊径,醉心南皮大鼓乐的搜集、整理、传承,几十年如一日,走遍县域鼓队,尽访民间鼓手,找寻民间鼓谱近二百首。在此基础上,独创出国内唯一的"四行复合式简谱式大鼓记谱法",其功大焉!

《南皮大鼓乐》分为"论鼓""说鼓""敲鼓""鼓谱"四编,20多万字、100余幅图片,囊括了南皮大鼓乐的历史沿革、鼓手、鼓队、名人轶事、记谱和演奏等各方面的史料,多角度、多层面地挖掘、梳理和展示了南皮的鼓乐文化,并探索其形成的底蕴和轨迹,可谓贯通古今、横及各业,集知识性、趣味性、真实性、系统性于一体,是一部图文并茂、史料翔实、旨趣高雅的书籍典范、文献珍品。《南皮大鼓乐》的出版,对于我们学习和了解南皮的民间鼓乐文化,继承和弘扬优秀的传统文化,以史鉴今、资政育人大有裨益。

　　南皮文化博大精深,挖掘、探索永无止境。让我们深入发掘、整理、研究、宣传、弘扬、凝练南皮文化研究的新成果,续写无愧于先贤、无愧于时代、无愧于后世的文化新篇章。

　　我与张国奇先生是忘年之交。相识在70年代,余为初学,他已有《梨园红哨》剧作问世,可谓大手笔,叫人仰视不已。红尘若许年,先生精神依然,且有专著集成展现,并命我作序,惶恐受之,写一些外行话,权作答应。

　　是为序。

《高风雅韵》文化雅集序

　　古城连日落雪,故少出门,围炉捧读高兄《高风雅韵》初稿,内心深处时常涌起某种本真感动。吾识君近四十载,谓之"蚕丝之谊",虽无利益厚往,却绵绵不断。高兄为人洒脱飘逸,能书善歌,古道热肠,有侠义风度,其品行风范,有口皆碑,唯"德艺双馨"为毕生之所追求。

　　高兄出身于书香门庭,幼承庭训,尤钟"国粹",书法、京剧、武术三栖,皆有所成,实非易事。余本非书画圈中之人,然品读诗书画则如饮食三餐,未敢一日止,唯心性散漫,未能一志而成正果。今观高兄于书一道,行草隶篆不拘一家,颇见功力,追求清雅、饱满、生动;经年累月,久积而自成熟。于京剧自少年始,音域透彻,字正腔圆,唱念做打不失裘派真传。八极拳术亦为钟爱,凌步探虚、闪转腾挪相伴其酷暑寒冬。暮年退居"二线",仍为夕阳红老年人事业奔跑。闲暇,或以笔墨遣兴,或编辑小报,或剪辑集萃——雅怀清逸,盎然生趣。

然文以载道,物境如此,艺亦如是。简单之笔墨评判注定肤浅,而丰富之精神探求乃艺术人生之终极追求。也许,高兄正用书法、京剧、武术这些最爱之精神密码,在编织演绎心底别样、纯粹、鲜活的精神世界。其笔墨挥洒间所诠释的生命饱满之象、生活炙热笃诚之爱、对天地苍生的至情之尊,岂不正是我辈当追慕承继之高风?

今付梓在即,翻阅满目荟萃之集,着实令人击节惊叹!遵嘱写下几句心得,实为助兴。

聊以为序。

乙未年冬雪后日于素心斋

游艺修真行自远

——写在李洪斗书法作品集出版之际

古城南皮,先秦置县,虽居燕南齐北、九河下梢、斥卤之域,却代有名人,不乏"南皮高韵""浮瓜沉李"之雅集,尚有"诗祖墓园""太公钓台""五垒斜阳""皮城遗址"等景观,文脉绵延,泽被一方。书法家李洪斗便是本乡本土的后起之秀。

人和人的相识、相遇、相交原本就不是两条线的交叉织就。韶光易逝,屈指算来,我与洪斗兄相识已30年。他高我半头,长我两岁,谓兄。那时,我在偏远小乡里的文化站,他已是县城的一家企业的办公室主任,邂逅于孙先生处,他抱着厚厚一摞研究新闻的论文在求教,谁不想这是个搞学问的青年呢?造化牵缘,后来我俩又两度同处一室,其从政的品行才智,让人仰慕。岂料从政之余他又迷上了书法,这雅兴还风生水起着呢。艺术是可以广结善缘的。友情的久长,也源于处人——居高者不傲不虚,就低者不忮不求;对艺术——师法传统,为而不争;故曰:相通。

洪斗兄于楷书用工夫最深。初学颜真卿《多宝塔碑》,继学欧阳询《九成宫醴泉铭碑》,打下了坚实的笔法、字法基础。行草书主要研习"二王"兼及苏轼,对《兰亭序》研习最久,隶书主要临习《张迁碑》《乙瑛碑》等,近年来,又拜在书坛大家孙伯翔先生门下,感悟汉简、魏碑的大气古拙,书风从温润闲雅变得遒劲峻拔,一时间让周围同行刮目相看。他的小行草尤其扇面,用笔娴熟,点画精到,神完气足。他写小品,也像他做人一样,不偷懒、不应付,经常一写便上百字。在相当长时间里,他以"中和"之美为追求目标,中锋运笔,笔笔不苟,书风儒雅,气度平和,而今,明显地有一种创新求变意识,从笔法、章法,乃至墨法,追求节奏,强调线条的质感变化,作品中多了激情与活力,书风变得雄强、泼辣起来。这种探索和实践无疑是有益的、必要的。孙过庭先生在《书谱》中有"情动行言,取会风骚之意;阳舒阴惨,本乎天地之心"的精鉴。一幅书法作品的高雅与否,除了技法之外,更多的是书法家对书法的理解感悟和他所隐藏在字里行间的情感灵性。在他的作品里面,体现了对书法的崇尚,对生活的领悟和地域文化与乡土情结碰撞的痕迹。

洪斗兄是勤奋的。在习练书法的同时,看重对书法史的研读、对书法流派的探究、对书法技巧的琢磨。在他看来,音乐的表达在于音韵,书法的表现在于形意。书法即心法,即心画,心动笔动,意动形达。大凡古今有成就的书家无不自然而然地将自身的秉性、学养、喜好运于象内,表于形神,创作出如许形意兼备、神采奕奕的书法艺术。他在一篇论文中讲到,书法是内心因素与外在形象的复合体,贵在点画线条的变化之间。

书法何尝不是一种哲学,就像为人处事一样,讲究一个"度"的把握,讲究辩证统一。应该说,洪斗兄已经注意到了这一点,一些伸展的笔画和一些枯笔的运用以及一些行书连笔的掺入,正是其欲打破刻板、向率意恣纵发展的一些追求和尝试吧。窃以为,书法创作历程,应该是个敛、放、再敛、再放不断循环往复的过程。初始得"敛"如同刚入门的媳妇,不可能一来就信马由缰,"磨合期"后的"放"也属必然,否则就会流入俗套刻板化,放到一定时候又得收敛,否则也会楷将不楷、书将不书。当今书坛百花齐放、各路纷呈,他能唯传统为正大,居淀水之边,沉心临池,着实可圈可点。

能把自己的思想、爱好、劳动和收获展示给予世,让世人评说,是一种勇气。一个人的价值是不能以地位的高低来衡量的,书法的价值应作如是观。应该说,以我对洪斗兄的了解,看到他的作品集不应该感到惊讶,可事实是,前些天,当其书法作品结集筛选时,我还是十分惊讶于他的悟性之高、进步之快!集子里收录的五六十余件作品,都是近年创作,其中长卷多幅,可见其用功之勤。勤能补智者之遗,十年磨剑,凭着笨工夫、一笔一画的执着,洪斗兄终于加入了国家书协,又被选为省书协理事就不足为奇了。

"相见虽无事,不来忽忆他"是贾平凹先生的名言,说的是朋友间的念想,见了面就讨这幅联吧,免得日后洛阳纸贵留下遗憾。知道洪斗兄的书法正在上升期,我们期待着他修炼不辍,平畴行远。

我写不出行话,仅是立在门外的感觉,自知会贻笑大方的。然,老友所嘱又却之不恭,草草成就,算作答应,是为序。

跳动的《紫玲珑》

——写在张猛的中短篇小说集出版之际

龙堂是因寺而名的,几千人的小村庄,几十年光景竟出了一大一小两个作家。大作家王蒙可是响当当的世界名人,小作家张猛在冀鲁边区也是个出类拔萃的"厉害"角色。据说某年某月某天,一南一北两位方人术士巧聚于此,一番堪舆后连连称奇:这地儿金贵,一寺立主,水脉泽布,出文官的。或许是早年间龙潭寺风铃的招引,或许是宣惠河曲水的滋润,反正天南地北的龙堂人都以为自豪呢。

我还是相信缘由天成的。芸芸众生拥挤在一隅浮躁的空间里,难免有目光交在一线,若是瞬间又游移开去,似流星一样是再自然不过的了,若是偏巧定格,又黏着起来,便生发了缘起的因子,及至"相见也无事,不来忽忆他",又是一番境界了。那日,我有心"招兵买马",便有颇显精干的小伙子破门而入,且捧着一摞简报,问答间似有自我推销之意,自然,我也就认识了张猛和他的《那些日子呀》《挑战》《不仅仅是开始》等那些从心里流出的激情。相识是缘,相知是造化。冥冥中我与张猛是结了缘的,文缘贵真。离离聚聚是表象,牵着的是久久的念想。每每他发了新作,一个电话,便叫人读半天,读朋友的文是不累的,如同闷闷天气,落几滴雨来,惬意得爽。

断断续续品就二十多万字,消化了一周,我掂出了书稿的分量。爱是其作品的特色之一。"先有爱后有作家",是位先人的告诫。作为农民的儿子,对乡土的爱恋、对最底层的关注、对善良的向往、对本真的追寻,在四十多篇什中是可见到的,如《紫色扁豆花》《嗨,小城》《山间,那丛桃花》《神采飞扬》《双赢》《树叶拍打风的声音》等。有人说,用笔弄文的是写家子,用心弄文的才是作家,张猛应属后者。他不仅仅是编故事"设套",铺排场面,而是参与其中,处处有作者的影子,浓淡之间对生活的领悟跃然纸上。活是其小说的特色之二。文如其人张猛是可以对号入座的,他健谈但口有遮拦,好动但不忘形。人物是小说的魂。时下些许小说,偏偏就让人没有记忆,便像是自己患了健忘症似的,看过医生,再看,留下的还是空白。张猛笔下的人物竟然让人搁放不下,像《神采飞扬》中的姚远、钱镇长,《紫玲珑》中的韩瞎子,《双赢》中的阎可心,《紫花瓷碗》中的大江,《五魁》中的五魁,《对弈》中的纽儿,《山间,那丛桃花》中的黄院长、赵处长等,都是活脱脱有模有样的"角",难怪有同事看罢找他"算账",也看出这人物的像。前不久看一画家写意山水,先是将彩漫不经心地涂洒,接下来寥寥几笔勾勒,就有了形,再细微处皴擦,立马就山青青、水汪汪的。张猛的小说看是粗线构架,细小处是颇到位的。尤其是在对人物性格特征的把握上,肥瘦得当,分寸适宜,是为浓淡相应。他的语言也不急不躁,娓娓道来,若山间小溪,声响是有的,水流竟是稀疏有致地淌,也就生出韵兼着灵性的动来。他的小说,也藏了些曲折其间,便有了精气神,透出的滋味就不仅仅是搁了盐和大料的滋味,似掺了诱人的香,这就形成了其作品的特色之三——细。

率真和天分造就了张猛的作品魅力,这源自对生活的品尝。一路走来,能看出他心底是充满阳光的,爱生活才会体味幸福的甜,笔下才会织就五彩的锦,回馈社会的就多了一抹明媚。我想喜欢他的书的人定然会有期待的,成熟的季节,串串的实好诱人啊。

张猛《紫玲珑》出版在即,嘱我作序,为他欣喜之余,写些云里雾里的话,权当助兴吧。

那片云彩那片天

——张猛长篇小说《狐狸岗,狐狸湾》序

因为爱好收藏的缘故,和三五书画家相友善,或知名的或尚未见名气者,每每观摩阅览,就有得裨益,便懂了些色调、色彩、格调之类,工笔花鸟写意尚能识别,及至墨分五色、皴擦点染倒也能辨出一二来,这就言明了近墨者黑、近朱者赤的内涵,也便窥见了不在此山中、云深不知处之妙。

那日,曾经的同行将书稿发来,见是《狐狸岗,狐狸湾》的名号,自然想起蒲公笔下的《聊斋》了,有歌词云:"妖魔鬼怪倒比正人君子更可爱。"把虚伪和良善一语道破,横看成岭侧成峰,站位的远近高低决定了其宫商角羽的基准音。越看竟觉得惊奇了:一个中年作者从未有过摸枪的经历,或是子弹呼啸而过会冲一个趔趄的,却是成就了一部抗日体裁的小说;曾经得意于现代青年生活的描述,却偏偏把自己倒逼回30年代的陌生里,编织起遥远的故事;超标的风风火火的沧州小伙,又是刀光剑影的时尚体系,却又弄得缓若曲水,不紧不张,俨然是品着一盏清茶,娓娓讲述着一个人或一群人的故事。没有天崩地裂之悬,没有翻江倒海之荡,甚至是没有枪炮的声响,只是一个普通的群体在特定时光里的觉悟、叛逆、追求、献身的过程,普遍即是大众,是一滴水,是冀鲁人的独轮车,就是这样的普普通通、千千万万的萤火,才汇聚成新中国的曙光。

冀鲁边区的抗日烽火曾被"华野"引为骄傲。津南农民自卫军司令、中共一大党员张隐韬播火弄潮,"娃娃司令"肖华挺进冀鲁边令日伪闻风丧胆,回民支队司令马本斋铁骑踏遍中原,壮举可歌可泣,黄骅、刘格平、仉洪印等耳熟能详的人物和事件,润泽着这方热土。作品中或多或少有他们的影子,但又都不是,常捞金区别他人之处也在这里,他是从普通人堆走出的小人物,因为不起眼,更加"与众不同"。

作者的精明在避其所短,把轰轰烈烈的场面幻化为思维的交织、精神的裂变和灵魂的颤动。常捞金是作品中精心编织的人物,从一个被人收养的孤儿,到学徒工、二掌柜、八路军干部,一路走来,是"厚诚"让他活了下来,又是"孺子可教"为他打下了坚实的根基,还是"靠得住",成全了他的爱情、出人头地的欲望和追求正义光明的梦想。当然,还有引路人姚先生、善良如母的恩人四婶子、慧眼武师潘驼背儿、可人的潘石花、革命同志胡彩儿以及心术不正的陶老歪和卑劣成性终自毁的陶二娃子等形象,都给人留有较深的印象。

线是描绘的筋骨,是对美术作品而言,这种通篇线描式的构建是种途径,但非唯一,毕竟有局限性,影响了其动感的成分。毕竟作者还年轻,多维、多面的尝试是可贵的、积极的,可圈可点。

那片云彩那片天,这方水土这方人。文学的魅力在哪里?愉悦,是我的诠释。这是一片纯净的天空,这里远离功名利禄、车马喧嚣,唯有喜怒哀乐、寂寥平淡,走进来便意味着失去许多,也会得到些许。且行且珍惜吧,愿与共勉。

多年摆弄些小品文字,评点大部头着实的举轻若重。有感于作者弯弓射雕的魄力和再三邀约为之序言,却之不恭,天上地下说一通,算作答应。

是为序。

观海书画院首届书画精品展作品集序

"南皮高韵""浮瓜沉李"已为传奇。

岁次甲午春夏之交,于燕南齐北间,有七八书画诸友,效法前贤,结社雅集,名之曰:观海书画院。推张桂华为院长,游艺于康文艺术馆内。

赫赫南皮,历史久远,筑城春秋,置县秦皇;北倚燕都,南接齐鲁,西望太行,东临渤海;悠悠古风,源远流长,民风淳厚,人杰地灵。有西周大将军尹吉甫、唐朝宰相贾耽、晚清"兄弟宰相"张之万、张之洞,今有文学泰斗王蒙、语言学家张志公、歌唱家朱明瑛等,播家乡之声名,提乡里之豪气。

古县千年,文脉绵长,书画贤达,代有传人。当今盛世,艺坛逢春,仅县域内追求书画者竟达百余众,可谓少长咸集,繁荣空前。国展、省展入选、获奖者不下数十人,为"文化大县"增光添彩。

辟一席之地,聚时随缘,或书或画或评,可传统、可旁门、可舶来,信马由缰,谈笑古今。此场此所应是多多益善。

邑人张桂华操办成立"观海书画院",举办首届书画展,并择选精品出版书画集,意在响应南皮县书协、美协"推出新人,创作精品"之号召,不图虚名,好事真办,实为善举,尤其弘扬传统文化艺术之志向,甘做人梯之奉献精神可嘉可许。

唯愿书画精英们借此东风,佳作纷呈,走出南皮,走向省展、国展夺冠摘金;顺祝观海书画院立足南皮,惠通八方。

是为序。

附 录

守望精神家园的吟唱

——序张春景散文集《远行的目光》

张华北[①]

  一望无际的冀东平原延伸在渤海湾被多情的浪花相拥了千年,当年治水的大禹疏浚过的九河已被历史的泥土湮没殆尽,唯有大运河右襟的那一片土地仍然散放着富足的气息。在肥沃的土地上,躬耕的农人用犁铧一次次翻开祖辈们踏踩过的黄土。浩淼的大浪淀碧波荡漾,已经替代了久远的荒草丛生的草洼。春景先生四十八年前出生在大浪淀的南岸,一个叫小张官的不起眼的小村。在那栋斑驳的土屋前的大树下,他倾听着几十里外大铁狮"镇海吼"威武的吼声,细听着古皮城头两千年前刀枪剑戟铿锵的余音,静听着夜空里雁群飞过大淀咿呀的呼鸣。一个再普通不过的农民的儿子,是接续了祖上的文脉,抑或是接续了这块土地上千年不绝的神韵,春景从童年、少年到青年,他走出了小村。当他脱掉军装重新踏上家乡的热土时,文学梦已使年及弱冠的他激情澎湃。他创办的露珠文学社在上海《文学报》全国文学社团评选中脱颖而出,散文《雨中》获得十佳佳作奖,文学使他崭露头角。从此工作之余,一篇篇佳作在他脑海里酝酿,像醴泉源源不断流进文学的殿堂。

  《远行的目光》是春景先生新辑的一部散文集,共分五辑,100余篇。内容包括乡情、亲情、记游、述评、随笔等。看他的散文,你会自然地和他一起徜徉在乡间起伏不平的田埂上,你会和他一起围在葡萄架下姥姥的身边听动人的传说,你会和他一起走进大山的褶皱里呼吸着那水流般的绿,你也会和他一起感悟着世界的珍奇和人生的真谛。

[①] 张华北,著名散文家,中国作家协会会员,河北省散文学会副会长,沧州市作协副主席、文学院副院长,全国第三届冰心散文奖获得者。

如果说,乡情与亲情维系了人生,那么我们看春景先生如何寻觅家园不断的根结。家乡情节许是众多作家共同的情怀,那幼年时抚育自己的亲人、最初呵护的温暖的土地,总是拉动着人们心中永不萎缩的神经。不管人们长大后走到天涯海角、远行千里万里,那家乡的月总是那么明亮,那家乡的水也总是那般甘甜。乡情、亲情总是撞击着人们看似坚毅实则脆弱的心灵,撞击着人们华美或简朴衣襟下的软肋。在他的笔下,故乡的芦笛声音最美,牵动情丝,"那是从泥土长出的歌,沾着露珠的晶莹、青草的羞涩、春芽的芳馨……或许它是春的娇子吧"(《故乡笛韵》);你和他一起去看苍凉而凝重的苇荡,一起用稚嫩的手臂推起装满河泥沉重的小车;一起挎着小筐雨后去拾草地里最小的蘑菇茅窝儿,那茅窝儿"如同夏夜的满天繁星,仔细瞧就像三月桃枝上的一个个花骨朵儿"(《拾茅窝儿》);那村头的老柳旁,在他上中学每次返校时,"总也禁不住回头看母亲瘦弱的背影消逝在柔弱的夕阳余辉中……悄然拭去腮边的泪水"(《村头老柳》);家乡的梨园是美的,小河里"细水流淌,仿佛玉带包裹着丛丛新绿……枝条甚旺,斜逸出自由的舒展"(《家乡的梨园》);田野的绿是美的,"翠绿、墨绿、绿、淡绿……织成一片天然的绿毯。周围是浓密的世界,把这里点缀成一个鲜凌凌的童话世界"(《遥远的绿草地》);他对母亲的追念又那么真挚感人,母亲的善良、抚爱和坚强,给儿女的影响也是终身的,"有人说,女人就是垂柳的枝条,软弱而随风摇曳。我说,母亲像盐碱滩上的红荆条,柔软又不失刚强"(《怀念母亲》)。这是他深情的理解,他的母亲又怎不是千千万万农家子弟母亲的缩影。他对家乡的一草一木倾注了眷恋的情感,化作一段段真情的追念。他沉浸在深情的陶醉里难以自拔。

如果说,人生的追求是不可指责的,那么我们可以看看春景先生如何寻见精神世界的净土。人类生命不能长留世间,能够留存的当是人类的精神世界。那些美好、和谐、睿智、正义、善良、崇高的精神,永远是人类的美好追求。在这种追求中推动着人类的文明进程。这里他有五个方面的感悟,作者以景物感悟人生。他在老街上行走,"老街安静地、祥和地坐落在城镇的郊野。它没有城市的繁华与喧嚣,却留下了历史的和谐与安静"(《古城老街》);他在无风的夜晚路灯下行走,在人们匆匆与舒缓间感悟"我们只有珍惜生命里的每一分钟,细心地体味生命之美"(《昨夜无风》);"只有走过雾夜的人,才懂得阳光的珍贵"(《雾中行》)。他以亲身感受体察人生。认为"欢乐是人生的驿站,痛苦才是生命的航程。人生永远会拥有痛苦,这不必有什么遗憾和畏惧"(《痛苦弄人》);他在品茶中悟到"品人和品茶是有相通处的,都具备'慢'的工夫……品人不但品其言,重要处在品其行"(《品茶》)。他以哲理阐释人生。他说:"一个人的一生,没有经历过失败的一生,是不完整的一生,是不成熟的一生。"(《成败》)他的笔下,人生如棋,"人生的打造与锻炼如同棋之始终,而命运就是一局没有下完的棋局"(《人生如棋》)。他以恬淡心态理解人生。他衷情呼唤"善待我们的心灵吧!在世俗的繁杂中,给它一方净土,让它去旅行"(《放飞心灵》);他认为生活应如水一样的纯净和淡化,"朋友之间的交往需要真诚……朋友之间需要宽容,信任永远是朋友之间的黏合剂"(《朋友》)。一些缜密的思索,让他思充满禅意。人生终有一死,而"灭而又生,生而再散的是外形。唯一不曾改变的是内心"(《轮回》);"感受自然的神奇,体会世间的繁杂,悟出人生的道理,在静静的思绪中感悟生活,在静静的思绪中品味人生"(《静得禅心》)。读书的偶然所得也充满了美的意境,"孤独是一种境界。在孤独中,人的思想越来越成熟","其实这个世界让人留念,就因为没有完美的事物","平静能还我们一片湛蓝的天空,一方悠闲的心灵净土"(《读书札记》)。

如果说,艺术是人类用人品结合的产物,那么我们看看春景先生如何寻见艺术人生的质地。艺术家德义为先,才能手下生辉,创造出具有审美价值的作品。他笔下写出了一批土生土长艺术家的真性情。画家南溪,是"一个执着于山水之间的行者,他是在用某种信仰来拯救内心,用某种信息来传达、启迪芸芸之众","人之所以高贵,不在金钱,不在地位,而在于他的思想和灵魂"(《初访南溪》);他为书法家吕品造像,吕品对艺术是那样严谨,不论是在自家的书房挥毫,还是在外面现场表演,只要作品稍不如意,你会当场撕掉,直到满意为止;对硬笔书法新秀孙瑞璞,作者称其为墨海痴者,竟痴到年三十把饺子溜到锅外仍构思章法、结构,骑着车子在"琢磨"中走入歧途;在大浪淀工作的斗爷,更是在繁杂的事务间隙修炼书法,其成就"如霁后之虹,这美丽的瞬间是风雨雷电考验过产生的"(《斗爷小传》);那"忘贫乐道"的县文联主席王清玺,数十年如一日,其书法字里行间透出遒劲和刚强,透出了永久的、鲜活的精神;还有"认真作画、清白作人",走进皇城根下的农民画家刘炜华,一幅"万龙图"打造出自己艺术的辉煌。他把生于斯、长于斯,在这片充满灵韵土地上的艺术家们描绘得各具性格之美。

如果说,山川自古以来对文人就是托以情怀的地方,那么我们看一下春景先生是如何寻见山川圣洁的至美。当作者着意领着读者走进山麓、走进水泽时,我们心绪和他一样宁静与畅快。"根相连,枝相牵,老松抚育着小松,小松依偎着老松。它们之间具有一种割不了的情,断不开的代"(《北国之松》);置身华北明珠白洋淀,"苇是绿的,树是绿的,水是绿的,水草也是绿的,置身淀中,你会觉得绿色包围了自己,绿色透了心扉,绿色主宰了天地"(《白洋淀》)。我们也和他一样感受大自然的伟岸和崇高。在黄山触动心灵的是"每一块岩石、山体都是经过几千年、甚至上万年的风吹、日晒、雨淋……在这复杂的环境中变得更加坚强、更具有特色"(《初识黄山》);野三坡的美在于"这里的山则是粗犷豪放的山里汉子。站在山下,仰视那高不可的崖壁,一块块突出的岩石仿佛山的肌肉"(《清凉野三坡》);写白石山的美则是"白石的文理非常的细腻,薄的,就像一摞摞巨大的纸张细密摆放,厚的就像一摞摞硕大的杂志层层堆积"(《青绝白石山》)。我们还和他一同感受山水的睿智和神韵。崂山上"这里人即自然,自然即人;这里人即风景,风景即人"(《登山在想》);侧耳焦山那悠远的钟声,"在丝丝梵音中,洗却了心中的凡尘,心中的向往与净化在此得以抚慰"(《焦山访碑》);在分水岭又不由得想到"处朋友也是有'分水的'应是不为'利'来,不为'利'往。这样,天地间虽然多了些稚气,到底会清亮许多的"(《分水岭》)。山水之美作用于人,给予人类不仅是山石巉岩的阳刚,树木溪流的阴柔,更多的是山水的精神和神韵。自然具有永恒的意义,短暂的人生只有融合自然才会拥有永恒的因子。作家的可贵,是把这些道理传达于人。

  散文的创作是应该当作艺术品来做的,在散文的艺术特点上,春景先生不断寻求艺术的家国。散文是短小的文体,语言的精练是最见作者功力的方面。精炼的语言提升散文的品质、提升散文感染力。作者的语言也应该是充满个性的。郭沫若说过:作家"自由自在地把言语处理得来就像雕刻家手里的软泥、画家手里的颜料一样,才能等成功"。春景先生的作品中不乏生动的描写,人如入其境、如闻其声,"春末的时候,柳絮满天飞舞,世界仿佛是柳树的,试想柳树自然有着灵性,它那忘情的飞絮,即是对春天的狂歌,也是写在天上的赞美春天的诗"(《柳之四季》),作品中这样的描写俯拾即是,"唯美仿佛成了一句绝笔,好似人在画中游,也不知是我们点缀了这个山村,还是山村在点缀我们的眼睛"(《山村记忆》);"若天不降雪,我真想化作一片雪,随风向洁白飞去"(《今日大雪》)。作品中不乏凝练的描写。"在高原上寻觅,必须充满自信。生命必须坚强在高原上寻觅,伴随左右的是生命的影子是一种对生命的熟识和阅读"(《梦行高原》);在古莲池、老龙头上,在杭州、在泰山、在大雁塔、在日照,双足所到之处,也是笔下精美语言抒写之处。作品中不乏丰富的联想,像他在《小巷杂记》里写道"乡村小巷的寻常岁月,不是一首歌,是一幅画,色泽鲜明,轮廓分明,置身闲散的流水光阴里,融为一体,和它们成为一篇散淡的文章";"热爱生命,才会懂得生命的宝贵,才会捡拾生命过程中的记忆之贝,把美丽串成风铃,等待风的吹起"(《夏夜听蝉》)。联想已构成了他文中的特色。散文需要充盈的激情,激情在散文中牵动着读者,它是文章涌动的潮水,一浪一浪把美的痕纹展示给自然。作者心中总是洋溢着澎湃的激情,在乡村的田野、在城镇的小巷、在大山的峰巅、在遐思的灯前,无不把激情融进每一个文字,和着文章的血脉一起流动。春景先生善于营造充实的意境,他有七八篇写四季的文章,抒写了踏春、忙夏、看秋、恋冬等,他不是只做景色的描摹,像诸多的篇什一样,是充斥了激情哲思,于不动声色中让人们体味了文章的意境。

春景先生已在试图走出创作的空间,向更广阔的世界寻觅题材的拓展,我们将不断看到他的佳作涌出他的胸怀。

《镜未磨》序

杨 博[①]

收入《河北散文家作品选》中的张春景《镜未磨》日记体随笔集耐人品味和卒读。

说其耐人品味,是指收录在集子中的作品,虽多为生活中的"断片",却因意蕴绵长而令人咀嚼,给人启迪,具有别样的韵味;说其令人卒读,则是这些文章大都为精短之作,且笔墨行文颇具优雅气韵,达到了出神入化之境界,使人沉浸其中,获得了精神的愉悦与享受。应该说,作家以日记杂陈的方式描摹生活,抑或是有感于读一本好书,或是感悟一

[①] 杨博,中国作家协会会员、沧州市文联副主席、沧州市作家协会副主席,《无名文学》主编。

件奇闻逸事,或是一个凝重思考的涟漪,在极短的时间见诸文字,形成极富内涵的文章,以"微信"方式自"朋友圈"里交流,供大家欣赏、品评,能做到这一点,实在不容易。它不仅需要作家敏捷的文思,更需要深厚的文学功底和娴熟的文字技巧。

仔细品读《镜未磨》的诸多篇什,感受颇深的还是作者所表现的"文化特质"。这种文化特质鲜明而朴实,醇厚而精微,反映在文字中,映衬出作家日常的生活状态与创作心态,读来使人倍感亲切、自然、洒脱,甚至还有着与作者相同的心理感受。这取决于作家渊博的学识与见识,也是散文作品绵长的意味所在。我们知道,每一位作家都有自己特殊的生活状态与空间,而一位精于思考的作家则擅长以文学笔触感悟生活、描摹生活,当然也就有着不俗的文体趣味,以及深邃的文化内涵。张春景别具慧眼,收录在这部散文集里的作品涉及范围很广,谈人物、谈艺术、谈世相百态、谈宇宙万物,其表述方法最近似随笔,却蕴含着厚重的文化元素,看似不经意的调侃,其实是用丰富的人生阅历和知识去填充生活,用"大雅"之笔墨勾勒生活的枝枝叶叶。如此,也就使得赋闲生活具有了文化特质——这种文化特质恰如一条红线,将琐碎的事物如珍珠般连缀起来,字里行间彰显着作者的刻意追求,其中富有的内涵及韵味,需要读者去潜心挖掘、感悟,因此,也就有了非同一般的意义。

这些散文的结构特色也颇耐人琢磨:大部分文章多为一事一议,短小精悍,只是生活中的一些"断片"而已。然而,却被作者以"谈生活"的方式巧妙地连贯下来,形成一种"外散内不散"的文章结构,让人感觉流畅、自然、不做作,可谓"顺理成章"。当然,作为"微信"平台的特殊载体,张春景撰写的这些散文作品当属一种新的创作尝试,尚有很大留白的空间,这需要专门进行探讨与研究。

应该指出的是,收录在《镜未磨》集子中的作品,并非一般的文字游戏,也不同于类似于笔记的"小品",这得益于作者多年练就的语言功力,其中,许多摹写人事、景物的语言鲜活、生动,绝少华丽雕饰,能够使读者自平淡的生活中体味盎然的情趣,感受别样的情怀,尤其是叙述语言的简洁隽永、老道凝练,为整部作品增添了浓厚的文学色彩,也彰显出作家的良苦用心。

总而言之,在这部名为《镜未磨》散文集中,张春景以独特的文辞构建起了一个属于自己的精神世界,这个世界因为文化、文学的滋养而富有了现实价值和深远意义,值得人们去仔细品读与回味。

目光铸成的文字

金　秋①

与张春景的相识与深交,是在那次全省培训班上。我们聊得很投机,大有相见恨晚之意,却不知他爱好与追求的文学。有一天,他送我一部他新出版的散文集《远行的目光》,使我们之间的情感又近了一步。

读他的散文集,就会追随着他的目光行走,走进他的真情、真爱,走进他那朴实的、流动着小河的村庄;就会追随着他的目光聆听,听运河的流水声,听树上鸟儿的歌唱,蝉的鸣叫,听风从远处刮来,刮得树叶哗哗作响。走进了他笔下的运河洼,望着那浓密的青草,听草丛里的蛐蛐叫声或偶尔跑过的野兔以及那些叫不出名儿来的小动物。

我读着,如身临其境,追踪着张春景的目光,这目光很锐利很智慧。我读着,觉得一个散文作者对于灵魂的固守,对于心中那种长久的美好回忆,也就是对自己尊严的维护。尊严地生存,面对着的是社会、大千世界、人群以及社会环境,所以在我们所面对的任何形式下,文学与写作都不是一个单纯的概念性的表述,需要我们从现实生活中抓住那点闪光的

---

① 金希同,笔名金秋,衡水市知名作家。

东西。

在我们生活的这个世界上,有很多值得回忆的东西,有很多美好的善良的人和时时发生着的事情,这些人与事感动着人们。写作的过程是作者在自己生活中零存整取,加工而成熟的,这就是别人所说的一种灵感、一种情怀、一种理念、一种价值取向诞生的过程,这个过程就是在作家头脑中发出的一种信号,在呼唤、在吵闹、在孕育。

不对生活进行淘洗,是写不出好散文的。散文最终的差异在于境界,是对实实在在的细节的感受。这种境界就像时间,过滤着我们的痛苦,让痛苦成为一种享受。这种境界会给自己一个定位、一种追求,把自己升华为一种高尚的人。在这种境界里,可以放飞心灵,高山峡谷、长江大河、平原小村;可以在社会或人与事中特立独行。

一个成熟的作家,能让读者沿着他所写下的文字去做心灵旅行。换句话说,文学作品是用文字组成的,帮助我们去清洗心灵灰尘的一把扫帚。只要知足,便会心静如水。

亲切自然,挚真挚情

——张春景先生《镜未磨》读后记

付全防[①]

张春景先生是本县文化名人,我与其并不熟识,只知其名未见其人。后来先生担任《古城文化》主编后,曾发来约稿短信,但因工作繁忙、心绪不宁,不能写出理想的东西,便将先生的邀约置之脑后了。

一日,爱人回家后,神采奕奕地告诉我,他们单位搬家收拾旧物时,给我淘到了两件宝贝,我见了东西,确如爱人所言,是难得的宝贝——两

---

① 付全防,教师,省、市作家散文家协会会员。

本书：一本是本县书画界作品画册，另一本是张春景先生的散文集《镜未磨》。

拿起《镜未磨》，只读题目便不由得引人遐思，刘禹锡在《望洞庭》中曾用"湖光秋月两相和，潭面无风镜未磨"来描绘秋夜月光下洞庭湖的优美景色，而先生的这面未经打磨的铜镜又是来描写什么的呢？这样一面粗糙的镜子要怎样来照射人生想要的影像？一个不经粉饰和加工的人生会不会晦涩而无味？

带着这样的疑问来读文章，竟然很快就寻到了答案，先生便是一面铜镜，淳朴自然不求雕琢。他将普通生活中的点滴真情，融合在自己的创作中，以小见大，用小事情成就大道理。这些生活中的细微小事，贴近我们的生活，读来亲切自然，很容易产生共鸣。

一个成功的作家，他的成就不可能顺手拈来，必定要经过日积月累的努力，不断的勤奋进取，才会有所收获。先生的这本散文集以日记体的形式呈现，说明先生有记日记的习惯，把每天的收获和感触记录下来，为以后的创作积累了大量的素材，先生的勤奋可见一斑。

从文中的诸多篇章中，都可见到先生每日的忙碌，但他却从来不会因为琐事而乱了心志，始终保持积极向上的人生态度，笔耕不辍。没有谁的人生没有烦恼，先生也是如此，但他却总能在这些烦忧中找到突破口，披荆斩棘，拨云见日，驱散阴霾。这要源于他豁达的心胸、乐观的人生态度，在写作中享受人生的快乐。

先生自己评价这本集子中叙事少、议论抒情多了些，可对我来说，正是因为这些激励人心的话语，让我备受鼓舞，有了重拾信心的动力。我置笔三年，久未谋篇，再想提笔，却是异常的艰难，幸好就在此时，我拿到了《镜未磨》。书中的很多篇章都让我倍感亲切，似曾相识，与我的心境不谋而合，先生真挚的话语，让我的心绪得到了慰藉，浮躁的情绪随之得以平复。

先生在书中的后记中写道:"行走的意义,不在于能遇到多少人,见过多美的景致,而是走着走着,突然重新认识了自己。"阅读何尝不是行走,阅读的过程可以让人不断地警醒自己、审视自己、提高自己;写作也是行走,在一行又一行的文字中,我们可以完成对自己的一次次超越,塑造全新的自己。

不管你是行走在哪条路上,都不要忘了思考,什么东西我们可以负重前行,什么东西却要被不用迟疑地丢弃。人生需要舍弃,也需要坚持和攀登,只有当你站在一个山头的制高点时,才能望得见下一个更高的地方。

第一书记的责任担当——读《撑起一片天》有感

崔晓林[①]

沧州市夕阳红读书会通知会员,认真地阅读一下《撑起一片天》。我赶紧找来 7 月 17 日的《沧州日报》,对张春景同志这篇大作进行了认真阅读,很受感动。

文章记述的是南皮县大浪淀乡五拨台村第一书记杨玉才的事迹。标题《撑起一片天》的"撑"字用得好,要撑得起,一要站得稳,基础牢;二要肩膀硬,有担当;三要脊梁直,品行正。不然,这片天是撑不起来的。文章所以感人,就在于用纪实的手法描述了杨玉才是怎样"撑"起这片天的。也告诉人们作为第一书记应当怎样在脱贫攻坚中担当作为,为决胜全面小康做出贡献。

建支部,抓根本,选好脱贫致富带头人。选派机关党员干部到贫困村任第一书记是为了加强党的领导,保证把习近平总书记一系列脱贫攻

---

① 崔晓林,沧州市夕阳红读书会副会长,沧州市老年文学社副社长,沧州市作家协会会员。

坚指示落到实处的根本措施。习近平总书记指出,要把脱贫攻坚与基层组织建设结合起来,真正把基层党组织建设成带领群众脱贫致富的战斗堡垒。基层党组织是我们党的执政基础,是人民群众的主心骨和带头人,把基层党支部建好,充分发挥党支部的战斗堡垒作用,就能把人心凝聚起来,把人们的积极性调动起来,脱贫攻坚,建设新农村就有希望。杨玉才作为五拨台村党支部的第一书记,进村后就带领工作队员,深入调查研究,摸清了这个村致贫的根子就在于两委班子涣散,当和尚不撞钟。于是,积极协助乡党委对村两委进行换届,并健全了民兵连、共青团、妇代会等基层组织。两委成员每天8点准时到村委会办公,做到各项工作有人抓、具体事务有人管。干部群众的精神面貌焕然一新,脱贫致富奔小康成了人们的一种追求。

强弱项、补短板,狠抓脱贫致富攻坚点。习近平总书记强调,脱贫攻坚要坚持问题导向,抓重点、补短板、强弱项。杨玉才进村后,发现为支撑建设大浪淀,村民失去了赖以生存的土地,这是造成这个村贫困的重要原因。再加上这个村基础条件差,周围都是土路,直接影响经济发展和人民生活。为改变这种状况,杨玉才跑到沧州供排水集团摆实情、亮家底,请求支援;申请以工代赈给以支持;动员村民参加修路"志愿军"。紧张忙碌一个多月的时间,修成了1300多米长的水泥路,结束了这个村行路难的历史。杨玉才又接着多方跑办、协调,完成了投资100多万元的地下水压采项目,修建了田间排水沟,改善了农业生产配套设施,为发展农村经济创造了条件。要从根本上改变贫困落后的面貌,必须在发展集体经济上下工夫。于是,他带领工作组和村两委在发展集体经济上做起了文章。在相关部门支持下,建起了光伏发电;建起了高效温室大棚,对外承包;与大浪淀水库签订水面养殖协议,为集体增加可观的经济收入。这不仅提升了两委班子抓工作的底气,也为村民带来了新的希望和梦想。

办实事,解难题,不让一个家庭、一个人掉队。"全面小康路上一个也不能少",是全面建成小康社会的形象表述,也是习近平总书记向全国人民做出的郑重承诺。杨玉才对贫困户十分关心,无论遇到什么困难都毫不犹豫地帮助解决。杨宝田家种的甜瓜,卖不出去。他连续跑了几个地方,一周内将6000多公斤甜瓜全部卖完。尹红娥的丈夫在建筑工地不幸遇难,儿子又要高考,被折磨得神经兮兮。他带领工作组动员尹红娥让儿子参军入伍,并亲自帮助办理。李德奎的独生儿子李忠伟上大学后,见家庭困难想辍学,他主动拿出7000元进行帮助。杨玉才在自己帮助贫困户排忧解难的同时,还动员供排水集团的干部职工加入到支助脱贫队伍中来,多次为贫困户捐款捐物、上门慰问。精准扶贫,具体帮助,显著地改善了贫困群众的生产生活条件,温暖了他们的心,也激发了奔小康的决心和信心。

舍小我,做奉献,在脱贫攻坚一线为党旗争光添彩。人因工作而生活充实,也因工作而实现人生价值。一个人一旦把工作当成事业来干,就能心无旁骛、高标准、严要求,追求尽善尽美;就能勇往直前,把困难和挫折当成"垫脚石",在攻坚克难中体味奋斗的乐趣;就能不计名利,甘于奉献,把"小我"融入"大我"之中,实现从"小我"到"大我"的跨越。在脱贫攻坚的3年里,杨玉才带领工作队克服了常人无法想象的困难,踏实驻村,贴心扶贫,虽然患有严重的高血压,每天吃好几种药,他依然坚守岗位。当得到妻子去世的消息时,他十分悲痛,深感自己因工作繁忙没有很好地照顾妻子,面对妻子的遗体,不禁失声嚎啕,哭述自己对妻子的愧疚。中年丧妻是人生三大不幸之一。杨玉才并没有把自己的不幸告知单位领导。他说,咱就是一把伞,党让戳在哪里,就在哪里撑起一片天。办完妻子的丧事后,又回到扶贫点上。就是这样,在杨玉才带领工作组的努力之下,在全村党员干部的奋斗中,五拨台村走出了贫困的行列,开始了建设新农村的道路。杨玉才同志光荣地被评为河北省优秀第一书记。

《诗经》中说:"民亦劳止,汔可小康。"这个在古老的农耕文明时代就盼望了几千年的梦想,将要在今年实现,这是非常了不起的一件大事。这场脱贫攻坚之战力度之大、规模之广、影响之深,前所未有。杨玉才同志的事迹是许许多多第一书记的缩影。我们一定要向他们学习,用拼搏奋斗、无私奉献的精神,积极进取,努力工作,为决战脱贫攻坚的胜利、为全面建成小康社会贡献力量。

浅谈《撑起一片天》读后感

孙连芳[①]

我拜读《撑起一片天》佳作,深受教育和感动。全篇文章字里行间,闪耀着杨玉才第一书记在扶贫攻坚战线上的光辉形象。他扶贫的五拨台村是最贫穷的村子。他带一班人马刚进村时,村民们都用观望的眼看着他们,并说驻村干部是水上漂、镀镀金,是"飞鸽牌",靠不住。

杨玉才书记凭借着当过乡干部的经验和对村民的热爱和了解,进村后,先伏下身子,做踏实细致的依靠群众、相信群众、发动群众的工作,他和工作组的同志们挨家挨户地走访了贫困村的情况,寻找贫困根源。别人走万步是为了健身,杨书记走万步是不分昼夜地深入村民家,或是地头树下和村民唠家常、促膝谈心,扳着手头算细账,宣传党的扶贫政策,让所有的村民都过上好日子,一下子和贫困的村民的心拉近了。

经过一班人细心给全村"把脉",终于找到了两个致贫重要根源:第一是党组织涣散,党员不起带头作用;第二是两委员会班子涣散,村干部只当和尚不撞钟。杨书记先抓党建,他遵照毛主席将党支部建在连上的

---

① 孙连芳,沧州市夕阳红读书会会员、沧州市老年文学社社员。

教导,恢复了"三会一课"为内容的党员会。他又根据"正确路线确定之后,干部就是决定的因素"的理论,紧锣密鼓地进行两委会班子换届。全体党员干部觉悟提高了,甩开膀子带领群众实干脱贫奔小康。村民们看在眼里,喜在心上,高兴地传颂着一句话:"当年的老八路又回来了,我们脱贫有望了!"从此,全村男女老少都争先恐后地参加到攻坚脱贫的各项工作中。人心齐,泰山移,干部群众艰苦奋战三年,五拨台村旧貌换新颜,天蓝、水清、道路宽,粮果蔬菜吃不完,帅哥靓姐成双对,耄耋老人养天年。五拨台村彻底脱贫奔小康。杨玉才被评为河北省优秀第一书记。杨书记的辉煌事迹,是千百万共产党员的缩影。

顿时,我脑子里像看电影一样,无数英模的人物形象出现在眼前。无论是战争年代还是和平时期,哪里有困难有危险,哪里就有共产党员冲锋陷阵的身影!鲜红的党旗在东方高高飘扬,任凭世界风云变幻,我们伟大祖国永远是国泰民安!

《撑起一片天》读后感

王淑云[①]

读了著名作家张春景的《撑起一片天》,第一感觉就是这篇文章"接地气"。全篇没有漂亮的词汇和赞美。一个个的故事,让人相信,它就是有血有肉的真人真事。这样的文章,虽然篇幅较长,但是想看下去,而且越看越想看。

他没有口号式的表白,没有理想化的大道理,就是把一个一个的事实,清晰地摆在读者面前。

一个党员干部,真心实意地把党中央、习近平主席的扶贫、攻坚克

---

① 王淑云,沧州市夕阳红读书会会员、沧州市老年文学社社员。

难、小康路上不能漏下一户的决策,真正落实到工作中。

　　杨玉才到了南皮县五拨台村,第一手抓的是党建工作,首先把党的先锋队作用作为头等大事。火车跑得快,全靠车头带。以后的具体工作,一桩桩、一件件,迎刃而解,顺理成章。

　　例如:修路筹集资金,发动村民义务劳动;修渠搞水利,农田旱涝保丰收;还有建大棚解决村民的就业创收入,亲自想办法,站台帮助村民卖甜瓜,帮助贫困户孩子参军入学,把工作队的同志当成自己的好兄弟,关爱胜过自己的家人……

　　这些事实足以证明杨玉才对党的忠诚,对人民的热爱,对工作的认真,具有公而忘私的优秀品格。由此而至,有病的妻子病逝,他泪流满满,嚎啕大哭。但是,悲痛没有压倒这个农民的儿子,擦擦泪水,又投入到扶贫工作中去,真正实现了他所说的:"咱就是一把伞,党让戳到哪里,就在哪里撑起一片天。"杨玉才做到了,被评为河北省优秀第一书记,当之无愧!

　　南皮县五拨台村脱贫了。蓝天下,奔小康的路上洒满阳光!

　　《撑起一片天》,全篇充满正能量,人物性格鲜明,语言简练生动,充分体现了作者深厚的文学功底。以文学形式把党的一个好干部,用纪实的写作手法,活灵活现地展示在读者面前,读起来津津有味。就像听一位长者,把一个曲折婉转的故事娓娓道来,听者如醉如痴。这就是文学的魅力吧!

能发现有精神的散文

——序张春景散文集《栽一片茶心》

高海涛

春景要出书,托我作序,没加考虑就答应下来。手头上活儿太多,就抽时间读他的书的小样。序,便一拖再拖。本来答应中秋节前交付,"十一"长假都结束了,才敲打键盘。

就像与王庆献相识,先知道笔名,八年后对上真人一样。我还是东光县一个业余文学爱好者时,特别关注的就是《沧州日报》副刊,看到南冰的作品,就会仔细读,每篇都有不俗的感觉。知道南冰是张春景时,我已是《沧州日报》副刊的老编辑了。一见如故,便与春景联络了起来。那时,他一边做部门领导,一边研究地域文化,好像不再创作了;但会时不时地向我推荐南皮作者。用他的话说,绝不能埋没一篇好作品。这与我作为编辑的思路正相吻合。

近几年,《沧州日报》副刊将侧重点转到有沧州文化意蕴的散文作品,散文是见真工夫的写作。作者既要有知识积累,还要有文学功底。其实早在十多年前就有所尝试,可好作品难以撑起每周的版面。

为成就这样一个作者队伍,2015 年我发起了"金恩杯"全市散文随笔作品比赛。可是,那次没有看到春景的作品。第二次"金恩杯"散文随笔比赛时,一篇不俗的作品出现了。那时,我正在体育场观看一场大型演唱会,开场前的嘈杂声,一下子被《漂泊在沧州》隐去了。

《漂泊在沧州》发现了沧州蓬勃了千年的基因,"一座小城,或因水患、或因匪祸,竟在谜一样的'镇遏海曲'中呱呱坠地,分渤海之沧浪,取冀瀛之部分,便成就了沧州。一晃五百年,一晃五百年,一晃就到了现在。因水而漂泊摇曳,因水而生生不息,因水而舒展蓬勃"。这是智者的言语,是一个饱读诗书又胸怀世界者的心声。紧接着,春景又指出了,环境重要,人重要,有思想的人更重要,"飘,是需要条件的,比如风,有风才会飘动;又如水,有水才会漂游;而人,有生命才会鲜活"。

在肃宁颁奖回来,没有几天我又收了春景的《武垣问道》。"面对一座远古的城池,难免要生发好奇心的,禁不住行脚丈量、攀缘探幽甚或苦苦寻觅,恨不得将历史切割成无数碎片,任性翻拣,以解其惑。又想,莫不如抓一把泥土攥在手心,许久,让其慢慢融化,展开时,或许可以见一枚清晰的叶脉,引领你进入那个迷宫入口。"读完开头一段,那枚叶脉变成一股强大的气流,穿越时空。汉字在春景这里竟有了如此张力。一时间,春景的散文井喷式呈现。没了头题,我便会在微信里向他约稿。《发芽的日子》《年之轮》《花开清凉江》《张之洞的目光》等都是这样约来的。

从《漂泊在沧州》开始,春景的散文进入了一个化境,有了一种时空感。曲黎敏在《诗经:越古老,越美好》里,对风化是这样理解的:孔子用《诗》讲"风化"而不是"教化",可谓是教育的最高境界。繁体字的"风"字是"風",里面有许多小精虫,犹如种粒;风是流动的,可以把万物之种满世界传播。"化"字,是两个颠倒的人,即指把人彻头彻尾地改变。因此,所谓"风化",就是从最细微处一点一点改变你,像风一样万物皆飘忽,然后,人亦在不知不觉中不露声色地被彻头彻尾改变。风化就是润物细风声,在熏陶中得到质变。

空间与时间,对于人类的重要性可以从中国上古神话中得知。"夸父逐日"就是树测日影;"女娲补天"就是历法的修订改革;"共工与颛顼争帝"就是由秋天走了冬天来了,是一年四季的变化;"姜嫄生稷"就是种子种在地里,能长出庄稼来的农业;西王母就是原始织布机……人根据树影移动的规律,渐渐知道了四季,制订了历法,有了二十四节气,发明了农业、纺织业,一直到现在的电脑时代。

每个时代,有每个时代的价值取向,这个价值取向也就是时代精神。这个精神,不是某个人,某个群体的赋予,或强加的。而是一个时代里所有的人从潜意识里都有的,有待于去开发的。比如,现在这个时间与空间里,人人都会说别人没素质、没道德,而从来不会说自己。但整个没素质、没道德的社会是由一个个自己而组成。散文家就是要去开发人的潜意识,发现这个时空里,人意识到了什么,然后用文字,艺术地呈现出来。让每个自己豁然开朗。

要做到这些,散文家须有浑圆的思想与深厚的文字功底。刘勰谈散文,在《文心雕龙》表达为"原道第一"。原,为本、为根源。道,指的是"自然之道",也就是宇宙间万事万物的自然规律。这个自然规律,就是浑圆的思想。或者说,只要你明白了这个自然规律,才能在人的潜意识里捕捉与萃取到一种时代精神。

散文要写出精神。有精神的散文是活生生的,不是堆砌辞藻,不是理顺史料,更不是去换取读者的眼泪。发现是散文的硬道理。春景的这些散文无不是这种发现与精神。写什么,怎么写,是手心手背、精神与肉体的关系。灵动的语言,在书画上,是力透纸背;在奥运会上,是年轻力壮;在针灸上,是穴准麻胀。在这里,是让历史指引未来。

希望春景的散文更上一层楼。

是为序。

后　记

　　步入花甲,把文字、色彩、音符……总总想象和创作的碎片归拢,似乎在整理出生命的重量,分享予人,或熟悉或陌生,仿佛见过一些人,天生的纯善、通透且干净,若兰,擦肩而过便清香袭人。

　　似在回首来路,平凡闲淡多于光彩,坎坷曲折多于顺遂。苦和累是必然,笑过,有时亦掺杂着沙哑的声。每每面对努力,退却,失败,成功,惶惶不可终日,总想在酸甜苦辣中一一浸泡过,方觉妥贴。心间有一汪水,曾风云激荡,波涛汹涌;而今已潭面无波,趋于淡泊,如秋水之沉,微波不起了。春阳也好,秋风也罢,夏雨也好,冬雪也罢。看惯了天边云卷云舒,看惯了庭前花开花落,世俗中的种种荒诞,官场上的种种不屑,避不开却又粘不上,说超脱未超脱,说合流未合流,虽不能做个大德贤人,但也绝非俗子。心里面总还留着那一份自以为是的文人清高(清醒),故,文者轻其狂,仕人谓之痴。真正懂得世间万物的因果,方可内心明亮,可见,一位作家乃及作品的深度,是由穿透作家心灵痛苦的深度所决定的。

　　做人至要在豁达、清爽、高格,有益心境完整。年轻时在情绪和习性的浪潮中有折腾过,也不自知,回头看,全是无明。及至度过暗色的岁月、癫狂的时日,奈何生不逢时？也庆幸多遇贵人;记得李白"天生我材必有用"的诗句,也熟读屈原"众人皆醉我独醒"的悲愤,更理解郑板桥"难得糊涂"的箴言。但所有这一切,都将随着六十岁的到来而渐行渐远或渐彻渐悟:这世间哪有捷径？！

　　如果你是一个蚌,你是愿意受尽一生苦楚而凝结为一粒珍珠,还是不去修为,宁愿舒舒服服活着？人生的选择和契机多多,答语尽在不言。及至花甲,方可言开始了享受人生。也许这是一次超脱的旅行,还是睿智的去留,或是一个轻松的聚合,只要真情聚在便不枉来回,恰簑笠老翁驭一叶求生之扁舟,沿一条小河漂泊、飘流、漂荡……,我已背起行囊,即将远行。